[长篇纪实小说]

凶闻

FENG WEN

李惠泉◎著

中国检察出版社

图书在版编目（CIP）数据

风闻／李惠泉著．－－北京：中国检察出版社，2010.10
ISBN 978-7-5102-0366-4

Ⅰ.①风… Ⅱ.①李… Ⅲ.①长篇小说—中国—当代 Ⅳ.①I247.5

中国版本图书馆 CIP 数据核字（2010）第 192958 号

风闻

李惠泉 著

出版发行：	中国检察出版社
社　　址：	北京市石景山区鲁谷西路5号（100040）
网　　址：	中国检察出版社（www.zgjccbs.com）
电　　话：	（010）68650024（编辑）　68650015（发行）　68636518（门市）
经　　销：	新华书店
印　　刷：	北京佳明伟业印务有限公司
开　　本：	710mm×1020mm　16 开
印　　张：	19.25 印张
字　　数：	274 千字
版　　次：	2010 年 12 月第一版　2010 年 12 月第一次印刷
书　　号：	ISBN 978-7-5102-0366-4
定　　价：	30.00 元

检察版图书，版权所有，侵权必究
如遇图书印装质量问题本社负责调换

风闻

FENG WEN

目录

代序：间谍的成功告诉我们什么 ………… 001

第一章 至高利益 ………………………… 001
"在我服务祖国的三十年里，我做了无数的事情，为了祖国，我贡献出了我的青春，我的一切都是祖国的，包括生命。"尤里义正词严地说。他不愿讲已经发生的故事，这个故事是什么呢？对于祖国又意味着什么？没有人知道。

第二章 偷天换日 ………………………… 039
真妮动情地说，"敖单塔纳，我不管你做什么，我永远爱你。"敖单塔纳摇了摇头，知道这一切都是徒劳的，无情的手铐和冰冷的监狱将伴随他后半生。莫斯科毁灭了他，却获得了经济上巨大的成功。

第三章 从科学家到间谍 ………………… 077
父亲指着他说，"什么，为了家，没有祖国，何以为家。你毁国而为家，这是哪来的道理？你记住，不管我们如何贫穷，也不能以毁国而消除自己的怨恨。一个牺牲国家利益的人，永远没有幸福可言。"巴拉科夫低下了头。人生最重要的往往只有几步，错了一步，可以使一个科学家成为间谍。与魔鬼打交道要付出沉重代价。

第四章　黑夜战争 ……………………… **117**

赫克已经掉在蜜罐里，想到的只有爱情，没有别的。正如一个作家所说，女人最容易被赞美，赞美是一种绝妙的武器，能使她们失去判断力。她为了爱情，窃取政府绝密文件1800多份。被捕后，她说我做这一切，只为了一个目标，就是和菲克尔在一起。

第五章　生死情仇 ……………………… **163**

"如果把你身体里民族大义抽走，把正义职责抽走，你就不是中国人。你知道吗？正因为你爱自己的祖国，我才这样爱你。"一个是手足之情的哥哥，一个是新婚燕尔的娇妻，然而这两个人却都是日军间谍，国军营长萧涛该怎么办？

第六章　孤岛飞龙 ……………………… **201**

隗南笑了，冷冷说，"秦川毁了我一切，崔花背叛我，我不伤心，丁虎，杜龙为了财那样做也说得过去，可秦川你……你把我做人的信念全毁了。你秦川跪下磕个头，我就认了。"梅机关特务酒井稿次，面对生死置之度外的隗南，会做何种选择？

第七章　复仇 ……………………… **253**

"我让他永远跪在你面前，赎他的罪过，给你做伴。我从他那里拿的钱，都捐给国家，让他们打日本鬼子，我卫梅做这一切，不是为了钱啊！"卫梅跪在那里，痛苦之极代序：

间谍的成功告诉我们什么

被迫和自愿是间谍成功的两大原因，在这两个原因里面，其个性又千差万别。研究间谍成功的原因，我们可以掌握和了解间谍战线一些显著的特点，这对于加强反间谍工作具有重要的意义。《风闻》真实地记录了那些逝去的岁月发生的真实故事，我只不过从文学角度加以演绎罢了。了解这些过去的故事，对于今天的人们来说，有着深远的现实意义。

类型一：家庭危机造成感情外延，从而为反间谍机关策反奠定了基础。

我们知道，夫妻恩爱和稳定是人生最为重要的港湾，它有很强的凝聚力，能够抵御外在不稳定的因素的冲击，从而具有防病抗病的能力，而一旦家庭出现危机，人的感情无处着落，就有可能走上歧途。美国历史上破坏性最大的间谍案——埃姆斯案，其家庭危机就是一个重要的原因。

一九八三年，埃姆斯与妻子南恩关系日趋紧张，正朝着离婚的方向发展，而就在这时，他认识了玛丽亚·罗萨里奥，哥伦比亚驻墨西哥使馆文化专员，一个在埃姆斯生命中重要的女人。玛丽亚的出现，给他的精神生活带来了新的活力，但也使他的经济到了山穷水尽的地步，他不但要维持自己的家庭生活，而且要支付玛丽亚的生活费用。很快，埃姆斯的信用卡账单上就出现了透支，而南恩却明确表示，她不会为他金屋藏娇支付费用。埃姆斯当时的年薪大约四五万美元，他需要这个数字的两倍才能维持这种局面。为摆脱困境，他想过抢银行等各种方法，最后决定成为克格勃间谍。"我感到走投无路，我需要

钱。"当克格勃官员丘瓦欣递给他一个装有五万美元的信封时，他很兴奋，觉得这笔交易很值。从埃姆斯主动接触的动机上看，无疑是对金钱的需求，而这种需求是他同时要应付两个女人的原因。

埃姆斯案发不久，中情局另一只"鼹鼠"——哈罗德·詹姆斯·尼科尔森也于一九九六年十一月十八日被捕。在中情局干了十六年的尼科尔森，是中情局弗吉尼亚培训中心的教官，后又任中情局反恐怖中心主任，是中情局资深的谍报人员。他的叛变，不但使培训中心三年的毕业生前途丧尽，而且使中情局在莫斯科、马尼拉、东京、马来西亚的情报站受到牵连，其他方面的损失还难以评估。尼科尔森和埃姆斯的相同之处在于，他的家庭也已分裂，其妻劳拉离开他单过，使他失去了家庭的天伦之乐，他一个人带着三个孩子，面临着经济上的巨大压力，加上极其枯燥和繁重的工作，以及维持与一个泰国女人关系所需要的费用，这一切原因，都促使他走上了出卖情报的道路。

让我们再来看看"费韦尔"案。

在克格勃信息分析中心工作的威托夫，得不到上司的重用和信任，而妻子眼见丈夫前途暗淡，也与他同床异梦，频繁地与一些前途看好的人偷情。上司的冷落，妻子的背叛，极大地刺伤了威托夫的自尊心，使他无聊空虚，心意烦乱，最终投靠了法国本土警戒局。局长马尔塞勒·沙莱如获至宝，亲自为他取了"费韦尔"这个英文代号，意思是"一路平安"和"永别"。威托夫的叛变，使克格勃遭到有史以来最为惨重的损失，潜伏在十五个西方国家的七十余名情报人员，四百五十名活跃在西方科技领域里的苏联间谍被揭露，科技间谍网基本陷于瘫痪。

家庭是缤纷多变的世界中人生的唯一圣地，你的悲欢离合，你的酸甜苦辣，都可以在这里得到倾吐，得到回报。人生的多变，情报人员特殊的工作环境，命运的不可预测，使很多人淹没了自己的个性，变成了一台工作机器，而家庭这个支点的倒塌，人的感情必然就要外延，这就为反间谍机关策反提供了土壤和水分。

苍蝇爱叮有缝的蛋，话虽然粗俗，却在理。

类型二：孤独寂寞使人渴望温暖，从而为反间谍机关策反提供了温床。

人是有各种需求的，也是有弱点的，找出人的弱点，就找准了进攻的方向。从人的个性来看，物质、精神等各种需求，是人赖以生存的必要条件，缺乏哪个方面，都可能引发危机。我们如果要扼杀人的需求，往往会适得其反，一有条件就会像岩浆一样爆发出来，而这种爆发，往往是不计后果的。

被称为"20世纪超级间谍"的民主德国情报局长沃尔夫，在德国统一后，被人指控以"罗密欧"小组进行间谍活动，不论如何评价这种活动，但他导演的策反赫克这一幕活剧，的确很精彩。

在西德总统府任外事新闻处处长助理的赫克，三十四岁，才色兼备，能接触到仅次于国家元首级的高级秘密，她头脑敏捷，精明能干，深受上司和同僚的信任，她唯一的缺憾是，没有中意的男朋友，天生丽质和少女的芬芳在无情的岁月中流逝和消融。就在这个时候，英俊潇洒的菲克尔走进了她的生活。菲克尔是东德情报机关的一名间谍，也是一名玩弄女人的老手，他选中赫克，正是基于她那种不正常的生活，他从她高傲而孤独的生活中窥视到她内心的世界，看到了她冷淡的面容下那颗渴望被爱的心。在菲克尔的诱骗下，赫克果然坠入情网，在爱的旋涡里淹没了自己，当菲克尔第一次指使她去翻拍机密文件时，虽然她吓得半死，目瞪口呆，但她还是满足了菲克尔的愿望，她觉得这就是爱，为爱而付出，为情而冒险是值得的。东德情报机关从赫克身上，获得了大量的高层机密，这幕活剧，色情的运用达到了极点，但我们同时也应该看到赫克的孤独、寂寞和渴望被爱。她期望感情的港湾，当她一旦得到，就走入了死谷，不计后果，越陷越深，从而毁灭自己。

孤独是弱点，而弱点必然被人利用。

一九五八年，印尼万隆大学理工科高才生敖单塔纳以优异的成绩被保送到苏联门捷列夫大学攻读化工专业，远离祖国和亲人，特别是与未婚妻分别，他内心异常寂寞孤独，而这一切，都没有逃过克格勃的眼睛，一张大网悄悄地在他身边张开，一个叫娜塔莎的女大学生走进了他的生活。

娜塔莎是个年轻漂亮的俄罗斯姑娘，她身材颀长，皮肤白净娇嫩，

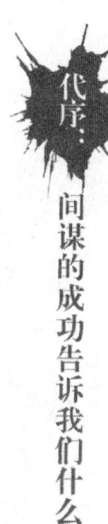

两只丰乳高高耸起，十分引人注意。特别是她那双湛蓝明亮的大眼睛，含情脉脉又炯炯有神，看一眼就让人心醉。她穿的连衣裙，得体而又不俗，更显得与众不同。敖单塔纳从第一眼看见她起，心绪就被搅乱了，不仅心跳得厉害，手脚也似乎不灵了。当一阵茉莉花香伴着女性特有的异性气味飘进他的鼻孔时，他更感到心旷神怡，甜蜜而舒适，不能自制。

敖单塔纳陷入了克格勃的陷阱，不能自拔。

在克格勃的安排下，敖单塔纳接受了间谍训练，目的就是保全与未婚妻的爱和家族名誉。敖单塔纳从门捷列夫大学完成学业后，又在印尼政府安排下，来到日本学习，而这正是克格勃期冀的。很快，克格勃通过他获得了日本有关塑料成型的全部技术资料，制造出了世界一流水平的超级塑料成型炸药和地雷，并迅速装备部队，使北约大为震惊。一九六五年一月后，克格勃又通过敖单塔纳，从东京墨田区橡胶制品检查协会关东检查所等部门，获取了橡胶手册、盐化乙烯基制品配方以及聚氯乙烯的合成表等。

克格勃在敖单塔纳身上的成功，无疑是对人性研究的结果。需求为矛的进攻找到了弱点，矛的进攻又使盾百孔千疮。内因的变，才有外因的动，温度能使鸡蛋变为鸡，不可能使石头变为动物。

"二战"时期，德军为获得英国十九型坦克设计资料，派出妖艳美貌而又机智的哈丽接近资料保管者莫尔根将军。莫尔根当时约六十岁，长期任职于法军机要部门，有丰富的反间谍经验。他谨慎小心，忠于职守，从未在文件保管方面出现过差错，更要命的是他私生活极为严谨，夫人去世后，一直孤身一人，很少在风月场上露面，更没有追逐女人的轶闻，令哈丽无从下手。狡猾的哈丽认真地分析了莫尔根工作生活经历后认为，莫尔根不是不喜欢女人，而是他的职责迫使他远离是非之地，他的内心实在是很孤独很苦闷的。哈丽狡黠地笑了，她看到了这只老狐狸其实和普通人没有什么两样。她精心地设计了一个接近莫尔根的机会，不是在舞厅歌厅，而是在她情人、海军部长的生日庆宴上。

同事的生日庆宴，莫尔根不好推辞，只好前往，哈丽一改往日的妖艳，打扮得端庄高贵，以适合莫尔根的审美要求。她极自然地邀请莫尔根跳舞，莫尔根无法拒绝这个风靡巴黎的女人，搂着她，心神摇曳，神魂颠倒。哈丽走进了莫尔根的生活，成了他的情妇，可以自由出入他家，她终于用自己的机智获得了十九型坦克设计资料，创造了间谍史上的奇迹。莫尔根的孤独寂寞，哈丽的美艳和心智，凸凹相和，必然演变成一幕精彩绝伦的人间活剧。

类型三：求欢求新必然冒险，从而为间谍机关策反创造了条件。

求欢求新是人的特性之一，有时这种追求的过程带有一定的冒险性，这更在一定程度上刺激了人们的欲望。一时的眼一亮，心一热，就有可能产生某种冲动，而冲动是不计后果的。就像鱼，看见美味的鱼饵诱惑，是很难控制的。"美是一种魅力的诱饵，可引诱男人扩展他的秉性。"此名言是有一定道理的。

一九八一年，波兰团结工会发展迅速，为掌握情况，美国军事情报部门派赫普鲁克少校去波兰洛夫诺镇了解情况，他一走进该镇水族旅馆，便在大厅里见到了一个笑容可掬的姑娘。姑娘很年轻，也就十八九岁的样子，充满着天真幼稚，在情报部门工作多年的赫普鲁克，根本没有把这个小姑娘放在眼里，以为是天大的艳遇，心旌就摇荡起来，与姑娘眉来眼去，很快，两人就勾搭上了。此时，赫普鲁克早把任务职责抛到了九霄云外，搂着这个柔若无骨的姑娘，暗暗庆幸自己这一趟没白来，正在他云雨销魂之际，冲进了几个大汉，把他俩赤条条的情景都摄进了镜头，搞得赫普鲁克措手不及，一下子就吓懵了。摆在他面前的只有两条路，要么跟克格勃合作，体面离开，要么把相片寄给美国使馆和他的妻子，让他仕途葬送，婚姻破裂。赫普鲁克考虑再三，选择了前者，成了克格勃手中又一枚利剑。赫普鲁克离开房间时，看见那个姑娘早已穿戴整齐，站在门边窃笑，他这时才感到，为尝口鲜，付出的代价太大。

赫普鲁克是求新求欢的牺牲品，也是克格勃以色设陷阱的一个典型的事例。色，在汉语中是个中性名词，泛指人视觉的不同感受，在佛教中，色是指有形质能感受到的东西。杨基《梅花》诗："落莫香魂绕旧宫，讵知色相本来空。"古人讲追求女人的容貌娇艳终究是一个

梦，但追梦逐梦做着好梦的人依然不少，这就是求新求欢依然不断的原因。

有一年，德国AC公司和英国WE公司谈一桩钢铁买卖，陷入了僵局。AC公司坚持每吨一百一十五美元，而WE公司却不让步，坚持每吨一百六十美元。为摆脱僵局，也为了做成这笔买卖，WE公司派出了老练而又狡猾的谈判专家梅杰前往，临行前，老板给了梅杰一张密码写成的价格底牌，再三交代底牌只是做参考，要想尽办法为公司多赚钱。梅杰雄心勃勃，到达谈判目的地后，避开AC公司视线，选了一家廉价饭店住下，他怕陷入AC公司的陷阱。谈了几天，仍无进展，梅杰心意烦乱，而饭店服务员苔丝小姐却情意绵绵，陪他跳舞、聊天，梅杰想到AC公司不知道他的地址，也不可能在这样的小饭店里安排什么人，就放心地与苔丝调情，与她巫山云雨。在梅杰打开保险箱，拿出礼物送给苔丝的那一瞬间，苔丝将他开锁的密码清晰地"摄"入脑海，从而为AC公司获取谈判底牌铺平了道路。由于底牌的泄露，WE公司少赚了上千万美元，而梅杰直到返回公司，也没弄清失误在哪里。

心冷时需要温暖，孤独时关心更加珍贵，国外情报部门对人性研究得很透彻，就是在色欲的运用上，也针对不同人、不同情况加以运用。目的不变，手段却千变万化。我们研究间谍成功的原因，一方面可以提高自身的防腐能力，另一方面，可以从个性中找出规律，从规律中悟出办法，从而提高反间谍工作效率，立于不败之地。

《风闻》对于我们了解那些过去的岁月，了解那些鲜为人知的故事，警惕在和平的幌子下从事间谍的黑手，有着十分重要的意义。这些故事，只不过是成千上万的间谍故事的一些侧面。一叶而知秋，我们从这几个故事中，就可以知道国家安全的意义，把我们从事的工作做好，无论何时何地，祖国的利益是高于一切的，任何时候，我们都要记住这一点，没有了祖国，我们什么都不是。愿世界永远和平，愿这些故事不要在我们的生活中重演，愿我们伟大的国家永远强盛。

作者
2010年国庆前夕

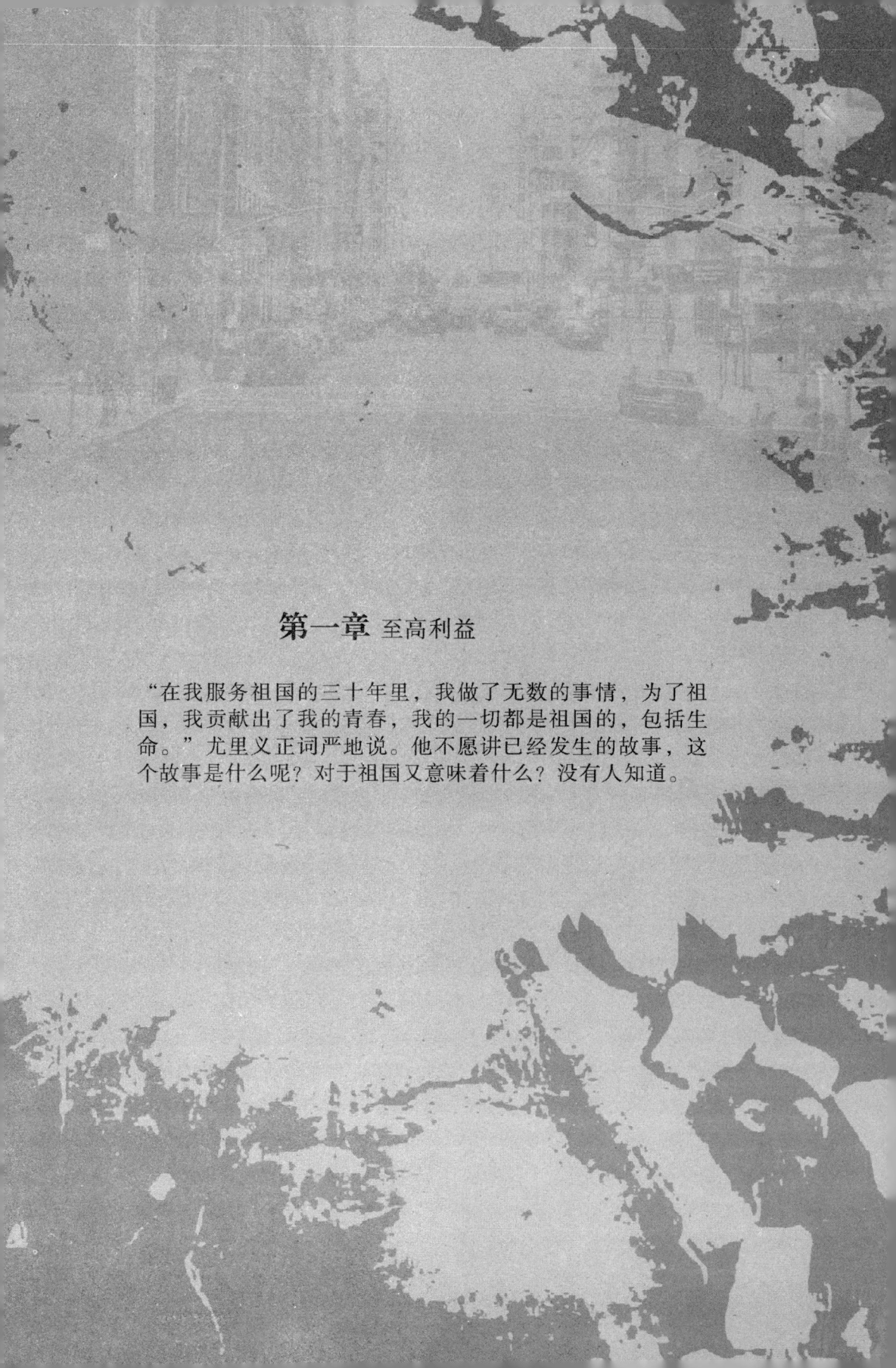

第一章 至高利益

"在我服务祖国的三十年里，我做了无数的事情，为了祖国，我贡献出了我的青春，我的一切都是祖国的，包括生命。"尤里义正词严地说。他不愿讲已经发生的故事，这个故事是什么呢？对于祖国又意味着什么？没有人知道。

第一章

至高利益

1

"在我服务祖国的三十年里,我做了无数的事情,为了祖国,我贡献出了我的青春,我的一切都是祖国的,包括生命。"尤里义正词严地说。他不愿讲已经发生的故事,这个故事是什么呢?对于祖国又意味着什么?没有人知道。

一九七四年秋,华盛顿。

美国参议员西德尼从轿车里出来,急匆匆地提着包往前赶,他要参加总统举行的一个秘密会议,其核心内容是如何在苏联推行美国的民主。西德尼是总统核心圈子的人物,又是总统小时候的密友,虽然他仅仅是个参议员,但是,白宫从上到下都知道他的话在美国对外政策中有举足轻重的作用。西德尼为人极为低调,从不在电视中出头露面。他是一家跨国公司的董事长,也是一位亿万富翁。

西德尼刚走上台阶,就与一个女人撞上了,公文包也被撞到了地上。

"对不起,先生。"小姐捡起西德尼的公文包,痛苦地看了看自己扭伤的脚,歉意地把公文包交到他手里,笑容可掬地说,"我不是故意的,真的,我要赶去听一场讲演,这才……没耽搁你的事吧?"

西德尼眸子中的怒火马上就要冒出来,他对非洲女人,特别是黑

人从来没有好感。话刚到嘴边,他却看到了一张从未见过的脸,一张让他感觉很温暖的脸,顿时怒气全消。"小姐,没关系的,没关系。你的脚怎么样了,要不,我送你去吧,你不是要听演讲吗?"西德尼绅士般地说。

"这……多不好意思呀!耽搁你的事不好。"女人为难地一瘸一拐往前走。甜美略带忧郁地说,"我知道先生一定有急事,不用麻烦先生了,我自己打个车去吧。"

"不,我送你。"西德尼马上决定送她。

如果女人要求他送,西德尼马上会拒绝,反过来,如果不送,他会觉得自己不够男人。他马上打了个电话,说自己有点事,晚到几分钟。他扶着女人上了车,汽车飞快地在公路上急驰。车上,女人告诉他,她叫玛莉,是非洲一个部族首领的女儿,在哈佛读书。西德尼掏出自己一张名片给了她,他被玛莉的美貌深深打动了,尤其是她的真诚让他顿时有了好感。汽车到达演讲地点,玛莉打开车门,轻轻地吻了一下他的脸,笑着说:"再次谢谢你,先生。你让我感到愉快,我感到今天的阳光很灿烂啊!"

西德尼笑了,忍不住在她脸上轻轻地摸了一下。

"玛莉小姐,我今天也很高兴,有兴趣吗,我晚上请你喝咖啡。"

"太好了,这正是我求之不得的,我喜欢喝咖啡的那种情调。"两人商量好了时间和地点,西德尼就开着车走了。

"美是一种魅力的诱饵,可引诱男人扩展他的秉性。"这是一个名人的名言。很多故事都是这样,男人一旦被美色击中,就会失去理智,神魂颠倒,干出一些蠢事来,但这个故事没有那么简单。

晚上,咖啡厅里灯光高雅浪漫。

西德尼穿着藏青色的西服,扎着蓝色素花领带,绅士般出现在玛莉面前。玛莉上身穿着V领红色羊绒衫,把非洲女人特有的胸凸显出来了,下身穿着白色的牛仔裤,把她的健美浑圆的身材恰到好处地表现出来了,那种既不风骚也不拘束的表现,掌握在华贵庄重与激情浪漫之间,把少女的天真和少妇的成熟运用自如。

"玛莉,你是我见过最漂亮的女人。"西德尼端起了咖啡,朝她浅浅一笑，"真的，我不是夸奖你。你把女人的性感掌握得恰到好处。我是一个四十岁的男人了，见过的女人太多了，女人嘛！浪过一分就是俗，让人讨厌，真过一分就是呆，倒让男人敬重，但男人不喜欢这样的女人，你把这两种东西把握得恰到好处，这是我跟其他女人打交道从未有过的感受。"

"是的，西德尼先生。"玛莉纤纤的玉手拂起一个兰花指，轻轻啜着咖啡，望着大街上来来往往的人群，露出笑颜。"我一见你的面，就有一种异样的感觉，好像我们早就认识一样。是的，许多男人跟女人打交道太功利了，上来就吻，有多少吻跟情爱有关，你说是吗？吻作为一种情爱的格调是可以流行的，但爱却是一种品位，一种感觉，你说是吗，先生？"

玛莉的声音柔和圆润，像流水一样好听。她略带忧郁的美式英语发音十分准确，一下子把他们俩的距离拉近了。西德尼听完她的话，感叹这个女人不但外貌美丽，还颇有修养。他喜欢与有思想有品位的女人打交道，他觉得女人如果没有思想，纵然她长得貌如天仙，又有何用。他用银匙搅了搅杯子中的咖啡，朝她笑了笑。

"玛莉，你说得太对了。男女在一起就是要追求一种和谐，一种感觉，如果跟甲做爱和跟乙做爱都一样，那跟天底下所有的女人做爱又有何不同？美国牛仔追求的是一种放荡不羁的时尚，英国绅士和法国贵族是一种文化，是一种品位，你的肤色虽然是黑的，但你的内心比那些白皮肤黄皮肤的女人强多了。"

西德尼用男人特有的目光看着她。

玛莉不是一般的非洲女人，用西德尼的心里话来说，她是非洲女人里面的极品，是黑色图腾。她身材高大，强壮而性感，厚厚的嘴唇，卷毛狮子狗般的毛发，都有独到的特点，她的黑，像乌木雕像打磨光了的那种黑，有如一名作家说的那样，这种黑没有光泽，说白了就是一种物质——炭。在见得太多白人黄种人的美国，在那个流光溢彩溜滑滑的繁华世界里，这个非洲女人，黑得让人落泪。

咖啡厅里烛光摇曳，音乐低回，使人心情惬意。

两人聊了很多，玛莉谈了她家乡苏丹的风土人情，谈了她童年的

有趣生活，谈了她对美国的认识。她熟练的英语和渊博的知识证明她是一位有教养的女人。西德尼听完她的话，从感觉上把非洲和贫苦无知区分开了。他耐心地听着她谈那些趣事，他觉得这样的女人是一幅画，是一幅自己从未见过的画。西德尼有很多相好的女人，他跟各色各样的女人上过床，但从未跟黑女人上过床，他不知道那是一种什么样的感觉。

喝完咖啡，西德尼要送她回去。

"不了。"玛莉厚厚的嘴唇吻了吻他的腮，一股幽香顿时把他淹没。"我住处离这里不远，我想走走，我喜欢华盛顿晚上的感觉。你快回去吧，晚了太太会不高兴的。希望能再次见到你。"

"会的。"西德尼摸了一下她的头发，笑着说，"我下星期有点事，要到西德出一趟差，很快就回来。下个周末，我们仍然在这里喝咖啡，你说好吗？"玛莉愉快地答应了。

他走进汽车，一会儿就消失在滚动的车流里。回到家，夫人正在看电视，他走进书房，给他的好朋友、中央情报局局长打电话，要他调查一个叫玛莉的女人，说她来自苏丹，是一位部族首领的女儿。对方答应了，没有问为什么。西德尼又问克格勃方面有什么新情况没有，对方告诉他，自从安德罗波夫就任克格勃主席以来，对我国的情报策反工作有增无减。据我们掌握的情况，克格勃对外情报总局局长莫尔金正在着手制订一项新的计划，策反我们重点部位人物。但是，具体目标现在还不知道。西德尼又问，在克格勃培养的"燕子"中有无来自非洲的女人？对方嘿嘿笑了，揶揄说，"你开什么玩笑，他们再蠢，也不会培养非洲女人做间谍，这是绝对不可能的。"

西德尼放下电话，长长出了一口气。

他跟总统特殊的关系，使他对任何事情都要问个为什么。美国与苏联的关系，也使他对任何走近自己的男人女人都抱着一种少有的警惕，听完对方的话，他的心这才轻松下来，点燃一根烟，幻想着跟玛莉滚到一块是一种什么样的感觉。烟还没有吸完，总统秘书的电话就来了，他告诉西德尼，总统明天西德之行时间提前了，早上八点车过来接他，让他做好准备。

2

一个星期后，西德尼又和玛莉坐在咖啡厅。

"波恩好玩吗？"玛莉啜饮着咖啡问。

西德尼闪着愉快的眸子说："好玩呀！你有兴趣吗？过两天我还要到波恩去一次，如果你离得开，我可以带你走一趟。真的，没有什么关系的。"

"哇噻。"玛莉高兴得跳了起来，双手绕着他的脖子，热情地给了他一个吻，显出少女般的天真和浪漫。"你可不许骗我，父亲把我送到美国，除了华盛顿，我哪里也没去过，欧洲更是我向往的地方。你放心，费用由我出，我有钱。"她眨着调皮的眼睛。

西德尼笑了笑，他喜欢心无城府的女人。

"西德尼先生，我看你挺喜欢坐在这里看街景的，我弄不清楚，你一个大公司的老板，有这样的爱好，我觉得像你们这样的有钱男人，应该是灯红酒绿，美女成群的。"玛莉瞪着好奇的眼睛问。

西德尼搅了搅杯中的咖啡，淡淡地说："你说得对，我太忙，正因为这样，我就喜欢在黄昏时刻来这里，因为它面对繁华的街道，我从窗户中可以看到街景，那些匆匆的人们，细细地咀嚼人生的意义，如果……如果有一个心爱的女人陪着我，让暗香浮动，让爱若隐若现，听她的轻声慢语，听音乐的淡淡苍凉，那样醉人微醺，还有什么比这更好的事情。"

玛莉眼角滚下一滴清泪。

她倒在他怀里，呢喃私语："先生，愿让一只从非洲大陆来的黑色小鸟陪伴着你吗？她没有你们白人好看的皮肤，没有艳如鲜花的美貌，但她可以化成一壶浓浓的咖啡，一缕沉香，一首苍凉的歌，抚平你心中那些情感的碎片，让你所有的忧愁都沉淀成心香一瓣，所有的痛苦都云淡风轻，在幽静的落寞中感受真正的女人带给你的温馨。"

西德尼被她的话感动了。

"玛莉，你真是一只黑色的百灵。世事的风风雨雨，年轻时的浪漫已经离我久远了，我对女人对情感已经没有那么多缥缈悠远的期待，我更看重的是彼此的融洽，从性格到心灵，从灵魂到肉体。"他抚摸着那张百看不厌的脸，那黑炭般的肌肤，感受到她那结实的身体。她抓住他的手，放在自己的腹肌，让它穿行于自己的身体，他停了片刻，就停在那高耸的胸乳之上。

西德尼从未到过这样的山峰，她是半球形，基底是椭圆形，向前向外并向上突出，软硬适度，手感柔软，位置对称，走过之处有一种从未有过的感觉，这是天地造就的精灵啊！他捏了一下，笑了笑，抽出了手，轻轻地在她脸上拍了拍，"我们走吧，我还有点事，我们就这样说好了，到时候我给你打电话。"

玛莉有些失望，怯生生地说，"先生，你难道不想看看非洲大陆的风景吗？"

西德尼附在她耳边说，"我会的，到波恩后我会认真看看那块未开垦的处女地。"说完摸了一下她修长美丽的大腿，吻了吻她的脸颊，走了。

玛莉看着西德尼汽车离去，拨了一个电话。

几天以后，西德尼和玛莉到达波恩。西德尼在凯悦饭店订了两个房间。她不解，疑惑地问，"先生，难道我不值得你爱吗？"

西德尼解释说，"我喜欢一个人睡觉，对不起玛莉，我在波恩也有买卖，我太累，原谅我。……没关系的，我们这样不也挺好的吗，我想要过来，很方便的。"玛莉这才笑了，朝他媚媚地看了一眼。

白天，西德尼带着玛莉去了科隆，那里离波恩很近，那些独具特色的大教堂巍峨耸立，高高的塔尖风化成褐黑色，像是向人们诉说这座城市历史久远。广场上，无数的鸽群在飞翔，在跳跃，使这座城市弥漫着安宁的气息，这在冷战时期是难得一见的风景。

"这个地方太好了。"玛莉挽着西德尼的胳膊，开心地说，"我从未到过欧洲，原来如此安宁，简直就是天堂。到处都弥漫着一种古老而神秘的气息，在这里生活，不知比我们苏丹好多少倍啊！"

西德尼笑了笑，没有说话。

路人都对这一白一黑男女露出了惊诧的目光。西德尼也不在乎，这里是北大西洋组织的势力范围，一切都跟在美国一样。回到饭店，西德尼就接到中央情报局局长从华盛顿打来的电话，对方告诉他，那个叫玛莉的苏丹女人，的确是一位部族首领的女儿，没有任何问题。放下电话，他才舒心地点燃了一根烟。

第二天晚上，两人又来到步行者天国。

"好玩吗？"西德尼问。

玛莉撅着嘴，可怜兮兮地说，"好玩是好玩，但先生让我一个人住，你不觉得我太可怜了吗？我……我真有那么可怕吗？连你也躲得远远的。先生，我喜欢你。色彩多样的凤凰你见得多，我可以肯定，你没有见过黑色的凤凰啊！她会让你终生难忘的。"

西德尼再一次被对方乖巧的嘴逗笑了。

"玛莉，我不得不承认，你是一个聪明的女人。好吧，今晚我就看看非洲那块让我感动的土地，感受一下非洲的野蛮和疯狂。"他的话说得她心花怒放，笑靥如花。

步行者天国是科隆著名的商业区，高耸的大楼鳞次栉比，高级时装店、皮货店、首饰店、咖啡馆比比皆是。两人混杂在人流中，在光怪陆离的灯红酒绿中游览。西德尼给玛莉买了一条金项链，又买了一块佩玉，让这位在非洲大陆出来的女人惊呆了眼睛。

回到饭店，玛莉嚷着要先洗个澡。

西德尼点了点头，冲好了一杯咖啡，坐在沙发上，一边看报纸一边品着咖啡。洗完澡后，玛莉身穿透明的白色连衣裙走了出来，在柔和的灯光下，黑与白产生的反差，让西德尼惊呆了，报纸掉在地上，这哪是人体，这不就是一块炭雕成的雕像吗？她那修长的身体曲线分明，高耸的丰乳随着身体的移动一颤一颤，仿佛在呼唤着什么。她面无表情展现着人类最纯粹的性的气息，这种气息像一缕又柔又韧的丝绳紧紧地捆住了西德尼的咽喉，让他喘不过气来。这不能用美来形容，他突然想到了一个中国的词，"霸道"。

"先生，这块野性的土地诱人吗？"她脱掉衣服。

西德尼刚想站起身来，倏地感到了什么。是什么，他一时琢磨不透，但他感到如此完美的黑珍珠，恐怕一万个里面也找不到一个。你看她的皮肤，黑得让人落泪，没有一丝缺陷，连那下面卷起的毛好像也是修饰过的，太完美的东西就让人想到欺骗。在商场，轻易得到的利润总是让人提心吊胆。

"玛莉，穿上衣服吧，不要感冒了。你太美了，太神圣了，神圣得我不敢亵渎你，我看了，这辈子也满足了。"说完，他起身，平静地离开了房间。

玛莉愣了，她不敢相信结果会是这样！难道我做错了什么？她把那团薄纱愤怒地撕成碎片，赤裸着走到挂钟后面，取下了小巧的录像机，沮丧地坐在地上喘着气。

第二天一早，西德尼离开了波恩。

玛莉早上起来，这才知道他走了，拨打他的手机，提示音告诉他，你打错了号码。她长叹一口气，没有再与他联系，自己坐飞机回到了美国，继续在哈佛读书。一个月后，西德尼通过关系询问玛莉的情况，得到的答复是，她回国了。通过美国驻苏丹大使馆询问，他们告诉西德尼，玛莉回到苏丹后，再也没有她的消息，是死是活也不知道。西德尼笑了，为自己的明智感到欣慰。

两个月后，西德尼把这段愉快的时光早抛到脑后去了，他实在太忙了，终日为总统的对外事务奔波，他深深知道，强大的对手苏联是永远也不会放过对美国的颠覆的。彻底摧毁共产主义，是美国首要的重要目标。

3

一九七四年冬，莫斯科。

克格勃对外情报总局局长莫尔金的办公室。刚从华盛顿回来述职的克留奇科夫站长坐在局长面前，神情沮丧。"局长同志，我们又失败了，玛莉的表演无可指责，她是我们培养多年的'燕子'，执行过多种任务，从来也没有失败过。我们是在众多的非洲女人里面才选中她的，对她进行过一系列的整容，请专门老师辅导过，无论哪方面的知识都是一流的，不知西德尼为什么临时改变了主意……"克留奇科夫疑惑地说。

"你获取的情报准吗？"莫尔金问。

克留奇科夫站了起来，啪地一个立正，朗声说，"局长同志，我这里有一段录音，你可以听听。"说完从身上拿出一盒磁带，插进了录音机里，一会儿，里面传出了断断续续的声音。"……噢，是吗，这次非洲之行有什么收获？什么？你跟她们……哈，哈，难道我们白人女人还比不上非洲的娘们。你说什么，她们的……那个比我们的女人紧松合适，啊！这我倒没有听说过，有机会我倒要见识一下非洲的娘们，看看你的话说的对不对，哈哈哈……对了，听说你寻到了一件中国宋代瓷器？"他啪地关了录音机。站在那里听莫尔金的训话。

"嗯，倒没错。是西德尼跟苏丹大使的谈话。怎么，他还喜欢中国的瓷器，太好了。站长同志，下个星期西德尼要到维也纳出席一个当地商人的早餐会，那里有一个旧货市场，我估计他肯定会去，你利用这个机会，设一个套，明白吗？"莫尔金交代说。

"是，局长同志。……不过，让我去合适吗？我是说让别的站派人去更好些，毕竟他们在奥地利比我熟些。"克留奇科夫看着莫尔金的脸，试探着说。

他没有生气，只看了他一眼，再次强调说："克留奇科夫同志，对西德尼的工作，关系到我们对美国的重要战略，除你以外，我们不允许任何人知道，所有的工作计划都不见于文字，明白吗？由你直接向我汇报。"

"是，局长同志。如果……如果你没有什么别的指示，我今天就返回华盛顿，从那里直飞维也纳。"克留奇科夫毕恭毕敬地请示。莫尔金挥了挥手，眼睛仍然没有离开手里的稿件。他敬了个礼，转身走了。

两天后，他带人到达维也纳。

西德尼带着助手来到了维也纳，他这趟奥地利之行，是处理公

里的一些事务性工作，没有政治任务，所以，显得格外轻松。西德尼生活作风严谨，为人处事低调，在商界是有名的。玛莉一事，的确是克格勃们算准了他的命门，所以，他的心有些动，而就在他动摇之中，理智还是战胜了情感的浪漫。事后，他更感到惊心动魄，觉得接近他的女人，恐怕没有一个不是有企图的。参加完早餐会后，西德尼拒绝了助手的陪同，一个人来到了维也纳最大的旧货市场。他喜欢一个人闲逛。没错，他酷爱中国瓷器。

西德尼前前后后走了半天，也没有看见一件称心的东西，就在摊子边走来走去，想离开又有些舍不得，买吧又没有值得动心的东西，只长叹着气。就在这时，一个操着美式英语的中国人出现了。他走到西德尼身边，小心地问："先生，要老窑的瓷器吗？"

西德尼看着这张亚洲人的脸，问道："是日本人还是台湾人？"

那人神秘兮兮地说："先生，我是台湾人，叫林根，在这里做了多年了，我告诉你吧，你在这里再逛也没用，里面的东西早就被人翻了八百遍了，没有好货。我带来了一件，是个好东西，你看了肯定喜欢。"

西德尼虽然是第一次来旧货市场，却对这一行有所了解，很多收藏家都希望遇到一个手里有货的中国人，那样，既能买到好货，又不受二道贩子的剥削，他也知道一手货和二手货的差价巨大，还弄不到真品。西德尼更晓得，这一行骗子实在太多，你小心翼翼都有可能上当，更何况半生不熟的美国人。

"你那里有什么东西？"他问。

林根眨了眨眼睛："罐，就是像装骨灰的那种罐。"

西德尼一听有戏，又盘问："你是哪里人？"

林根把他拉到一边，告诉他说："先生，你不相信我？我告诉你吧，这是一个从内蒙古赤峰偷渡来台北的大陆人给我的，绝对是真品。你既然是搞收藏这一行的，当然知道这里面的奥妙，用不着我告诉你吧。"

西德尼更高兴，他读过很多中国收藏的书和中国史书，知道当年清军八旗中有许多内蒙古人，战死沙场后都埋在自己家乡。他说的罐，说不定是将军罐，在收藏市场上很值钱，也很难找到。他点点头，随着林根来到皇家大酒店。林根把他带到一个房间，小心翼翼地打开用旧棉布裹着的一个瓷罐，上面还有泥痕。罐造型精美，不像装埋死人的，倒像一个瓶胆，釉色较浅，既不像清代的东西，也不像元代的，倒像南宋时代的。

西德尼欣喜若狂，说洗干净了再看看。林根同意了，把他领到卫生间，他小心冲洗，然而，在冲洗罐底时，还是碰在水龙头上，罐口碰掉了一块。西德尼腿发软，不要说碰损了一块，就是掉了釉都不值钱了。西德尼再看卫生间，就知道上了圈套。卫生间本来就有一块镜子，他们又在镜子前立了一块，而且斜立着，他们把碰撞的概率推算到了百分之百，跑都跑不掉。他回过头，林根不见了，一个苏联人带着几个棒小伙站在门口。

苏联人眯着眼，很惋惜地说，"对不起，先生，这是一件南宋时期官窑的百圾破瓶胆，恐怕全世界都找不出第二个，你看怎么办吧？"

"我买了。"西德尼毫不犹豫。

"好。"

苏联人回到房间，一拍大腿，"痛快，一口价，一百万美元，少一分你别想拿走。"西德尼一下子懵了，他倒不是出不起这个价，而是知道他们在敲诈自己。他知道，极品瓷也不值这个价。苏联人点燃了一支烟，慢悠悠地说，"稀世之宝，一百万已经是很便宜的了，你不要，别人还抢着要呢。"

西德尼笑了笑，挥了挥手说，"先生有什么话就说，我知道你设计了这个套让我钻的，你说对吗？别说一百万，一千万我也不在乎。"

苏联人哈哈大笑，"你难道不怕我们把你抓到警察局去？你就不怕我们败坏你的名誉？如果先生能与我们合作做一笔买卖，我们会送你一批中国稀世珍宝，如何？"他没有等西德尼点头，就一挥手，手下的人就抬进了几个箱子。

"你看看这是什么？"苏联人小心翼翼地拿出一个硬纸盒子，里面放着一个青花洗口瓶。西德尼拿出显微镜，一边看一边说，"真没想到，真没想到还有这样的好货。你们不知道，元代创造了元青花、釉

里红等下彩红新品种，因为出得不多，保存下来的极少。元代瓷跟别的年代不一样，胎、釉、装饰、造型虽然体现了汉民族的风格，但也渗透了蒙古族的特点，古朴敦厚，胎骨较重，绘画的风格也不同，充分体现了那个时代的特点。"

苏联人笑了笑，"我没有骗你吧。你是识货的，告诉你吧，这是元代'四爱'洗口瓶，世上没有第二个。"

西德尼倒吸了一口冷气。

他摇摇头，看着苏联人说："的确是好东西，但你的英语太差了，是苏联人吧，告诉你，我西德尼不吃这一套。谢谢你能看重我，告诉莫尔金，不要再花心思了，我永远也不会上你当的。"说完笑着走了。苏联人看着西德尼的背影，恨不得上前踢他一脚。但他不敢，只是狠命地跺了一脚。

回到饭店，西德尼想起这件事，开心极了。

4

克留奇科夫再次回到莫斯科。

他站在莫尔金的办公桌前，低着头，大气也不敢出一声。"局长同志，我们又失败了，要不，我们再选择一个别的什么人，西德尼太难对付了。"他提出新的建议。

莫尔金摆了摆手。

"站长同志，你的任务已经完成了，我们有新的计划，你放心，还没有我们拉不下水的人。西德尼的地位无人替代，我们伟大的事业需要他，美帝国主义一定会失败。记住，克留奇科夫同志，只要正确地运用辩证唯物主义和历史唯物主义，没有人是不可战胜的。是人，就会有弱点，有弱点就可以利用，知道吗？你可以回华盛顿了，你设法通知我国常驻联合国的代表尤里夫妇回国述职，到莫斯科后，让他马上来见我。"

"好的，局长同志。"克留奇科夫马上点着头。

一星期后，苏联常驻联合国副代表尤里迈进了莫尔金的办公室。这位四十岁不到的外交官，其身份是克格勃对外情报总局一名特工人员，归美国站克留奇科夫具体领导。像他这一级别的克格勃工作人员，基本上不跟莫尔金打交道，身份地位太低。尤里接到克留奇科夫的指示，心里很紧张，不知道有什么事情发生。因为，在那个年代，什么事都有可能发生。他们夫妇俩以休假为借口，坐飞机赶回了莫斯科。

尤里的心情是复杂的，既有些受宠若惊，又有些惴惴不安。他推开了莫尔金的办公室的门。"你好，局长同志，我是美国站的尤里。"他站在那里，不知如何是好。

"坐吧。"莫尔金脸上很平静，露出善意的微笑。"坐吧，是刚下飞机吧，没有休息好，是吗？没有关系的，工作安排完了你可以好好休息。"莫尔金请他在椅子上坐下。

他问尤里在美国的工作情况，特别仔细地问了他们夫妻的关系，问了他夫人的身体情况，问得格外仔细。尤里不知道莫尔金是什么意思，但他不敢说假话，就如实地说，"我们夫妻关系相当好，夫人的身体也没有任何问题，我们过得很愉快。我们俩相亲相爱，我们是自由恋爱的。"他向莫尔金谈了他跟妻子认识的经过，说所有的经历都经组织反复审查，没有任何问题的。

莫尔金点了点头，没有说话。

令人压抑的沉默。

尤里看了看莫尔金的脸色，只见他脸上没有任何变化，他知道莫尔金是不会有任何变化的。他看到办公桌上有一大堆文件和资料，难道是有人打我的小报告？毫无疑问，自己的工作是受组织的监督的，他马上过电影般回忆自己的工作，没有成绩，也没有差错，他有些内疚感，作为一名职业特工，没有取得成绩是最大的耻辱，祖国培养了我，我却没有为自己的祖国作出贡献。

莫尔金抬起头，用那种职业特工惯有的目光看了看他，平和地说："尤里·弗拉基米洛维奇想找你谈谈。"

"天呐！"他心里大叫一声，这太出乎他意料了，"克格勃主席安德

罗波夫要找我谈话，难道我的运气来了？"他愣了片刻，马上笑着说，"好的，听从你的安排，费德尔·康斯坦金诺维奇。"他恭敬地叫了他的全名。

"那么，我们马上动身。"他说。

尤里诚惶诚恐地答道："当然可以。"

莫尔金对着话筒说，把汽车开过来。随后又拿起直通电话，说道："尤里·弗拉基米洛维奇，我同从美国来的同志谈过了，你看我们什么时候过去。"

"你半个小时后过来，我等着你。"

"好的，我准时到。"莫尔金挂了电话，朝尤里做了个请的手势，两人就走出了对外情报总局办公大楼。门口，一辆专车已经停在那里，两人钻了进去，汽车飞快地驶上公路，一会儿就到了克格勃总部。

安德罗波夫的秘书正在门口等着他们。一下车，就把他们领到一个宽大的办公室。倒了杯水，请他们在这里稍等片刻。尤里在踏进对外情报总局的办公大楼时，心里就有些紧张，到这里来，更有些战战兢兢。这个地方，对一名职业特工来说，是一个神圣的地方，多少苏联英雄在这里完成了他们的人生伟业，他们造就了克格勃的辉煌，他们为祖国赢得了无数的荣誉，他们让帝国主义感到胆战心惊。尤里全身激荡着一种献身的情绪，有一种发自内心的崇高和神圣，为了伟大的祖国，他可以直面死亡。

安德罗波夫走了进来，面上毫无表情。他握了握尤里的手，就对莫尔金说："费德尔·康斯坦金诺维奇，我知道你是个大忙人，你有事你就忙去吧，我们随便聊聊。好吗？"莫尔金马上点了点头，把门带上，走出了办公室。

尤里感到一阵紧张，他把莫尔金都支走了，"难道有什么重要的事吗？连对外情报总局局长都不能听。什么任务，需要克格勃主席同我单独谈话？"

"你喝点什么？"安德罗波夫像一位长者，和蔼地问："是咖啡还是茶？我喜欢中国的茶，那是一种好饮料。有一个朋友从中国给我带了些茶叶，我用手捧了些闻了闻，手上竟满是茸毛，那种自然的清香渗入指尖。朋友告诉我，茶叶有三次生命，一次是它生长在树上的日子里，一次是茶农采摘翻炒揉捏的过程，最后一次是品茗的人用水去滋润它，最后一次舒展身姿和生命精华回报懂得欣赏它的人。我听完朋友的话，觉得这里面有许多人生的哲理，我们每一个布尔什维克，难道不是也有多次生命吗？我们生命停止了，但我们创造的光辉业绩依然可以鼓舞许多人继续战斗，你说是这个道理吗？呃，我说多了，你喝茶还是咖啡？"

尤里没有完全听懂安德罗波夫的话，但他知道对方在尽量制造一种轻松的谈话气氛。他愣了一下，一听他问，马上说："尤里·弗拉基米洛维奇，如果可以，我要一杯咖啡，如果不方便，我就来杯白开水吧。我不懂得品茶，怕浪费了你的好东西。"

安德罗波夫摆了摆手，冲了一杯咖啡，亲自端到他面前，自己冲了杯茶，是绿茶。

"听说你会写诗？"

"只是试着写，写得不好。"尤里怯生生地说。

"请背几句我听听，我也是个诗歌爱好者。"安德罗波夫朋友般地说。尤里只好背了一首短诗。安德罗波夫微微点了点头，清了清嗓子，也朗读了一首自己的得意之作，诗不长，但很有内涵。

"你对美国的生活方式有什么看法？"他开始问。

尤里直起身子，朗声说："说实话，我挺喜欢美国的生活方式，尤里·弗拉基米洛维奇。但我无法热爱它。就像一个穷佃农可以欣赏甚至赞美贵族的门锁，但绝对不可能去热爱它，也不可能热爱它的主人。我坚信社会主义制度，我忠于共产主义信仰。"

"你对美国风俗有所了解吗？"他似乎对尤里的表态式的话不感到奇怪也不赞成，眉稍稍有些皱。尤里不明白对方为什么问这个问题？风俗，什么风俗，美国的风俗多着呢，他一时不知道说什么好。安德罗波夫没有等尤里回答，又接着说："有一种'换妻'现象，你熟悉吗？"

尤里一听安德罗波夫是问这个，有些愤怒地说："尤里·弗拉基米洛维奇，这哪是什么风俗，这是资本主义腐朽思想的表现，是一种变

态，他们报纸上说，有许多美国人把换妻看成一种乐趣，说它可以维护家庭和睦，证明这类消遣比到外面找妓女好了不知多少倍，还有人说这是最大量地提高生活的质量，男人女人都找到了快乐。他们说，再好的夫妻，天天在一起，也寡然无味。这……这都是些什么呀！我们这……怎么可以具有这种道德情操。"

安德罗波夫听完他的话，笑了笑，喝了口茶。不知是表扬还是批评说："尤里同志，你是个好丈夫啊！"说着，他笑了。

5

尤里不明白安德罗波夫到底要干什么。

安德罗波夫看着他急不可耐的神情，长长地叹了口气，放下茶杯。"尤里同志，我知道你是个好同志，是个值得信任的同志，我请你来，是有一件棘手的事，我们反复思考过，没有第二条路可走，只好……我首先声明，如果你对我的提议难以接受，请你马上提出来，不会对您的进步产生任何影响。您明白我的意思吗？"

"完全明白。"他站起来回答。

安德罗波夫摆了摆手，让他坐下。淡淡地跟他说，"你在联合国工作，当然知道西德尼这个人了。他跟总统和白宫幕僚们关系非常密切，能进入最上层的圈子，掌握着核心的重要情报，这些东西都是我们急需的。我们通过其他渠道，以为他喜欢非洲女人，就安排了我们最出色的'燕子'接近他，结果失败了。他喜欢中国瓷器，我们又安排了圈套让他钻，结果又是一样。用金钱收买他，他是亿万富翁，钱对他来说不是问题，在思想意识上也没有任何合作基础。无论在事业上还是在家庭生活中他都无懈可击，因此，我们也找不到败坏他名誉的材料对他施加压力。"

"不过……不过，最近我们获得了一份材料，西德尼和他妻子的一次谈话，他们谈到了换妻游戏，开始在熟人中寻找对象，挑来挑去也没有挑到合适的对象，不是他不满意，就是她不满意，只有你们夫妇让他们的意见达成了一致，长话短说，他们想选你们作为交换对象。"

"天呐！"

尤里一下子傻了，他万万没有想到是这么回事。如果让他去偷窃中央情报局的情报，哪怕是死，他也会毫不犹豫，可……可这件事……他跟妻子是那样相亲相爱，她是他的生命所在，她是那么可爱，如果让别人，而且是祖国的敌人去糟蹋自己的妻子，他不敢想象，那么可爱的胴体……他瞪大了眼睛，不知如何是好。

"看得出，这件事让你为难了。"安德罗波夫同情地说，"我能理解，我知道你们夫妻关系非常好，我知道一个男人要他做什么都行，但在这个问题上是有些难办。我说了，你可以拒绝，你现在不要急着回答我，你还有时间。我再说一遍，西德尼这个人掌握着我们急需的情报，对于我们祖国，作用非常大。"

尤里脑子里急速地转了千遍。从本质上说，就是把安德罗波夫的职位给他，再给他一座金山，他也不愿意把自己老婆给一个美国佬搂着亲着玩着，他更不愿意玩这种游戏。还要他跟西德尼的老婆做爱，他想起来就感到恶心，他从内心讨厌美国人。但是，多年的教育，职业特工生涯，使他头脑中把祖国的利益看得高于一切。没有什么东西能与祖国利益相比的，没有祖国，到哪里去寻觅个人的幸福？作为军人，他更明白安德罗波夫为什么专门找他谈话。他站了起来，面无表情地看着自己敬重的领导。

"我……我可以服从，为了祖国。"

"你不会后悔吧？"他盯着问。

尤里这才啪地一个立正。

"尤里·弗拉基米洛维奇，我是一名军人，又是一位真正的布尔什维克，我把祖国的利益看成我的一切，为了国家的利益，我什么都不在乎，哪怕我的生命。只是我……我有三个问题，不知道提出来行不行？"

"请讲。"他冷静地说。

尤里理顺了一下自己的情绪，说："你了解我的态度，可我却不知

道我妻子的意见。我是军人，我发过誓，而且不管怎么说，我是男人，这种事对我来说容易些，可她会怎么对待这件事呢，我没有把握，她是那么地爱我。"他明显有些为难。

"当然，当然。"安德罗波夫很同情地说，"我知道这不是你一个人的事，她的配合是十分重要的，你可以试着做她的工作，如果她有什么要求，可以找我和费德尔·康斯坦金诺维奇谈谈。"

"明白了。"尤里答道，"第二个问题是，我了解我们的保密规定，我属于美国站管理，对外情报局下面还有处室，我想了解终究会有多少人知道这件事？尽管我不在乎，但我还要工作，请原谅我的顾虑。"

安德罗波夫拍着胸，保证说："你放心好了，我们的谈话不会在任何文件里面反映出来。这件事只有我们三个人知道，任何书面的指示都不会有。无论是你们局长，还是我们驻美国情报站站长，一点消息都不会透露给他们。跟费德尔·康斯坦金诺维奇之间的联络暗语，请你们自己商定，我们会通知美国站，说你是执行专项任务的，他们不能提出任何问题，只负责在必要时候配合你。好了，请你说第三个问题。"

"会不会是CIA的诡计？"

安德罗波夫也从沙发上站了起来，在房间里走来走去。他坚定地说："绝对不会。西德尼是一个有地位受尊重的人物，他们不敢冒如此大的危险让他参加这样的行动，这种事西德尼是不会做的。所以，我们就这样谈好了，所有的细节你跟你们局长再谈，想好后，你亲自告诉我你的决定，我好安排下面的工作。"他握住尤里的手，表情显得十分亲切。"我理解你，我也是男人嘛，这样的事对你不轻松，没有办法，你是唯一的候选人啊！"

尤里从安德罗波夫办公室出来，哪里也没去，他来到一家酒馆，喝得大醉。拖着醉醺醺的身子，在红场上走来走去。他没有回家，而是找了一家旅馆住了下来，他不知道如何跟妻子说，躺在床上，被酒精醺昏了的头才慢慢清醒。望着窗外皎洁的月亮，他仿佛看见了刚恋爱时的妻子，那个可爱的妮娜。

"你摸摸，一个大一个小呢。"

那幽幽的声音好像从遥远的天边传来。妮娜银铃般的笑声像电影一样在他脑海浮现。那是他们刚谈恋爱不久，一天晚上，她倒在他怀里，娇嗔地拿着他的手，放在她赤裸的胸前。他像一只久饿的狼，狠命地抓住她的双乳，比较了半天，终于发现右乳小一些。想到这里，只觉得有一种东西在揪着他的心，有一颗冰冷的泪珠在他眼里转了许久，还是流下来了。他实在控制不住自己，还是在深夜把妮娜叫到了旅馆。

"尤里，你疯了，不回家，跑到这里做什么？"妮娜一进房间，就不高兴地说。

他一看到妻子，眼睛雪亮，愣了片刻，立马疯了一样，抱起她扔到床上，歇斯底里喊着，"妮娜，你知道吗，我是多么爱你啊！你是我的生命，是我的一切。"他不顾她的反抗，搓她的胸乳，揉她的腹肌，撕下她的衣服，强行进入她的身体。像一头狼，恨不得把对方吞噬。

妮娜毕竟跟尤里做夫妻多年，一看他的样子，就知道有什么事，在反抗中很快就配合起来，箍住他的腰，嗲嗲地喊道，"来吧，来吧，宝贝，你就尽兴吧。"待他瘫痪在一旁，妮娜这才疑惑地捧起他的头，柔柔地说，"告诉我，到底有什么事？"

清醒过来的尤里欲言又止。

"说吧，我做好了思想准备，是不是爱上了别的女人？"妮娜脸色平静。

"妮娜……我是那样的人吗？我……尤里·弗拉基米洛维奇交给我们一项任务，我……我实在说不出口，我怕你……"

妮娜睁大眼睛，"你是说安德罗波夫，天呐！你见过他了。他要我们干，我们不干也不行呀！我们是军人啊！"

尤里这才吞吞吐吐地说了一切。

妮娜愤怒至极，暴吼着说："要我去……跟美国佬睡觉，你们真的想得出来。"她又哭又喊，仿佛要把房间里的东西砸烂。平静下来后，她无奈地说，"唉！有什么办法，我只好答应了。亲爱的，来吧，我们好好做爱，你好好享受我的身体，我怕美国佬弄坏了。"说完赤裸地搂住他，滚到了一起。

6

九月份，尤里夫妻回到了纽约。

参加完联合国例行会议，代表开始了传统的会晤。酒会上，西德尼作为美国的代表，出现在各国代表团之间，他穿行在东西方代表面前，为美国对外政策摇旗呐喊，鼓吹美国对外政策，争取更多的国家支持他们。作为美国传统的对手，苏联代表更是他们争取接近的对象。CIA和克格勃都在暗中较劲，进行更加频繁的活动，妄图把对方的政府官员拉下水，为自己的国家利益服务。

要在以前，尤里也只是简单地问候一下就算了，作为外交人员，他不愿找麻烦，他明白克格勃在做什么，也明白CIA在做什么。现在不同了，他明白自己的任务，也明白对方需要什么，就更主动、更热情地接近西德尼。当然，受过克格勃专门训练的尤里知道如何做，他不会让对方感觉到什么的。

西德尼很热情，主动邀请尤里夫妇到家里做客。尤里推迟了一会儿就答应了。在美国，主人如果邀请你到家里做客，就是把你当朋友对待。美国许多地方，法律是禁止娼妓的，但是，披着各种外衣的妓院仍遍布全国，"按摩院"、"陪伴服务所"、"裸体照相馆"、"蒸汽浴室"、"性生活训练班"等名目繁多的男女鬼混的花样层出不穷。越是性开放，人们越是厌烦，特别是一些有文化有层次的官僚，更是不愿到那些地方鬼混，怕染上病，更怕对手找到花边新闻，在大选时进行攻击。这样，"换妻"这种新花样就在有钱人当中流传开了，认为这是一种最好最安全最享受的方法。

西德尼的夫人丽丽早在家门口等着他们了。

尤里与丽丽认识，丽丽也与妮娜认识，相互之间都是熟人，只是没有更深的交往罢了。西德尼的家在纽约市郊，这是一幢两层的维多利亚式的小楼，院子很大，里面有游泳池，有车库，还有一块网球场，显然，这不是一般人可以拥有的。尤里夫妇从老式的福特车上下来，丽丽就热情地走了过去。

她热情地与妮娜拥抱。

"妮娜，我很想你，早就想让你们来参观我的房子，西德尼说你们回莫斯科休假去了，我就不好问。怎么样，家里还好吗？"她又转过身，礼貌地把脸靠了靠尤里的脸，笑着问："尤里，看你的样子，休假一定很愉快了。来，我带你参观我的房子。"说完带着他们俩就走。西德尼跟在后面，脸上堆满了笑容。

"怎么样，我这里好吗？"丽丽边走边说。

妮娜故意挽着她的胳膊，惊诧般羡慕地说："丽丽，你们家真大，简直跟公园一样，漂亮极了。能在你们这里度过一个美好的周末，是我们的梦想。"她朝后面的西德尼一领道："谢谢西德尼先生，你给我和尤里带来了快乐，我们永远都不会忘记你们的。"

"这有什么，只要你们愿意来，你们可以经常来玩，这里就是你们的家，我喜欢与你们夫妇做朋友。"西德尼耸了耸肩，高兴地说。

丽丽带着他们夫妇参观完住的地方，又把他们领到游泳池旁，旁边的侍者端过来酒，西德尼说我们开开胃，游会儿泳，好好玩玩，一定要玩得愉快。喝完酒，丽丽做了个请的手势，把妮娜拉进房间换泳衣去了，两个男人也进了房间，换好了泳衣躺在藤椅上，等着两个女人出来。妮娜看见丽丽拿出来的泳衣，愣了一下，这哪是泳衣，跟没穿衣服没有什么两样，但她还是愉快地换上了，她知道这是任务。

丽丽站在尤里面前，让尤里呼吸急促。说是比基尼，实在也就是两块布，丰满的胸乳被捆住了一半，一半露在外面，下身是一条十分窄的带子，也就是五公分宽，除了挡住那条细小的沟外，金色的毛在阳光下格外醒目。他紧紧地看着她，她马上抓住了他的目光，她喊了声，"来吧，我们游泳。"就跳进了游泳池。西德尼也被妮娜的身材震撼了，看着她眼睛发呆，被她牵着手，也跳进了游泳池。

几个人玩得很愉快。

回公寓的路上，妮娜说："尤里，西德尼上钩了，我看下次就差不多了，在游泳池，他抓住我的手不放，还在我身上摸来摸去，悄悄地

跟我说，感觉真好。要不是在执行任务，我早就给了他一个耳光，这个美国佬。"

尤里笑了，说不出是尴尬还是兴奋，看着前面的汽车说："丽丽倒是个漂亮的女人，当然，比起你来就差多了，妮娜，你知道我一上床就紧张，我真怕到时候不行了，破坏了这次行动计划。"妮娜咯咯地捂着嘴说道，"你还能不行，不把那个美国娘们整得疯了才怪呢。……不过，万一……你就想着下面的女人是我，就行了。"两个人哈哈大笑。

两个星期后的周末，他们又聚到了一起。

这次西德尼把他们夫妇带到了海边，他在这里也有一个别墅。四个人到海里游了一会儿泳，他们就披着薄薄的浴巾沿着海边慢慢地走着，尤里牵着丽丽的手，妮娜挽着西德尼的胳膊，看着美丽的晚霞和蓝湛湛的海水，说不出来的惬意。

晚上，西德尼带着他们到附近的"希福德"餐厅吃海鲜。丽丽要尤里点菜，他推却了一下，就点了个大乌贼，他喜欢吃这个东西。服务员给每个人上了印有公司标徽的餐巾，就像给小孩带围嘴一样。丰盛的晚餐开始了，几个人说说笑笑，十分和谐。吃完饭，四个人回到了别墅，在客厅里坐下了。这个时候已经是晚上七点多了，外面除了海浪的敲击声，一切都显得十分平静和安详。

客厅里铺着名贵松软的地毯，四周闪动着暗色幽幽的烛光，烛光中各色的饮料和酒摆满了柜子，鲜花、醇香，造就了一种少有的温馨和浪漫，一种欲望的空气也弥漫在四周，四个人都好像等待着什么降临。西德尼打破了这种沉寂，笑着说："我提议看一部电影，如何，当然是少儿不宜的那种。在你们国家是看不到的，你们会感受到一种从未见过的东西啊！"

"好的，谢谢你，西德尼先生。"妮娜笑着说，"在我们国家，很多东西是禁止的。但我们也是人呀！你说是吗？我们当然喜欢没见过的东西。丽丽，你说是吗？"

丽丽靠着尤里，点了点头，"那当然，我们希望你们快乐。不是吗，西德尼？"

西德尼挑了一盘录像带，插进了机器。他也没问大家，先打开一个酒瓶，倒了一杯，又斟满了几个杯子，朝他们三个人做了个请的手势，用俄语说了句祝大家身体健康，全然不顾美国人的习惯，先把酒干了。尤里愣了一下，朝妮娜使了个眼色，一块儿都把酒干了。尤里主动地又把酒倒上，与西德尼碰了碰杯子，几个人又干了。喝了酒，大家都有些晕乎乎的。

　　录像带中的电影情节十分简单。讲的是一个可爱的家庭，平常得不能再平常的家庭，夫妻双方开始感到厌烦了。两口子都有另找新欢的想法，但没有发展到跟别人私通。两口子矛盾越来越尖锐，经常吵架，家也不回，谁也不管谁，又不愿离婚，走投无路的情况下，两人找到了性心理专家，得到的劝告是，你们可以试试"换妻"的办法，这样，既保持了家庭的稳定，又寻找到了各自的快乐。

　　两个人开始尝试着"换妻"。

　　在一次晚会上，这对夫妇与另外一对夫妇认识了。他们都感到有一种吸引力。接下来他们租了一艘游艇，开始了周末的游玩。在舒适的船舱里，他们听着音乐，唱歌、跳舞，然后各自搂着对方的妻子做爱，上岸后，各自带着自己的妻子回家。突然间，这对夫妇感情好了，比原来更加恩爱，从此没有发生过任何争吵，他们好像又回到了谈恋爱时的岁月，妻子觉得丈夫更有魅力，像个真正的男人，丈夫觉得妻子比原来更加动人，更有女人味了。从此，夫妻俩过着幸福美满的生活。

7

　　尤里感觉到节目快开始了。

　　"有点意思吗，尤里？"西德尼笑着问他。

　　尤里也笑了，调侃道，"这倒是一剂良药啊！现在夫妻离婚的太多，实在地说，离婚还要结婚，还要遇到以前一样的问题，夫妻之间还是会有烦恼，还是没有新鲜感。"他侧过头，对丽丽说，"你认为我

的观点对吗？也许我太离经叛道了，在我们国家这是绝对不允许的啊！不过……在你们这里是例外。"

丽丽笑逐颜开，看着妮娜说，"我们女人也需要新鲜感呀！新鲜的东西我想谁都不会拒绝的，你说是吗，妮娜？"妮娜装成害羞的样子，捂着嘴笑个不停。

西德尼把第二部电影录像插进了机器。

这是一部纯粹的毛片，也就是没有剪辑的黄色带子，一个白色的女人同时与几个黑色的男人做爱，场面不堪入目，看得人呼吸急促，有喘不过气来的感觉。四个人都默不做声，西德尼坐到了妮娜的身边，妮娜紧握着他的手，汗涔涔的。她用眼睛死死地勾了他一下，他笑了笑，牵着她的手，走进了房间。西德尼一走，丽丽就倒在了尤里的怀里，双手箍着他的脖子，喘着气说，"亲爱的，你还等什么，我是你的呀！"尤里把她抱进了房间，剥开了她的衣服。

第二天早上九点，大家正正经经地出现在饭桌边，风度优雅地聊一些无关紧要的话，仿佛什么事情都没有发生过。吃过早饭，尤里夫妇要告辞，他握着西德尼的手，再次对他热情的款待表示感谢，还绅士般吻了吻丽丽的面颊，做得礼貌得体。丽丽在吻他的时候，悄悄地附在他耳边说，"尤里，谢谢你带给我的快乐。"尤里笑了，什么也没说。

西德尼把他们夫妇送上车，上车之前，他把尤里拉到一边，十分动情地说："尤里，丽丽和我非常感谢你们所做的一切。这是我有生以来第一次，也是最后一次。我从中得到的欢愉是我有生以来从未有过的，我跟丽丽结婚时也没有这样快乐，这样激动，她让我感到生活中还有这样一种景致，这样一种愉快。你知道，我的身份不允许我到外面去欣赏自然的美景，我现在才感到，人类是无法拒绝美色的诱惑的。尤里，现在我们亲如兄弟，我们要把这份友谊保持到生命的最后一刻。为了你，我的兄弟，我没有什么不可以做的，我的话可是绝对认真的。"

"谢谢，西德尼。"尤里握着他的手，表示道："我也很快乐，谢谢你给予我的一切，我永远不会忘记你和丽丽带给我的快乐。我和妮娜会永远记住的。我现在没有什么事需要你帮助的，也许……也许将来我会求着你这个兄弟，我相信，你会无私地给予帮助的，我坚信这一点。"

西德尼拥抱着他，"请相信我的话。"他使劲地握着他的手，把他送到福特车旁，亲自打开车门，看着他的汽车远去。

尤里夫妇回到住处，两人都有些尴尬。

半天，妮娜看着低头不语、坐在那里吸烟的尤里，这才问："怎么样，有进展吗？我看西德尼跟你说了半天的话，看他的表情，他很快乐。"

尤里拧灭了烟蒂，点了点头。"妮娜，我们很成功，只……只是让你，我一想起就有些不愉快。为了祖国，让你受苦了。我……我对此感到抱歉。"

妮娜脸上平静如水，走到他身边，牵着他的手，深情地说，"尤里，什么东西也不可能把你我分开，虽然我的身子被敌人糟蹋，但我们是为了祖国的至高利益，这没有什么感到内疚的。我的灵魂永远都是向着你的，只要灵魂纯洁，身子的脏又算得了什么，何况我们是为了事业。"

尤里抱着她，一言不发。

第二天，尤里向莫斯科发去了一份电报，通报了这一步工作的进展，请示新的指示。在克留奇科夫能看懂的电报里，他采用了一些不易察觉的、别人看不懂的暗语，这种暗语只有一个人能看懂，他就是安德罗波夫。他等着莫斯科的指示，好安排下一步行动，他要使这次行动没有一丝缝隙，连最厉害的 CIA 和一般的情报人员都看不出来。

一个月后，莫斯科的指示来了。

西德尼在波恩参加一次重要会议刚回来两天，就接到了尤里的电话，他们约定到西德尼的海边别墅见面。尤里带着妮娜来了，四个人愉快地度过了一个周末。聚会的空隙，两个男人单独地进行了秘密的谈话。西德尼热情地说，"兄弟，我好想你啊，说吧，要我帮你做什么？我说过了，没有什么事不可以为我兄弟做的。"

"西德尼，是这样，最近北大西洋公约组织在西德举行了一次代号

为'温德塞斯库'的军事演习，总部一再要求我接近阿尔山谷的一座地下指挥所，那是指挥战斗的神经中枢，我……我知道你刚从波恩回来，所以，如果……如果麻烦就算了。"尤里吞吞吐吐，做得十分得体。

西德尼笑了，拍了拍他的肩。

"我说过了，为了我们兄弟的情分，我没有什么不可以做的。你等等。"他走进书房，拿出一份材料交到他手里，叮嘱说："这是北大西洋公约组织军事演习的详细计划，我想对你是很有用的。不过……尤里，你要把它处理好，我相信你有这个能力的，我不想CIA找我的麻烦。"苏联根据西德尼提供的这份材料，用科学、系统的方法加以分析组合，从中判断出战时美国政府如何对苏联采取行动。此后不久，美国站收到一份安德罗波夫以维利多夫的化名签名的致谢电报，对尤里夫妇的工作给予高度的评价和表彰。

一年过去了，又一年到来了。

尼克松由于"水门事件"下台，接替他的福特总统没有对原总统班子进行任何改组，白宫仍然保持着原来的人员和规模。西德尼逐渐地淡出了决策班子的核心，但他仍然是白宫中的重要人物，加上他在政府和商界有着广泛的联系，所以，莫斯科仍然看好他，继续把这块工作交给尤里做。两人的交往虽然不是很多，但感情十分亲密，颇有共同的语言。

"尤里，事情糟透了。"一次见面时，西德尼忧心如焚地说："我没有想到美国民主共和两党为了各自的利益，竟然什么手段都使出来了。"他谈到了尼克松下台的多种原因，谈了CIA对苏联总体战略，谈了北大西洋公约组织内部协调机制和新的作战计划。他把自己知道的东西，毫无保留地告诉了对方，而且，神情自若。

尤里在联合国三年的任期里，从西德尼那里获得了数不清的绝密情报。三年后，他任期已满，回到了莫斯科，也没有中断与西德尼的联系。一九八五年八月二十三日，东德突然宣布，西德联邦宪法保卫局官员蒂德格在柏林要求政治避难。这一突然的变故打破了北大西洋公约组织和华沙集团的平衡，也就在蒂德格跑到东德的前几天，克格勃成员尤尔琴科叛逃到美国，被克格勃策反的北大西洋公约组织成员中的"线人"，在得知尤尔琴科叛逃后，这才孤注一掷，蒂德格就是其中之一。不久，西德情报部门又抓获了总统府秘书赫克，指责东德情报局长沃尔利用色情勾引赫克下水，从而获取情报。在这种情况下，莫斯科急需美国方面的情报，尤里又一次与西德尼见面。

西德尼虽然退出了白宫决策圈子，但是，他在情报界、政界都有一批朋友，而且他又是参议员，仍然可以接触到国家核心机密。西德尼没有忘记这位曾经给他带来快乐的朋友，愉快地答应在罗马见面。尤里拿着克格勃特批的经费，以旅游者的身份来到了罗马。

8

在公园的长椅上，西德尼伸出了手。

"尤里，我的好兄弟，我总算再次见到你了。"西德尼握着他的手，有一种说不出来的亲切感。他询问妮娜的情况，问他及他的家人情况，感慨地说，"十年过去了，我也老了，但我仍然忘不了你带给我的快乐，那些快乐让我慢慢地回忆起逝去的浪漫时光，咀嚼着那些让人心醉的日子。尤里，我说过了，我永远都是你的兄弟，说吧，我能帮你做什么？"

"谢谢你。妮娜让我问你好。"尤里看了看四周的人群，面无表情地说，"我也忘不了我们在一起的愉快的日子。丽丽带给我的快乐也许是我这一辈子最值得留恋的东西。你知道，尤尔琴科的叛变使我们的工作遭受重创，我们想知道 CIA 下一步想做什么？"

西德尼笑了笑。

"尤里，我纠正一下你刚才的说法，你们的事情我是不管的，这你心里明白，我对共产主义没有好感，我为我的信念工作，只不过你是我兄弟，我才满足你的要求，除此之外，没有别的。谁赢谁输我不感兴趣，知道吗？尤尔琴科给 CIA 带来了许多好礼物，他们当然要进行

清洗，会有一批被你们策反的人员被逮捕，CIA会加大对克格勃的策反工作，我知道你已经调到外交部做一般工作，这样很好，远离是非是最好的。我只告诉你，克格勃内部还有我们的'鼹鼠'，具体情况我不知道。尤里，你好自为之吧。"

"好的，谢谢你。"尤里表示感谢。

西德尼拿出一枚白金戒指，笑着交到他手里。

"这是我给妮娜特意买的，是我一点心意吧，我知道她出来不方便，你告诉她，我永远都会记住她带给我的快乐。"尤里接过戒指，心里涌出一丝醋意，但很快就平静下来了，高兴地接了过来，放进了自己贴身衣服里。

尤里也拿出一枚蝴蝶胸针，尴尬地说，"苏联没有什么好东西，我也不方便带什么东西，这是我到罗马买的，送给丽丽吧，是我一点心意，我知道你们不缺这个。"西德尼拿在手里看了看，说她会喜欢的。

西德尼又掏出一个信封交到他手里。

"尤里，这里面是CIA上个月的一次会议记录，也许对你会有帮助的。我再次说明，我只帮助你，我做这些跟克格勃没有任何关系，我不想成为别人手里的牌，我跟你之间也没有什么必然的关系。"西德尼再次重复自己的意见。

"知道，知道。"尤里点着头，"你放心好了，我们之间的关系除了我们四个人以外，不会有更多的人知道，我以人格向你保证，我说的话都是真的。我和妮娜对你和丽丽都是真的，没有半点虚情假意。请你相信我。"

尤里从罗马回到莫斯科，向总局汇报了罗马之行情况，上面对尤里的工作给予嘉奖，批准西德尼送给妮娜的白金戒指可以留用，并发给他一笔奖金。这个时候，尤里已经离开了对外情报总局，来到总局行政机构，做一些并不重要的工作。渐渐地，西德尼这个名字慢慢地从他的记忆中消失了。

一九八九年，克留奇科夫任对外情报总局局长，他从安德罗波夫那里知道了尤里与一名重要"线人"保持着联系，于是仍然要求尤里保持联系，并安排他经常会面，经费由他特批。这一年的五月，克留奇科夫找到尤里，要他想办法与西德尼见一次面，他说西德尼虽然不在白宫圈子，但他仍然是个重要人物，他在众参两院和白宫还有许多好朋友，我们仍然可以从中获得许多我们弄不到的情报。

克留奇科夫提供了西德尼的近来基本情况。

西德尼接到尤里的电话，毫不犹豫地同意在曼谷会面，他说那个地方风光优美，海边很值得看看。他告诉尤里，你可以作为旅游者来曼谷，如果方便的话，把妮娜也带来。尤里同意了，两个人商量了具体的见面时间和地点，西德尼还帮他预订了曼谷的饭店房间，说一切费用都由他来埋单，让尤里不用操心。放下电话，尤里把自己的决定告诉了妮娜，她没有反对，觉得外出旅游一次也不错。

西德尼预订了曼谷湄南河边上的一家酒店。他租了个单独的别墅。酒店靠着湄南河，离丹能沙都水上市场不远。五月的曼谷，风光旖旎，气候宜人，到处洋溢着春的气息，使人倍感心情舒畅。这是他们四个人从一九七四年见面后再次的重逢，丽丽和妮娜都很高兴，他们谈笑话，聊一些不着边际的新闻，在一起观看西德尼从美国带来的生活片，欢乐的笑声使别墅充满着生机。

晚上，月光如水，月色如冰。

他们在翠绿的树下吃着烧烤，谈论着芭堤亚的人妖和色情行业。妮娜不解地问："你说西方人为什么跑到曼谷来找快乐，难道你们西方就没有这些吗？你们的花花公子杂志、电影，哪一方面不比曼谷强？"

西德尼笑了，叹了口气。

"你们生活在一个与世隔绝的世界，不知道生活的精彩。美国人已经厌倦了自己的生活，当然要到外面找找乐子。这里的女孩子干净又受用，是他们理想的对象。尤里，你不尝一尝泰国的风味？"他有些调侃。

尤里正在吃着牛肉，听完他的话，愣了一会儿，朝丽丽笑了，"先生，一杯美国咖啡已经让我醉了，我不再想别的美味，有这杯美国咖啡，我享受一辈子。"三个人听完尤里的话，哈哈大笑。

"是的，是的，我有俄式面包也让我品味一辈子，哈哈哈。"几个人笑成一团。晚上，他们自然地享受着久别后的甜蜜。第二天早上，

几个人已经养成了默契，好像昨晚没有发生任何事情一样，都回到各自的房间，各做各的事。上午，两个女人逛街去了，两个男人开始谈正事。

"尤里，我要告诉你一些你意想不到的事情。用不了几年，苏联就要垮台，整个共产国际要发生根本的变化，戈尔巴乔夫根本就不是一个共产主义者，共产主义已经走到了生命的尽头，叶利钦是共产主义的掘墓人和新时代的开拓者，苏联这个名字将从字典中消失，俄罗斯将迎来一个新的时代。"西德尼兴奋地说着。

尤里一听他的话，感到毛骨悚然，连让他重复的勇气都没有。他瞪大了眼睛，疑惑地问："西德尼，你凭什么说苏联会垮台，难道你们策反了戈尔巴乔夫，难道你们资助了叶利钦？不可能，绝对不可能！列宁缔造的布尔什维克，已经有近百年的历史，难道说没有就没有了？天方夜谭，不可能，绝不可能！"他把头摇得像拨浪鼓。

西德尼谈了美国政府对形势的分析，谈了苏联面临的困难和危机，谈了苏联这些年来对基层党组织管理的松懈。他还谈到了一九八三年的"费韦尔"威托夫案，说威托夫的背叛，使苏联加速死亡。尤里一听他谈到威托夫案件，禁不住打了个寒颤。是啊！克格勃情报官威托夫投奔法国本土警戒局，前后也就是十个月的时间，竟然向他们提供了三千多份绝密材料，有一份材料上甚至还有勃列日涅夫的亲笔批示，可见情报的等级有多高。威托夫的背叛，使苏联潜伏在西方十五个国家七十多名被收买的情报官暴露，四百五十多名活跃在西方高科技领域的科技间谍被逮捕。尤里虽然不知道详情，但他知道没有这些高科技间谍，国家将投重资与美国进行科技竞争，这将使国家经济陷入困境。历史证明，这是苏联解体的一个重要原因。

尤里沉默不语。

"尤里，你是我兄弟，我怕苏联解体后会带来动荡，如果……如果你愿意，我可以安排你到第三国去。"西德尼试探着说。

"不。"尤里断然拒绝，"原谅我西德尼，不管发生什么，我热爱着我的国家，那是我的根，我永远也不会离开它的。我曾经发过誓，我永远也不背叛我的事业，我的国家，哪怕前面是座金山。"

西德尼点了点头,"尤里,我把你看成兄弟,就是你身上这种民族气节啊!"

9

尤里匆匆赶回了莫斯科。

他没有像以往那样先写汇报材料,而是立即求见局长。克留奇科夫听完尤里的汇报,脸色出奇的难看,死灰灰的。看得出,他谈的情况与情报总局从别的渠道搜集的情况是吻合的。他冷冷地说:"尤里,你马上把这情况写成报告,就在我办公室写,不写台头,不注明来源,也不要签名,知道吗?"尤里答应一声,就来到他办公室边上的房间,在一台老式打字机上开始写报告。

两个小时后,尤里把报告交给克留奇科夫,他接过报告,面无表情地说:"尤里,从今天开始,切断与西德尼的一切联系,你明天到总局农场工作,就这样吧。"他未作任何解释。

尤里本想声辩几句,为什么把我调离?我到底做错了什么?我在这个岗位干了一辈子,难道我做得不好吗?但是,话到嘴边他又咽了回去,一辈子的克格勃工作,他只知道服从,除此,没有别的。

回到家,他向妮娜说了一切。

妮娜长叹一口气,感慨说,"这早就是我预料之中的事了。他们不相信任何人,这就是我们这样的体制造成的。威托夫为什么背叛,难道没有我们的问题吗?还有尤尔琴科……"

"你别说了。"尤里连忙制止她的话,严厉地说:"妮娜,忘记发生的一切,把所有的记忆通通忘记,这就是做我们这一行最好的办法,否则,我们……斯大林时期那么多人的死,你不会忘记吧。西德尼的话不能全信,也不能不信,如果……如果真的如他说的那样,我真弄不清楚社会将发生什么样的动荡,到那时说不准他们会怀疑我们是 CIA 的人呢。"

妮娜吓得一脸刷白。

第二天，尤里带着妮娜，来到莫斯科郊区的对外情报总局的农场，开始了日出而耕，日落而归的农场生活。不久，苏联真的解体了，叶利钦真的上台了，加盟共和国真的纷纷独立了，苏联……应该叫俄罗斯出现历史上从未有过的混乱局面。之后不久，一个自称是《红星报》记者的人出现在农场，询问道，"听说你参加过克格勃一次绝密行动，而这次行动只有三个人知道，你、安德罗波夫和莫尔金，现在苏联已经不存在了，请告诉我，那次行动到底是怎么回事，到底是什么行动？如果你肯讲，会有轰动的效果，我会出高价支付采访费用。"已经陷入生活窘境的尤里很需要钱，但是，他拒绝了。

"对不起先生，在我服务祖国的三十年里，我做了无数的事情，为了祖国，我贡献了我的青春，贡献了我的一切，我对此没有必要隐瞒什么，我的一切都是祖国的，包括我的生命。我很需要钱，但我不会编些离奇的故事来破坏克格勃的形象，我认为，不管你们对克格勃如何评价，但我认为，他所做的一切都是为了苏联，不，俄罗斯。"尤里义正词严地说。

"尤里先生，你对克格勃训练'燕子、乌鸦'也持赞同的意见吗？"那个年轻人揶揄地问，"为了所谓的事业，让漂亮的姑娘出卖肉体，出卖色相，这违反最起码的道德标准，也违反人性。设陷阱让对方跳，从而敲诈对方，这样弄来的情报使人想起来都是肮脏的。"

"错了，先生。"尤里眼里冒着怒火，他尽量压抑住自己的感情。"不管哪个民族，为了国家利益，他可以牺牲一切，包括自己的肉体和灵魂。CIA是如此，任何一个国家的情报机构都是如此。义，也包括大义和小义，所谓义，就是国家利益，为了大义，我们可以不顾小义，这没有什么。我看过一篇小说，'二战'时期，法国一个独生子的家庭，发现了自己的儿子跟希特勒做事，父亲竟然放火把自己的亲生儿子烧死了，你告诉我，这个父亲的做法讲不讲道德？先生，巴勒斯坦的父亲纷纷把孩子送去当人弹，为了什么，难道不是为了民族的生存吗？好了，我这里没有你要的新闻，你走吧。"那位年轻的记者悻悻地走了。

记者一走，妮娜怒骂着。

"这……难道安德罗波夫真的把那件事记录在档案里？不可能，他可是亲口答应我们的了。"她有些恐慌地说。

"妮娜，不会的，如果记录在档案里，他们早就找我们来了，现在知道秘密的两个人都不肯开口，克留奇科夫也退休了，他不知道具体经过，只知道有这么回事，而且西德尼的真正名字他根本不知道，你放心吧。"尤里摇着头说。

这件事发生不久，克格勃真的派人来了。

来的是一男一女两个年轻人，他们出示了对外情报总局的公函，说"主要是奉总局之命来了解当年你们在联合国工作的那段情况，我们从资料上得知，你为祖国做出了巨大的贡献，很多情报的密级和分量是无可比拟的。请你尽量讲细一些，我们要编总局年史资料，让更多的年轻人，不要忘记你们这一代人为祖国做出的贡献"。

尤里冷冷的，看都没有看对方那张年轻的脸。

"对不起二位，我在联合国副代表位置上工作了三年，我做了我应该做的，没有什么特别的。回国后，我向总局写了工作报告，完全是符合总局的要求的，我没有什么新的东西可告诉你的，实在对不起，抱歉。"

"这……尤里同志，总局领导说，莫尔金同志退休前曾再三叮嘱看望他的领导，要像对待英雄那样对待你。总局领导说，我们分不清哪些重要的情报是通过你获取的，我们不知道你的'线人'的名字，档案中也没有记载，我们不好给予你特殊的津贴和待遇，现在，莫尔金老了，一些事情他记不起来了，原谅我，这关系到你的切身利益。"年轻人语气十分恳切。

"那就取消好了。"尤里冷冷的，"我不需要格外的东西，我参加克格勃不是为了荣誉，不是为了金钱，如果我是为了这些，我早就不在农场待了。年轻人，人的一生有时候有比金钱和荣誉更重要的事情去做，那就是祖国利益。你走吧。"两个年轻人不高兴地走了。

不久，尤里被提前批准退休。

他没有回莫斯科，而是在农场边上买了一幢房子和几亩地。他和

妮娜养了几头牛和几只羊，逃避了莫斯科争权夺力的斗争，离开了克格勃风风雨雨的日子，过着平静而祥和的生活。每当黄昏来临时，他总是喝着妮娜泡的咖啡，看着西去的夕阳，拿出那块有"希福德"餐厅标志的餐巾，那上面有克格勃主席安德罗波夫的亲笔签名和题字：出色完成专项任务。而当别人问起这个题字时，他总是说，没有什么，不是什么大事，当年勃列日涅夫在维也纳会见瓦尔德海姆时，我是贴身警卫。

　　有时候，他们从电视新闻中还能看见西德尼和丽丽从某国访问回来。尤里看着丽丽，心里想，她比二十年前老多了，却仍然保持着苗条的身材和优雅的风度……他幻想着她身上的每一寸肤肌，他清楚地记得她的右乳上有一颗红痣……妮娜看着西德尼的笑容，也仿佛回到了二十年前的那个夜晚，海水般的温柔，豹子般的凶猛，虎狼般的阳刚……往事如烟，在她脑海里萦绕浮现。但是，两个人看完新闻后只笑笑，从不谈那天晚上的经过，谁也不愿碰这个极为敏感的话题，只把它深深地存在脑海里，伴随到生命的终结。

　　随着俄罗斯形势的变化，尤里也时常反思当年的那个"专项任务"，对自己所做的工作感到困惑，他有时候问自己，除了那个办法外，我们就没有其他办法？但是，他内心深处坚信，国家利益是高于一切的，为了国家利益，我可以牺牲生命。在祖国利益面前，灵魂和肉体又算得了什么？是是非非，让历史去评价好了，我作为克格勃一员，我只是做了我应该做的一件十分普通的事罢了。尤里享受着落日黄昏带给他的幸福晚年。

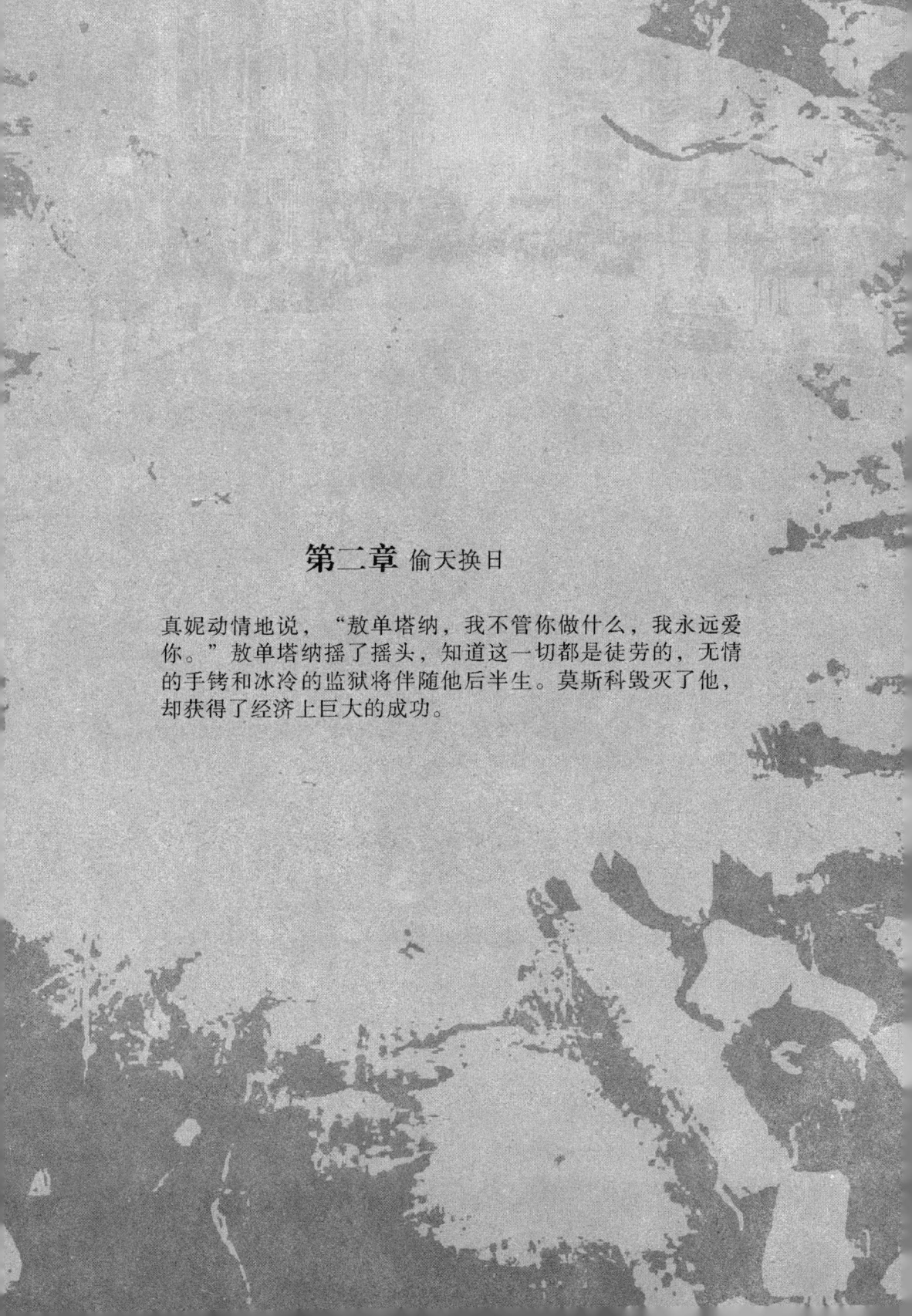

第二章 偷天换日

真妮动情地说，"敖单塔纳，我不管你做什么，我永远爱你。"敖单塔纳摇了摇头，知道这一切都是徒劳的，无情的手铐和冰冷的监狱将伴随他后半生。莫斯科毁灭了他，却获得了经济上巨大的成功。

第二章
偷天换日

1

真妮动情地说，"敖单塔纳，我不管你做什么，我永远爱你。"敖单塔纳摇了摇头，知道这一切都是徒劳的，无情的手铐和冰冷的监狱将伴随他后半生。莫斯科毁灭了他，却获得了经济上巨大的成功。

一九六零年三月，日本东京。

东京墨田区橡胶制品检查协会关东检查所波兰留日学生波波夫刚走出大门口，就急匆匆地奔向汽车，呼啸而去。汽车驶向高速公路，一会儿就到了东京郊外，停在一处湖泊岸边，十分钟后，一辆丰田白色小汽车也开了过来，从车上走下一个苏联人，他微微一笑，刚想接过波波夫手里的材料，日本警视厅三辆警车鸣着警笛，从三个方向扑了过来，波波夫以非法窃取企业机密的嫌疑罪被逮捕，苏联驻日使馆人员被限期离开东京。波波夫一案震动了日本政府，大规模对苏联和东欧留日学生的清查工作在全国范围展开。几乎所有的华沙集团国家的人都落入了日本反间谍人员的视线中，苏联在日本的间谍工作陷入了低谷。

"注意他们，跟踪他们，并把他们列入名单。"警视厅负责反间谍工作的警长三木对部下说："虽然苏联在军事工业方面处于领先地位，但是，他们在化学领域比我们相差十到二十年，克格勃一定会千方百

计地获取对他们有用的资料，他们会利用波兰人、罗马尼亚人、捷克斯洛伐克人以及所有的共产党国家的人开展这项工作，所以说，我们对来自东方共产党国家里的人，一定要加强控制，切不可大意啊！"

"放心吧，警长。"中田秀子说。

三木点了点头，再次告诫："秀子，不要对来自共产党国家里的男人感兴趣，他们对你的好意都是毒药，他们的'乌鸦'和'燕子'让我们防不胜防，我们承认，苏联人在利用性方面处于间谍工作的前沿，连美国人也望尘莫及啊！"坐在秀子边上的川口鼻子哼了一声，不屑一顾。三木看出来了，嘴角露出一丝不快，走上前，拍了拍他的肩，"年轻人，我知道你到美国 CIA 学习过，但是，你不要忘记了，克格勃是无孔不入的。努力工作吧，我不想再次看到波波夫事件。"

"是，警长。"川口腾地站了起来。

三木离开会议室，中田秀子和川口马上趴在桌子上，对工业研究所和化工学院进行调查监督。川口拿过了所有留日学生名单，逐一核对入档，记录在学校和实习期间的表现，工作做得十分仔细。弄完了材料后，川口说，"我约了化学研究所美籍韩国学生金玟，我们一块儿找她，让她做我们的线人，这样我们的'眼睛'就多了，就能发现我们看不见的东西。"中田秀子答应了。两人下楼开车，来到化学研究所边上的咖啡馆。

金玟正静静地坐在那里等他们。

川口紧走两步，握住她的手，一再表示感谢。他把中田秀子作了介绍，说以后由我们俩负责联系你，有什么事可以给我们打电话。金玟呷了一口咖啡，点了点头。川口说："要交代的事我已经跟你讲了，以后你有什么困难就找我，我们会帮助你的。"金玟再次点了点头，说："那就麻烦你了。"她看了看他们俩，吞吞吐吐地说："川……川口先生，希望你们不要到研究所来找我，你知道，那里的人对警视厅的人很反感，而且所……所里出过波波夫一事，他们对我们留学生格外警惕，我怕影……影响我的学习。谢谢了。"

"这个你放心。"川口一挥手，笑着说，"我们不会那么蠢的，没有特殊情况，你两个星期给我打个电话就行了。好了，公共场合，我们的话点到为止，我们走了。"他结了账，带着中田秀子走了。

金玟看到夕阳下他们的背影，仿佛想起了什么。二十五岁的金玟出身于一个贫穷的知识分子家庭，在韩国读完大学后，就来到日本攻读博士学位。还没有来半年，川口就纠缠上她了，她知道他是做什么的，不敢得罪他，更没有心思为他们"工作"，只好搪塞。她坐了一会儿，就起身往外走，她要到银座逛逛，散散心。这段时间来，她没日没夜地温习功课，像一个上紧了发条的钟，没有松的时候。期末考试总算结束了，自己也该放松一下了。

银座像个雍贵的夫人，散发出那种炫目的辉煌。金玟不是那种特有钱人家的孩子，逛了逛商店，买了些自己需要的小物件，看看天色已晚，就往回走。还没有走几步，天就下起了雨来，研究所在郊外，她紧赶慢赶也没有赶上末班车，只好冒着雨走到了研究所。第二天她就病倒了，感冒发烧，三十九度多。她挣扎着从床上爬了起来，拦了辆出租车往医院赶，还没有走到门诊部门口，就昏过去了。等她清醒过来时，发现自己躺在一个洁白的房间里。

"这……这是什么地方？"她问。

一个年轻的男人马上按住她的手，笑着说："原来你也是韩国人，太好了。我叫车辅炫，韩国人。我来医院拿点药，看你昏倒在那里，就把你扶了进来。医生说，你身体太弱了，需要静养一段时间。你放心吧，一切都不要管。"

金玟看了看房间，知道住一天院要花费许多钱，就挣扎着要爬起来，被车辅炫按住了。"我说了，你什么也不用担心，我是在东京做买卖的商人，你放心好了，告诉我，你叫什么名字？是到这里来留学的吗？看见自己的同胞，真让人高兴。"他脸上洋溢着灿烂的笑容说。

金玟只好把自己的姓名和来东京的目的说了一遍。虽然她在美国长大，但是，见到了自己的同胞，她还是十分高兴的。车辅炫有一米八的个头，估计三十多岁的年龄，不胖不瘦，浑身上下无不透着青春的活力和男子汉的阳刚之美，使人看一眼就会产生好感。护士进来了，他交代了一番，又拉了拉被角，笑着说，"我有点事，明天再来，你好好休息，研究所那边我会帮你打招呼的。"说完朝她一笑，走出了病

房。第二天一早，车辅炫捧着一束鲜艳的郁金香，提着韩国人的泡菜、米粥走进了病房。

"真香。"金玟一边吃一边说，"我已经有好久没有吃到这样美味的家乡饭菜了。车先生，谢谢你。"

"不用谢。"车辅炫微微一笑，"无论我们走到何方，永远也忘不了家乡的山山水水，什么样的美味，也无法跟家乡的饭菜相比啊！金玟，好好学习吧，只有学好了知识，才能改变我们国家落后的面貌。"

"是的，车先生，我记住了你的话，再一次谢谢你。"金玟很感动。

在金玟住院的半个月里，车辅炫天天早晨来看她，送花送粥，使身在异国他乡的金玟倍感亲切。她害怕川口的纠缠，按约定的时间打了个电话，告诉他们自己一切都好。川口工作太忙，聊了两句就挂了电话。出院那天，车辅炫开着车送她回来。路上，他什么也没说，只轻轻地拍了拍她的手背，到了宿舍，她想请他坐一会儿再走，他客气地推却了，说约了一家公司谈买卖，握了握手，就告辞了。

养好了身体的金玟又投入到紧张的学习和实习中。忙过一段后，她打电话问车辅炫住院花费了多少钱。对方吞吞吐吐地说，"你就别问了，我们都是韩国人，这点钱算得了什么。何况我也不缺这点钱。"

"不行。"金玟认真了，她不想欠别人的人情，"车先生，我们是不是朋友，如果是朋友，你就直说，如果你不告诉我，我再也不会理你了。"对方停了片刻，这才说，没有花多少钱，只花了两万美元。

"天呐！"

她震惊得电话筒差一点从手里掉了下来，要知道，在那个年代，这个数字，就是她打三年工也还不完。车辅炫好像从电话中感觉到了什么，马上说，"金玟，你不要放在心上，我们已经是朋友了，我为朋友帮点忙，总是应该的吧。"

"这……车先生，多不好意思。这样吧，有钱我一定还你，……不过现在不行，我没有钱。"她有些尴尬地说。

"金玟，晚上出来吧，我在银座玫瑰咖啡馆等你，聊聊天。不要跟日本人说，他们警视厅对我们不放心的。"金玟答应了，她也讨厌川口和中田秀子他们。

2

　　三个月过去了，金玟也弄不清楚自己已经是第几次与车辅炫在玫瑰咖啡馆见面。反正，每一次他们都谈得非常愉快。这一天，两人又聊得很晚，车辅炫还是开车送她，而这次，没有把她送到研究所的宿舍，而是来到了他豪华的住宅。她怔了一下，这才从车上下来，笑着说："车先生，我判断错了你，你是个很坏的男人啊！"

　　车辅炫把她搂进怀里，深情的眸子显出水一样的柔情。

　　"金玟，原谅我，我爱上你了，这几个月来，我被你折磨着，没有你，我不知道这长长的夜晚如何度过？我……我需要你。"金玟闻着特有的男人气息，陶醉在他长长的吻中。

　　他们度过了一个缠绵的夜晚。

　　早上起来，洗漱完毕，喝完他亲手煮的咖啡，金玟就要告辞了，说要赶到研究所工作。临别时，车辅炫捧起她的头，作最后的吻别，那舌根像条青蛇，把她的心搅得天翻地覆。"宝贝儿，你知道我是多么爱你，拥有你，此生无憾啊！一看到你，我就想起了家乡的弟妹，我们国家太穷了啊！经济不发达，许多技术受制于人。宝贝儿，你是学化学的，应该为我们祖国做点有用的事情啊！"金玟瞪着似懂非懂的漂亮眸子点了点头。

　　"辅炫，我能为我的祖国做点什么事呢？只要我能办到，我绝不推辞。"车辅炫再次吻着她的面颊，向她交代塑料成型科技资料的有关章节，技术说得具体、明确，连学此专业的金玟都目瞪口呆。

　　"辅炫，你不是商人吗？为什么对此专业了解得如此详细？对不起，我问多了，我知道你对祖国的一片深情，你放心，我会想办法的。"她多疑的目光转瞬即逝，搂住他的脖子，缠绵万分地答应了。两人约好了再次见面的时间，金玟就打车走了。她一走，车辅炫马上办好了退房手续，收拾好行李，离开了住宅。

转眼一个星期过去了，与金玫约好的见面时间到了。车辅炫没有出现在玫瑰咖啡馆，而是坐在咖啡馆对面的一家酒楼向这里观望。当他看见金玫手提坤包从容地走进了咖啡馆，又等了片刻，这才下楼，就在她准备离开时，他推开了咖啡馆的门，握住她的手，一再表示抱歉。"宝贝儿，实在对不起，路上碰见了一个老朋友，拖住了。走，我带你去另外一个地方。"他不由分说，拉着她就离开了咖啡馆，坐上汽车，飞快地来到豪华的凯悦饭店，走进了预先订好的房间。

"想死我了。"金玫像小鸟一样扑进了他的怀里。

车辅炫吻着她说："亲爱的，我也想你。"

她从包里拿出一叠资料交到他手里，"这是你要的东西，你看看，我先洗个澡。"她放下东西，就走进了浴室。车辅炫已经顾不得跟她调情了，在灯下仔细地看着她带来的东西。他越看越兴奋，不停地拍着大腿喊好。

金玫换了件薄如蝉翼的睡衣走到了他身边，抚摸着他说，"辅炫，不要看资料了，等我走了你再看吧，为了你，我什么也顾不得了，你……你可不要抛弃我啊！"泪水顺着她的脸颊直往下流，绿惨红愁，那样让人感到心酸。

"宝贝儿。"他扔下资料，抱住了她。

突然，天空闪亮了一下，接着是一个惊天动地的炸雷，天要下雨了，好像这雨是为他们俩准备的。两人都惊诧了片刻，四眼相对，发着呆。也许是雷击中了什么地方，也许是楼道里保险丝断了，反正，房间里倏地一片黑暗，金玫哇的一声，像小鸟一样飞进了他的怀里。

"别害怕，有我，有我呢。"他拍着她的背。

背上已经没有了轻纱，他摸到了她光洁细腻的肌肤，意识刚想停止，她一转身，手掌处就触电般地落在那温暖的山峰之上，想离开却拿不动手，脑子闪了一下其他的想法就不见了踪影，马上被潮水般的欲望淹得一干二净。她的嘴唇迎接他的喘息，她的呻吟与他的颤栗融合在一起，在不断膨胀无法遏制的欲望中，两人陶醉于美酒般的享受之中。

灯亮了，她赤裸地躺在他怀里，一动不动。像雨中的玉兰花，散发着一中难以言喻的体香，缠绕在他脑海里久久不能散去。他拿过床上的被单，盖上她的身体。车辅炫好像做了一场梦，感叹身下这个女人今天为什么如此主动……难道……他刚想到这里，又被欲望所淹没。他看着桌子边上的资料，还有什么东西比事实更能说明一切呢？就在他思想摇摆之时，金玟说话了。

"感觉好吗？"幽幽的声音传来。

他点了点头，"你呢，是不是我太蛮横了。"

她咯咯地笑，在床上翻了个滚，把盖着的单子踢到了床下，就那样赤裸地滚来滚去。像一条会说话的鱼，快乐而性感；又像一个孩子，调皮而任性。"你呀……像一个孩子。"她捧起他的头，深情说，"辅炫，我知道你为了祖国，太累太紧张了，也许，我的身体会减轻你的焦虑，让你把忧愁释放出来。反正，我是你的，永远都是你的。"车辅炫再次被感动，紧紧地搂住她。

他们约好了下次见面的时间和地点。

回到住处，车辅炫再次核对金玟送来的资料，没有发现任何破绽，放心了，点燃一支烟，又把事情的前前后后想了一遍，觉得也没有什么遗漏的地方。他翻开有关金玟的资料，美籍韩国人，出生于汉城，三岁时随父亲去了美国，十七岁来汉城上大学，后又回美国攻读博士学位，半年前来到东京，成为化学家松尾的弟子……他放心了，觉得一切都没有问题。他把资料拍成微型胶卷，放进了一个中国瓷器弥勒佛的大肚子中，包装好，来到邮局，寄了出去。

与金玟见面的时间又到了。

这一次，车辅炫仍然安排在繁华的银座附近的夜巴黎歌舞会。他知道越是繁华的地方越是安全，他预订了房间，就等着她的到来。金玟这一次没有提前来，而是卡着时间推开房门的。但是，她仍然失望了，房间里坐着一个陌生的男人，她一看不是车辅炫，扭头就走，男人喊住了她。

"是金小姐吗，车先生今天有事来不了，他说他会打电话与你联系的……小姐要我转告什么吗？"男人语气婉转地问。金玟什么话也没说，离开了歌舞会。一到楼下，她马上拨通了车辅炫的电话，一句话

也没说，又挂了。

"我再不理他。"她心里想。

就在金玫要拦出租车回去的那一刻，车辅炫的汽车"咔嚓"停在她身边，他笑着拉开车门，金玫鼻子哼了一声就钻进了汽车。汽车在公路上平稳地行驶着。"宝贝儿，不要怪我，我害怕警视厅的人跟着我，所以才……我知道你生气了，我知道应该早通知你，没办法，为了祖国，我才这样做的。"车辅炫一再向他解释。

"你到底是做什么的？"金玫问，"我看你不像商人，难道你是……我不想猜了。辅炫，祖国对于我来说，只是一个遥远的名字，我是为你而做的，你不应该这样对我，难道你还不相信我吗？我把一切都给了你，你……你让我伤心、失望啊！"她用手捂住脸，呜呜地哭了起来。

"知道，知道。"他拍了拍她的手背，接过了她递过来的资料。汽车一转身，停在日野料理馆前。两人走出汽车，刚迈上台阶，川口和中田秀子站在那里，朝他们微笑。

"车先生，我是警视厅的川口。"他笑着说。

金玫瞪大了眼睛，他……他们怎么知道的？中田秀子上前扶住了她，笑着说："你们的一切都在我们的控制之中。车先生，你还有什么可说的？告诉我，你的上线是谁？"车辅炫脸色平静如水，说你赢了，我小看了你们。他跟着川口走了。

3

一九六一年三月，莫斯科。

克格勃总部一片繁忙，井然有序。除了走廊里的脚步声，听不到说话的声音。负责日本工作的三局局长维特罗夫正在跟一个中年人谈话。中年人名叫斯利普琴科，今年不到四十岁，是专门实施对日本化学领域工业情报进行窃取的专家。维特罗夫给斯利普琴科倒了一杯红茶，又抛给他一根烟，叹了口气说："斯利普琴科同志，我们在日本的工作接连受挫，你觉得主要的问题出在哪里？波波夫和车辅炫是我们培养的多好的间谍人才呀，就……就这样断送了，有些可惜啊！难道是他们太精明了？据我所知，日本公司就像一部巨大的情报机器，几乎没有什么反间谍能力，这些年来，我们取得了巨大的成功，难道这次……"

"局长同志，警视厅刚从美国回来的川口，有些能力……不过，你放心，我们不会再失败，波波夫和车辅炫是太急于求成了，而且我们选的人员的国家，他们已经有所警惕，这一次，我们会躲过他们的视线的，你放心好了。"斯利普琴科保证说。

维特罗夫点了点头，喝了口茶。

"这就好，斯利普琴科同志，我们的工作关系到社会主义的成败，也就是说关系到党的存亡。如果我们不在技术上追上西方国家，我们就会失败，全世界的人就看不到希望。失败不怕，但是，我们一定要总结失败的教训，这样，我们就会永远立于不败之地。日本是跟随西方最紧的国家，又是他们最薄弱的环节，从这个地方下手，应该是没有问题的。"他再三叮嘱。

"是的，局长同志，你等着我的好消息吧。"斯利普琴科站了起来，敬了个礼，离开了房间。外面的雪很大，把莫斯科完全覆盖住了。斯利普琴科开着辆普通的汽车来到门捷列夫大学。他把汽车停在学校外面，走进了校园。今天是星期天，学校院子里面空荡荡的，偶而能看见一两个学生在雪地里走着，都行色匆匆。天气太凉，学生们都躲到宿舍里不敢出来。一个戴着棉帽的男人走到了斯利普琴科身边，指了指在远处雪地里溜达的人说："他就是刚来的敖单塔纳，印尼万隆大学理工科高才生，是印尼政府保送来的，他有一个漂亮的未婚妻。可能是想她了，每个星期天他都一个人在外溜达。"

"好，这是一个好苗子，一定要用心经营。记住，不要太急于求成，慢慢来，知道中国成语水到渠成的道理吗？知道，知道就好，就是那个意思。好了，我走了，祝你成功。"斯利普琴科交代了一番，就走出了校门，开着汽车走了。

雪仍在下，而且没有停的意思，敖单塔纳在雪地中不停地走来走去。他在想念他心爱的真妮。比他小几岁的真妮长得小巧玲珑，是那种小鸟依人式的女孩子，两个人谈恋爱已经有三年了，三年来，他每时每刻都在思念她，特别是他来到莫斯科，从风光明媚的千岛之国来到这冰天雪地的西伯利亚，生活上不习惯还在其次，远离祖国、远离亲人的孤独和寂寞让他难熬。

读大学的第二年，真妮来万隆找他，他带着她来到了井里汶，享受着大海温柔的抚摸。也就是那一年，那个秋天，那个迷人的夜晚，天地间一片迷茫，凄艳，花一瓣一瓣地飘落，化成无数的精灵飘到了他的身边，最温柔的小手，最留恋的缠绵，那时他倒没有感到什么，只觉得那是一团火，一团燃烧自己的火焰，到了今天，他才感到她是他的最爱。

知道爱与恨的关系，知道我们活着用自己的生命交换什么，我们就会对爱情产生一种更加焦虑的渴望。如果爱是为了分离，那么，我选择爱情还有什么意义呢？我愿意为爱情而活着，为我心爱的女人而活着，除此之外，我什么都不愿意想。敖单塔纳望着黑漆漆的夜空在想。

日子过得很慢也很快，五月份到了。

莫斯科看不见积雪，天气虽然很冷，但春天的脚步已经咚咚地来临，连那风中也能感受到春的朝气。敖单塔纳所在的化工系，有四十多人，其中外国留学生就有二十多个，大部分是一些共产主义国家的留学生，也有中国人。来自印尼的学生，只有他一人。老师一般讲大课，晚上全是自修课。敖单塔纳不但英语很出色，而且俄语、日语都相当不错，来的时间不长，他就以自己的聪明才智，优异的科研成果赢得了老师的赞扬。

"这个学生，将是未来印尼化学工业界不可多得的人才啊！"每当老师拿起他的试卷，都要不停地感叹。的确，印尼政府看中的就是敖单塔纳非凡的才华。有个名人说过，美是一种魅力的诱饵，可引诱男人扩展他的秉性。事实也确实如此，一个人一旦被美色击中，就会失去理智，神魂颠倒，干出一些愚不可及的事来，何况年轻的敖单塔纳。

这天晚上自修课时，他的身边来了一位漂亮的俄罗斯女孩子。敖单塔纳惊鸿一瞥，马上在脑海里浮现出一个十足的美人儿。这位年轻健美的俄罗斯姑娘身材颀长，皮肤白净娇嫩，两只丰乳高高耸起，十分引人注意。她一双眼睛含情脉脉而又炯炯有神，看一眼都让人心醉，特别是她那一头金色的秀发，潇洒地披散在肩上，身穿得体而又不俗的衣着，使她更显得超凡脱俗，与众不同。这是一个与真妮完全不同类型的姑娘，浑身散发出那种火一样的朝气，性的气息弥漫在空气中，像风一样贯穿于他每个毛孔，卡住他的咽喉。

"我叫娜塔莎，请问你是哪国人？"她问。

自修完了后，两人并肩走着，那个姑娘笑着问他。敖单塔纳一听她问，心绪就被对方搅乱了，不仅心跳得厉害，而且手脚无措，不知如何回答才好。"我……我叫敖单塔纳，印尼人，你……你好，你叫什么名字？我怎么没见过你？"他想再问什么，一阵阵浓郁的茉莉花香水伴着女人的特有气味飘进了他的鼻孔，使他感到心旷神怡，异样的甜蜜和舒适，有些难以自制。

娜塔莎咯咯地笑了。

"我是从别的学校转过来的，所以入学晚了。噢，你是印尼人，听地理老师说过，那可是个千岛之国啊！三色湖的美丽，三宝垄的庙宇，多么让人神往。太好了，我就是向往那样的地方，阳光充足，雨水丰富，海面宽广，碧波荡漾，是一个多么漂亮而又神奇的地方呀！"娜塔莎手舞足蹈，十分兴奋。

敖单塔纳一听她讲到三色湖、三宝垄，马上勾起了他对家乡的思念。话匣子就打开了，"三色湖是我们印尼人的骄傲，它分左湖、右湖和后湖，左湖湖水艳红，右湖湖水碧绿，后湖淡青，全世界都找不到一个这样的湖。湖水生气盎然，湖岸绿树成荫，浅水芦苇丛生，天鹅白鹭嬉游其间，真是天堂啊！还有三宝垄的寺庙，风格独特，那里供着三保太监的神像，有他用过的巨锚和关刀。喝了三宝井的水，可以消灾纳福。你不知道，每年阴历六月三十，各地的华侨都要来这里参加庙会，热闹非凡啊！有机会我一定带你去看看，感受我们印尼悠久的文化。"

娜塔莎听得入迷。

"我没有想到你历史地理也如此优秀，真让人佩服啊！敖单塔纳，你说话可要算数啊！等你毕业后，我一定要到印尼旅游一次，到时候你带我到处看看，感受一下你们千岛之国的风俗和文化。"她显出少女特有的嗲媚。敖单塔纳连想都没想就答应了。两个人又说了几句问候的话，她就告辞了。望着娜塔莎的背影，他心里涌现出一种少有的喜悦之情，这些天来的寂寞和苦恼一扫而尽。晚上躺在床上，真妮的形象不再在他梦中出现，满脑都是娜塔莎的笑容。

4

两个星期后，他们又在自修时见面了。

自修完后，敖单塔纳邀请娜塔莎到外面吃夜宵，她痛快地答应了。两人来到莫斯科红场，找了一家小小的餐馆，他点了几样娜塔莎爱吃的甜点心，两个人一边看着红场外熙熙攘攘的人流，一边愉快地聊着。娜塔莎喋喋不休，上至天文，下至地理，问个没完没了。敖单塔纳十分有耐心而又高兴地回答她的提问。他找到了一个展现自己才华的机会，虚荣心得到了极大的满足。

"敖单塔纳，你不会讨厌我讲话太多吧？我妈就说我像个小喜鹊，叽叽喳喳没完，每次客人来我们家，都讨厌我话多了。唉！没办法，我就是喜欢说。"娜塔莎娇媚地说。

"不，你讲得很好，我喜欢你这个样子。来莫斯科后，我都憋坏了，找不到一个讲得来的人，你的出现，冲走了我的寂寞，说实在话，我有一种相见恨晚的感觉。我要真挚地谢谢你，谢谢你带给我的快乐。"他朝她亲切地笑着说。

"那就好，只要你快乐就好。"她说。

两个人吃完夜宵，沿着红场并排走着。敖单塔纳要送她回家，她说："我家离这里不远，时间还早，我们还是聊一会儿吧。"她问他对十月革命怎么看？问他喜欢不喜欢共产主义？敖单塔纳沉思了片刻说，"对不起，娜塔莎，我对政治不感兴趣，我觉得政治只不过是政治家的事，与我们这些小人物没有任何关系，我只关心我的学业，想在化学领域里取得一些成绩。我觉得政府花钱把我送到这里来留学，我就要学好知识，回去报效国家。"

她点了点头，"敖单塔纳，我就是佩服你的钻研精神，你一定会在化学领域大有作为的，我相信你，你一定是未来印尼杰出的化学家。"她的话，把对方说笑了。

"你的话让人听得舒畅，谢谢你，娜塔莎。"他停住了脚步，看着她湛蓝而又明亮的大眼睛，秋波荡漾，闪着异样的光彩，十分具有挑逗性，整个心都酥了。

娜塔莎从对方眼睛里读懂了什么，故意娇柔地说："你……你为什么这样看我？难道让……让你想起了什么吗？"敖单塔纳嗯了一声，这才从那种遐想中回过神来，用一种敦厚的笑掩饰自己的尴尬。

"噢，天晚了，我该走了。"他说。

"那好，我们下次再见吧。对了，敖单塔纳，我明天要到列宁格勒去实习，我是插班生，安排跟你们不一样，也许一个月，也许两个月，我就回来了。希望我们能继续今天的谈话，希望你像对待小妹妹那样对待我。"娜塔莎握着他的手，深情地说着。

敖单塔纳一时惊愕，他想不到跟她认识不久她就要走了，这是他万万没有想到的。"怎么……"他紧紧地抓住她的手，恨不得上前搂住她，但他还是控制住了自己。"这……娜塔莎，这么你……你让我感到如此突然，我……我没有理由阻止你，希望你能早日回来，我等着你，真的等着你。"他语无伦次，说个不停。

娜塔莎笑了笑："我记住你的话了。"

"你……你走好。"他心有些疼。

娜塔莎没有再说什么，转身走了。走出几步，又转过身，朝他摆摆手。看着夜色中的娜塔莎的背影，敖单塔纳仿佛失去了什么。是什么呢？他说不清楚。第二天，敖单塔纳就病了，发着高烧，在床上躺了两天，等他再次回到教室时，老师们都惊叹了，他整整瘦了一圈。

他就在这种企盼和渴望中熬过了两个月,到七月份娜塔莎再次出现时,敖单塔纳的心情可想而知。

莫斯科的七月份不是很热,气候舒适。敖单塔纳接到娜塔莎的电话后,马上请了假,来到莫斯科郊外的公园,一见面,他激动得不能自制。他们来到了一个幽静的公园长椅上,诉说着离别之情。"娜塔莎,我可以告诉你,在印尼,我有一个未婚妻,她叫真妮,我们是那样的相亲相爱。你的出现,打破了我生活的平静,你带给我的,是快乐,是喜悦,我原先以为真妮是我苦缠多年的梦吃,没……没想到我……我真的放不下你。"他搓着双手,一副痛苦不堪的样子。

娜塔莎流出了同情的泪,紧紧地把他的手放在自己掌心。一触到她温柔、细腻而又娇嫩的异性之手,敖单塔纳就像浑身触电一样,血往上涌,感到头一阵眩晕。娜塔莎把头靠在他的肩上,嗲声嗲气地说:"我真羡慕真妮啊!她是幸福的,有这样一个才华出众、相貌堂堂的男人痴心地爱着她,她还缺什么呢?一个女人,得到男人的爱,此生无求矣!……敖单塔纳,我知道我们不能成为夫妻,但我更看重的是我们彼此的融洽,从性格到心灵。一想到你,我就感到温馨从四面八方涌了上来,将我包围。我……"

"不……不……娜塔莎,我们不可能。"他激动得再也说不出话来,迟疑了片刻,还是把她搂进了自己的怀里。娜塔莎顺势倒在他身上,满怀激情地仰起头来,热烈地吻着。两个人沉醉在火一样的激情之中。

又过了一个星期,娜塔莎邀请敖单塔纳到她住处玩,他愉快地答应了。这是红场附近一个小公寓,小小的两居室不大,却十分舒适。里面陈设雅致,布置新颖,配套设施齐全。娜塔莎让他看电视,说你先休息一会儿,说完她就走进了浴室。洗完澡,她身穿透明的连衣裙走了起来,在暖红色的灯光下,她细腻白嫩的皮肤曲线分明,光彩照人,修长而健美的大腿时隐时现,特别惹眼,那对高耸的丰乳随着身体的移动一颤一颤,透着撩人的性感。她关了电视,打开了点唱机,扭动着身体要和敖单塔纳跳舞。《莫斯科郊外的晚上》曲调清新而又迷人。他浑身发软,在飘飘欲仙的气氛中醉了。

"娜塔莎……"

"敖单塔纳?"

敖单塔纳吻着她厚厚的性感的嘴唇,看着那对湛蓝多情的眸子,深情地说:"搂着你,所有的感情都会沉淀成心香一瓣,让人感叹生活的美好;所有的愁肠百结都会化成云淡风轻,即使明天我死了,我也会记住你给予我的真情。"他的话,触动了娜塔莎内心的情结,一颗泪珠在眼眶里转了许久,还是从面颊上悄然滑下。

"你……你是个好人。我……我不好,我对不起你啊!"她差一点就要讲出真话了,但话到了嘴边又咽了回去。

敖单塔纳捂住她的嘴,摇了摇头,又爱抚地拍了拍她的脸,笑着说:"不要说这样的蠢话,你对我很好,你是抚慰我心灵伤痛的良药。我是一个游子,在遥远的异乡遇上了你,是我的福分。有你,天下的花朵再无颜色,有你,天地间都是我的温柔梦乡。娜塔莎,两年前我与真妮相爱过一次,从此,我再也没有品味过女人,我……我想要你。"

"来吧,亲爱的,让我们唱一曲爱的赞歌。"娜塔莎倒在床上,紧紧地搂住了他。他像一头发情的豹子,撕裂的号叫声把两个人的灵魂送上了天堂。送走敖单塔纳,娜塔莎拉开窗帘,坐在床上,看着外面的灿烂的阳光,双眼痴痴的,不知做什么好。情爱的网把敖单塔纳紧紧地锁在里面,也使她难以自拔。她知道等待他的是什么?她更知道结果是什么?但是,她没有选择的余地。

"为了祖国。"她自言自语地说。

娜塔莎点燃了一根烟,坐在沙发上,顿时,袅袅的烟雾在房间里弥漫。是啊!为了祖国,我还有什么不可以抛弃的。情呀,爱呀,都是资本主义的东西,作为一个布尔什维克,我还犹豫什么呢?想到这里,娜塔莎拧灭了烟蒂,来到浴室,修补了一下妆,这才穿好衣服,走下了楼。

第二章 偷天换日

5

敖单塔纳完全陶醉在情爱的梦呓中。

一到周末,他不再等待娜塔莎打来电话,而是主动地打电话约她。娜塔莎告诉他,她已经结束了在门捷列夫大学的进修,要回到研究所去工作,敖单塔纳对她这种行为也没有过多地想,只问以后他们如何联系。她告诉了他联系电话,这才让他放下心来。这个周末,敖单塔纳早早地来到了公园,耐心地等着娜塔莎的到来。

娜塔莎准时出现在公园门口。

她今天打扮得十分漂亮,身穿开口很低的白色鹅绒连衣裙,袒露着半截酥胸,使她更加妖艳。他走上前,牵着她的手问:"哎,我的美人儿,你今天漂亮死了,我们到哪里去消磨这宝贵的时光。"

"别急,今天我可为你选了一个好的消遣的地方,你一定会高兴的,走吧。"她挽起了他的胳膊,向着公园附近一家豪华舞厅走去。

这个舞厅在莫斯科也算数得着的。

从外面看,没有什么区别,跟北京展览馆的房子差不多,典型的俄罗斯建筑。但是,一走进来,却是富丽堂皇,高高的玻璃吊灯,金丝绒的窗帘,弥漫的香水气味,在那个时代都是极品。敖单塔纳一走进来,就有眩晕的感觉。舞厅里乐队演奏着颤悠悠的舞曲,不时还夹着人们的呼叫声,许多男男女人都跟着乐曲在不停地扭动着。敖单塔纳再也控制不住自己的情绪,架起娜塔莎,就走进了舞池。

两个人舞姿十分出众,配合得也天衣无缝,一圈又一圈,一会儿狂热,一会儿轻幽,敖单塔纳的心也像三色湖的水,五颜六色。他从来没有这样高兴过。他望着娜塔莎那蓝色的眸子,长长的睫毛,感受到她结实的胸,柔软的腰,仿佛进入了梦一般的境界,时不时地还在她的脸上嘬一下。

一曲终了,俩人找了一个幽静的地方坐了下来,敖单塔纳把一块口香糖放进她嘴里，还要了一杯香槟酒，慢慢地喝着，说着甜密的情话，亲热无比。他说："娜塔莎，我们从来也没有在一起跳过舞，舞步却如此协调，看来我们是有缘分的，你是我生命中的女人，我这辈子遇上你，是上天的安排啊！"娜塔莎也说，"敖单塔纳，我不会忘记你的，我会记住你对我的爱，永远……"说完眼睛有些潮湿了。

"娜塔莎小姐，好久没见你了，这……这位是你的白马王子？"一个穿着入时的中年男人走到了他们身边，朝娜塔莎打着招呼。

娜塔莎马上站了起来，笑着说："噢，你也来了，太好了，敖单塔纳，这位是我的好朋友尼古拉朗佐夫先生，在国家文物局工作，熟悉印尼文化，你们俩一定谈得来的。尼古拉，这位是我同学敖单塔纳，印尼万隆大学的才子。"

尼古拉急忙伸出手，紧紧地握着敖单塔纳的手，好像见到了久别的朋友。"太好了，认识这位千岛之国的朋友，我真高兴，有机会我一定去贵国考察。走，我们去边上的餐馆喝一杯。"他没容得两人说话，拍着敖单塔纳的肩就走，娜塔莎只好跟在后面。

三个人坐下后，尼古拉点了几个菜，要了一瓶伏特加，一边喝着一边高兴地谈着，根本没有娜塔莎插嘴的机会。三杯酒下肚，两人越谈越近乎，越谈越投机，敖单塔纳没有了禁忌，什么话都说，什么话都敢说，他把尼古拉当做朋友，临别时，相互留了联系电话。

"尼古拉是个爽快的人。"送走尼古拉后，两人从舞厅里出来，敖单塔纳还没有从兴奋中回过神来，他对她说。

娜塔莎伏在他怀里，痴痴地看着他的脸，神情恹恹地说："敖单塔纳，我的工作有些变动，我明天就要调到列宁格勒去，我……我会抽时间过来看你的。你……你要保重。尼古拉是我的好朋友，有什么事你就找他吧，他会帮你忙的。"她吻着他，有些恋恋不舍。

"这……娜塔莎，我会想你的，我向你保证，除了真妮，我不会再爱任何女人。……你……你要想我，有空就来莫斯科找我，我的学业还有一年左右，到那时，我就要回到印尼去了。"敖单塔纳对娜塔莎动了真情。

她也被对方感动了，除了流泪和长吻，她再也说不出什么。两人

第二章 偷天换日

055

恋恋不舍地分了手。好在两天后尼古拉又找他来了，两个人喝酒聊天，谈得投机，尼古拉告诉他，娜塔莎去列宁格勒，少则半年，多则一年，就会调回来的。他的话，让敖单塔纳放心了。

一个月后，尼古拉跟敖单塔纳已经熟得不能再熟了，他每次来，除了邀请敖单塔纳喝酒外，还送给他一点小礼物，他称尼古拉为大哥，他感到娜塔莎走了，尼古拉却出现了，真是自己的福气啊！尼古拉对敖单塔纳的脾气禀性也了如指掌，到了最后摊牌的时候了。

这天晚上，尼古拉又邀请敖单塔纳到一家豪华的餐厅里吃饭，要了一个包间。他一走进单间，就看见尼古拉身边坐了一个四十多岁的中年男人。男人长得很英俊，只是一脸傲气，满目寒光，敖单塔纳一看这个男人，心里就"咯噔"一下，有一种不祥的感觉。尼古拉介绍说，"这是我的朋友斯利普琴科同志，他想见你。"敖单塔纳客气地伸出了手。

饭吃到一半，斯利普琴科开口说话了。

"敖单塔纳同学，原谅我这样称呼你，我知道你是一个优秀的学生，你是那样地爱着娜塔莎，我可以告诉你，我是苏联国家安全委员会的官员，这次认识你的目的，就是希望你为伟大的共产主义事业做些贡献。帝国主义永远都是时代的毒瘤，只有铲除这颗毒瘤，我们的事业才能发展。敖单塔纳同学，我知道你从门捷列夫大学毕业后，政府会保送你去日本，你具备这样的条件和能力，希望你能为共产主义事业做出贡献。"他的话说得平静如水，而在敖单塔纳听来，不啻一个惊雷。

"你……你们是克格勃？"他惊慌失措。

斯利普琴科点了点头。

"你让我偷窃日本化学工业资料……不，不，我不能这样干。我只是一个科技工作者，我不能做有违科学道德的事来，何况我是政府保送去的，我……我怎么向政府交代。原谅我，斯利普琴科同志。"敖单塔纳吓得六神无主，魂不附体，脸色苍白，一个劲儿地摆手拒绝。

斯利普琴科点燃了一根烟，也给了敖单塔纳一支，他接过来，拼命地吸着。"敖单塔纳同学，我知道你家庭也不富裕，我们不会让你白辛苦的，只要你听从我们的安排，你会得到极丰厚的报酬。而且我们的安排是天衣无缝的，绝不会影响你的研究工作。"

"不，我不干。"他再次拒绝。

斯利普琴科朝尼古拉使了一下眼色，对方马上从一个包里拿出一组照片递给他，不冷不热地说："看看这个，也许你会改变主意。"敖单塔纳接过照片一看，是他和娜塔莎亲热的画面，两人一丝不挂，有站着的，有抱着的，也有在床上躺着的……真是丑态百出，不堪入目。他顿时面红耳赤，心惊肉跳。

"卑鄙，无耻……"

斯利普琴科弹了弹烟灰，嘴角露出一丝冷笑。

"好啦，骂有什么用，要是真妮的父亲知道了，你不但要失业，而且还回不了家，我们知道他是个什么样的人物。你看怎么样，我们合作吧，这样的话，你美人照样玩，金钱也有的是，何乐而不为呢？"敖单塔纳垂下了头，被迫写下了与克格勃合作的保证书。之后不久，门捷列夫大学以到外地实习为名，安排敖单塔纳到莫斯科克格勃训练基地，接受了为期三个月的基本训练，掌握了一些间谍的方法和技术。从此，他上了这艘船。

敖单塔纳悔断肝肠，也无可奈何。

6

一九六二年五月，莫斯科。

敖单塔纳结束了在门捷列夫大学的学业，准备返回印尼。尼古拉对他作了详细的交代，临走前，他提出要见娜塔莎一面，为了安慰这条有价值的大鱼，斯利普琴科同意了，他特地把娜塔莎召到克格勃总部，严厉地交代说："娜塔莎同志，你是国家安全委员会的一员，虽然做的工作不同，但都是为了共产主义事业，你要记住，绝对不能对你的对象发生感情，他只是你工作的对象，而不是别的。你的目的，就

是要他死心塌地地为我们工作，除此没有别的，你记住了？"

娜塔莎挺胸收腹站了起来，声音宏亮地说："是的，我记住了，斯利普琴科同志。"

"好，好，记住了就好，走吧，好好地让他销魂一晚上，他明天就要走了。"他握了握她的手，亲自把她送出了门。

尼古拉在莫斯科最好的饭店订了房间。

娜塔莎与敖单塔纳分别半年多，相互已经有些陌生了。洗完澡，两个人相视无言，许久，晶莹的泪还是从两人的面颊滚了下来，敖单塔纳紧紧地把她搂进怀里，拼命地吻着她，吻得她喘不过气来，娜塔莎也像一条青蛇，缠绕着他的身体，两个人像两只仇恨的豹子，厮咬着。风暴过后，娜塔莎依偎在他怀里，一动不动。他也不说话，只用手再次抚遍她的身体，仿佛再也见不到这块熟悉又陌生的土地。早上起来，两个人再次滚到了一起。他帮她穿好衣服，长久地吻着她。"你不用再说什么，为了你，我会工作好的，我不懂政治，我只懂你，记住，娜塔莎，我做的一切都是为了你。"敖单塔纳深情地说。娜塔莎点点头，摸了摸他的脸，转身离去。

敖单塔纳到达万隆机场，真妮捧着鲜花迎了上去，她扑进他的怀抱，泪流满面。回到真妮的父亲为他们准备的新家，真妮早为他烧好了洗澡水，拿好了新的衣服，她又下厨房，亲自为他烧了几道拿手好菜。看着单纯的真妮，敖单塔纳感到深深的内疚。真妮看到他什么话也不说，以为从寒冷的莫斯科回到炎热的印尼，他有些不适应，上前问他是不是这里的气候太热了？他只笑了笑，也没有说话，让真妮感到茫然。

下午，真妮陪着他看望自己的父亲。

真妮的父亲是印尼有头有脸的人物，他看到自己的乘龙快婿三个月后又要到日本去，感到十分欣慰，决定要在敖单塔纳走之前让他们完婚，了却自己的一桩心愿。经过一个月的准备，这一年的六月，敖单塔纳和真妮的婚礼在万隆隆重举行。在通往教堂的路上，挽着娇小温柔的爱妻，他感到幸福，又心情十分沉重，陷入了深深的自责之中。

三天后，苏联驻万隆使馆人员就来到他家，以他导师的名义向他馈赠了礼品，了解他的思想和言行。三个月后，也就是他赴东京的前两天，敖单塔纳接到了克格勃给他的指示。为了避开美国和日本反间谍机关的注意，尼古拉特地从莫斯科赶到了印尼，在教堂里会见了他。

"在日本，第一次接头的方法是星期二晚上七点，你拿着《生活》杂志去池代的凡井支店，对迎面走来的男子说，我叫鲁斯利。记住，负责研究所的警视厅的人员叫川口和中田秀子，你是访问学者，又是松尾教授专门邀请你去的，他们不会太注意你，你严格按照我们交代的去做，绝不会有什么问题。干我们这一行，一切都要遵守规则，不让你做的绝不能做，接头的时间早不得、晚不得。"尼古拉反复交代。敖单塔纳默默无言，他现在已经没有选择的余地，只有像机器一样正常工作。

真妮的父亲和敖单塔纳的家人把他俩送上了开往日本的客轮。刚刚度完蜜月的真妮仍然沉浸在幸福的甜蜜之中，她挽着他的胳膊，小鸟依人般靠在敖单塔纳的肩膀上，真妮的父亲握着女婿的手，叮嘱说："孩子，我把真妮交给你了，她是我的唯一，你要对她好。我已经跟化工部长说过了，从日本回来，你就去研究所工作，出任副所长，研究员。孩子，你的前途是光明而辉煌的，好好工作吧，我们等着你回来。"

"记住了，岳父，我一定会对真妮好的。你放心吧，我会平安地回来的。"敖单塔纳再三表示。

到达东京，安顿好后，敖单塔纳就拜会了松尾教授。松尾是日本化学界顶尖人物，他对这个门捷列夫大学的高才生十分感兴趣，也想通过他，了解苏联化工领域的情况。经过交谈后，松尾对敖单塔纳的才华赞不绝口，马上给他配备了汽车，带他参观了自己的研究室。两个科技界的奇才有些惺惺相惜的感觉。

星期二晚上，敖单塔纳以要购买一些书籍为借口出门了，他拿着《生活》杂志，来到东京池代的凡井支店等待接头。七点刚到，一个身材高大，约四十来岁的男人漫不经心地走到了他身边，随口问道："有火没有？"

"刚巧剩下一根火柴。"

暗号对上后，敖单塔纳接着说："我叫鲁斯利，从印尼来。"

男子满意地点了点头，"我叫谢多夫，在苏联驻日贸易代表处工作。"说完递给他一张纸，"这是工作提纲。我知道你刚来，我们不会催促你的，两个月后的第一个星期二，还是这个时间，我们在这里见面。"说完他就转身走了。

敖单塔纳开始了在日本化学研究所的工作。作为访问学者，与一般留学生不一样，他没有课时的任务，只是围绕所选的课题，进行深入的研究，这种研究是相互的。那个时候，东西方处于冷战时代，基本没有什么交往，北约集团基本的看法是，苏联的科技水平总体上比西方最少低五到十年，当然，在某些领域，苏联也具有领先水平。化学工业是苏联的弱项，为了赶上西方科技水平，他们是费尽心机。松尾领导的化学研究所，对敖单塔纳还是存有戒心的，开始，不让他接触机密资料，但是，随着时间的推移，特别是敖单塔纳运用自己的聪明才智，解决了他们几个难以解决的技术难题，一下子震惊了研究所，松尾也对他刮目相看。

"敖单塔纳，你是我们化学界难得的奇才，来，看看我们的最新研究成果。"松尾把他带进内室。这间屋子，全部放着机密资料，一般人是不允许进来的。"这是我们研究的塑料成型的技术资料，有些技术难点我还没有解决，你看看，我想听听你的意见。"松尾指了指房间的资料说。

"好的，导师。"他坐下来仔细看着。

两个人围绕一些技术难点，展开了激烈的争论。松尾赞叹敖单塔纳的观点有独到之处。"你的观点很新颖，科学就是要敢于创新，没有幻想就没有科学。以后，你可以进入这间资料室，我相信，我们的创造会造福于整个世界。"松尾严肃地对他说。

从此，敖单塔纳成了整个研究所唯一可以进入松尾教授资料室的人。除了研究工作，他不问政治，不参加任何社交活动，除了周末陪真妮到东京明治神宫、国家博物馆等地参观，晚上到东京高级舞厅跳跳舞，到书店买书外，什么地方也不去，连银座也没有去逛过，他的严谨得到松尾的高度赞扬。

川口来过一次，询问过敖单塔纳的情况，松尾拍着胸说此人绝没有问题。川口当然不会相信松尾的话，对敖单塔纳的情况进行过详细调查，的确没有发现半点可疑的迹象。何况真妮又跟在他身边，从间谍的角度讲，不便于开展工作。不久，他就把敖单塔纳放在了一边。两个月后，敖单塔纳送出去了第一批资料：橡胶手册、盐化乙烯基制品配方、氯乙烯合成表等。资料之丰富、之重要，让斯利普琴科为之发狂。

"太好了，简直就是一座金矿。"他听完苏联化学家的评论，捶着桌子说："有了敖单塔纳，我们还有什么问题解决不了？他是个天才。"

7

一九六三年十月，北大西洋公约组织总部。

美国中央情报局的官员麦克从华盛顿急匆匆地赶到了这里，他把一叠资料扔在负责反间谍工作的官员格罗斯曼办公桌上，愤怒地说，"这是我们从苏联搜集来的情报，他们已经发明了塑料炸药和地雷，而且装备了部队。据我们掌握的情况，如果他们没有窃取到我们的技术秘密，五年内他们解决不了技术配方问题。"

格罗斯曼拿起材料看了看，疑惑说，"麦克先生，也许是你们的问题也说不准。据我所知，当前世界，只有美国、英国、西德和日本具有这种技术。我觉得欧洲不可能被克格勃钻空子，我看你还是检查一下你们的工作吧。"格罗斯曼把球踢到了对方。

"你……"

"我什么？"格罗斯曼冷冷地笑着说，"麦克先生，这些年来，克格勃从你们美国本土偷走了多少东西，你应该有数吧。苏联的鱼雷是你们美国海军鱼雷的改进型，美国巡航导弹的制导代码，已经被苏联人掌握，苏联的飞机、导弹、激光武器，哪一项不是你们美国的改进型……"

"你……"麦克被格罗斯曼气坏了,指着他的鼻子说,"好,好,我们一定要查到底,如果东西是从你们欧洲偷出去的,我……我看你们还怎么说。"

麦克愤怒地摔门而去,他赶到东京,向日本警视厅通报情况。

由于美国中央情报局得到的情报也不准确,到底资料是从什么地方泄露出去的,无法判断。川口看到这份通报后,心里还是"咯噔"了一下,马上布置对有关研究所、公司和会社进行核查,没有发现任何蛛丝马迹。敖单塔纳没有被列为怀疑对象,这要得力于他的不问政治和克格勃严格的接头方法。这年的十二月底,敖单塔纳又送出一批资料,其中有信越高分子化学聚合会社塑料成型的专利情报,这对改进苏联的塑料炸药和地雷起到了关键的作用,敖单塔纳获得克格勃高额酬金,负责他工作的谢多夫也升官发财,调回莫斯科。临走前,他向敖单塔纳交代,将有另外一个人接替他的工作,被敖单塔纳拒绝。

"我已经为你们做了不少了,我要求让娜塔莎做我的领导,否则,我们合作到此为止。我知道你们会毁了我和我的家庭,我做好了粉身碎骨的准备。"敖单塔纳冰冷的话让谢多夫吃了一惊,他连娜塔莎是谁都不知道。

克格勃工作程序极其严格,下线不知道上线做了什么,每个人不允许询问与自己工作无关的事。他听完他的话,有些茫然。"鲁斯利,我不知道你说什么,谁是娜塔莎,是我们的人吗?"谢多夫问道。

敖单塔纳当然不知道克格勃的工作程序,但他知道间谍的纪律,一听他的话,马上明白了,说:"你告诉斯利普琴科,我要娜塔莎领导我。你把话带到就行了。下个月这个时候,我们在此见面。"说完他转身走进了舞池,搂着真妮跳起了舞。谢多夫回到莫斯科,原原本本把敖单塔纳的话转告了斯利普琴科。这一下,让他左右为难了。

毁了他,放过他,都不是上上之策。他拿不定主意,请示维特罗夫。维特罗夫皱起了眉,把娜塔莎大骂了一通,说她辜负了党组织对她的信任,在某些方面做过了。他让斯利普琴科把娜塔莎叫到了自己的办公室,严厉地说:"娜塔莎,你是韦尔霍内伊性间谍学校的优秀学生,我想你应该知道,你的身体就是我们事业的武器。你对敖单塔纳是成功的，又是失败的。成功是你让他加入到我们国际大家庭里来，不成功是他太迷恋你。告诉我，是不是你爱上他了？"

"没，没有。"娜塔莎有些慌乱，片刻之间她还是镇定了。"维特罗夫同志，我完全是按照组织的安排去做的，你要不信，可以问问斯利普琴科和尼古拉，他们可以证明。"

斯利普琴科没有说话，只点了点头。

"好吧，娜塔莎同志，我相信你。敖单塔纳工作得很好，他要你做他的联系人，这在我们国家安全委员会的历史上是从来没有过的，为了事业，我们没有选择。我让你以国家文物局的工作人员的名义，和尼古拉一块赴东京，你听从他的安排。记住，你的工作对党和国家都是神圣的，要有为我们的事业英勇献身的精神。完成了这次任务后，你不再是'燕子'，而是我们国家安全委员会的正式官员。祖国不会忘记你的。"维特罗夫说着。

"是，维特罗夫同志。"娜塔莎敬了个礼。

一个星期后，尼古拉和娜塔莎以夫妻的名义到达东京，两人作为文物局的考古人员，住进了一个廉价旅馆。娜塔莎是个普通工人的女儿，由于长得漂亮，被克格勃看中，选进了警卫森严的韦尔霍内伊性间谍学校，进学校的第一天，教官就告诉她，你们必须学会不为你们的身体而害羞，它现在是用于我们事业的武器。在这种侮辱性的训练中，她跟上至六十岁的老人，下至十五岁的少年睡过觉，从不知所措到一筹莫展，从心灵的麻木到灵魂的折磨，她的痛苦无处向人诉说。记得有一年，她勾引一个法国大学生，这个大学生深深地爱着他的未婚妻，开始对娜塔莎不感兴趣，她使出自己的看家本领，这个年轻的法国男人还是经不起她的诱惑，从不信任她一直发展到痴迷于她的肉体，克格勃用他们做爱的照片对他进行讹诈，就在他同意后，离开住所，由于精神恍惚，过马路时被汽车撞死，这件事对娜塔莎的心灵产生了巨大的震动。对敖单塔纳也是这样，娜塔莎知道他深深地爱着真妮，而又摆脱不了她的肉体的诱惑，她更知道，敖单塔纳的最终结果只有毁灭。

娜塔莎知道克格勃是不信任她的，自己所有的证件都交给尼古拉

掌握。她想重新设计自己的生活，而这次东京之行，可能是个最好的机会。她把情网向尼古拉撒去。睡觉之前，把自己打扮得充满着诱惑，脱得精光，钻进了与他同床的被褥。但是，她失望了，尼古拉对她的肉体连看都不看，好像她不存在一样。

"尼古拉，难道我不漂亮，你对我真的不感兴趣？"她问。

尼古拉坐在床上，点燃了一根烟，冷冷地说："娜塔莎，你是一个漂亮而又充满着性感的女人，哪个男人也难以逃脱你的罗网，但是，党的任务对于我来说，是神圣的，我没有权利享受你的肉体，你是女人，但你更是我们工作的武器，对不起，娜塔莎同志，我们还是把精力放在工作上，不要谈儿女私情。"他拧灭烟头，倒下睡了。娜塔莎没有沮丧，她在心里咬着牙说，我会让你知道我是个什么样的人，你逃脱不了我的手心。

敖单塔纳在舞场见到娜塔莎高兴得浑身哆嗦。他搂着她的腰，把脸贴近她的脸，眼睛里闪耀着幸福的光，一边跳舞一边说："娜塔莎，见到你我不知道是多么高兴，你是我这一生都忘不了的女人，虽然我跟真妮已经结婚了，她是个好女人，但我还是忘不了你。"

"敖单塔纳，你做得相当不错，让我感到欣慰。为了你好，抛开我吧，你的真妮是最好的。再做一两次，你就回印尼，过平静的生活，我会想你的。记住，世上的女人都差不多，在床上，感觉都是一样的。"她把一张写了情报提纲的字条塞到了他手里。

敖单塔纳把字条放进了西服口袋，朝她摇了摇头："不，我的宝贝儿，你不一样，你让我享受到了性爱的快乐。我知道你是什么人，我不恨你，你的床上功夫非常好，尽管我坠入深渊，但我不后悔，我跟你做爱时得到了最大的满足，这是我跟真妮没有过的。好，我不多说了，真妮就坐在那里。下个月第一个星期二，还是在这里见面。"舞曲一停，敖单塔纳绅士般又回到了真妮身边。他坐了一会儿，整了整西服，扶着真妮的肩，她挽住他的胳膊，敖单塔纳绅士般走了。

8

一九六三年十二月，东京。

松尾拿着一本《世界化工》杂志，高兴地说："敖单塔纳，你的文章在这期杂志上发表了，国际化工界给予高度评价，特别是你对盐化乙烯基粒分子的分析，开辟了研究的新思路。为了推动日本化学工业的发展，我准备让你接触更多的具体生产实践，这对于完善你的理论有相当大的好处。"

"谢谢导师。你放心，我会努力工作的，不辜负你对我的期待。我想，这对于印尼的化学工业也将是有益的。"他谦虚地说着。松尾十分高兴，说，"你是我接触的最有头脑的科技人才，好好干吧，印尼化工界以后全靠你了。"

从此以后，敖单塔纳在松尾的助手的陪同下，又进入东京墨田区橡胶制品检查协会关东检查所、葛饰区协同合成工厂、千代田区化学专门会社等单位学习深造，并从事科研工作。对日本化学工业从理论到实践都了解得相当透彻，但是，他也逐渐地进入了川口的视线。

敖单塔纳与娜塔莎约定的第一次见面时间到了，但是，他没有来到舞厅。娜塔莎要去打听，被尼古拉拒绝。"不行，稍微不慎，将铸成大错。波波夫就是在这个时候出事的。我想敖单塔纳有难言之隐，他不便于与我们联系，这正是他聪明之处。娜塔莎，他放不下你的，一定会出现的。每月的第一个星期二，我们还去舞厅。"尼古拉分析说。娜塔莎的确为敖单塔纳担心起来，她已经深深地爱上了这个男人，她知道这是不可能的，但她放不下。她不想让他毁灭，她要他顺利地离开东京，回到自己的家乡。

"你那么有把握他放不下我？"她问。

尼古拉冷冷地笑了，说："那天晚上，我看见敖单塔纳那对眼睛闪耀光芒，我是男人，明白这一切。如果不是任务在身，如果不是纪律

不允许，我也会爱上你的。放心吧，我干这一行已经多年，我的判断绝对没有错的。"尼古拉十分自信。

他们就这样耐心等着，一直到一九六四年的二月，也就是中国大年三十晚上那一天，敖单塔纳西装革履，带着真妮，与松尾教授夫妇一块走进了舞厅。这一次，娜塔莎没有办法接近他，真妮几乎寸步不离地跟着他。娜塔莎在舞曲响起的时候，挽着一个美国人的胳膊走进了舞池，就在那旋转的音乐声中，两个人的目光相互碰撞了一下，她就明白了一切。舞曲一停，她就往卫生间走去。果然，敖单塔纳出现了。

他猛地搂住她吻个不停。

"娜塔莎，东西在我汽车的后备箱里。我想死你了，真的太想你。我现在才感到，有的爱，是要等到分离时才能感觉出来的；有的爱，是要等到思念的泪水洗干净了才能看清楚的；有的欢乐有了比较才能感受得到的。我想你，就像观看月光聆听海的涛声那么美啊！我真想跟你在一起，真想跟你做爱啊！"敖单塔纳急匆匆地说着。

"我也是，我也是渴望着与你在一起，享受你的野蛮和疯狂，亲爱的，再坚持一段时间，我会安排的。"娜塔莎不敢停留，再一次长吻，转身离去。

尼古拉从汽车后备箱中取走了一大包材料。

回到住处，两人不敢作更多的停留，马上把材料包好，尼古拉就匆匆地出门了。那个时候，克格勃有专门的交通线，他们分工十分明确，每一个环节都作了周密的部署，重要的材料由专门的交通带回莫斯科，像这种"专项"工作，交通员都守在东京。二十四小时后，材料就到了莫斯科克格勃总部情报分析中心。一个星期后，尼古拉接到莫斯科指令，要他马上回去。临走之前，他向娜塔莎告辞。

"娜塔莎，我要回莫斯科接受新的指示，你在东京等着我。记住，不要做任何事，更不要跟敖单塔纳联系，我怕你落入警视厅的圈套。我再次告诫你，忠诚于党，忠诚于祖国，是我们这些人毕生的信念。不要去想自己付出了肉体就是耻辱，在祖国利益面前，灵魂又算得了什么。好了，我走了。"尼古拉转身走了。

尼古拉一走，娜塔莎思想激烈地斗争着。她实在厌恶这个工作，她不再想用这种屈辱换取豪华的物质享受，那些被她拉下水的男人一个个被毁灭，她的内心受到谴责，她想永远逃离克格勃的束缚。但是，她也知道，要背叛祖国又谈何容易，多少"燕子"为摆脱这一职业而葬送了自己的性命。她爱上了敖单塔纳，爱是迷情的毒药，间谍产生了爱，就会干出一些意想不到的事情来。

娜塔莎还是犹豫不决。

两个星期后，尼古拉从莫斯科返回，高兴异常。

"娜塔莎，材料非常好，维特罗夫给予高度的评价，这将对我国化学工业起到非常大的推动作用。组织上给你我晋升一级，还给你我，还有敖单塔纳重奖。"说着拿出一叠叠崭新的美元。

娜塔莎也很兴奋，她从小到大，也没有看见过如此多的钱，心里兴奋不已。"尼古拉，敖单塔纳已经帮我们做了不少工作了，为了他的安全，我们是不是可以考虑到此为止，我怕……"娜塔莎试探着说。

尼古拉脸色陡变，指着她的鼻子骂道："你说什么，你是不是昏了头，你知道我们为此计划付出了多大的代价吗？敖单塔纳现在正处于收获的黄金时期，而这些情报，对于我国的经济建设是多么重要。娜塔莎，你可以爱他，也可以跟他上床，但这一切都是以祖国的利益为前提的。"

"我不过是说说嘛。"娜塔莎马上变了张脸。

尼古拉脸色也好看了些："说说可以。"

就在他们等待见面的日子里，已经晋升为上校军衔的谢多夫突然从莫斯科赶到了东京。他是来出任苏联驻日本贸易代表处副代表的。实质上他是来执行另一项"专项"任务的。他顺便带来了一份新的情报搜集提纲，是斯利普琴科要他交给尼古拉的。尼古拉带着娜塔莎前去拜访，谢多夫没有见过娜塔莎，只是从敖单塔纳和维特罗夫口中知道娜塔莎是个什么样的人，一见面，他就为她的美艳而惊呆。

"娜塔莎，我是谢多夫。"他握着她的手。

娜塔莎微微一笑，悻悻地说："我听别人谈论过你，你工作很出色，得到了荣誉，也得到了幸福，不比我……"

她话还没有说完，尼古拉就训斥道："娜塔莎，不能这么跟上校同志说这样的话。对不起，上校同志，娜塔莎很年轻，说得不对的地方请原谅。好了，你到外面房间等我吧，我跟上校同志有话要说。"娜塔莎一声不吭，走出了房间。

"尼古拉，你对娜塔莎太严厉了吧。我们都是同志，要相互关心，你说对吧？"谢多夫把提纲交给他。"要完成组织上交给的任务，还需要娜塔莎这样的女人，我告诉你，如果不是敖单塔纳对娜塔莎的爱，我们绝不会在这个'专项'任务上取得成功。"谢多夫教训说。尼古拉虽然不是谢多夫的直接下级，但他知道谢多夫是直属维特罗夫管理的，对他的晋升能说上话，当然不敢得罪他，何况两人关系又比较好，一听他的话，就明白是什么意思了。

"是，上校同志。为了让她更好地工作，我把娜塔莎留在你这里，你好好帮帮她。离接头的日子还有一段时间，你放心好了。"尼古拉做了个顺水人情。

谢多夫点了点头说："也好，我对日本的情况还是比较熟悉的，你放心好了。"尼古拉走出房间，向娜塔莎交代了一番就走了。娜塔莎这名克格勃的"燕子"终于等到了她想要的机会，而这种机会，是千载难逢的。

9

一九六四年五月，东京池代凡井支店。

这是一个图书超市，每到星期天，这里人比较多，大多数是一些大专院校的学生和研究机构的知识分子，他们一个个抱着本书，在桌子上、椅子上看着，有些学生为了减轻购书的负担，带着本子趴在桌子上抄着书中的有关章节。敖单塔纳约在这里见面，也是没有办法。去舞厅，真妮必须跟着去，实在不方便。而他每隔两三个星期都要到这里来一次，十分自然。

敖单塔纳和娜塔莎背靠背坐在排椅上。

他翻看着她夹在书里给他的情报提纲，有些为难地说："娜塔莎，你们的胃口越来越大了，这些研究数据连我都看不到，是松尾教授研究的绝密资料，他承担了国家的研究任务，听说是用于军品的……如果我要窃取这些资料，恐怕……恐怕会有危险。"

娜塔莎装着看书，小声说："敖单塔纳，愿意跟我一块离开日本吗？我们远走天涯海角，如果你愿意，我决心冒险一试。"

"……"

"你不愿意，你不爱我？"

敖单塔纳长叹了一口气，感慨说："娜塔纳，我是爱你的，生生死死，永不分离。我知道，我如果失去了你，也许我这一辈子都会被痛苦所折磨。我也知道，如果在悬崖上等待千年，还不如抱着你痛哭一晚。但是……但是，真妮是那样爱着我，她的父母对我是那样的好，我如果……我不知道如何面对自己的灵魂……"

"想过结果吗？他们会毁了你。"

敖单塔纳又长长地出了口气。

"你有办法离开吗？"

娜塔莎一边翻书一边说："想办法，只要我活着，总会有办法的。你先不要急于做事，好好考虑一下我的意见，我也回去搪塞他们一下。"

"也好，我想办法找个机会，我们相聚一次，好好商量一下。"敖单塔纳说完，起身到收款台交了钱，拿好书走了。

回到住处，尼古拉问娜塔莎情况怎么样，说我看到你跟他讲了半天话。"唉！看了提纲，他很为难，说那些资料都是绝密的，放在松尾教授的保密箱里面，不是我劝了半天，他还不愿做呢。耐心等着吧，我相信他看在我的面上，会尽力的。对了，你下次不要跟着我好吗，他认识你，对你有些反感，谢多夫上校也是这个意见。我还要去上校那里，这两天就不回来了，他要给我上课，说是跟你说好了的。"娜塔莎打着谢多夫的牌子，把尼古拉到嘴的话又堵回去了。尼古拉耸了耸肩，一句话没说。

娜塔莎对谢多夫开始进攻。

这名经过特殊训练的"燕子",精通床上床下的一切,她把学校学到的一切技巧,用尽浑身的解数使了出来,终于使谢多夫如醉如痴,晚上不搂着她就睡不着,他迷恋她的肉体,喜欢听她讲勾引男人的故事。晚上,他趴在她身上,吻着她每一寸肌肤,哆嗦着说:"亲爱的,你的身体美妙绝伦,真是鬼斧神工,离开你,我不会再爱任何女人。"

娜塔莎扭动着自己的身体,嗲媚地说:"谢多夫,那你疼疼我好吗?这项任务完了以后,我想到东德休假,你帮我办一个手续,给我点钱,好吗?"

谢多夫刮了她一下鼻子,笑着说:"总局同意了吗?钱嘛我可以给你一些,手续还是要上面同意的。"

娜塔莎像团面一样在他身上扭动:"这还不是你一句话,你在东京这里就可以帮我办好,你是负责人嘛。好吗?求求你了。"

谢多夫揪了她脸一下,"好吧,我帮你办就是了,不过,要先完成你的任务。我向莫斯科建议,你先去东德休假,让尼古拉代替你就行,这应该是他的任务。"

不知道谢多夫向莫斯科请示了没有,反正,上线向尼古拉发来了通报,由谢多夫领导他。没过多久,娜塔莎真的拿到了直接到东德的休假手续,而且谢多夫还给了她一笔数目可观的钱。她只要再见一次敖单塔纳就可以离开东京。她的目的达到了,现在只剩下了敖单塔纳了。不久,他又送来了一批资料,虽然不是克格勃急需的东西,但也是他们渴望许久的东西。也许是工作太顺利了,尼古拉批准娜塔莎离开东京之前,允许她跟敖单塔纳单独"幽会"。

不久,敖单塔纳终于找到了一个机会。

名古屋有家化学研究所,有一个技术难题解决不了,请松尾教授前去,松尾实在抽不出时间,就让敖单塔纳一个人前去。敖单塔纳高兴异常,把到达名古屋的时间、预订的饭店房间以及行程安排全告诉了娜塔莎,她得到信息,提前赶到了名古屋等他。两个人谁也没有想到,这一切,正是川口的安排。

在研究所解决了技术难题后,敖单塔纳住进饭店就不再出来了。

娜塔莎的房间就在他的房间隔壁。一看到他走上楼，她就一把把他拉进了房间，紧紧地抱在一起，泪水溢满了两人的面庞。"敖单塔纳，我终于见到你了，我终于可以与你在一起了，我的宝贝儿，你知道我是多么想你啊！走吧，跟着我远走高飞，我已经办好了一切手续，只要有你，我就满足了。"她哭得不能自持，软软地倒在他怀里。

敖单塔纳顾不得说话，吻着动着，剥干净了她的衣服，像抱着个婴儿那样把她抱在怀里，抱进了浴池，享受着两个人才有的欢快。咬着笑着哭着闹着，完全沉浸在忘我的境界里。

回到床上，两个人就那样赤裸地紧紧地抱着，生怕什么东西把他们分开。她们不说话，因为，用不着再说什么，一切语言都是多余的。许久，许久，敖单塔纳长长地叹了口气说："亲爱的，我想说服真妮回印尼，但我失败了，她不愿意离开我，她的父亲又给我打来了电话，说回国后我的职务和薪水都安排好了，而且……而且她父亲还给我弟弟妹妹安排了工作，我爱你，娜塔莎，就是把我烧成灰我也爱你，但是，但是……我不能毁了我全家啊！"

"那你走，马上离开东京。"她急急地说。

"我的时间还有半年，半年后，我就要回到印尼，希望你跟你的上级说说，放过我，我想办法从松尾教授那里弄到你们需要的资料，这是最后一次，做完这次后我不再为你们工作。如果你走得了，你先离开苏联，到印尼等我，我一定想办法与你在一起。亲爱的，这是唯一的选择。"敖单塔纳思考了半天才说。

听完他的话，娜塔莎半天没吭声。她知道，克格勃是不会放过敖单塔纳的。她虽然不是专业情报人员，只是一只"燕子"，但她知道，有价值的间谍人员是不可能放弃的，除非他没有情报价值，或者他有更好的利用价值。情报战线，只有利益，没有道德和良心可言。但她不想让他失望，她也知道，让他马上跟着自己走，是不现实的，他说的，也许是最好的选择。

"好吧，就按你说的做。"她答应着。

计划商量好了，两个人不再为前途而烦恼，他们尽情享受着两个人的快乐世界。娜塔莎把从性间谍学校学到的全部本领发挥得淋漓尽

致，天翻地覆，花样翻新，使敖单塔纳一辈子也忘不了。从名古屋回到东京，娜塔莎把敖单塔纳的话向尼古拉转告，再次说，人家已经帮我们做了不少了，就到此住手吧，否则，不但会毁了他，而且会葬送我们在日本的许多计划。她告诉了尼古拉下次见面的时间和地点，说这是他最后一次为克格勃做事。

"你爱上他了？"尼古拉问。

娜塔莎没有肯定也没有否定。尼古拉鼻子哼了一声，"你可以走了，去休假吧，这里的事情由我做主。"娜塔莎一句话也没说，收拾好行李就走了。

10

一九六四年七月，东京光明饭店。

星期二这天，娜塔莎办好了离开东京的一切手续，买好了第二天上午到东德的机票，她不放心敖单塔纳，她要等接头顺利后再离开东京，所以，在接头的这一天她也来了。为了稳重起见，她化了妆，戴了个假发套，把自己金黄色的发丝严严实实地遮盖住了，穿了件日本人穿的衣服，不仔细看，还真看不出她是欧洲人。光明饭店是一家四星级的涉外饭店，一楼有酒馆、咖啡厅、小超市、美发店。她比接头的时间提前半个小时就来了，坐在咖啡厅喝着咖啡。咖啡厅对面就是酒馆，玻璃的隔壁，能从外面把里面的人看得一清二楚。

离接头的时间还有五分钟，尼古拉开着汽车来了。他按照约定，坐在靠着马路的饭桌，等着敖单塔纳到来。五分钟后，敖单塔纳乘出租车也来了，走进酒馆，就朝尼古拉坐的桌子走去。他要了一套日野炒饭，一个鸡蛋汤，吃完了就匆匆地走了，把带来的提包放在那里。尼古拉迟缓了片刻，这才站了起来，拿起敖单塔纳的提包就往外走。

"还好，一切正常。"娜塔莎心里刚有这样的念头，就发现不远处有台摄影机从提包里露出了镜头，对准了两个人接头的场面，她还有些不相信自己的眼睛，紧张地盯着四周，这一看不要紧，就发现了四五个穿着普通衣服的男女，警惕的眼睛盯住了尼古拉和敖单塔纳。"完了，完了，他们被警视厅盯上了。"娜塔莎心里暗暗叫苦，跟着他们往外走。尼古拉的汽车朝东，敖单塔纳的出租车朝西，还没有走出几十米，几辆丰田汽车就呼啸着跟上去了。

"怎么办？怎么办？"娜塔莎急得在马路上团团转。她虽然只是一个"燕子"，但也耳闻目睹，如果被反间谍机构盯上，谁跟他们联系，必死无疑。她不敢跟尼古拉打电话，更不敢向敖单塔纳通报这些情况。突然，她想到了谢多夫，如果告诉他……自己还走得了走不了？个人的安危和国家利益在她脑海里反复冲撞，最终，娜塔莎还是决定告诉谢多夫。

"你说什么？你为什么还没有走？"谢多夫接到她的电话大怒。娜塔莎来不及向他解释什么，只说自己购买了明天到东德的机票。她急不可耐地把看到的一切向谢多夫说了个详细，问现在应该怎么办。

谢多夫在电话里半天没吭声，在她一再催促下，这才一字一句："听好，娜塔莎，你什么也不要管，明天一早就离开东京，否则，你永远也走不了。就这样，不要再跟我联系。"谢多夫说完就挂了电话。娜塔莎也许不知道，谢多夫接完她的电话，马上通知了苏联在日本的间谍，暂时冻结了一切策反计划，他本人马上返回了莫斯科。

娜塔莎还是放不下敖单塔纳。老天不负有心人，吃完晚饭，真妮终于出现在她家门口一个小超市里。在她买完东西出门的时候，被娜塔莎拦住。"对不起，你是真妮吧，我叫娜塔莎，是敖单塔纳门捷列夫大学的同学，他有危险，你叫他赶快离开东京，越快越好。"娜塔莎急匆匆地说。

真妮懵了，不知道对方说什么，摇了摇头。"小姐，我听不懂你的话，他能有什么危险，我们好好的，他在家里，要不你见见他吧。"她弄不清楚是怎么回事。

"不，不行。"娜塔莎摇了摇头，叹着气说："我告诉你吧，你们家已经被日本警视厅的人员监视了，我要去了，也完了。马上回家，把我的话带到，你跟他说，我在印尼等他，一定等他。"说完娜塔莎就匆

匆地走了。真妮回到家，把见到娜塔莎的经过告诉敖单塔纳，问那个女人是他什么人。他吓得他脸色苍白，抱着真妮泪流满面。

"真妮，我……我对不起你，她……她是莫斯科的间谍。知道克格勃吗？她们就是，我……我实在无颜再见你的父母。真妮，我恐怕走不了的，你走吧，不要管我，马上返回印尼，好吗？"敖单塔纳抱住真妮，流着泪劝说。

真妮摇摇头，用温柔的小手擦着他的眼睛，动情地说："敖单塔纳，我不管你做了什么，我不管那个女人是你什么人，我永远爱你，永远不离开你，哪怕上刀山下火海也决不分离。告诉我，你真的做了违法的事？那个女人说的都是真的，是吗？"

敖单塔纳只好承认了一切。

"我跟父亲打电话，让印尼外交部跟日本外务省联系，也许会有办法的，父亲在政府中有许多朋友，他们会帮忙的，你不要太沮丧了，敖单塔纳，我们还有机会。"真妮劝道。敖单塔纳摇了摇头，他知道一切都是徒劳的，警视厅肯定掌握了他违法的证据，现在走也走不了，只有等待命运的判决。

第二天早上，娜塔莎坐飞机走了。

三天后，敖单塔纳在住处被拘留，警视厅以非法窃取企业机密嫌疑罪逮捕了他。在被捕的一瞬间，他瘫倒了，忏悔的脑海里闪电般浮现出娜塔莎湛蓝多情的眸子和迷人而富有性感的温柔身躯，然而，他葬送了自己光明的前途，葬送了自己的幸福生活和令人瞩目的事业，无情的手铐与冰冷的监狱将伴随着他的后半生。尼古拉被宣布为不受欢迎的人，被限期离开东京。

娜塔莎到达东德后没多久，就越过边境，逃到了西方，而后辗转来到印尼，在那里等待敖单塔纳的消息。克格勃没有派杀手追杀她，是什么原因，我们不得而知，也许是她不值得，也许是克格勃顾不过来。反正，她没有感受到来自苏联的威胁，据说，许多年后，她嫁了一个印尼人，过着平静的生活。

第三章 从科学家到间谍

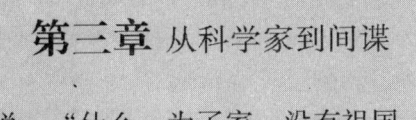

父亲指着他说,"什么,为了家,没有祖国,何以为家。你毁国而为家,这是哪来的道理?你记住,不管我们如何贫穷,也不能以毁国而消除自己的怨恨。一个牺牲国家利益的人,永远没有幸福可言。"巴拉科夫低下了头。人生最重要的往往只有几步,错了一步,可以使一个科学家成为间谍。与魔鬼打交道要付出沉重代价。

第三章

从科学家到间谍

1

父亲指着他说，"什么，为了家，没有祖国，何以为家。你毁国而为家，这是哪来的道理？你记住，不管我们如何贫穷，也不能以毁国而消除自己的怨恨。一个牺牲国家利益的人，永远没有幸福可言。"巴拉科夫低下了头。人生最重要的往往只有几步，错了一步，可以使一个科学家成为间谍。与魔鬼打交道要付出沉重代价。

一九八一年元月，列宁格勒。

在郊区一个半地下室内，一个长满胡须的中年男人站在一个工作台前，上面放着一只酒精灯，他拿着一个装满液体的玻璃管，用钳子夹住，放在灯上慢慢地烤着。突然，"啪"的一声，玻璃管爆炸了，发出清脆的声音，液体流了他一身。他懊丧地摇了摇头，又拿出一支厚些的玻璃管，装上一些黑色的粉末，继续在酒精灯上烤着。两三个小时过去了，他终于看到了他想看到的东西，那液体逐渐变硬，他把它放在配好的药水里，拍了拍灰尘，走出实验室。

屋外的阳光十分灿烂。

"亲爱的，怎么样，试验有进展吗？"一个漂亮的女人正在厨房里做饭，一看见他走了出来，就关心地问。男人笑了笑，走上前抱着她吻了吻，点了点头，点燃一支雪茄，舒心地看了看窗外的雪，还有那

屋檐下悬吊着的冰柱。

"卡秋莎,当前的形势,我不敢把我的试验告诉当局,他们要是知道了,还以为我是个疯子呢。作为苏联南北极研究所的一名核物理学家,我拿着中心最高的薪水,还有保密津贴和特别补助,也只能满足我们基本的生活需求,搞这样简单的试验已经花掉了我们多年的积蓄,要是扩大规模更难啊!从理论上讲,我的方案一点问题都没有,如果当局支持我,如果我到国外去,说不准可以夺得诺贝尔奖呢。"男人感叹道。

"我相信你是最棒的。"卡秋莎把菜端上了桌子。

两人边吃边聊。卡秋莎说,"跟姑姑借这套房子,就把你上次出国带来的糖果、丝巾,还有法国香水给了她,她真够贪婪的。巴拉科夫,我们现在是一贫如洗了,你要想想办法,让我们的日子过得好一些。我也想要一套法国化妆品,想要中国的丝绸,想要……"

巴拉科夫打断了她的话,"知道,知道,亲爱的,我知道你需要什么,你看我吸的雪茄,这哪里是人吸的,我要天天吸古巴雪茄,这不是梦想,我会有办法的。"两个人吃完饭,就返回了城里。

第二天,两个人又来到郊区。

巴拉科夫看了看昨天的试验,除了硬度差点外,其他技术指标符合要求。他又拿出一支更厚的玻璃管,装上了黑色的粉末,又加了几种其他的金属粉末,灌上配好的液体,摇了摇,让它们均匀地溶在一起,又拿出一只更大的酒精灯,支好架子,放在火焰上烤着。在热的作用下,液体发生一种化学反应,白色的气泡增多,玻璃管再次爆裂,发出清脆的声音。

巴拉科夫不气馁,又拿出各种厚度的玻璃管,对配料又进行了精密的计算。一次又一次的试验,一次又一次的失败,他自己也记不清了,失败了多少次。他停了烟,把节约下来的钱购买试验材料,以便完成所有的数据采集工作。在这年五月份,巴拉科夫终于完成了全部数据采集的工作,他抱着忐忑不安的心情找到了他的导师,想求得他的支持和帮助。导师是苏联核物理界的权威,他听完巴拉科夫的述说,看了看他手中的数据和有关材料,不屑一顾地训道,"我们现在首要的任务是，研究小型核弹，也就是说，用极小的量，产生更大规模的爆炸。这种核弹，应该像皮箱那么大，在美国人进攻苏联时，我们就可以在局部使用，这样，我们的军队就可以取得胜利。而不是花这样的工夫研究民用产品，巴拉科夫，你可是我们核物理学界有天才的科学家啊！"

"导师……"

导师挥了挥手，呵责道："巴拉科夫，你记住，你这些数据和方案，对于美国人来说，是十分有用的，你一定要保管好它。你的聪明和才智不是你个人的，是国家的，你只能把它用在为国家服务上，这是我们每一名科学家崇高的职责。美国人对我们的渗透越来越厉害了，你千万要当心啊！"

"是，导师，我记住了你的话。"巴拉科夫毕恭毕敬。

从导师那里出来，他在莫斯科大街上溜达。

"怎么办，难道我的梦想要永远沉没？对于一个科学家来说，没有比这更痛苦的事情。我连妻子的要求都满足不了，我还算什么男人？"巴拉科夫双眼茫然，不知如何是好。

回到家，卡秋莎端上了土豆，拿出刚烤好的面包，难过地说，"这个月的薪水已经用完了。你的试验成功了，又能怎么样呢？我看我们还得受穷，我真怕穷啊！"

"你少说两句好吗？"巴拉科夫放下刀叉，走进了卧室，躺在床上叹着气。

卡秋莎收拾好东西，洗了洗，走进房间。她坐在床头，劝道："巴拉科夫，我们为什么非要在一棵树上吊死呢，难道不可以想想办法，譬如，到挪威去，到瑞典去，到法国去，到德国去……你不是老跟我说吗，技术是没有国界的，是好东西，他们也会要的。"

卡秋莎的话触动了巴拉科夫那根最敏感的神经。是呀！我为什么非要在苏联待着，在这里待着有什么好？对，卡秋莎说得对，我为什么不可……他想到这里，禁不住浑身哆嗦了一下。这要是让克格勃知道了，那可是叛国的罪啊！没关系，反正科学考察船马上就要起程了，我们要路过挪威的，何不利用这个机会……对，就这样，绝不会出事

的，克格勃的手再长，也不可能长到船上去。想到这里，他猛地转过身，一把搂进卡秋莎，热烈地吻着。"卡秋莎，你的主意真好，就这么办，这次考察船出海，正是一个机会，我何不利用一下呢？亲爱的，你放心，一跟对方接上头，我就要他们想办法把你我弄出国，一切都会平安的。"他拍了拍她的脸，高兴地说。

"这……"

巴拉科夫一旦决定下来，卡秋莎倒有些顾虑。

"巴拉科夫，这……这不会有什么危险吧，我听说克格勃十分厉害，这要让他们知道了，那就完了。亲爱的，我们还有没有妥善的办法？"她伏在他怀里，忧虑地说。

巴拉科夫摇摇头，"要成功就得冒险。亲爱的，我们要享受好的生活，肯定要担风险的。"卡秋莎点了点头，她当然明白这个道理。主意拿定后，两个人又对具体环节商量了半天。巴拉科夫千叮嘱万交代，不能向任何人透露出哪怕一点点这方面的意思。

卡秋莎含着眼泪说，"巴拉科夫，你放心好了，我一切听你的。你……你可不要抛弃我啊！跟他们商量好后，就先回来，把我们一家子转移走了，再答应他们的条件。千万不要太相信他们，不拿到钱，不要把东西给他们。"

"我不是傻瓜。"巴拉科夫冷冷地笑了。

两个月后，巴拉科夫把一切都准备好了。到北极科学考察的船也就在这几天出港，他仍然是船上首席科学家。在离开家的最后一个晚上，卡秋莎恋恋不舍，她倒在巴拉科夫怀里，十分感伤地说，"我总担心，你躲不开克格勃的眼睛，你们船上难道就没有他们的眼线？这要是被他们知道了，下场是十分可怕的啊！另外，你的发明美国人感兴趣吗？"

巴拉科夫把卡秋莎搂进怀里，拍拍她的背，安慰说，"我的宝贝，你就放心好了，我不会在莫斯科与他们联系的，我利用考察船到达外国港口的机会再做，一切都没有问题。"

"那就好，我不是为你担心吗？"她娇柔地说。

第二天，卡秋莎亲自到港口为巴拉科夫送行，引得同船的人哈哈大笑。船长绍齐夫跟巴拉科夫开玩笑说,"你的卡秋莎真的迷人,这一走就要一年半载,她可要受苦啊!巴拉科夫同志,你真的舍得她?"

巴拉科夫做了一个无可奈何的手势,"船长同志,我是一名布尔什维克,党的工作是第一位的……至于亲情嘛,当然要往后放放,我的卡秋莎是理解我的。"

"好,好。你是一名真正的布尔什维克,值得我学习。"绍齐夫嘴角露出一丝淡淡的笑意。

2

一九八一年十月,挪威奥勒松港。

苏联科学考察船"维洋教授号"缓慢地驶进港口。晚霞的金辉洒满船身,映红了港口,十分美丽。经过几个月的海上航行和考察,船上的人身心都十分疲惫,恨不得马上踏上陆地,放松自己的身心,享受那难得的欢乐。巴拉科夫站在船头,看着夕阳下的美景,感到十分烦躁。他从口袋里掏出烟盒,这才发现雪茄已经抽完,他使劲把烟盒撕成粉碎,扔进了大海里。绍齐夫走到他身边,递上雪茄,关心地说:"巴拉科夫同志,是不是想你的卡秋莎了?上岸放松一下吧,顺便买点东西。没有关系的,这种寂寞的生活实在无聊,让人难熬,你放心,我会睁一只眼闭一只眼的。"

"不,绍齐夫同志,我不会做出违反纪律的事来,我爱我的卡秋莎。谢谢你的雪茄,它的味道还真不错。"巴拉科夫朝他笑了笑,离开了船头。

绍齐夫看着他的背影,也摇了摇头,笑了笑,望着奥勒松港,仿佛在想什么。晚上六点钟,"维洋教授号"终于靠岸了,船员们和考察队的技术人员,三三五五上岸,他们要在这里待两天,补充食物和燃料。

巴拉科夫也上了岸。

很快,他以各种借口离开了人群,一个人走在奥勒松大街上。走过两个街区,他来到一个绿色的信筒前,准备把写好的信投寄出去。他看了看信封上的地址:挪威奥勒松,德意志联邦共和国总领事馆。不错,地址完全正确。他的心情有些紧张,信的一角已经被他手上的汗水捏出了汗渍。刚想把信投进去,手又缩了回来,重新在马路上徘徊,脑子里把信的内容又回忆了一遍:我叫巴拉科夫,是"维洋教授号"考察船上的核物理科学家,经过二十多年的研究,我找到了人工生产金刚石的方法,由于苏联当局不给我拨款搞试验,我想投靠贵国,以使我的这一发明为人类造福。大约五个月后,我的船将到达汉堡,上岸时,我身穿深灰色旧大衣,头戴针织毛线帽子,左手夹着一支古巴雪茄,右手拿着一本折叠的彩色画册……对,没有错。巴拉科夫为自己的智商感到自豪。

他把信投进了信筒。

信寄出去了,巴拉科夫不知道是失落还是紧张,神情有些怅怅的。他顺着街道往回走,不自觉地走进了一家珠宝商店,看着那些璀璨晶莹的珠宝饰物发呆……一位小姐走到了他身边,微笑着说:"先生,这里的珠宝饰物是挪威最好的,价格便宜,色彩纯正,都是地地道道的上等品。"她从里面拿出一枚钻戒,殷勤地说:"先生,你看看这枚钻戒,是我们刚从南非进的货,多漂亮呀!你看这绿,多么纯正,给太太挑一个吧,她肯定会喜欢的。"小姐的语气温馨柔和,但巴拉科夫听到后,却十分的失落。他口袋空空的,不要说买钻戒了,就是买一个小小的耳环,他都没有这个能力。他咬了咬牙,朝小姐笑了笑,尴尬地离开了商店。

"总有一天,我的卡秋莎会戴上这样的钻戒。"他咬着牙,在心里狠狠地说着。

巴拉科夫来到一家啤酒屋。

他要了两扎啤酒,坐在靠街的窗口喝了起来。海上的生活单调而枯燥,今年已经四十八岁月的他,感叹自己的人生悲哀。凭着自己的才华,这要是在国外,早已经是功成名就了啊!而在苏联却……他恨这样的制度,恨当官们的官僚作风,他们关心的是自己的利益,从来没有关心过我们这些创造才富的科学家们。他喝得醉醺醺的,摇摇晃晃地离开啤酒屋,来到了大街上。

"先生,你好帅啊!"

一个露着半个酥胸的金发女郎扶住了他,笑逐颜开说:"到我那里休息一会儿吧,我知道你们这些船员都十分有钱。我什么都收,美元、马克、卢布……走吧,我的心上人。"巴拉科夫平时生活谨慎,对这些卖笑女人从来都是不屑一顾,今天不知怎么的,感到胸口憋得慌,竟然一声不吭,随着女人走了。也许是船上的枯燥生活,也许是心里的焦虑,反正,他真的想找个女人发泄一下。

从女人房间里出来,巴拉科夫口袋里真正空空的。他酒醒了,清醒了,这才明白自己干了什么事。他狠狠地抽了自己一个嘴巴,骂道,"浑蛋,我怎么做这样的事呢,这要让绍齐夫看见了,我的计划也就完了,我的一切都完了啊!"他整了整衣服,往船上走着。

半路上,他碰上了绍齐夫。

"噢,巴拉科夫同志,怎么样,玩得痛快吗?走吧,陪我喝一杯去。船上你还没有待够呀!那是一个牢笼,我实在是没办法,有一点办法,我也不做这个船长啊!虽然多拿点钱,但也不能不花了啊!"绍齐夫苦笑着说。

"不,不,绍齐夫同志,我累了,要回船上休息,你自己玩吧。"巴拉科夫搪塞,他不愿与这个狡猾的家伙打交道。

绍齐夫有些不高兴了,"那你就回船上吧,我知道你看不起我这样的人,是吧,我只是一名船长,而你是核物理学家,你比我高贵是吧?"巴拉科夫一听他讲这样的话,又怕得罪他,多一事不如少一事,他只好陪着绍齐夫又来到街上。

回到船上,已经是晚上十多点钟了。

奥勒松港静悄悄的。海上除了波涛的声音外,什么声音也没有。苏联当局有规定,不允许船员们,特别是科学家在岸上休息,不允许他们嫖妓。但是,漫长的考察,单调的海上生活,使这些男人都快发疯了,所以,船长们也就睁一只眼闭一只眼。经过一天的折腾,大家都累了,一回到船上,倒头就睡。整个船上死一样的寂静。而此时的

巴拉科夫却睡不着，记忆的大门一打开，过去的事就像洪水一样，在他脑海里来回撞击，要把他淹没。

大学时的巴拉科夫，就显出了惊人的才华，他曾拟定了用核爆炸的方法，制造出人工金刚石。他设计出了各种方案，但都被学校否定，说他是异想天开。他不入群，总是跟老师、领导格格不入，不是他成绩优异，恐怕都难以拿到毕业证书的。毕业后，他进入了科研机构，得到重用，待遇也享受到最好的，但仍然满足不了他那颗躁动的心。他要做出奇迹，而造就这种奇迹的地方只能是自由世界。

他害怕失败，更渴望奇迹。

卡秋莎之前，他还有一个女人，这个女人跟他交往两年，最终离他而去。女人要离开苏联，到国外留学，但这一切，巴拉科夫都无法给她。他只是一名科学家，而不是官僚。这一创伤，曾重重地给他一击，使他发狠要做出成绩，出人头地。人工金刚石就是他开发的最好项目，当然，他还有让西方感兴趣的东西，他对苏联核工业了如指掌，在当时，也是西方渴望知道的。

"我一定会成功。"他满怀信心地说。

绍齐夫的脚步声在船的甲板上响起，他检查船和人员的安全情况。"他不会是克格勃的眼线吧？"巴拉科夫心里好像被什么东西蜇了一下。"不会的，他已经五十有五了，这个年龄，克格勃还发展他做什么？"巴拉科夫自我安慰起来了。他转过身，朝里睡了。朦朦胧胧之中，他仿佛听到了绍齐夫在跟一个船员谈话，声音很小，嘀嘀咕咕的，他实在听不清了。

第二天，考察船就离开了奥勒松港，向汉堡前进。巴拉科夫没有发现绍齐夫有任何变化，放心了。从这一天开始，他格外小心，无论是做事还是处理与其他同志之间的关系，都小心谨慎，生怕自己的不慎而破坏整个计划。巴拉科夫不愧是一位出色的科学家，一旦投入工作，他把一切都忘记了，他看着考察过程中收获的各种标本和实物，十分高兴。北极圈陆地上的许多标本跟苏联本土的矿物质有着明显的不同，而这种不同，正是考察船追求的目的。

3

一九八二年三月，汉堡。

"维洋教授号"缓慢地驶进汉堡港。船员们兴高采烈，准备上岸放松放松。五个多月的海上生活，使他们像只困在笼子里的老虎，恨不得马上喝上德国啤酒，握住女人的手，欢快地唱着歌谣。绍齐夫走到巴拉科夫身边问道，你好像对上岸没有多大兴趣一样，怎么还不走？他笑了笑，"走，马上就走，你忙吧，我等下找你去，我们一块喝杯啤酒。"绍齐夫点了点头，叼着烟上了岸。

巴拉科夫之所以故意磨磨蹭蹭，就是要让大家先走，自己好躲过他们，与约定的人员见面。他穿上那件深灰色旧大衣，戴上平时在室内才戴的针织毛线帽子，从手提箱里取出了保存许久的彩色画报，点上一支特长的雪茄，慢悠悠地上了岸。他怕绍齐夫注意到自己，选择了一条特殊的路线，上岸后没有到百货摊商去选购商品，而是来到一个拥挤的旅游景点，在那里登上了市区浏览车来到内亚达湖滨的诺伊尔沃大道下车后，就向一家百货商店走去。他在想，如果对方收到了自己的信，肯定早在港口等着自己，那么，他就可能跟着自己，而不会找不到。

他的推测是对的。

一个穿着像绍齐夫衣物的男人跟在他身后。巴拉科夫开始吓了一跳，以为是绍齐夫呢，仔细一看，才知道这个人根本不像俄罗斯人。他放心了，在百货商店绕了几圈后走出门，来到大街上，那个人仍然跟着他。他没理他，悠闲地在马路上走着，那个黝黑的中年男人马上走到了他身边。

"喜欢抽古巴雪茄？"男人用英语问。

巴拉科夫点点头，"是的，古巴雪茄味道好。"

"先生去过奥勒松港吗？"

巴拉科夫心放松了，知道是接头的人来了。他朝对方上下打量了一番，点了点头说："是的，先生。"

对方马上掏出一封信问，"这封信是你写的吗？"巴拉科夫看见自己五个月前投寄的信，心还是禁不住颤动，是害怕还是激动，他也说不清楚。

"是的，先生，请问你是……"

中年男人马上笑了，一把握住他的手，把他拉到一边说："终于找到你了，巴拉科夫先生。"说完他掏出一个信封，交到巴拉科夫手里。"先生，这是800马克零花钱。你放心，我们之间的合作一定会愉快的。联邦德国核物理研究中心很欣赏你的才华。也了解到你是一名核物理学家，他们打算进一步资助你的试验。但是，你必须交一份你的简历和你的科研著作的目录详细清单，在下一个港口交给我们。"中年男人语气清晰，条理清楚地讲着。

"这……"

"有什么问题吗？"中年男人问。

巴拉科夫停了片刻说："先生，我想知道你们如何资助我，比如，是给我钱还是安排我出国。你知道，在苏联我是无法进行的，我怕……你知道的。如果你们真的对我的项目感兴趣，是不是先安排我妻子出国，而后再……"

"你讲多了，先生。"中年男人挥了挥手，"我们慢慢来，只要你愿意与我们合作，你说的这一切我们都会考虑到的，你尽管放心好了。先生，放松一下吧，四个月后，我们里约热内卢见。"中年男人转身向往外走。走到半路，他又微笑着说："先生，我看你是一个老实人，你记住，在船上，不要相信任何人，包括那个船长绍齐夫，我怀疑他是克格勃的眼线，记住了。"说完马上拦了辆出租车，一会儿就消失在繁华的街道上。

巴拉科夫摸着800马克，感到沉甸甸的。

第一步总算成功了，接下来就是第二步、第三步，对的，一切都会好的，面包会有的，他突然想起了苏联电影里的一句话，高兴地喊了起来。突然，他看到了绍齐夫朝他走来，想躲已经来不及了，他只好收敛笑容，朝他走去。

绍齐夫也露出惊诧的目光，看着他说："巴拉科夫同志，这么巧，你也到这里买东西呀！走，一块喝杯啤酒，德国的啤酒味道真不错。"

"好的，船长同志。今天我请客。"巴拉科夫记住那个中年男人的话，如果绍齐夫真的是克格勃的眼线，也要把他拉下水，或者让他相信，自己是一个真正的布尔什维克。

两个男人喝得十分爽快。

"巴拉科夫，你知道吗，我二十多岁在航海学校毕业后，就一直在海上漂泊，我热爱这片海洋，它是那么的神奇，是那么充满着变数。无论我有多么不痛快，我一见到蓝湛湛的海水，我的一切忧愁都没有了。大海像一个慈善的老人，告诉了我们许多。我不像年轻人，除了啤酒和大海，我不喜欢任何东西，包括列宁格勒的生活。"绍齐夫喝得多了，有些醉意。

巴拉科夫不知道他是装出来的，还是发自内心的话，只陪着他笑了笑，说："船长同志，你是我们苏联的骄傲啊！你不觉得在这海上航行太枯燥太乏味了，我随便说说啊！像你这个级别的船长，要是在美国，可不得了啊！那财富……"

绍齐夫又把一大杯啤酒倒进了肚子里。

"你错了啊！"绍齐夫望着窗户外灿烂的阳光，感慨说："'二战'的时候你还小，你恐怕记不清了我们是如何抗击德国人的。为了国家的利益，我们牺牲了多少同胞啊！现在西德发展得比我们还快，难道我们俄罗斯人就不如日耳曼人吗？绝对不是，我们的制度、体制还有许多要改正的地方，你说对吗？所以，我们少向政府索取，政府就会拿出更多的钱用在发展上，你难道不认为是这样的吗？"绍齐夫的话，把巴拉科夫问住了。

他不愿再谈，他知道再谈就控制不住自己，恐怕会与对方争执起来的。那样的话，会引起不必要的麻烦，自己二十多年的努力就完了。巴拉科夫顺着他的话，奉承了几句，就把话题引开了。两个人的酒喝到了八成，摇摇欲坠地相互挽着手，回到了船上。

考察船离开了汉堡，开始了海上的考察航行。不久，他们到达了

一个无名的小岛。这个处在大海中的岛,到处是冰雪,到处是海狮海豹。科学家们按各自的分工开始自己的工作,巴拉科夫主要是考察岛上的岩石。他一个人带着一个布口袋,一把小铲,一把小锤,在冰雪中艰难地行进着。

"巴拉科夫同志。"

一个考察动物的科学家朝他喊道:"你快来看看,这里有一具人的遗骨,难道还有人比我们更早到达过这里?你是物理学家,听说你对古人类也有研究,看看这到底是怎么回事。"巴拉科夫跑过去,仔细地看了半天,发现这具遗骨有点像俄罗斯人,大惊。他搪塞了几句,把那位科学家打发走了,自己坐在雪地上发呆。

"难道是克格勃干的?"

巴拉科夫听说过,克格勃什么手段都使,许多为他们工作的科学家,最后都无影无踪地消失了。他的一名同事的女儿,说是被克格勃选中,参加了工作,最后才得知,做的是"燕子",专门勾引外国男人下水,他对此痛恨不已,这哪里有人性,连一点人的基本权利都没有。巴拉科夫想到这里,陡然感到害怕,仿佛感到背上有一柄刀子正对着自己,那寒光浸进了他的骨髓,冷到了极点。"赶快离开这个是非之地,只有离开莫斯科,才是上上之策啊!"他想着,下次见到那个男人,一定要先提出来,安全是第一的,否则,我什么也不做。绝不能让卡秋莎落到克格勃手里,否则,她比死都难受啊!巴拉科夫在这几个月的航行考察中,几乎是算着日子。他一方面装着积极,另一方面又要克制自己。

4

一九八二年七月,里约热内卢。

"维洋教授号"到达里约热内卢,船员们又欢呼雀跃,高兴地上岸,放松身心,享受难得的快乐。巴拉科夫也上了岸。但是,他没有与那位中年男人接上头。他有些沮丧，以为对方变了卦。第二天一大早，他第一个从船上走了下来。离开港口，他还没有发现那名中年男人，就在他向市区走去的时候，那名中年男人出现了，他微笑着走向他，握住他的手说，对不起，我昨天有点事，分不开身，让你牵挂了。中年男人带着他走向一辆汽车，汽车向可巴卡巴海滨开去。他们来到一家酒店，中年男人要了几个菜，啤酒，两个人边吃边聊。

"我叫伊德斯，是联邦情报局工作人员，你要实现自己的目标，只有我们能帮助你。"对方坦率得让人吃惊，吓得巴拉科夫毛骨悚然，两眼直勾勾地看着对方。虽然他心里早已明白，这位中年男人很可能是情报部门的人，但他没有想到在这样的环境中，如此"心直口快"。他觉得此人有些冒失，心中有一丝不快，不禁为自己以后的命运担忧。伊德斯一边吃一边说，几乎没有巴拉科夫插话的余地，说的话题海阔天空，根本没有涉及人造金刚石方面的问题，这使巴拉科夫有些后悔与他接触，觉得这个伊德斯比苏联当局也好不了多少。

"你今天约我到这里来有什么吩咐吗？这是我的简历和科研成果详细目录。"巴拉科夫把一个信封交到他手里，暗示对方继续给点资助。

伊德斯接过信封，随手放进身边的公文包，笑笑说："我们知道，你很需要钱，这没有问题。只要你真诚与我们合作，我们会不断资助你的。"

巴拉科夫叹了口气，讨价还价说："伊德斯先生，我要你们的实际行动，而不是口头上的。我按你们的要求，已经把我的简历和科研成果目录交给了你，这些东西证明我不是一个庸人，你们的投入会得到回报的，而且这种回报是你们想象不到的。"

"知道，知道。"

伊德斯再次笑笑，抛给他一根古巴雪茄。

"巴拉科夫先生，我知道你是有价值的，否则，我也不会与你打交道。啊！对了，上次给你的800马克，你给打张收条吧，没别的意思，这是财务制度，我对上面好有个交代。"伊德斯说得十分随意。巴拉科夫心里怔了一下，还是顺手拿过一张便笺，写了张收条交到了他手里。

"很好。亲爱的巴拉科夫，我上次说了，联邦政府有家机构十分想

资助你完成课目,他想让你回答几个问题,十分简单的,你放心,这些问题都是秘密进行的,丝毫不会影响你的政治前途,而且是些一般性的问题,对你没有任何害处。只是对你的试验更好地做出准确的评价。来,我们干了这一杯。"伊德斯掏出几张事先准备好了的纸,递给了他。

巴拉科夫一看,上面密密麻麻地列出了几十个内容,一个比一个深奥,一个比一个赤裸裸,内容涉及苏联核工业的方方面面,很多问题连他都无法回答。巴拉科夫知道,如果回答了这些问题,自己很可能陷得太深,根本就没有退路,这该死的德国人正一步一步把他往火坑里拖呢。

"现在后退还来得及。"巴拉科夫在想。

伊德斯好像知道了他的心思,朝他笑了笑。

"亲爱的巴拉科夫,你不要犹豫,我们没有半点挖坑让你跳的意思,这些都是规矩。你知道我们与克格勃打交道多年,我们不得不防呀!你既然主动地愿意与我们合作,就要证明你的诚意,我想这不过分吧。"他语气说得缓慢而又有些真诚。

"可是……你提的问题超出了我涉及的范围,我不可能什么都知道呀!"巴拉科夫既然做到这个程度了,回头对他来说,也是死路一条。

伊德斯倒没有逼人上吊的意思,"如果有些问题你不知道,你就把知道的写上,这样总算行了吧。对了,你的'维洋教授号'返回列宁格勒还出来吗?我们什么时候再见面?"

"你放心吧,很快的。"巴拉科夫把那几张纸放进口袋,告诉伊德斯,"'维洋教授号'回到列宁格勒后,要休整一段时间,我正好利用这段时间完成你给我的题目,我想我可能要跟随'茹鲍夫号'科学考察船,十月份到达哥本哈根,我们在那里见面。……不过,我们还是先君子后小人,下次我给你的材料,你必须付费。"

"痛快,痛快,来,干一杯。"

两人举起了酒杯,一饮而尽。

不久,"维洋教授号"到达列宁格勒,巴拉科夫也回到家里。卡秋莎看见一脸疲惫的巴拉科夫,跑上前,猛地扑进他的怀里,使劲地亲吻。

"亲爱的,你想死我了,想死我了。离开你的日子我无法生活,天天做梦,天天梦见你,怎么样,都好吗?一切顺利吗?"搂着卡秋莎温暖的身体,他长叹一口气,扼要地把事情经过说了一遍,骂道,"这些德国鬼子,没有一个好人。他们不见到真货是不会下本钱的,哼!我也不是省油的灯,下次,下次,我要让他知道我的厉害。"

"亲爱的,我怕。"卡秋莎倒在他怀里,缩成一团,"要不,我们不做了,就这样平平安安,我什么也不要,不要钻戒,不要饰物,不要法国香水,我就要你。"她流着泪说。

巴拉科夫吻着那张肥胖的脸,深情地说,"亲爱的,我这样做,不仅仅是为了你的幸福。我是感到我的知识得不到重用,像一只关在笼子里的鸟,没有自由,我如果不离开这个地方,我怕会窒息而亡。你放心好了,我不会让他们得到便宜的。我要拿到我需要的试验经费,否则,他们休想从我手里拿到他们需要的东西。"巴拉科夫好好地安慰着卡秋莎。

在家里休息两天后,巴拉科夫回到单位,把这次考察的情况作了汇报。领导对他的考察成果十分满意,说:"你好好休息一段时间,按预定计划,下次你跟'茹鲍夫号'出海,考察的项目仍然是你老本行,我们伟大的祖国需要在核工业方面赶超美国,我们有能力做到,而且一定能做到。"领导对他的工作情况作了详细的安排,并就一些具体细节进行了研究。

离开单位,巴拉科夫开始准备伊德斯给他的提纲上的材料。毕竟他是这个学科的科学家,他在核工业领域里有许多同学、老师、同事。巴拉科夫开始串行于这些人中间,按照材料上的要求,核对数据,了解情况,还到内部图书资料馆,查阅只有相当一级科研人员才可以查阅的资料。也就在此时,他的行为引起了克格勃的注意,他们进行了秘密调查,发现他每到港口,都是单独行动,而且,性格孤僻,很少发现他在公开场合发表过什么言词,这种人,正是克格勃不放心的人之一。

巴拉科夫根本不知道克格勃注意了他。

他沉浸在自己的梦想中，这个梦就是人造金刚石的成功，物理学诺贝尔奖的花环戴在他头上。一段时间以后，该弄到的数据他都弄到了，实在弄不到的，他也不敢冒险，他等待着再次出海，等待着再次见到伊德斯。

　　不久，"茹鲍夫号"科学考察船出海的命令下来了。巴拉科夫又成为船上的科学家。在与卡秋莎再次分别的时候，她说："我什么时候再能见到你？这次你会成功吗？""会的，会的。"巴拉科夫搂着她的脖子，深情地说，"亲爱的，你放心好了，我会给你带来胜利的消息的，一切都会顺利，你放心好了。"两个人依依难舍，再次吻着告别。

　　"茹鲍夫号"一声汽笛长鸣，驶向大海深处。这次船长不再是绍齐夫，而是一位叫叶斯金的四十多岁的中年男人。巴拉科夫与他不熟悉，从未见过他。他没有打听叶斯金的来历，他的脑子里除了伊德斯外，就没有别人。他渴望成功，他把可能出现的种种问题和利害得失在心里计算了千百次，唯独没有计算到自己的行为给祖国带来的危害。

5

　　一九八二年十月，哥本哈根。

　　"茹鲍夫号"抵达丹麦的哥本哈根。巴拉科夫又是磨磨蹭蹭，想最后一个上岸。但是，他失望了，叶斯金留在船上，根本就没有上岸的意思。巴拉科夫问，"船长同志，你怎么不到岸上看看？"

　　叶斯金说，"我等他们回来，我再去。我还有事，船要加水，要购买食物，我离不开呀！"巴拉科夫啊了一声，也没有理会，就上了岸。在斯特罗盖街上，伊德斯手棒鲜花，朝他走来。

　　"欢迎你，亲爱的巴拉科夫。走，我们去喝一杯。别那么慌张，又没有人跟踪你。你放心好了，克格勃的势力还到达不了这个地方。"伊德斯把鲜花塞进他怀里，像个老熟人一样拉着他向一家酒馆走去。在酒馆坐下后，伊德斯调侃说，"我知道你们苏联人喜欢喝伏特加，而我们德国人喜欢喝啤酒，今天我们折中一下，我们一块喝点白兰地，好吗？"

"随便。"巴拉科夫从怀里拿出一个信封，塞到他手里，低声说："拿去吧，这是你要的东西，都在里面。我说了，我需要报酬，需要资金做我的试验。"

伊德斯做了个无可奈何的动作。

"亲爱的巴拉科夫，没问题，一点问题都没有。……只是你的东西我们要仔细看看，如果是好东西，你在下一个港口将得到一大笔报酬，钱不是问题，但这是规矩，我不可能马上给你钱。我只是一名特工，而不是专家，你的东西需要专家作出评价，我想我已经把话说得十分明白了。"他仍然微笑着说。

"就现在，不行吗？"

伊德斯叹了口气，"这样好吗。你可以就地干点活，你看，我这里有一张调查表，你加把劲，今明两天把上面的问题都回答出来，届时，我的一名助手，一个年轻的小伙子将同你一道工作，他能找到你的。他会给你一些报酬，当然，这是你应该得到的。好了，下一个港口在哪里，什么时候到？"

"预计明年初到乌拉圭。"

伊德斯举起了杯子，"亲爱的巴拉科夫，来，祝我们合作愉快。感谢你为我们做的工作，你是十分有潜力的，也是一个不可多得的人才，你放心，你会得到你应该得到的一切，好，我们乌拉圭见。"伊德斯把一杯白兰地倒进了肚子，朝他笑了笑，走出了酒馆。

巴拉科夫看着伊德斯的背影，有一种说不出来的味道，是他在耍我呢，还是我在同他做生意？在这种买卖中，谁又可能是赢家？他的思绪在这一刻有些混乱。

晚上，巴拉科夫借着微弱的灯光，用了好几个小时，总算把那张表格填完了。第二天，他走上岸，悠闲地散步来到斯特罗盖街一所古旧的独院旁边时，一个尖声细小的英语声音从他后面传来："你回答完了那些问题了吗？我亲爱的朋友。"

巴拉科夫回头一看，是一个年轻的小伙子，个子不高，长得消瘦

的脸，一对眼睛透着狡黠。他提着一个破旧的塑料桶，一个劲地朝他微笑。巴拉科夫也笑了，从口袋里拿出那几张纸，他接过后也掏出一张纸，对了对，还掏出他写的那张收条，核对了笔迹，十分满意，把一个装有钱的信封交给了他，转身走了。

巴拉科夫把钱装进口袋，仍然装着悠闲的样子，叼着雪茄，东张西望。当他走出斯特罗盖街时，他发现叶斯金正站在街口等着他。巴拉科夫吓了一跳，浑身颤抖了一下。"他……他怎么在这里，难道是从船上跟着我下来的？他发现了我的行踪？"巴拉科夫心里犯嘀咕。他赶忙装着惊诧的样子，走上前，跟叶斯金打招呼。"噢，船长先生，是你呀！你也从斯特罗盖街逛完回来吗？唉！我知道你要去，我们就做个伴呀！我想去给老婆买点香水，你看，找了半天，也没有她喜欢的牌子，只好空着手回来了，你呢？"他故意问着。

叶斯金也疑惑地问："是吗？我怎么没有碰上你？我到街上买几盒好的雪茄，散散心，没有别的事。对了，你老婆喜欢什么香水品牌？"这一问，倒把巴拉科夫问住了。

他平时对这一类东西从不关心，一听叶斯金的话，他怔住了，半天才说："……啊！好像是 Chanel No. 5（香奈尔5号）吧。"当时，这种国际名牌的香水经常在西方各种杂志上做广告，船员们有时候偷偷地买几本，巴拉科夫也看到过，所以，他随口说了出来。但巴拉科夫忘记了一点，就当时苏联人的生活水平，一般国内女人根本不知道有这种香水存在，更不要说使用了。而巴拉科夫的老婆怎么会喜欢这样的香水呢？

"啊！不错，是一个好的品牌。"叶斯金打着哈哈。

两个人边走边聊，天南海北，什么都说。巴拉科夫也把话题引到他喜欢的领域，避免那种尴尬。叶斯金也没有过多地问他到斯特罗盖街的事，好像两个人都心照不宣的样子。越是这样，巴拉科夫越是心神不定，不知如何是好？他总是感到后背有一对眼睛在盯着自己。"是我多心了，还是克格勃已经盯住了自己？"巴拉科夫总是这样问自己。

四个月的海上航行是漫长的，也是枯燥的。

这一天，考察船又到达了一个小岛，科学家们要到岛上进行作业。

叶斯金找到巴拉科夫，说我想跟你一块上岛，学学你们怎么工作。巴拉科夫想拒绝，但最终没有说出口来，心里想，"是福不是祸，是祸躲不过，你就来吧，看你能把我怎么着。"两个人带好上岛的用具，背着包，就上岛了。这是太平洋中的一个无名小岛，苏联人为了称霸全球战略的需要，不仅对太平洋主要航道的流速进行测量定位，而且对风速、气候、矿产、动植物等都进行综合的考察，以便对科学和军事战略做出新的计划。

小岛十分荒凉。除了石头和冰雪就没有别的。两人高一脚低一脚往小岛高处爬去。比巴拉科夫年轻的叶斯金总是落在后面，他喘着气说："巴拉科夫同志，我现在才体会了你们科学家的不容易之处啊！怪不得有的同志不愿意从事这样艰难的工作，向往西方的生活，这也难怪啊！哪个人不喜欢舒适的生活？你说对吗？"

"你说呢？"

巴拉科夫叹了口气，坐在一块岩石上，望着蓝湛湛的海水和一望无际的天空，十分感慨地说："追求享受不是错，你说对吗？人类总是在不停地追求进步，这种进步不就是让我们人类过得更好吗？有些东西，包括人的属性，是自然界的基本本能，我们是不能排挤的。我们一出来就一年半载，像你这个年龄，把一些基本的本能都压抑住了，这是毁灭人性的东西，这样对身心成长都不好。你告诉我，难道你不需要女人？"他半开玩笑半认真地说。

叶斯金被他逗笑了。

"巴拉科夫同志，这次你难道没有上岸品尝一下金发女郎的味道。我看你神秘兮兮的，难道不是……"他嘻嘻地笑着问。

巴拉科夫一听他这样说，那颗悬着的心终于放下来了。原来他是怀疑自己嫖女人去了？这样好，这样的事对船员来说，都是不公开的秘密。根本算不了什么。

"啊！叶斯金同志，你真有意思，我……我不喜欢金色头发的，我喜欢棕色皮肤的，等到了乌拉圭，你品尝一下那里的女人味道，肯定是别有一番风味啊！"巴拉科夫也开着玩笑，使两个人之间的关系更加融洽。

两个人开始工作，一直忙到天黑才返回船上。从这天开始，巴拉科夫与叶斯金的关系更进了一步，两个人喝酒聊天，咸的淡的都说，有相见恨晚的感觉。巴拉科夫被对方的假象迷惑了，放松了警惕，过度的自信，科学家们对社会知识的缺乏，都在这种交往中暴露得淋漓尽致。当然，最终走向灭亡的不仅仅是这种原因，而是巴拉科夫对祖国的背叛导致的亲人的分崩离异。

6

一九八三年一月，乌拉圭。

一月五日，"茹鲍夫号"驶进了蒙得维的亚湾。船一靠岸，船员们欢声雷动，一个个急速地涌上了甲板，踏上了陆地。巴拉科夫跟叶斯金说，"我要跟小伙子们一块喝喝啤酒，玩一玩，就不跟你去了。祝你玩得愉快，乌拉圭的娘们真的别有一番风情，不感受一下你会后悔的。"

叶斯金笑了，"彼此彼此吧，我知道你要重温旧梦，我不打扰你了，祝你玩得愉快，按时回来，可不要被对方缠住了啊！"两个人打着哈哈分了手。

巴拉科夫为了防备意外，坐公共汽车先绕着城市兜一圈后，这才来到独立广场，装着没事一样闲逛。一会儿，他看到了一对熟悉的眼睛，便跟着他走了过去。他们沿着柏油马路一直走着，不一会儿走到了一个街口，对方迟疑了一会儿，站在那里望着四周，巴拉科夫也不敢贸然上前接头，害怕什么。又过了一会儿，那个人急速走过马路，突然奔跑起来，巴拉科夫也跟着奔跑，就这样走走停停，停停走走，也不知道过了几个路口，反正已经离开了独立广场。这里来来往往的人不多，巴拉科夫这才放开胆，跟那人走到了一起。

"亲爱的巴拉科夫，你好。"

"谢谢，伊德斯。"他轻松地答着。

伊德斯把一个信封交到他手里，仍然走着。

"巴拉科夫，你提供的情况很有价值，我说过了，如果情报有用，我绝不会亏待朋友的。里面是你的报酬，你回去看看就知道了。还有一件事要告诉你，今后美国人要跟我们合作，请你明天上午十一点到阿尔基卡斯广场的总统饭店来，他们要好好款待你。"伊德斯面无表情地说着。

"美国人？"巴拉科夫感到震惊。

"你不必大惊小怪。"伊德斯说："我们跟美国人有情报合作协定，他们在你们国内有完整的情报网络，使用起来比较方便些。你放心，美国人不会亏待你的，你提出的试验经费，对他们来说根本不值一提。好，就这样，我们明天见。"他说完，戴上墨镜，吹着口哨走了。

"美国人。"巴拉科夫心里犯嘀咕了。"难道我要让他们牵着鼻子走吗？"他走到一个没有人的街心公园，把那信封拆开了。里面有一千美元还有一些乌拉圭比索。伊德斯写了一张便条放在里面：亲爱的巴拉科夫，我们合作很好，对我们来说，你的安全比什么都重要，安全是第一位的。从现在起，每个月发给你固定薪金八百马克，另外，每提供一份有价值的情报，视情报的质量再加相应的报酬，这些钱都将存在一家瑞士银行你个人户头上，信封里的钱是你过去和我们合作的报酬……巴拉科夫紧紧地攥着这一大把外币，欣喜若狂，要知道，在那个年代，一千美元是一个大数目。他似乎第一次发现了自己的价值。

"妈的，我从来也不知道自己如此值钱。我一定要到美国去，实现我的科学梦想，只有美国，才是我这样人的天堂啊！"巴拉科夫把伊德斯那张便条撕得粉碎，放好美元和比索，一边走一边想，我是不是应该给卡秋莎买点什么东西？对，买瓶香水。想到这里，他来到一家香水专卖店，真的选购了一瓶"香奈尔五号"香水，花去了他近两百美元，贵得让他浑身发颤。我的妈呀，这么贵。但话已经说出口了，巴拉科夫只好忍痛付款。

他突然想到了与叶斯金的谈话。

"对，我有钱了，何不逍遥一次呢。"巴拉科夫总感到口袋里的钱烧得自己难受，好像管不住自己似的，不知不觉地走进了一家舞厅，

找了一个棕色的女人，快乐了一回。从舞厅里出来，他感到空气清新，世界都变得好看了些。

第二天，他又以各种借口出门。

他准时出现在总统饭店门口。伊德斯戴着墨镜正在那里等他。他的身边站着一位同样戴着墨镜的美国人。伊德斯朝巴拉科夫抛过去一个眼色，他马上跟着他来到楼上，走进了事先准备好的房间。一进门，伊德斯马上把巴拉科夫作了介绍。"亲爱的巴拉科夫，这是巴威尔先生，美国人，他对你非常感兴趣。你们好好谈谈，从今天开始，由他负责你的一切。"伊德斯说完往后退了一步。

"不，不。"

巴拉科夫跟美国人在一起，总有一些慌张，"伊德斯，你不是说美国人协助我们吗，怎么又变成了他领导我？对不起，我不愿与美国人合作。你们也许不知道，克格勃派了多少人打进你们中央情报局，你要稍微不注意，我死无葬身之地啊！"他仰天长叹，仿佛绞架上的绳索已经放在他脖子上一样。

"这……"

巴威尔握住他的手，又拍了拍他的肩，拿出一支上等的古巴雪茄，帮他点燃。"巴拉科夫先生，我向你保证，我们之间的一切关系，都不记在档案里，除了我们三个人以外，没有任何人知道我们之间的关系。在我上报的文件里，我会使用代号，退一万步说，就是我们内部有你们苏联间谍，他也不可能知道你是谁，这个你尽管放心好了。而且，你的人造金刚石项目，也只有我们能提供支持。"巴威尔反复劝说。

使劲吸了几口纯正的古巴雪茄，巴拉科夫感到精神气爽。巴威尔的话，打消了他的顾虑，他只好点头答应跟他合作。他也知道，路只有一条，除此，别无选择。"好吧，我相信你，巴威尔先生。希望你们不要利用我，利用完了又把我抛弃。如果先生认为我对你们有用，请把我以及我的家人转移到国外，那样的话，我的科学试验才能真正地进行。"巴拉科夫也抛出了他的价码。

"好的，没问题。"巴威尔点了点头："我们对每一个与我们合作的人，无论从道义上还是良心上，都会负责。只要先生踏踏实实地为我们工作一段时间，证明你取得了我们帮助的资格，我们肯定会办的。我们要留你一段时间，半个月，一个星期都可以，以便对你进行必要的培训，你看如何。"

巴拉科夫一听要留他待在乌拉圭，把头摇得像拨浪鼓，一个劲儿地说，"不行，不行，我没有任何理由留下，我必须马上就离开这里，否则，别人会怀疑的。"

"你不用担心。"

巴威尔拿出一瓶白色的药片，"这是我们专门研究的一种药，服下后，你的身体会发生变化，你船上的医生就会认为你犯了重症，就会把你送上岸来治疗，你在医院里住上一个月左右，我们将在这段时间里教会你许多东西，然后你可以搭乘别的船只返回苏联。你放心，这种药物对你一点坏处都没有。"巴威尔反复说明这个办法的好处，而且说对巴拉科夫也没有任何不利的地方。巴拉科夫没等他说完就拒绝了，他要对自己的身体负责。作为一名科学家，他比谁都清楚，没有一种药物是没有害处的。

"那好吧。"巴威尔有些无可奈何，"既然这样，我就不留你了，这里有张问题的目录和一些零用钱给你，下一个港口是毛里求斯，你到了那里把答案交给我的一个助手，他会在市场区找到你的，接头的暗号是，巴威尔。好的，祝你顺利。"巴威尔握了握他的手。伊德斯也握了握他的手，再三叮嘱他不要害怕，一切都会顺利的。

巴拉科夫从房间里出来，看了看周围，没有发现什么情况，马上坐电梯下到饭店大厅，又警惕地看了看，没有发现任何熟悉的人的身影，急匆匆地穿过大厅，来到饭店外面，拦了辆出租，迅速地离开了总统饭店。回到船上，他这才发现，绝大部分船员还没有回来，连叶斯金也没有回来，他掏出巴威尔给的那张问题目录，躲在一角，悄悄地做了起来。这些调查表格，要回答许多问题，涉及苏联工业的各个领域。巴拉科夫用了好几天的时间，才把它做完。

7

一九八三年四月，毛里求斯。

五日早晨，"茹鲍夫号"抵达路易港。刚刚经过台风洗礼的路易港显得十分凄凉。路易港外是星罗棋布的珊瑚礁，经过这场飓风的掠夺，已是面目全非，到处漂着动物和鱼类的尸体，散发着难闻的气味。被刮倒的树，被吹倒的房屋和被吹翻的船，都没有来得及整理，显得满目疮痍。巴拉科夫心情也有些沉重，他本来想通过联邦德国有关机构，得到资金上的资助，不想弄成这个样子，成了间谍，这是他不愿意做的。但是，他现在毫无退路，只有把事情做好。

巴拉科夫有些惆怅地上了岸。他叼着雪茄，随意地在港口到处转来转去，刚走到港口行政大楼门前，一个嚼着青辣椒的墨西哥小伙子跟他接上了头。巴拉科夫把调查表格交到他手里，他希望获得更多的金钱，他需要用它来买汽车，买别墅，进行试验。那个小伙子一声不吭，又给了他一个信封，那里面有一张调查表格，表上列了八十多个问题，而每一个问题中又包含着几个小问题，密密麻麻的，让人一看就头疼。信封里还附了张便条，上面写着下次接头地点、暗语和电话号码，并告诉他，中央情报局已经给他起了代号——"罗里弗"，以后情报上签上这个名字就可以了。巴拉科夫看完便条，刚要说什么，那个小伙子早已走了，望着他的背影，他有些怅然若失。

"茹鲍夫号"从路易港往回走。

这次考察任务圆满地完成了，大家心情非常高兴。可不是吗，要见到久别的亲人，哪个人不是欢欣鼓舞。巴拉科夫虽然有些忐忑不安，不知道到哥本哈根后，美国人又要给他什么任务，但是，看着那些用情报换来的美元购买的高档消费品，想象着卡秋莎见到东西高兴乐疯的劲头，他又感到一种满足。是啊！难道我不应该得到这些东西吗？难道依我的学识我不应该享受这些吗？巴拉科夫又为自己的境地愤愤不平。

作为教授级的巴拉科夫，应该说享受着当时苏联中上水平的生活标准，他的月薪是普通工人的两到三倍，享受着政府提供的廉价住房，还有其他优惠条件，这是一般工人连想都不敢想的。但是，事业上的挫折，追求西方生活的幻想，使他人生的轨迹发生了巨大的变化，思想上的一点点倾斜，就一发而不可收，而一旦沾染上了间谍机关，你更是想拔都拔不出来。冷战时期，美国人渴望更好地了解苏联，击败苏联，这是他们的全球战略。

如果把我们流在血里的祖国的概念抽走，我们的身体会走样，我们的灵魂会变质，我们会对一切崇高的事物视而不见，无论何时，无论祖国如何对待我们，无论我们有多少怨恨，只要我们还在呼吸，哪怕留一个角落，也要放置祖国利益。至少要知道自己是哪个民族，是为什么而活着，这样，我们的身体才会轻盈。时代在变，祖国的利益永远与我们同在。

一九八三年五月十四日早晨，"茹鲍夫号"抵达哥本哈根。考察船要在这里加满水和食物，然后返回列宁格勒。船员们因为到过这里，加上口袋里的钱不是很多，大部分船员上了岸就在港口喝喝酒，也没有往市里去。巴拉科夫跟叶斯金说，"上次来我也没有到市里转转，我想出去走走。"

叶斯金同意了，"你去吧，反正船要到后天才能起航，你有时间逛逛的。"他还开玩笑说，"丹麦的女人也很有滋味啊！可惜我口袋里没有美元。"两个人打着哈哈，说了几句笑话，巴拉科夫就往市里去了。

他打车来到阿马里恩布尔格广场。

广场到处是游客和行人，他这个穿着灰色外衣的苏联人显得十分扎眼。巴拉科夫竭力装得轻松自如，但他内心十分紧张。他知道克格勃在欧洲各地都有势力，它的触角伸到了世界每一个角落，当然，丹麦也不例外。就在他胡思乱想的时候，巴威尔出现了。他戴着墨镜，叼着烟，一副老成持重的样子。巴拉科夫刚要说话，巴威尔就给他使了使眼色，他就跟着巴威尔往广场外走。穿过马路，跨过小巷，又转了几个弯，两人来到一家僻静的咖啡店，巴威尔要了两杯咖啡，看了

看他，巴拉科夫把八十个问题的答案交到了他手里，他看了看，十分满意，这才从身上掏出一个信封。

"亲爱的巴拉科夫，我们知道你马上就要返回列宁格勒了，很好。里面有你答题的报酬和一本笔记本，回去后用刮脸刀刮开本子的脊背，那里有给你的指令以及在莫斯科和列宁格勒的接头地点的示意图。你按照指令去做就行了。记住，指令一般情况下是不变的，不管发生什么变化，都要严格按照指令去做。没有收到新的指令之前，旧的指令就是法律。明白吗？"巴威尔口气异常严厉。

"这……"

"有什么问题吗？"巴威尔看了他一眼，发现他有些心神不定，眼角处露出一丝惊慌。"你记住，巴拉科夫先生，只有我们能帮助你实现人造金刚石的梦想，也只有我们相信你，你千万不要有其他想法，否则，毁灭的只有你。你要明白，你已经这样了，回头是没有出路的，不要说我们CIA不会放过你，恐怕KGB也不会放过你的。你是个聪明人，聪明人是不会做糊涂事的。"巴威尔话中带着异常的严酷和让人胆寒的威胁。

"不，不会的。"巴拉科夫当然知道他们是什么人，当然知道后退意味着什么。"巴威尔先生，你多虑了，我既然决定走这条路，我就绝不会回头的。我只是要告诉你们，千万不要半途抛下我不管，千万不要忘记自己答应了的事。如果你们不兑现诺言，那么，我就是下地狱也不会让你们好过的。我想先生应该明白这个道理吧。"

巴威尔露出了一丝笑容，"这个你放心好了，我们答应了的事，绝不食言，只要我们双方都信守诺言，一切就都好办了。"说完，他从包里拿出一个锦盒交到他手里，"这是我对夫人的一点意思，一个钻戒，请笑纳。好吧，就这样，祝我们合作愉快，祝你们夫妻生活美满幸福。"巴威尔说完就走了。

巴拉科夫打开锦盒，一枚绿宝石钻戒映入眼帘，那绿色细腻通透，颜色鲜艳均匀，无杂质，做工精细，十分完美。巴拉科夫心潮涌动，一股久违的温情弥漫在心头。他记得从未跟巴威尔说过自己喜欢什么，只是跟伊德斯聊起过自己的妻子卡秋莎喜欢钻戒。难道他告诉了巴威尔……巴拉科夫想不起来了。他捧着钻戒，对巴威尔警惕厌恶的心情一扫而光，代之的是一种同志式的、兄弟般的友情。

这就是间谍的攻心之道。

回到船上，巴拉科夫偷偷地用刀切开笔记本的脊背，取出了指令。指令说，他回到列宁格勒后，如果弄到了新的情报，应尽快在克隆维尔克斯科大街第十六号楼的出入口处，写上一个"Z"字，然后到弗拉基米尔广场去寻找 CIA 的接头暗号，在那里，如果发现美国领事馆的汽车头朝人行道停放，交接地点在列宁格勒的一个事先约好的地方，如果汽车尾朝人行道停放，说明联系地点在莫斯科，那么，你就按照笔记本中规定的两处地点接头。

CIA 规定的接头方式十分严谨。

巴拉科夫看过指令后，点燃一支雪茄，把他烧了。他牢牢记住了上面的话。他对对方的精明和科学的工作方式感到钦佩，觉得他们把该想到的都想到了。从这一刻开始，巴拉科夫的心真正地从徘徊不定到坚定不移，他走过了一个普通人而转变为一名间谍的心路历程。祖国、民族在他脑海里已经不存在了，他脑子里只有梦想，只有报恩的那种感觉。早晨起来，他站在甲板上，望着天水一色的美丽景象，露出了得意的笑容。这笑容到底能持续多久，恐怕只有上帝知道。

8

一九八三年七月，列宁格勒。

"茹鲍夫号"考察船顺利地回到了列宁格勒。巴拉科夫一回到家，卡秋莎满脸是泪扑到了他怀里，呢喃丝丝地说，"亲爱的，你让我好想啊！我天天盼，夜夜想，总是心神不定，害怕什么地方又出了岔子，上帝保佑，你回来了就好，回来了就好。"她吻得他喘不过气来。

巴拉科夫拿出给她带回来的礼物，他没有说那枚钻戒是巴威尔送的，只说是自己特意买给她的。卡秋莎捧着钻戒，爱不释手，眼睛里

洋溢着从未有过的光彩。

"高兴吗，卡秋莎？"

卡秋莎又倒在他身上，乐得嘴都合不上。

"我能不高兴吗？亲爱的，我知道你会成功的。你那个人造金刚石专利外国人感兴趣吗？"她一边看着钻戒一边问。

巴拉科夫吻了吻她那厚厚的嘴唇，拍了拍那张胖乎乎的脸，"我的东西他们能不感兴趣吗，我的一张配方，就能给你买好几个钻戒，他们答应了，资助我完成下面的试验，你就放心等着享受我的科研成果吧。"

卡秋莎点了点头，"我就知道你是最棒的男人。亲爱的，有你在身边真好。"

晚上，卡秋莎依偎在他怀里，告诉他，说地区克格勃的人来过家里，倒没有什么事，只是例行的问候，我说你要到七月份才能回来。他们还问了你从国外带回了些什么东西，我把你带回来的东西都拿给他们看了，也没有什么东西，都是些不值钱的，他们看了看就走了。说者无心，听者有意，巴拉科夫心里"咯噔"了一下，这才详细询问事情经过，没有发现什么对自己不利的事，这才松了口气。

"卡秋莎，以后家里的事不要告诉任何人，特别是我的人造金刚石项目，他们知道了，还以为我做了间谍呢，知道吗？"他反复叮嘱。

"是，我以后注意些，那……那这枚钻戒也不能戴吗？"卡秋莎有些痛苦的样子，小心翼翼地问。

巴拉科夫把她搂进怀里，"我的心肝儿，你就忍忍吧，不要招惹这样的是非啊！多一事不如少一事，等我们移居了国外，你就可以随便戴了。"在他的哄劝下，她终于答应了。

第二天，巴拉科夫回到研究所上班。

所里为他举行了一个简单而又隆重的仪式，同事们像欢迎英雄般欢迎他凯旋归来。所长在欢迎会上说，巴拉科夫同志以工作为重，这一两年来，抛弃了家业，一心扑在工作上，他那种以工作为重的精神，值得我们学习。巴拉科夫也在会上作了简单的讲话，感谢组织上和同事们对自己的厚爱，说自己一定要努力工作，把所里分配给自己的工作做好。恢复了正常上班的巴拉科夫，开始按照情报大纲的要求搜集情报。这些情报早已超出了他研究的范围，巴拉科夫不辞辛苦，利用休息时间，在列宁格勒一些重要的研究机构来回穿梭。通过各种关系获取对他有用的情报，巴拉科夫希望从美国人那里得到更多的美元，以圆他的人造金刚石的美梦。

按照指令，几天以后，巴拉科夫来到克隆维尔克斯科大街第十六号楼的出入口处，写上一个"Z"字，使经过此处的坐车的人看得清清楚楚，这是表明他已经上班，可以搞到情报，并正等待接头的暗号。第二天，他到弗拉基米尔广场去寻找CIA的接头暗号，在那里，果然看到了一辆挂着美国领事馆牌子的汽车停在那里，尾部朝人行道停放，这说明联系的地点在莫斯科。

巴拉科夫马上向单位请了假，说自己要到莫斯科苏联科学院拜会朋友，就来到了莫斯科。事情有些不巧，到达莫斯科的那天，天正好下着雨，到处是湿漉漉的，好在七月份的天气，穿在身上的衬衣一会儿就干了。天逐渐黑了下来，依兹玛伊洛沃公园显得格外静谧，只有三三两两的情侣相伴着走过，偶尔能听得到一两句年轻人的亲热话。巴拉科夫叼着烟，一个人悠闲地走了进来，他瘦长的身影显得格外扎眼和孤独。他看了看四周，没有发现可疑的人员，就迅速地来到了第十四把长椅处坐了下来。果然，在椅子底下松软的泥土处，有一块鹅卵石，他马上拿了起来，取走了里面的美元和新的指令，把情报放在里面，处理好这一切，立刻离开了公园。

巴拉科夫不敢在莫斯科停留，连夜赶回了列宁格勒。回到家是第二天的凌晨，卡秋莎看见他没有血色的脸，大吃一惊，连忙抓住他的手问："告诉我，到底出了什么事？"

巴拉科夫挣脱他的手，走到房间里换了衣服，点燃了一根烟，把那叠美元拿了出来，放在桌子上，这才说："没干什么事，赚美元去了，你不是需要钱吗？我们什么都会有的，汽车、别墅、漂亮的衣服……你不高兴吗？"

卡秋莎更是惊得瞠目。

"你……你做了美国人的间谍？"她指着他的鼻子问。

巴拉科夫惊得浑身一颤,马上上前捂住她的嘴,骂道:"你……你说什么呀!这么不懂事,我做间谍,做间谍也不是为了你吗?你要这个要那个,我到哪里给你挣那么多钱?美国人说,只要我为他们工作一段时间,他们就决定资助我的人造金刚石项目,我有什么办法?"巴拉科夫摊着双手,一副无可奈何的样子。

"这……"

卡秋莎仍然惊慌失措,一对美丽的眸子露出从未有过的恐惧,"巴拉科夫,我们是不是可以想想其他办法,我们不做行吗?我什么都不要,把钻石给他们,把你带回来的东西都给他们,我们不做,我实在怕你……你出什么不测!真的,亲爱的,我离不开你,我永远爱你。"她伏在他身上,浑身颤抖不停。巴拉科夫愤怒了,他没有想到妻子会这样。出海前,他已经告诉了她目的,现在她又后悔,这世界上的事情又不是我们说了算的。

"你……卡秋莎,你让我失望,真的失望,出海前我不是跟你商量过吗?你也是同意了,答应把人造金刚石项目卖给外国人,以求得他们的资助,你现在又……我告诉你,这个世界不是以我们的意志为转移的,我现在做也得做,不做也得做,知道吗?"他一把推开她,坐在沙发上,低头抽着烟。

卡秋莎蹲在他面前,哭着说:"亲爱的,我以为你就是跟外国人做一档子买卖,而没有让你做间谍呀!你告诉我,除了你的项目配方外,你还给外国人做了些什么事?难道你把不应该告诉外国人的事都跟他们说了……难道你跟他们签了什么协议……你说呀!你为什么不说话。"她伏在他大腿上,哭个不停。

巴拉科夫一把推开了她。

他从家里走了出来。外面下着雨,密密匝匝的一会儿就把衣服淋湿了。那极细的雨丝顺着脖子处往身体里渗透。虽然是七月份的天气,感觉不到冷,但雨流过的肤肌也有一种让人颤栗的冷意。这倒不是湿度的问题,而是内心的那种震撼。巴拉科夫仰着头,在葱郁的树底下踽踽地走着。卡秋莎的态度,让他感到震惊和不可理解。我做错了什么?我什么也没有做错啊!难道我不是为了她,为了这个家吗?她为什么要质问我？

深深的黑暗笼罩着人行道。马路上已经没有行人了，雨也停了，微风开始拂来，鸟的声音和虫的鸣叫开始在路旁的草丛中喧闹。被雨淋湿的衣服贴紧他的肌肤，他感到有些凉意。一个黑影站在前面，他知道是卡秋莎。他停住了脚步，卡秋莎走上前，把冰冷的唇贴在他的脸上，"亲爱的，听我的，终止与他们的接触。"巴拉科夫一言不发，仿佛天地都停止了旋转。无论她如何劝说，巴拉科夫都坚决拒绝。他警告说，"如果你做出了违反我意志的事，我们从此就是路人。"

9

一九八三年八月，列宁格勒。

巴拉科夫仍然上班下班，一切都恢复了正常。卡秋莎再也没有说过什么话。她平平静静的，对他不热情也不冷淡。巴拉科夫知道她生了自己的气，他也不愿解释，他要尽快拿到更多美元，催促对方安排自己离开苏联。他感到，只有离开苏联，才是最为安全的。他对CIA的了解太过于幼稚。对方根本不会放过这个千载难逢的机会，他要把巴拉科夫油水榨干为止。情报战线，历来是没有道义可言的，利益是情报战线的最高准则。

他再次约定与对方接头的时间，这次地点是在基辅。巴拉科夫想要跟对方再一次进行交涉，获取更多的美元。从列宁格勒上飞机后，巴拉科夫就感觉到好像有人跟踪自己似的，往后一看，又没有人。难道是自己多心了？他心里犯嘀咕。不行，一定要摆脱他们。想到这里，巴拉科夫连忙起身，朝卫生间走去。刚走进卫生间，还没有关上门，一个留着满脸胡须的男人硬生生地推开了门，他刚要喊，对方把中指放在嘴唇上，做了一个不要说话的意思。

"我是巴威尔……"

巴拉科夫瞠目结舌，这是他与CIA规定的，紧张情况下起动的接

头暗号。他做梦也没有想到,这个与他一起上飞机的男人,是CIA派来接头的。"你……你这么违反接头的规定,在飞机上与我接头,我们不是约好了在基辅广场接头的吗?万一……把我暴露了,我一切都完了。"巴拉科夫发着牢骚。

来人一声不吭,把一个信封交给他,里面是一叠美元,他也把搜集来的情报交到他手里。来人叮嘱说,"以后两个星期见一次面,从下次开始,安排在莫斯科,再下一次安排在列宁格勒,如果见不上面,则顺延。"他还交代,"你到基辅下了飞机后,依然到处转转,看看真的有没有人跟踪你。"

"先生,你安排我离开莫斯科。"

来人脸上毫无表情,看了他一眼,冷冷说:"罗里弗先生,这不是我的职责,我只是一个交通员,我负责把你的话带到。不过,作为朋友,我还是要劝你一句,踏踏实实做好你的事,我们付给你的费用不少了,你可以继续你的项目,这不是很好吗?对了,信封里有一张情报搜集大纲,请不要忘记了,看完以后马上处理掉。"说完那人打开门,走了。巴拉科夫等了片刻,也回到了自己的坐位上。

飞机到达乌克兰首府基辅。

巴拉科夫没有发现任何人跟踪。他一想,既然来了,就休息一天,明天再返回列宁格勒。想到这里,他的心情也轻松多了。口袋里装着刚拿到的一千美元,还有不少卢布,足够他用的了。他掏出对方的情报搜集大纲,看完了以后马上烧掉了。这一次,CIA的胃口更大,提出的情报要求更高,特别是在核武器研究小型化方面,提出了一些具体的搜集要求,包括苏联在这方面的计划、专家人员的姓名、步骤……十分详细。巴拉科夫叹了口气,感到对方套在自己脖子上的绳索越来越紧了。

巴拉科夫在独立广场上走来走去。

他看着广场上灿烂的阳光,几只和平鸽正在广场上到处觅食,几个挂满勋章的老人在太阳下抽着香烟,脸上洋溢着幸福的笑容。这些从战争年代走过来的老人,更能体会到和平对他们的重要性。一群小学生簇拥在一起,听一个老人讲"二战"时的故事,听得是那样的专注。是啊！今天的苏联，是多少先烈们用鲜血换回来的。想到这里，巴拉科夫突然产生了一种难以名状的困惑。难道我错了？他第一次有了这样的想法。难道卡秋莎说的是对的？尽管这样的想法在他头脑中一闪而过，也让他浑身一颤。

这一夜，他脑子很乱，没有睡好。

第二天，巴拉科夫回到列宁格勒。卡秋莎看着他带来的大包小包的东西，脸上没有一丝高兴的样子。"卡秋莎，我听从你的劝告，再也没有跟他们合作。他们给的那些钱，我都退回去了，我不会给美国人做事的，你放心好了。"他搂住她，不停地劝道。

卡秋莎温柔地瞥了他一眼，认真地说："你没有说假话吧。亲爱的，我是为你好，真的。如果我不是那样的爱你，我不会关心你这些问题的。如果我们能以正常的渠道到国外定居，我是不会反对的，如果是为了……那就不好。怪我，也怪我，如果不是我追求享受，你也不会这样……"她伏在他的肩头，不停地抽泣。

"好了，好了，一切都过去了。"巴拉科夫拍着他的肩膀说："我们还是回到了从前。这样多好，卡秋莎，我们是夫妻，如果夫妻成为路人，那就没有任何意义啊！"他也十分动情，双眼潮湿了。

一会儿，卡秋莎转过身子，十分认真地说："亲爱的，我陪着你一块去趟政府吧，把一些事情讲清楚，这样，万一有什么事，我们也能讲清楚，你说好吗？"

"你……"

巴拉科夫仿佛听到了天外来音，不相信这样的话是从自己的妻子，自己最可爱的人的口中说出来的，一时怔怔的，半天才缓过神来。他一把揪住卡秋莎的胸襟，眼睛里露出从未有过的凶光，一字一句说："你如果敢去报告，我就杀了你。你不要逼我，我答应了你慢慢来，一步一步退出来，这已经是不容易了，你要知道，如果我不做，对方同样会毁了我，知道吗？"

"我……我不是怕你陷得太深吗？巴拉科夫，我……我真的没有别的意思，我怎么会害你呢，害你我有什么好处，你说对吗？那……那就听你的，慢慢来。"卡秋莎有些害怕了。

巴拉科夫放开了她，坐在沙发上抽烟。

他现在越来越感到，自己好像陷在沼泽里，越是想出来，越是出不来。好像感到有两根绳索在牵着自己，一根被CIA牵着，你做，就有美元，你不做，则毁了你；一个被卡秋莎牵着，你越做，则陷得越深，越出不来。他不知道自己应该怎么办？但有一点，他希望早早地离开莫斯科。

按照约定，他又来到莫斯科。

从依兹玛伊洛沃公园取回新的指令后，巴拉科夫立即返回列宁格勒，几乎一分钟也没有耽搁。按照新的指令，他把情报放置在列宁格勒一个事先约好的地点，就来到弗拉基米尔广场，CIA的人员告诉他，不管有没有人跟踪，办完事不要直接回家，而要在外转几圈，确定没有任何危险后再回家。在广场上转了几圈，又抽了两根雪茄，确定没有任何事后，他拍了拍身上的灰尘，坐公共汽车回到了家。

从公共汽车下来后，到家还有一段路。他慢悠悠走着，夜色很黑，他刚想再点抽一支雪茄，突然感到后面有脚步声，他停对方也停，他走对方也走，离他不过十来米的距离。在通过一个路口时，他往右走了一条宽阔的路，想借夜色摆脱对方的纠缠。道路两旁的灯光很昏暗，灯洒下的光也被树枝切成鱼网状的斑痕，而跟踪他的两个人戴着墨镜，魍魉一样。

"难道是KGB……"

他刚想到这里，心里更加紧张，感到事情不妙，显得惊慌失措，脚步更加快了。就在他走到自己住的院子的门口时，两个大汉突然加速，几步就蹿到了他身边，一前一后把他堵了个结实。对方轻蔑伴着威严的目光把他罩住了，那个让苏联人熟悉的KGB证件在巴拉科夫眼光中变为现实，他怔在那里，仿佛失去了知觉。就在他被押上车的时候，他回过头来，这才看见卡秋莎站在门口看着他。

10

一九八三年九月，列宁格勒。

十一日这一天，天气格外晴朗。秋天的列宁格勒十分美丽。不冷不热的天气清爽迷人。晚上七时，美国驻列宁格勒总领事馆的官员奥古斯金·鲍尔克也十分高兴，他带着妻子女儿刚参加一场舞会回来，女儿说，"爸爸，这里的鱼子酱真好吃，下个月我们回家，多买些带回去，我要给我们同学。"妻子也说，"苏联的鱼子酱味道真的不错，这恐怕是这个社会主义大国唯一让我感兴趣的地方。"

鲍尔克开着车，看着前方，高兴地说，"行，行，到时候我多买些，满足你们的要求，行了吧。"他的话，说得妻子女儿高兴得直笑。

汽车来到四十号路标处，鲍尔克把车停了下来，从路旁的草丛中"捡得"了一个鱼子酱罐盒，他刚要放进车厢时，几个克格勃特工如狼似虎地从黑暗中冲了出来。鲍尔克一看不妙，马上上车，一加油门，汽车疯一样地冲上了公路，吓得妻子女儿哇的一声喊了起来。鲍尔克连忙说，"坐稳，坐稳。"他加大了油门，妄想逃离克格勃特工们的追捕。但是，他晚了，一切都在对方的计划下，汽车刚拐上另外一条公路，路障使他的车无法通行，他只好停下车，还没有停稳，几个克格勃特工打开车门，抢下他汽车里的罐头盒，从里面取出一个塑料袋，里面包裹着巴拉科夫密写的情报。几天后，奥古斯金·鲍尔克被苏联当局宣布为"不受欢迎的人"灰溜溜地离开了苏联。

巴拉科夫恐怕做梦也没有想到，"茹鲍夫号"科学考察船回到列宁格勒后，他就落入了KGB的视线，如果说以前对他的调查没有发现可疑的地方，而这一次，KGB认定他已经上了"船"了。所以，他交给CIA的情报都是KGB调换过了的假情报。他也没有想到，卡秋莎早已向KGB汇报了一切。

巴拉科夫在各地的亲戚得知他的事情后，纷纷地来到列宁格勒看

望他。他的妹妹指着卡秋莎的鼻子说，"我哥哥对你那么好，你竟然……你为什么不可以劝阻他，而要等到下了地狱才跟他说，你……是你毁了我哥哥。"

卡秋莎欲哭无泪，只有打了牙往肚子里咽，没有谁比她更痛苦的。妹妹陪着巴拉科夫的父亲来看他，这位"二战"中的老兵，一听到他的儿子竟然做了这样的事，当时就气得晕过去了。巴拉科夫穿着囚衣，站在老父亲面前，一声不吭。

"你为什么不说话？你还在恨卡秋莎是吧。我告诉你，她做的是对的。无论我们如何，也不能出卖国家利益。你要知道，今天的社会主义国家，是多少亡灵换来的啊！你以为美国人会对你好，我告诉你吧，他们永远也不愿看到一个伟大的社会主义国家站起，这是资本主义本质决定的。列宁同志多次告诫我们，你为什么就忘记了。你问问自己，你是怎么上的大学，是国家把你培养成人的啊！"父亲老泪纵横，痛心疾首，他想不明白，自己的儿子怎么做出了如此不忠的事情来。

"我不也是为了家吗？"巴拉科夫嘟囔。

父亲指着他骂道："什么，为了家？没有国，何以为家？你毁国而为家，这是哪里来的道理？你记住，不管我们如何贫穷，哪怕要饭，不管国家如何对待我们，哪怕冤枉了我们，也不能以毁国家而消解自己心头的怨恨。一个牺牲国家利益的人，一个以牺牲国家利益而换取自己幸福的人，永远没有幸福可言。"老人语言铿锵，掷地有声，让巴拉科夫和他妹妹低下了头。

半个月后，卡秋莎来拘留所看望他。

那天下着雨，看着站在铁窗前的巴拉科夫，她默默无言。许久，她小声说："你怪我吗？是我向他们透露了你每次考察回来的细节。我真的不知道你会跟美国人做事，我开始还以为你是拿人造金刚石技术换回来的钱呢，我做梦也没有想到你……不说了，是我害了你，害了你呀！如果我不贪图荣华，如果我早点劝劝你，也许不会是这样啊！"卡秋莎泪流满面，泣不成声。

到这一刻，巴拉科夫反而倒清醒了。

"卡秋莎，这不怪你，怪只怪我自己太想成功了。当我第一次与他们接触后，我还抱着幻想，总觉得他们会帮助我的。哪知道，我把一切问题想得太过于简单了。从一开始，他们就在利用我，利用我急于成就的科学梦想，利用我急于想得到的试验经费。当我一接过他们的钱，我就感到有些不安。但是，我没有想到别的，总觉得国家对我太过于苛刻，我在这里得不到我应该得到的，我是想用这种行动向祖国报复，但我错了，与魔鬼打交道，我是得不到便宜的啊！"巴拉科夫悔恨地摇着头。

"卡秋莎，我们离婚吧。"他痛苦地说。

卡秋莎瞪大了眼睛："为什么？"

"我背叛了祖国，我做了一个苏联公民，一个有良知的科学家不应该做的事，我愿意接受法律公正的审判。我知道，冰冷的监狱将伴着我度过以后的岁月，我实在不愿意你一个人孤独地生活。听话，离开我，开始你新的生活，我祝你永远幸福。"巴拉科夫露出的笑容是那样的苦涩，那样的让人肝肠寸断。

卡秋莎的眼泪潸然而下，她抚摸着他更加消瘦的脸，那浓而密的胡须，看着他憔悴的样子，心中就像刀割一样难受。她与巴拉科夫是在共青团举办的一次舞会上认识的，他们爱得是那样的热烈，那样的奋不顾身，这么多年来，他像丈夫，又像兄长那样的关心她，体贴她，疼她怜她。她觉得，选择巴拉科夫，是自己一生中最为正确的决定，自己现在怎么可以抛弃他呢？

"巴拉科夫，亲爱的，你千万不要瞎想，我永远都是你的宝贝，是你的小宝贝。我的灵魂永远都伴随着你，此生此世，我不会再找第二个男人，你是我的唯一。好好地服刑，我会等着你的，等着你回来，你永远都是我心目中最棒的男人，最好的丈夫。"她抚摸着他的脸，再三安慰。巴拉科夫伸出手，抚摸着她熟悉的面容，感到泪滴又从她面颊流下，流进了她美丽的唇线里。

卡秋莎再次吻了吻他苦涩的唇，含泪告别。她站在雨里，看着铁窗里面自己的丈夫，那对悔恨的目光，心真正地碎了。她倒不是痛恨自己从此要孤独地生活，而是感到巴拉科夫这个极有才华的人走到这

一步的悲哀。是自己葬送了他啊！这不是个人的悲哀，而是时代的悲哀，是国家的悲哀。卡秋莎这个美丽的女人，欲哭无泪，只有站在雨中挥着手向他告别，向苍天祈祷。"但愿巴拉科夫的故事不再重演，但愿他从此洗心革面，好好地为祖国贡献自己的聪明才智啊！"

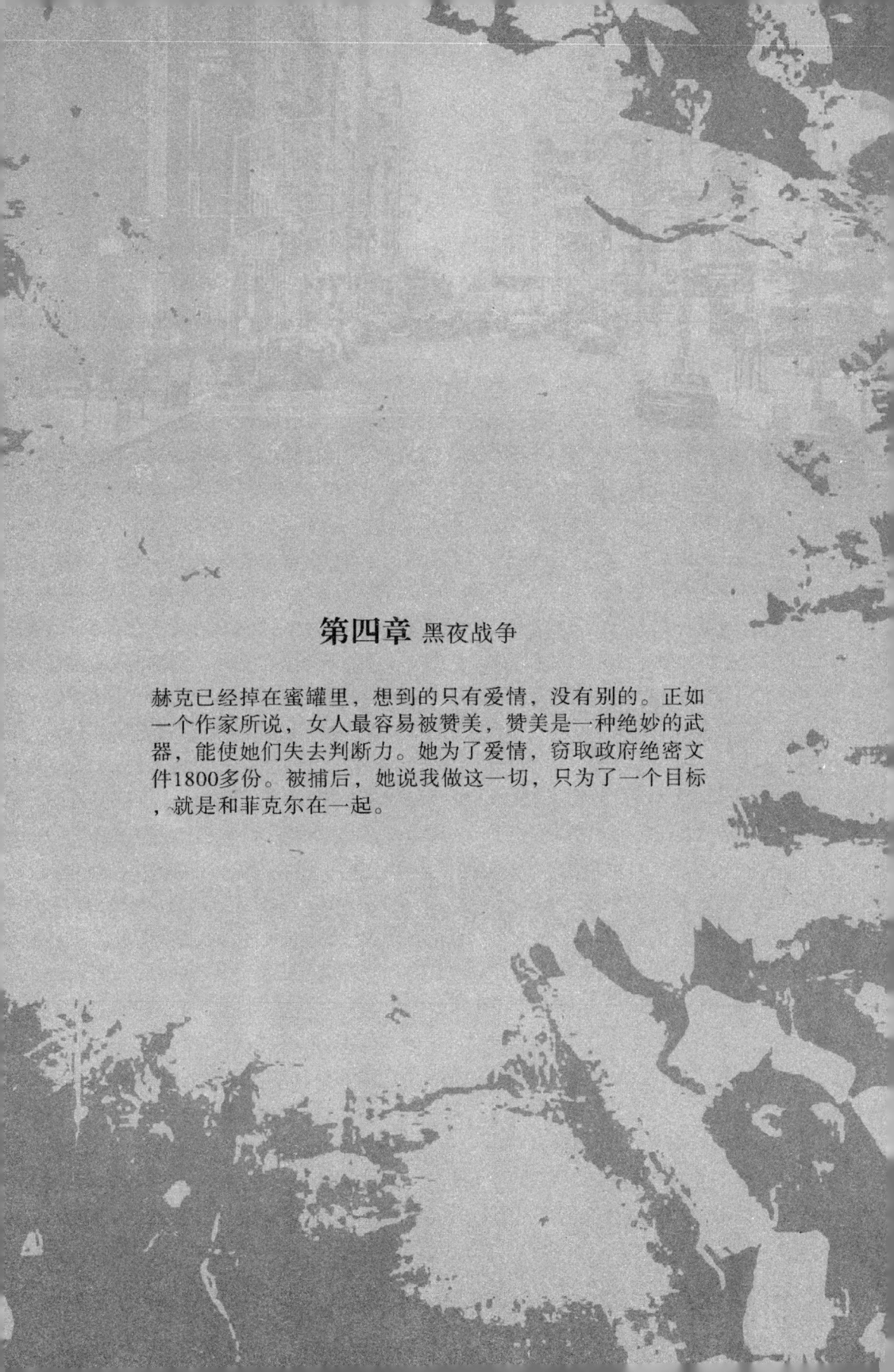

第四章 黑夜战争

赫克已经掉在蜜罐里，想到的只有爱情，没有别的。正如一个作家所说，女人最容易被赞美，赞美是一种绝妙的武器，能使她们失去判断力。她为了爱情，窃取政府绝密文件1800多份。被捕后，她说我做这一切，只为了一个目标，就是和菲克尔在一起。

第四章

黑夜战争

1

赫克已经掉在蜜罐里，想到的只有爱情，没有别的。正如一个作家所说，女人最容易被赞美，赞美是一种绝妙的武器，能使她们失去判断力。她为了爱情，窃取政府绝密文件1800多份。被捕后，她说我做这一切，只为了一个目标，就是和菲克尔在一起。

一九八零年，早秋，莫斯科。

克格勃T处处长莫尔金中校，对坐在对面一个三十来岁的中年人说："从今天开始，你就是谢德林，东德人，一切手续我们都给你准备好了，明天有专人安排你去东德，沃尔夫局长会安排你一切的。你记住，你的任务是，想尽办法，从西德政府中那些没有结婚的老女人开始，用你在学校中学到的知识，发起进攻，把她们变成我们的人，变成我们的情报员，明白吗？具体对象沃尔夫局长会告诉你的。"

"是的，中校，我明白了。"

"明白了就好。你记住，你已经是一个三岁孩子的父亲，不要忘记了祖国给你的使命。我们急需要西德方面的情报，它对我们整个事业有着十分重要的意义。人是有感情的，有感情的人有时候是把握不住自己的，你千万不要掉入泥坑不能自拔。好了，我等着你的好消息。"莫尔金把他送到门口，再次握住他的手，祝他一路顺风。

第二天，谢德林到了东德。

民主德国安全部情报局局长沃尔夫亲自接见了他，向他介绍了所掌握的西德政府有关情况，提供了几个可供选择的对象，其中就包括在外交部和总统办公室工作的哈丽、海因兹和赫克等人。沃尔夫把她们的材料放在桌子上，让他仔细阅读。

谢德林在封闭的房间里整整读了三天。

第四天，沃尔夫来了，"都记得差不多了吧，记住，不要在身上留下任何文字材料，一切都只能记在脑子里。你是克格勃专门学校培养的高才生，我相信，你会取得成功的。"谢德林是第一次见到这位大名鼎鼎的东德情报机关首脑，对他十分敬佩。他知道，沃尔夫是苏联李卜克内西学院的毕业生，也是颇有名望的剧作家、诗人和作曲家，在情报界拥有良好的口碑，连克格勃中的精英也对他十分敬重，称他是情报界精英中的精英。

"是，局长。"他毕恭毕敬。

"坐吧，年轻人。工作中不要受条条框框所约束，要发挥你的智慧和感化力。男人女人，说到底都是有弱点的，这就要求我们把握好。用心而又不用心，用心，就是谈感情的时候，一定要有真情表露，否则，你会失败的。不用心，就是你要时刻记住，你是在工作。这个度如果把握不好，进一步是天堂，退一步是地狱。年轻人，你明白我的话吗？"沃尔夫十分和蔼可亲。

谢德林似懂非懂。

"我记住了你的话，局长。我会时刻记住我身负的使命，我不会陷入感情的泥坑。我结过婚，已经有孩子了，我知道女人是什么。我很爱我的妻子，我不会再爱上别的女人，我向你保证。"他发誓般地说。

沃尔夫笑了。

"结了婚的男人就不会爱上别的女人？错了，谢德林同志，许多浪漫的故事都是结了婚的男人上演的。人的思想是在不断变化的，我不否认，你今天说的话是真话、实话，但是，当你碰上一个你意中人的时候，你的心会动摇。女人啊！永远都是男人的天堂。只是你记住，如果你背叛了你的事业，你永远都回不了家，你的妻子和孩子，都会在地狱生活，你就是跑到天涯海角，莫尔金也会找到你的。"他仍然是那样和蔼，好像说着一件平常的事。

谢德林脸色微微变白。

"年轻人，不要紧张。明天我派专人送你到波茨坦情报学校去，有些基本的知识你要掌握。你放心，那是我办的学校，绝对不会出什么事的，给你讲课的人都是各方面的专家。谁也不知道你是从什么地方来的。他们只知道你的代号4435，这是我们的纪律。"他再次微笑着离开了密室。

第二天，谢德林来到波茨坦情报学校。

这是一所秘密情报学校，当时有近四千人在此学习，但是，你几乎看不到来往人员。他们分散在各个房间和教室，基本上都是以上小课为主。到了最后，都是单独教授的。给谢德林上课的是一位社会学家，主讲的内容是当今西德的政体和社会关系，包括西德的传统和习惯。接下来的是心理课，这些内容谢德林虽然在苏联学习过，但是，东德教授的有一些与苏联的不一样，这其中渗透着沃尔夫的思维方式。就这样，谢德林在这里学习了一星期，又把在苏联学习过的东西复习了一遍，对那份假的履历，也熟透于胸，这才准备去波恩。

谢德林又被送回到沃尔夫那里。

接待他的人告诉他，局长去了也门民主共和国首都亚丁，让他等着他回来。谢德林待在招待所里，十分无聊。整个招待所的一层楼，就住着他一个人。吃饭有人送，需要什么东西有人给买，他既不能出门，也不允许到外面去，把他憋坏了。

几天以后，沃尔夫终于来了。

他不但来了，后面还跟着莫尔金。

"谢德林，你知道局长为什么要留你多住几天吗？他知道明天是你的生日，非要留你过完生日再走。为了你的生日，局长特地从亚丁赶来。谢德林，这可不是一个普通的生日，这是祖国给你的荣誉啊！永远不要忘了，你的祖国是苏联，你是一名布尔什维克，永远都是。"莫尔金一挥手，一名漂亮的姑娘端着一个漂亮的生日蛋糕走了过来，放在房间里的桌子上，点燃了蜡烛。

谢德林的心被燃烧起来。

"我……局长……中校。"

"什么也不用说,谢德林同志,我们都是一名坚定的马克思主义者,我们都在为我们共同的目标战斗着。我们是战友,又是同志。我了解那些战斗在敌人内部的同志们的艰难,我们的职业不允许我们过于欢快,但是,我们也是人啊!我们为你庆祝生日,是要你记住,你的母亲父亲都在看着你,是他们把你抚养成人,你不要辜负了他们的期望啊。"沃尔夫让谢德林吹灭了蜡烛,特地切了块蛋糕,亲自端到他面前。

谢德林感动得潸然泪下。

莫尔金拿出他妻子和父亲写给他的信,"好好看看,记住家人说的话,看完了,就把它烧毁了,不要保留任何与你身份不相符的东西。记住,什么人也毁灭不了你,毁灭你的只有你自己。只要你记住我们交代的,你一定会成功。等你回来,我在莫斯科最好的饭店为你庆功。"

"中校同志,我记住了。"他立正敬礼。

"到了波恩后,你就是科隆大学学生,半年之内不要有任何活动,你要观察、了解当地的情况,哈丽、海因兹和赫克都在科隆大学进修,攻读学位,你有机会接近他们的。要一步一步,千万不可太追求功利。要特别注意西德情报机关,他们在校园里也安有钉子。"沃尔夫再三叮嘱。

"我记住了,局长。"谢德林说。

"局长对西德的情况了十分熟悉,他的话,就是代表着我们的意思,你一定要记在心里。如果有什么新的变化,我们会通过特殊渠道通知你的。在没有接到新的指令前,交代的工作不发生变化。波恩有我们的情报网,你不和他们发生关系,你由局长和我亲自指挥。明白吗?"莫尔金重复原先的指示。

谢德林重重地点了点头。

2

几天以后,谢德林到达波恩。

科隆离波恩不远,坐车相当方便,谢德林进入科隆大学后,总是利用星期天的时间跑到波恩来,他首先要了解这个西德战后的首都。就这样过了一个月后,他开始想办法接近既定目标海因兹。那一年,海因兹已经三十五岁,像一朵花,已经盛开得让人炫目,到了绚丽多彩的季节了。辉煌的顶端就是凋零,这是不以人们的意志为转移的。在外交部办公室工作的她,这些年来忙于工作,就像一部汽车,不停奔跑着,没有人保养。当她在夜静人稀的时候,坐在镜子边,看着那额头上,已经有皱纹了,心中难免有一种难以诉说的酸楚。特殊的工作,使她没有更多的机会参加社交活动,她总是用拼命的工作来弥补心中的痛苦。

刻苦地学习就是一种好的办法。

她攻读法律学位,想将来做一名律师。由于工作节奏十分紧凑,她总是匆匆地来,匆匆地去,甚至连眼睛都没有多看一眼坐在身边的同学。这一天晚上,海因兹踏进教室,刚刚打开书本,谢德林就匆忙地推开了门,询问这里是不是社会学教室?海因兹抬起头,被谢德林那对蓝色的眸子吸引住了。她露出久违的微笑,说社会学教室在第一层。谢德林说谢谢,你是学法律的?女人为什么学法律,做律师很辛苦啊!海因兹没有接他的话,只点了点头。

这是两人第一次见面。

第二天晚上,谢德林看见海因兹下课后匆匆地往外走,他算计好时间,故意在出门时猛的从一边走了出来,一下子把她拿在手里的书和笔记本撞掉一地。他连忙说,"对不起,真的是对不起。"说完蹲在地下,友好地帮她捡起,交到她手里。

"呃,原来是你,小姐。"

谢德林故意露出惊诧的神色。海因兹瞪着一对迷茫的眼睛,"先生,我们见过面吗?"谢德林就说起了昨天晚上一事,"你忘记了,我昨天晚上走错了门,你一个人在教室里。"

海因兹这才恍然大悟,"真是有缘,今天我们又见面了。"

他笑了,伸出手,"我叫谢德林,小姐贵姓?"

海因兹说了自己的名字,并搪塞说,"我在社会部工作。"那时候的社会部,相当于我们的民政局一类机构,专门负责社会工作的。

"一块儿喝杯咖啡?"他邀请。

"这……"

"小姐如果跟男朋友约好,我就不打扰了,那样做不好,你说呢?"谢德林故意装出十分大度的样子。

"不,不,不。"

海因兹连说了三个"不"。

"谢谢先生,我今天确实有点事,这样吧,先生盛情难却,明天这个时候,我在此恭候先生。"她伸出手,轻轻地碰了碰他的手,迈着轻巧的步子,噔噔噔走了。

谢德林望着她的背影,笑了。

第二天,谢德林为见海因兹,作了精心的准备。海因兹是个守信用的女人,下了课,就在那里等他。两人一见面就笑了,她说,"我不知道我为什么跟你约会呢?我们又不认识。"

他说,"这不就认识了吗?小姐,我纠正一下,不是约会,只是喝杯咖啡。轻松一下,我们都需要轻松,就像机器需要加油一样。"

"你很会说话。"她随着他走了。

两人来到一家豪华的咖啡店。

他问她喜欢喝点什么。她说随便吧,她是有些累了,就算休息一会儿吧。他给她点了一杯红咖啡。这是一杯豪华的冰咖啡,先在冰咖啡中放入了可可利口酒,再装入香草冰淇淋,然后,在上面点缀上草莓、香瓜、菠萝、黄桃和樱桃,不要说喝,就是看上一眼,都让人心醉。海因兹轻轻地呷了一口,有一种香甜到心底的感觉。她抬起头,朝他微微笑了,两人聊了起来。

"谢谢先生，你喜欢喝咖啡？"

她问起了他的学习情况，问起了他的家庭情况，他把早就准备好的材料对答如流。她告诉他，"我已经三十五岁了，你觉得老了吧。我比你小一岁，唉！女人最好的岁月就要过去了啊！就像这杯红咖啡，多么好啊！但我已经品不出什么味道了。"

"不，海因兹小姐，生活的质量并不完全取决于年龄，难道二十岁的女人就快乐吗？你错了，你比二十岁的女人更有韵味，她们不懂得风情，只知道疯样的快乐，而你不同，你知道爱是什么，知道男人是什么，你就是一个成熟的果子，一碰就掉下来了，真的，我没有半点夸奖你的意思。一个人的幸福，就是要紧紧抓住你认为对的东西，人生短暂，不要让那些美好的东西在你眼前溜走。你说对吗？如果今天的太阳灿烂，那么，我们就要享受这一时刻，如果我们老是在想，我等明天的太阳，那么，一切都过去了。明年春天树上的花还会开，但那已经是明年的花了啊！"谢德林像个学者，侃侃而谈。

她真的觉得太多的东西溜走了。

"我是不是应该走了？先生，耽误了你这么长的时间，真是抱歉。谢谢你，我今天晚上很快乐。你帮我打开了一扇窗，让我知道外面那个世界。一次相聚也是一次离别，我不知道这句话是哪个哲人说的，但我觉得有道理。也许，我们今晚分手后，都消失在浑浊的空气里，也许把一些东西就此密封，甚至埋葬，我们依然在一个城市里擦肩而过，一切的一切又回到了从前，秋色还是那样灿烂，但我们仍然是我们啊！"她透出一丝淡淡的忧伤。

"不。"

谢德林马上走了上前，一把抓住她的手，哆嗦着说："海因兹，既然上帝把我们拉到了一起，就让我们牵着手，一块面对这世界的风雨吧，你缺少氧气的内心会充满着阳光，重新开放你那平静而空旷的心房。"

海因兹露出了笑靥。

"先生，快了些吧，我不习惯快的节奏。"她握了握他的手，不顾他的劝阻，放下了几张马克，拿起坤包，朝外走去。

"你等等我。"谢德林喊着。

他知道,这样的事情只能慢慢来,目的过于显露倒不好。他付好账,把那几张马克塞到了她的坤包里,笑了笑,"对不起,我没有让小姐付账的习惯。"她没有推迟,只做了个无奈的表情。

外面已经飘起夜雨,雨丝柔如绒毛,虽然已经是秋天,但路边的树叶仍然翠绿,那或忧郁或洒脱的雨丝,像雾一样地把路边慵倦的梧桐、孤独的棕榈裹在里面。谢德林想拦辆出租送她走,被她拒绝了,她说,我想在雨里走走,你回吧。他马上感到机会来了,连忙说,"你看这夜雨多好啊!像恬静曼妙的音乐,又像情人深情款款的娇嗔,还有,就是一颗疲惫的心挣扎与呻吟啊!"

"你像个诗人,先生。"她仍然平淡地说。

雨水已经把她的发丝淋湿,一滴一滴的水珠顺着脸颊流下,她没有擦拭,反而仰起脸,张开嘴,承受着那雨水润湿她的喉咙。"你知道吗,我喜欢夜雨,它是那样的让人爱怜。我经常加班,揽春宵的缠绵,听夏虫的呢喃,披秋露的清凉,染冬月的冷峻,成了我生活一道独特的风景,只有夜雨,我的生命里才悠荡起快乐的音符。"说到这里,她突然觉得说多了,马上停了下来,"先生,你走吧,我想一个人走走。如果有缘,我们会再见面的。"

谢德林只好停下脚步,看着她慢慢远去。

他心里涌起一种异样的情感。

这种情感,他跟妻子谈恋爱时都没有过。他觉得自己不是在工作,是实实在在地爱上了这个女人。海因兹那天夜雨中的形象,像一道闪电,在他的心灵深处炸开了,他在内心不断地叮嘱自己,我是在工作,工作啊!越是这样,越是摆脱不了她的形象。他有些不能自持,像个幽灵一样在她活动的地方转悠,他要接近她,他自信,一定能把她拉下水。

3

一个星期后的一天,她们又在街上相遇。

当然是谢德林跟踪了多日的结果。他选择在一个傍晚的时候,看着她匆匆从政府大楼中走出来,一直跟踪到一座大厦前,这才从另一侧走了出来,带着千般惊喜,万般高兴的样子。

"哟,海因兹。"几米远的距离就伸出了手。

"是你,谢德林。你没有上课,怎么来了波恩?"她也露出少有的惊诧和兴奋,毕竟,再度重逢老相识,自然十分高兴。

谢德林一把抓住她的手,声音哽咽。

"海因兹,那晚跟你分手后,我……我就不能控制我的感情,也许……也许……"他搓着手,露出少有的窘态。他发自内心的感情,在这个时候倒起到了作用。海因兹"扑哧"一笑,说:"你呀你,怎么像一个二十多岁的毛头小伙子?"

"好啦,缘分,一块吃顿饭吧。"

她挽着他的手,走进了大厦。

大厦顶屋有个旋转餐厅,坐在那里,整个波恩的夜景尽收眼帘。她问他吃饭没有,他说没有吃,她就要了两份餐,一份牛肉洋葱饭,一份瓦块鱼甜点心饭,还要了两杯果汁。她一边吃一边说,"我工作很忙,只有星期天能休息休息,我有时候真的忘记了自己是一个女人,只有当你出现的时候,我才感到,我应该结婚了啊!"

"是的,海因兹,你太苦了。"

他看了她一眼,眼睛就呆住了,只见她穿一条黑色牛仔裤,头发长长地扬在肩膀后头,张散开了,像瀑布般飘洒。她的额头像美丽的冰川一样闪着亮光,把那张端庄的脸呈现在他的眼前。那对美丽的眸子,又给这张脸增添了几分洒脱,几分自由。她坐在那里的吃饭姿势,都像一尊美丽的冰雕,让他看呆了。

"先生，你发什么呆？"

海因兹以为自己哪里没有弄好，左看右看自己的身上，没有发现什么地方不对，这才疑惑地问："我这身打扮不好看吗？上班的时候，穿得太正经，下班后就要放松一下，否则，真的受不了。"她吃完了饭，啜着果汁，望着外面美丽的夜景，发出许多感慨。

"多么美丽的夜色啊！可惜它不属于我。谢先生，冒昧问一下，结婚了吗？孩子有多大？对不起，你看我蠢得，我已经问过你这样的问题了。先生为什么不结婚呢？难道跟我一样，没有碰上合适的？"她好像随便问问。

"是的，海因兹小姐。"

"可怜的人儿！"

谢德林端起果汁，看了她一眼，半开玩笑地说："现在我不可怜了，对不起，也许是我的错，我们不应该认识，因为，我觉得我已经爱上你了。"

"先生，这样的玩笑是开不得的。你知道，我已经是一个三十五岁的女人，你的承诺会要了我的命。告诉你吧，在我二十多岁的时候，我的男朋友第一次吻我，那样深不可测，那种吻，像蜜汁，是最彻底的诱惑，我被他征服了。他说我的唇沾上了你的味道，它再也不会吻别的女人，我相信了，女人有时候就是那样的蠢，谁又知道，没有半年，他就抛弃了我，跟另一个女人走了，这就是你们男人的承诺啊！"她的眸子含着泪珠。

他抓住了她的手。

"我的手，永远都牵着你，直到永远。海因兹，是上天安排我们两人在一起。如果我们拒绝上天的安排，上帝也不会原谅我们的啊！我真的爱你，真的。我……我从来不知道假话是什么。一见到你，我好像闻到了花香，这是人间最动人的香味，是百年的吊钟花、紫罗兰，是摇曳在金色草原上的玫瑰、蔷薇，是金钱永远也买不到的百年雪莲……"他的话还没有说完，一张湿润的唇就堵上了他的嘴。

"谢德林，我好像也爱上了你。"

她看着他那张脸，吻着说，"我好像感到我们早就认识一样。我千百次寻求的答案终于有了结果,第一次感到温柔的真正含义。好像曾经梦中寻觅千百遍的东西找到了,曾经没有而现在急需的东西诞生了。谢德林,你难道是上帝给我的礼物?"

他把她紧紧裹在怀里。

两人走出大厦。望着外面的星辰,他说他要回科隆了,好像晚上也有车。海因兹挽着他的胳膊,没有一丝害羞的样子,"回我住处吧,我想要你。我不知道怎么了,一看到,就不想让你走开,是不是我太那个了,一个女人,竟然说出这样的话,但是,我已经三十五岁了,好多年没有男人了,难道不应该吗?"谢德林什么话也没说,紧紧地把她搂进了怀里,钻进了出租车。

海因兹住在公寓。

走进她的住处,他抛掉衣服,再一次搂紧了她。她也紧紧地倒在他的怀里,"谢德林,你不知道,我好寂寞,好孤独,好可怜啊!"她说着说着,泪水汩汩而下。

"海因兹,你走的这些天,我想你,想得好苦啊!我现在才知道,你是我苦缠多年的梦呓。让我们甜蜜地相爱,演绎这人生缠绵的章回吧。我不敢保证你以后的生活多富有,但我可以保证你每天活得快乐。"他吻着她说。

"你真好。我们喝杯酒吧,庆祝我们相识。"海因兹脱掉衣服,又到房间里换了一件,走到酒柜前,倒了两杯红葡萄酒,端了过来,两人一仰而尽。她说跳个舞如何?还未等他反应过来,悦耳的声音已经扬起,她牵起他的手,在房间中旋转。

醉眼中的海因兹,比那神采飞扬时更加动人,几分忧愁,几分伤感,倒增添了让男人心动的东西。她换了一套短裙,肉色丝袜把那双玉腿勾得让人丢了魂魄,淡淡略带粉红的唇膏,湿润得好像就等他去……那幽幽的清香,哀怨的眼神……把他整个罩住了。

两人一时无语。

欲望的风开始在两人头上盘旋,空气变得稀薄,灯色变得暗沉,他忐忑不安,不知道风暴会不会把他击倒,会不会让他变得失落……他不敢想,只听见心脏跳动,那咚咚的声音分外清晰。

他慢慢地脱她的衣服。

她看着他，任由他所为。

他抱着她，就像抱着一个婴儿，那赤裸的身体光洁无瑕，连那梅子般的乳头也在灯光下泛着紫红的颜色，显得异常美丽。海因兹早已失控，双手像藤萝一样箍住他的脖子，粉唇吸吮着，仿佛要把他五脏六腑吸个干净。谢德林把在学校里学到的本领全部使了出来，像一个熟练的驾驶员，奔驰在宽敞的公路上，把汽车开得又稳又快。海因兹脑子一片空白，她有一种死亡的感觉，仿佛就在天堂。

"谢谢你，你是最好的，亲爱的。"

这是她清醒后第一句话。他仿佛还没有从梦呓中清醒过来，仍然搂着她，像一个痴迷的醉汉。

4

一九八零年，晚秋，柏林。

莫尔金从莫斯科赶来，他是来见沃尔夫的。他已经收到谢德林从波恩传递过来的消息，知道他一切进展顺利，他不知道这个时候沃尔夫要他来柏林做些什么。一见到沃尔夫，他刚想开口，对方就朝他一笑，握着他的手说，"莫尔金同志，你什么也不要说，我们一块去看一段片子。"

两人走进了秘室。

房间里很简陋，什么也没有，只有一台老式收录机。沃尔夫把一盘磁带插了进去，里面就传出了谢德林与海因兹的谈话，包括在她公寓里的谈话。莫尔金仔细听了半天，疑惑地问，"局长同志，你感到高兴吧，我们培养出来的人才，个个出类拔萃，一切都在我们的计划当中，我敢打包票，西德政府外交部有关文件，很快就可以放在我们的文件夹子里啊！"他显得十分兴奋。

"你真的没有听出什么？"

莫尔金摇了摇头,"你什么意思?"

"莫尔金同志,根据我的判断,我们第一步棋算是走完了,也走对了。没错,很快,西德外交部的文件就可以放在我们的办公桌上了。但是,我总有点不祥的预兆,我从谢德林的声音上、语言上,感到他真的爱上了海因兹,据我们收集的资料,这些年来,海因兹收入颇丰,过着上等人的生活,而你们给谢德林的经费是有限的,我怕这其中出现什么差错,到时候,我们在西德的工作就全完了。我想……"

"你什么也不用说。"

莫尔金以斩钉截铁的口吻,断然说:"绝对不可能的,绝对不可能出现你说的事情。谢德林同志是经过我们长期培养的人才,绝对可靠,不会做出对不起祖国的事来,我向你保证。他是可靠的。"

"可是……"

"对不起,莫斯科方面没有新的计划。我也没有接到最高当局新的指示。局长同志,你们的任务已经完成了,还是按照我们原先的习惯,谢德林由我们来联系。我再说一遍,撤销对他的监控,以免引起联邦宪法保卫局的怀疑。"莫尔金以不容置疑的口吻断然说。

"好吧,那就这样办。"

沃尔夫没有再说,他知道,再说也是没有用的。他安排人员,把莫尔金送回饭店,第二天,他回到了莫斯科。沃尔夫对莫尔金以主子的口吻跟他说话感到生气,不仅仅于此,他对莫斯科官僚作风更是气愤。他叹了口气,知道海因兹在外交部能接触很多的机密文件,但是,她的地位跟赫克比起来,就差远了。赫克在总统办公室工作,那里可是一个绝密文件室啊!想到这里,他马上构思着一个计划,一个十分周密的计划。

第二天,他来到波茨坦情报学校。

沃尔夫在密室里单独召见"罗密欧"小组核心成员菲克尔。菲克尔长相英俊,是玩弄女人的行家里手,又是一名出色的间谍。他曾经通过色相,把许多女人弄到了手,进而从她们手里,弄到了许多东德和苏联急需的情报。他是沃尔夫手里一张重要的牌。

菲克尔见到沃尔夫,一个立正。

他也没说话，抛给他一根烟，朝桌子上一努嘴，意思让他看看桌子上的材料，那里是有关赫克的所有资料和他的身份文件等有关材料。他静静地坐在那里，看得十分仔细和认真。看完了，嘴角露出一丝不易察觉的笑容，就是这样一丝内心的变化，也被沃尔夫捕捉到了。

"这不是风花雪月，是工作。"

"是，局长，我明白。"

沃尔夫爱怜地看了一眼手下的爱将，叮嘱说，"多余的话我就不说了，你也不是新人，知道自己是做什么的就行了，任何时候，都要记住自己的身份。赫克是总统办公室几个主要的秘书之一，经过她手的文件成千上万，每一份都是绝密的，它对于我们十分重要。跟原来一样，你直接通过G线向我汇报，只能向我一个人汇报，明白吗？我不是不信任我的副手，是对方搞情报的手段太厉害了，我们不得不防啊！"

菲克尔点了点头。

"除了赫克，你不可以接近任何目标，我们在波恩的人会协助你的。如果有困难，也通过G线汇报。协助你的人只知道他分工的那一段，对于你是谁，叫什么名字，从莫斯科还是柏林派出来的，他们都不知道，这是我们的纪律，你放心好了。回去跟妻子告别一下吧，同样的话我就不说了，祝你好运。"沃尔夫握了握他的手，就离开了密室。

第二次世界大战后发展起来的西德政府，需要大批人员为政府工作，因此，大批年轻人蜂拥到波恩，寻求一份稳定的工作，赫克就是这千万人员中的一员。她先是被西德外交部录用了，没工作几年，就进入了总统办公室，从此，开始了长达十五年受宠又孤独的秘书生活。

"赫克，你应该找个男朋友了。"

"亲爱的，没有男人的女人，太孤独了，太寂寞了啊！难道你不想男人？别人会说你同性恋的。"

她的一些同事，总是关心地劝她。

而她，却被工作重负折磨得身心疲惫不堪，跟海因兹一样，根本想不起自己是个女人。她在波恩买了一套精致的公寓，是在二十八层，每当夜晚降临，她总是洗完澡，穿上睡衣，冲一杯苦苦的咖啡，坐在椅子上，看着波恩的夜色，这一刻，是她最为惬意的时候。

"对于一个女人，最大的幸福是有一天找到一种两个人的幸福，仅仅是属于两个人的。"她品着咖啡，有时候总是这样想着。

但是，更多的时候是孤独和寂寞。

譬如，有时候她失眠，睡不着，晚上两点还起来，在房间里来回走着。那个时候的城市，已经陷入了沉沉的梦中，她坐在那里，透过窗户，看着外面漆黑一团，就想着，如果有一个男人的呼噜声从房间里传出来，那将是多么美妙啊！一定比什么曲子都好听。想到这里，她总是感到有滴冰冷的东西从眼眶中滚了出来，在她面庞上悄然滑下，一种说不出来的情绪狠狠地撕破夜幕，残忍地咬住了她的咽喉。

"不想那些烦心事，睡吧。"

有时候她总是这样强迫自己，但是，越是这样，越难以入眠。"我感觉自己早就应该疯掉，我工作那么稳定，拿的钱也不少，别人以为我生活在阳光灿烂之中，谁又知道我的艰难，我的工作必须做得比别人好，绝对不能出差错，我如果比别人落后，就要被淘汰，我不是害怕淘汰，而是承受不起这样的打击。"赫克躺在床上，总是这样想着。

她已经习惯了紧张的生活。

现实对赫克实在是太残忍了，三十四岁的她，竟然没有一点浪漫事，连接吻也不知道应该如何做。天生丽质、一头金发的她，竟然在时光中度过了女人最为动心的年龄。唯一值得她心慰的是，她的工作无可挑剔，连最苛刻的上司也对她赞不绝口，说她的工作十分出色，可不是吗，她的工作是能接触到国家元首机密的高级秘书了，这样的位置，不是每一个人都能达到的。

可是，她做到了。

5

谢德林与海因兹的关系迅速升温。

用如胶似漆来形容一点都不为过。一个多年没有男人的女人，一个多年守着老婆的男人，都像两匹脱了缰绳的马，在一往无际的大草原上任意驰骋，疯了一样。在一个多月的时间里，他竟然忘记了自己是做什么的，根本没有向对方提出任何事情。直到莫尔金通过特殊渠道传来了措辞严厉的口信，他才知道自己原来是间谍。

"什么，你要什么文件？"

海因兹听完谢德林拐弯抹角的话，瞪着一对蓝色的眸子，疑惑地盯着他。她根本不相信那样的话是出自他的口。谢德林温柔地把他搂进自己的怀里，抚摸着她的脸，吻着她的唇，"亲爱的，你不要害怕，我只不过是想谋取一点额外收入而已。你看，我们很快就要结婚了，什么地方都需要钱，可是，我只是一名学生，到哪里挣钱去。我想，这也许是我们赚钱最容易的途径。"

"真的，真的是为了我们结婚？"

精明的女人，哪怕十分精明的女人，一旦掉进爱情的旋涡，她的智商就大大地降低了，甚至连孩子都不如。当第二天海因兹把他要的那份文件的复印件交到他手里的时候，她还安慰他，"亲爱的，不用害怕，文件是我保管的，没有任何人知道。为了你的爱，我可以做一切，哪怕是杀人。"海因兹说出那种让谢德林也不寒而栗的话。

他知道自己成功了。

"你真好，我就知道我的海因兹是个听话的孩子。亲爱的，拥有你，我是世界上最幸福的人。我一生一世爱你。"他吻着她，让她陶醉满足。

就这样，一份一份的文件从波恩传到了莫斯科。谢德林受到莫斯科方面的嘉奖，随之而来的是美金和马克，满足了他们俩生活的需要。

半年后，海因兹利用休假之际，带着谢德林到瑞士度假，在甜蜜的生活过了几天后，有一天晚上，她坐在他面前，看着他，一字一句地问："亲爱的，告诉我，你到底是做什么的？"

"我不是学生吗？"谢德林仍然笑着。

"亲爱的，我想了许久，你是有意接近我的，是吧？这我不怪你，你对我的爱，也显出你的真情，这是我最为喜欢的。但是，你没有跟我说真话，你告诉我，你是为莫斯科工作还是为柏林工作，说出来，我不怪你，我们一块儿商量着，如何把这件事做得更好。因为，你的生命已经与我的生命融合在一起。"她抚摸着他的脸，显出万分柔情。

谢德林面有难色，一言不发。

"你为难了，是吧。那么说，我说得是对的，是吧？不管你是为莫斯科工作还是为柏林工作，我只告诉你，这样下去，永远也没有一个结果。你永远都摆脱不掉他们。如果你还爱我，你就听我的话，我们想一个两全之策。"她耐心地劝道。

谢德林长长出了口气。

他把她搂进怀里，告诉她说，"我是莫斯科派来的间谍，是专门做你的工作的。虽然是假戏真做，但我真的是爱上了你，我如果说了假话，让我不得好死。亲爱的，我们没的选择，如果我不为莫斯科工作，我又能为谁工作，你总不会让我背叛祖国，去投靠波恩当局吧，那样的话，我也是死路一条，他们保护不了我的，克格勃会杀了我，哪怕到天涯海角。"谢德林知道这件事的分量。

"我们结婚，去美国。"她说。

"你是说辞了你的工作，去美国？不行，万万不行，我们看中的就是你的工作岗位，如果你不在现在的岗位，莫斯科又要让我勾引别的女人，你难道愿意让我跟别的女人……就是你愿意，我也绝不会跟她们上床，我又不是公猪。"他愤怒地说。

"我当然不愿意，你是我的。"她说。

两人想来想去，也找不到一个好的办法。回到波恩后一个星期，海因兹提出结婚，说无论如何，我一定要拥有你。谢德林没有办法，知道向莫斯科方面请示是万万不会同意的，就答应了。两人在教堂里

举行了庄严而又简单的婚礼,海因兹的同事都来祝贺,问到新郎情况,她说他是科隆大学的学生。大家一看谢德林英俊潇洒,都夸她找了一个好老公。同事的话,满足了海因兹空虚的心。

"亲爱的,你现在是我的啊!"

晚上,在橘红色的灯光下,她赤裸地趴在他身上,吻着他健壮的身体,激动地说,"拥有你,我今生无憾,哪怕明天去见上帝,我也知足了啊!"谢德林没的陶醉,他清楚地知道,自己已经违背了莫斯科对自己的要求,如果再出什么事,他不知道后果是什么。

"你在想什么?"

"没有……没有,我能想什么呢?除了想你,我的脑子里空洞洞的。我在想,我们能在一起过一辈子吗?我真的害怕失去你,真的。我可以告诉你,我在莫斯科有妻子,但是,她不能与你相比,你是我真正的上帝,是上帝恩赐给我的礼物。海因兹,爱上了你,我才知道,在这个世界上,你是真正让我动心的女人。"他甜蜜的话语,让她沉醉。

"我们还要为莫斯科做事吗?"

"要的,否则,你会失去我啊。"

海因兹一言不发,转过身,睡去了。第二天,复印好的文件又从她的手中交到他的手里,他翻拍成胶卷,再把文件销毁。就这样一日复一日,一月复一月,就在他极度恐惧之时,接到了莫斯科的指令,要他马上去苏黎世,并交给他一张往返的旅游机票。

他跟她说,学校要考试,我不回波恩了。

6

谢德林到达苏黎世,见到了莫尔金。

"首先,我代表总部,感谢你取得的成绩,总部嘉奖你。嘉奖令会放进你的档案,在你退休后,会按规定提高你的退休金待遇,这你放心。据我们掌握的情报，你已经跟海因兹结了婚，还告诉了她你的一切，包括你的家庭情况以及你来波恩的目的，是吧？我想听听你当面的话，说吧。"莫尔金站在那里，面无颜色。

谢德林站在对面，十分尴尬。

"做都做了，还害怕说吗？"

"我……处长同志，事情是这样的。我不跟你说假话，我……我好像真的爱上了她。我……我的灵魂不能摆脱她。看在我已经为祖国做了那么多工作的分上，我……我请求你，在我完成这项工作后，允许我脱离组织，我……我想跟她一块去美国。"谢德林结结巴巴说了半天，才把要说的事表达清楚。

莫尔金一听，怒火满腔。

"你……你想背叛祖国，我告诉你，基杰奥，你把刚才说的话全部收回，否则，不要怪我不客气。无论你跑到哪里，我们都不会让你活着的，你记住了。你还有妻子和孩子，难道你就不考虑一下。你已经把海因兹拉下了水，你何必为了她，做出那样不耻的事情来。一个背叛祖国的人，永远都没有好下场。我警告你，这样的话，是我最后一次听到。"莫尔金尽量压制自己的怒火，点燃了一支烟，再次说："你是我派出来的人，我不想你毁灭在我的手里，这样吧，三年后，我让你回莫斯科。"他直呼他真名。

"我……"

莫尔金拿出一叠美元，交到他手里，再次说："不要做蠢事，女人是什么？不就是一件衣服吗？不要为了她，毁了你的命。记住，如果你做了出格的事，我就送你上天堂。"他走了。

谢德林回到波恩，一脸沮丧。

"你怎么了，这样不高兴，没有考好吗？考试不好就算了，下次再考嘛，有什么了不起的。凭着你的智慧，我相信，文凭一定能拿到的。"海因兹倒显得十分轻松的样子。

他当然不敢说苏黎世一事。

"亲爱的，你想过正常人的生活吗？你永远爱我吗？我总觉得我们生活在阴暗里，太累，太不正常了，我想换一种方式生活，不知道你

……当然，我全是为了你呀！没有你，我的选择没有任何意义啊！"他抱着头，一种十分痛苦的样子。

"你把你的意思说清楚。"她瞪大了眼睛。

谢德林结结巴巴说了自己的意思。

"你想带着我去别的国家，我怕你……你逃脱不掉克格勃的手啊！我建议你去投靠联邦宪法保卫局，我们可以跟他们说，你的唯一要求就是离开波恩，带着我去另外一个国家，美国、加拿大、瑞士，哪个国家都行，躲得越远越好。亲爱的，不管怎么说，我为你的选择感动，你是为了我，才这样做的。"她伏在他怀里，久久不动。

"你跟保卫局熟吗？"他问。

"话倒说得上。……不过，还是你亲自去为好。你就说跟我认识后才决定过正常人生活，千万不要说我为你弄了多少份文件，否则，我也完了，知道吗？"海因兹倒有些害怕，因为，她已经为谢德林弄了许多文件。

"这个我知道，我不会说的。"

谢德林把事情的前后经过，包括如何跟保卫局官员打交道，如何把这个故事编得精彩，没有漏洞，在心里反复想了几遍，这才决定明天去自首。第二天，这个被女人迷惑的间谍，真的走进了保卫局大门。送上门来的谢德林令保卫局官员喜出望外。当时，东西方正处于冷战，西方情报机构急需要了解苏联方面有关情况。保卫局马上把情况向美国方面汇报，美国方面当天就派出反间谍专家来到波恩，对谢德林情况进行会诊。

谢德林把自己知道的一切和盘托出，包括自己的真实姓名，来波恩的目的，自己的上司，以及联系的方法，独唯没有说已经把海因兹拉下了水，还为她说好话，说自己来自首，完全是她劝的。谢德林这样做的目的，是想换取一种隐居生活，过"正常人"生活的权利，当然，他是想跟海因兹做一辈子夫妻。

海因兹在当天就调离了外交部。

但是，事情的想象远远出乎谢德林的意外。

"基杰奥先生，不，我们还是称呼你谢德林先生更好些。我们非常感谢你，我知道你是爱海因兹小姐的，没有问题，我们会给你提供稳定的生活。我们研究过了，目前，你仍然要和海因兹住在波恩。虽然我们调动了她的工作，但是，你放心，你需要什么文件，我们都会给你提供，你作为我们保卫局的线人，可以帮助我们掌握更多的克格勃方面的情况，从今天起，由我与你联系。顺便说一下，我是保卫局警官兰伯特。"他伸出手。

谢德林迟疑了一下，伸出了手。

"警官先生，我自首的目的不是充当你们的线人，我是想得到一种自由的生活。我不想为苏联工作，也不想为你们工作，原谅我。我把我所知道的情况都告诉了你，包括克格勃T处的派遣情况。你是做我们这一行的，你知道，我们都是单线联系，我不可能知道太多的情况，希望先生不要强迫我。"谢德林听完对方的话，犹如晴天霹雳，感到自己受到了欺骗，陷入了绝望的境地，这是他走进保卫局之前没有想到的。

谢德林确实昏了头，不知道间谍是做什么的。

7

间谍战线，从本质上讲，没有道德和信义而言，有的只有利益，国家利益。为了达到目的，什么办法都可以用。对于西方情报界来说，没有比派遣谢德林再次打入克格勃内部更有用的。他们仍然可以让他们保持原来的关系，他们可以制造任何的假情报，他们就是要通过谢德林，了解克格勃和东德情报机关的目的。

走出保卫局大门，谢德林知道一切都完了。

海因兹也受到保卫局的"召见"，交代了她必须和保卫局合作，否则，她在西德的一切，包括她的家人，都将受到"照顾"，她当然知道对方的话意味着什么。两人回到住处，面面相觑，什么话也说不出来。

"我做错了，真的错了。"谢德林跺脚。

"错的是我，没有我，你不会去自首。我以为他们……这些保卫局的官员都是猪啊，一群猪。他们只知道抢功，只知道从我们身上榨出多少油水，而不管我们的感受。我们没有选择了，我们只有听从命运的摆布了。亲爱的，好在我们可以在一起，这是我最为欣慰的。为了你，忍受什么样的痛苦我也不在乎，真的。"她倒在他怀里，流出了眼泪。

日子还得过，一切又恢复了正常。

兰伯特像条狗一样，围绕着谢德林转，他几乎两天就要见他一次，询问莫斯科方面有没有新的情况。谢德林有些烦这个四十多岁的老警察，觉得跟这样一个人打交道，太委屈了自己。他恐怕不知道，兰伯特衣食讲究，生活奢华，花光了自己工资还不够，还把上面奖励谢德林的美元扣下一笔，作为自己私用，挪用办案经费就更不用说了。这是一个既贪婪又喜欢抢功的家伙。

"老弟，你可要说实话啊！告诉你吧，我们是一个绳上拴的蚂蚱，一荣俱荣啊！想办法回一趟莫斯科，你不是有妻子吗，就说想见见她们，这也是人之常情嘛！莫尔金会同意的。还有，东德方面真的没有派遣别的什么人到波恩来？"一天，他约了谢德林到一家酒楼喝酒，酒过三巡后，他就盯着他说。

"真的没有，兰警官。"

谢德林摊了摊手，"有我还不向你汇报吗？回莫斯科也不是随便可以回的，这要看上面的意思。如果我提出，他们反而会怀疑我，到时候，恐怕我回都回不来。兰警官，你跟上面说说，我干完今年后，就让我出国，行吗？去哪里都行，就是不能在这里待着，我怕莫斯科早晚会知道的。"他把一杯酒倒进了口腔。

"这个我做不了主。老弟，发什么愁，这里过得不是挺好的吗？有海因兹爱你，有酒喝着，有钱花着，如果你觉得海因兹有些乏味，我可帮你换换口味，这个我还是有办法的。"他露出一种淫秽的笑。

谢德林拒绝了他的提议。

"那好吧，你不喜欢女人也好。后天再过来，陪我喝酒，酒是好东西，喝了酒，你就什么愁都没有了。"兰伯特喝完酒，付了账，没理谢德林，自己走了。

谢德林坐在那里，喝得大醉。

"你怎么啦，怎么醉成这样。"海因兹看见谢德林倒在门口，大惊，连忙把他扶进了房间，帮他脱了衣服，问他到底是怎么回事。谢德林大骂，说兰伯特是什么东西，一个贪婪的浑蛋，跟这样的人打交道，早晚要毁在他手里的。

"那有什么办法？"她无奈地说。

"我要杀了他，我要杀了那个浑蛋。我做梦也没有想到，西德情报界还有这样的人，我以为他们都是精英，想不到跟莫斯科那帮爷们一样，专吃我们这些人的血，用我们的血来喂饱他们。唉！我后悔选择了这步棋啊！"谢德林仰天长叹，感到自己实在是太蠢了。

8

尽管没有什么变化，沃尔夫还是嗅到了异味。

他向已经到达波恩的菲克尔发出指令，让他开始行动。依然是以科隆大学学生身份为掩护的菲克尔，已经在波恩等得不耐烦了，他把赫克的情况掌握得再仔细不过了，就等柏林的命令。当时的西德当局，没有太重视谢德林的供词，以为他的"背叛"是个案，他们没有想到，沃尔夫已经建立了网络，而且盯着波恩政府的每一个单身女人。

接近赫克的步伐仍然是老套子，但管用。

这天，下班的赫克急冲冲地去赶班车，路上，她莫名其妙地被人撞倒。她十分恼火，刚想爬起来发作，却被对方有力的大手扶了起来。

"对不起，小姐，伤着没有？"

一个浑厚，带着磁性，听起来十分舒服的男低音在她耳边响起。她抬头一看，扶起她的是一个十分英俊又潇洒的小伙子，看起来比她的年龄还小的样子。他正面带歉意，十分尴尬的样子，好像做错了事，正等着她的批评。赫克愤怒的脸瞬间即逝，心里有一种说不出来的感

觉，这种感觉是什么，她也说不清楚。后来赫克说，她在那一瞬间就爱上了菲克尔。

菲克尔毕竟是一个老练的间谍。

"我正好顺路，送你回家吧。"

他期待地看着她。她没有拒绝，说到底，她已经没有勇气拒绝面前这样一个热情又让人看得舒服的男人。赫克冲他微微露出一丝笑意，两人便并肩一路走着。菲克尔滔滔不绝，说了许多笑话，其中一个笑话使赫克"扑哧"一笑，露出了少女的红润。

"你这个人真健谈。"她看了他一眼。

"我们就是要活得快乐，特别是女人。快乐的女人不会老，你知道为什么吗？我告诉你，快乐会使女人的声音变得柔和甜美，柔和甜美的声音会使女人变得轻松，成为实实在在的女人。你的目光柔和了，就更容易卷起心灵的窗纱，幸福地面对这个纷繁的世界；你的面庞甜美了，就更流畅地传达出温暖的爱意；我们的身体柔和了，就变得更加美丽和自信，那么，你就是一个快乐的女人。"菲克尔跟谢德林完全不一样，瞬间就捕捉到了对手内心的世界。

赫克为他精辟的语言震撼。

"谢谢你的关照，我的家已经到了。"

赫克虽然内心说不出来的喜欢，但是，面容上仍然十分拘谨，她朝他打了一个招呼，就要朝自己公寓走去。菲克尔深情地望着她，想等对方邀请自己上楼，但是，她没有那样做。就在她要转身的时候，他突然抓住对方的手，含情脉脉地说："小姐，你是我见过最漂亮的姑娘，我能再来看你吗？"

赫克本想拒绝，但是，对方的温情深深地撩动着她的心，一股难以抑制的欲望使她管不住自己，迟疑了片刻，便说："随你的便吧。"说完，便像一个害羞的少女，快步向公寓走去。

"我叫菲克尔，科隆大学学生。"他朝她背影喊。

这一夜，赫克失眠了。

随着年龄的增长，她越来越感觉到生活本身是一种美的芬芳，人生不是一场罪恶，不仅仅只有工作。他说得对，只要一切的欢欣和快乐都是对生命的庆祝，就行了。每一个女人都期待着一个美丽，一个爱恋，一个快乐啊！女人是一本书，但是，这本书如果没有男人读，再精彩又有什么用呢？她在床上望着天花板想着。

一天、两天、三天……

一个星期过去了，他没有出现。

菲克尔不仅仅是一名间谍，而且是一名优秀的心理学家。他对女人的心理掌握已经到了相当熟悉的程度。就在她绝望，甚至下决心不再想着那种际遇的时候，一天傍晚，他手持一束红玫瑰，在公寓门口等着下班的赫克。

"你……"

第一眼看见她的时候，她先是惊愕，后是惊喜，甚至差一点掉下了眼泪。菲克尔在这一瞬间，从她脸上的表情中，捕捉到了她内心的变化。他内疚地说，"对不起，小姐，那天送你回来后，我太高兴了，回去的时候，在楼梯上跳来跳去，一不小心，把脚扭了。"

"好了吗，为什么这么不小心？"

"好了，好了。你看，我不是好了吗。"他在她面前，来回走了几步。把那束玫瑰送到她手里，说我们一块出去坐坐吧，你不要拒绝，如果你不愿意，我们去一个中国茶楼，东方特色，你一定喜欢。还没有等她回答，他已经扶着她的肩，往马路边走。

他们拦住了一辆出租车。

出租车左拐右拐，很快来到一个小巷，这里真的有一个小小的茶楼，上面用德文和中文写着名字，叫烛光茶楼。赫克是第一次到这样的地方，有些兴奋。她只听说过中国的茶文化，却没有真正到过茶楼。

晚上的茶楼有些朦胧，人不多，三三两两的，柔和的金色把一切都罩在其中。木制的梁柱和门脸，古香古色的雕花桌子，姿态各异的花草饰物，以及墙上的名人字画，都在昏暗的氤氲中若隐若现。这里是波恩为数不多的茶楼，来这里的人，大多数为亚洲人。男男女女坐在阴影里，细言细语地聊着，偶尔有服务小姐轻轻的脚步声，才知道这里是个茶楼。

赫克看着桌子上摇曳的烛光，深沉如水的回忆在脑海里四处飘荡，

第四章 黑夜战争

还是在少女时代，她曾跟着父母，去过海边的一个咖啡厅，那里的设计和这里差不多，充满着温馨。她不知道做过多少次梦，梦见一个白马王子，牵着她的手，在烛光下谈情说爱。想到这里，她双眼潮湿了。

"为什么要来这个地方？"她幽幽地问。

他看着桌上花瓶中的玫瑰，默默无语。

远处传来了幽扬的琴声，是二泉映月，是如歌如泣的倾诉，那声音掺着岁月的声波，仿佛要流进梦幻一般的过去。她不太懂音乐，但还是被感染了，感到有许多人生的滋味涌上心头，又忽然凝结，感到一片空白，咽喉处使劲把那股酸楚吞了回去。

茶的清香在空气中游动。

"我喜欢你，小姐。"他说。

"叫我赫克，先生。"她轻轻地喝了口茶。

"赫克，这是一个专门谈情说爱的地方。你看东方人多么聪明，这里的灯光、音乐、静谧，都让人感到舒畅。我曾经跟一个神秘的印度人学过面相，从你的面相上看，你太过于忧虑了，你需要快乐，只有快乐，能带给你一切。"他抓过她的手，装模作样地看着。

"先生……"

"叫我菲克尔。"他吻了吻她的手。

"菲克尔，你告诉我，爱是什么？难道在一瞬间就能产生吗？难道一见钟情就有爱吗？我们认识太短了，我们需要时间，知道吗？只有时间，才能缩短我们之间的距离。你不了解我，我已经三十多岁了，恐怕比你都大，我是一朵已经凋零的鲜花，不再散发芬芳啊！"她神情中带着淡淡的悲哀。

"不，我不能等了。"菲克尔把她搂进怀里说，"如果你拒绝我，就杀了我吧。我爱你，这不需要理由。赫克，我会带给你快乐的。"赫克一动不动，眼角处流下一滴久违的泪珠。

9

赫克和菲克尔关系迅速升温。

在一个星期天，他来到她住的公寓。打开门的赫克，青春靓丽地展现在他面前。她不露痕迹的梳妆打扮，吸引了他的目光。这个渴望爱的女人，平平常常的衣服，却在脖子那下了一番工夫，白净的脖子，一条极细的金项链圈在其中，耳、鼻、嘴，甚至连手都做了很好的修饰，让人挑不出任何毛病，哪怕一点点遗憾。巴黎香水的幽微、馨香、伤感的意境，像小鸟翅膀翻飞，跃进了他的灵魂深处。她整个人流淌着一种悠久而伤感的诗情，与女人的本性贴合在一起，在这个无风的夜晚更显得那样缠绵。

"赫克，我是多么地爱你。"

菲克尔看着外面幽幽的夜色，一把抱住她，抱到了床上，面无表情地说："不想让爱的种子在你身体里生根发芽吗？你会享受到从未有过的快乐。我告诉你，赫克，女人没有男人滋润，她像花，必然要枯萎。"赫克把头埋在他怀里，眼色朦胧，瞪着似懂非懂的眼睛说好吧，那就来吧，让我也进入一次天堂。

他默默无闻地摸着她的脸，又解开她的衣服，闻着她细腻的肌肤，体味恬淡，把那张贪婪的脸靠着她的胸，感受天堂般的快乐，像一张网，紧紧地把她裹在里面。赫克什么话也没说，一把搂住他，像搂住自己的儿子，仰躺在床上，闭上了眼睛。

接下来的生活是浪漫而快乐的。

痴情的赫克脑子里完全被爱情所占据，根本容不下别的什么。她也参加过几次会议，上司反复强调莫斯科间谍对政府部门的渗透，特别说了对于赫克这样单身女人的危害，甚至上司还找过她，问她有没有什么意中人，都被她一口否定。

她只享受快乐，不想让别人分享。

"赫克，谈点有趣的事吧。"

有时候，两人缠绵过后，并排躺在舒适的床上，菲克尔总是这样若无其事地说。"办公室是不是很枯燥，我讨厌官僚生活，就像我们上课那样，容不得学生的发挥。我想政府机构也是那样吧，上班就是跟那些枯燥的文件和资料打交道，最没有趣了。我毕业后，绝对不去政府机构上班，我要当一名律师，为弱势群众服务。"他说得十分随意。搞情报而不谈情报，菲克尔的精明之处也正在于此。对他来说，政府官员的一切行动，包括私生活、个性、脾气、夫妻关系，以及社交、爱好都对他有着重要的情报价值。

"谈什么呢，挺无聊的。"

赫克已经掉进了蜜罐里，想到的只有爱情，没有别的。正如一名作家所说，女人是最容易被赞美的，赞美是一种绝妙的武器，能使她们变得失去判断力，失去坐标、方位，使她们智力下降，退化成一个简单无知的儿童，甚至只是一只母性动物。菲克尔的表演十分低劣，只要稍微想一想，他已经暴露出了很多致命的东西，花钱如流水，一个大学生，哪里来的钱；经常旷课，他是学法律的，谈到法律却一无所知。而这些，在赫克眼里竟然看不见。

"随便，亲爱的，你现在已经是总统办公室外事新闻处的助理了，有趣的事你一定知道不少。难道你们在办公室就不谈别的事吗？我从报纸上看到，你们处长有五十多岁了吧，跟妻子关系还好吗，没有外遇？我了解男人，这个年龄段的男人都在拼命地找回自己的青春，他那颗寂寞的心，家庭放不下了。一个如此漂亮的女人在他身边，他就没有什么想法？"菲克尔露出狡黠的眼光，开玩笑般逗着她。

"你坏。"她推了他一把。

"我们处长对我挺好的，倒是有那个意思，不过，我不愿意，他也就没有强迫了。听别人说，他是同性恋者，我不明白的是，既然是同性恋，为什么还要找女人呢？他可有两个孩子，没有听说有什么风流事。"

"双性恋吧。"

"什么意思？"她瞪大了眼睛。

"就是既喜欢男人,又喜欢女人。现在思想开放了,这样的事不算什么新鲜。你们总统呢?从报纸评论看,他在生活上是一个比较正统的男人。我对这些政治家信不过,很多表面的东西,是做给选民看的,也许,他有我们不知道的一面。就像你,谁知道你的生活中有我这样一个爱着你的人呀!"他刮着她的鼻子,逗着她。

她钻进了他的怀里。

享受着男人的爱抚,她毫无顾虑地谈了自己的上司、同事以及下级的种种事情,谈得十分兴奋,使他得到了许多做梦都想不到的情报。她更没有想到,这些情况成了情报,很快就摆到了沃尔夫的办公桌上。

接到指令,菲克尔回到了柏林。

"你的工作很出色。"

沃尔夫在密室里接见了他。他拿着菲克尔弄回的情报,"这些东西,对于我们下一步工作十分有用。特别是对于我们制订新的战略计划,将起到不可估量的巨大作用。"

菲克尔说,"我对赫克的工作已经取得了巨大的进展,这个女人完全掌握在我的手里,我看可以进行下一步工作了,按我们掌握的目的,索取更为重要的情报,我想她会做的。她已经离不开我了。"

"不,再等等。"

沃尔夫严厉说,"没有我的指令,你不要涉及你刚才说的那一块,我暂时不想触动她,万一有什么,将毁了我们苦心经营的网络。你目前的任务,就是继续与她周旋,把她死死地抓在你手里。还有一个,花钱不要太那个了,我怕他们一调查,你就会暴露。当然,对于一个爱着的女人来说,不花钱是不行的,我的意思是,让你稍微紧张那么一点。"

"明白,局长。……我想问一句,莫斯科方面没有插手波恩的事吧,你最好跟他们协商一下,免得这之间产生什么重叠的工作。如果他们也派一个男人接近赫克,我的工作就完了。"菲克尔根本不知道谢德林一事,沃尔夫也不会告诉他。

"这个你放心,我心里有数。"

"那我返回波恩。"菲克尔伸出了手。

"走吧，记住，没有我的指令，不允许进入第二步，一旦接到我的指令，马上进入，不要耽搁，你记住，时间对于我们来说，是重要的。间谍战线风云密布，说不准什么时候刮什么风，走得急了，不行，走得慢了，也不行。就像你跟赫克打交道一样，要看准对方的性格下药，病才能治好。说多了，你有着丰富的经验，用不着我罗唆了。"他友好地拍了拍他的肩，十分和蔼可亲。

沃尔夫在部下心中有着崇高的威望。

"局长，我记住了，任何时候，你都是我的老师。我永远都不会忘记你每次跟我的谈话。每一次，我都受益终身。局长，你是我永远的老师。"菲克尔毕恭毕敬地站在那里。

"走吧，好好干。"

沃尔夫把他送出门，又亲自开车，把他送到了饭店。看着他逝去的背影，他坐在车里，久久未动。他看了谢德林从波恩传递过来的情报副本，总感到哪里不对劲，哪里呢？他一时又说不出来。谢德林不是菲克尔，他没有菲克尔的冷静，他总觉得谢德林过于浪漫，太浪漫的人，不适合做这一行。

铁一样冷酷的心，这才是间谍。

10

一九八二年春，莫斯科。

在谢德林千方百计的争取下，莫尔金终于同意他回趟莫斯科，看望一下家人。谢德林经瑞士，转了好几个国家，才回到苏联。回到家，看到妻子和孩子，他仿佛重生。他弄不明白，自己做错还是做对了。他心里比谁都明白，如果莫尔金知道他背叛了祖国，等待他的将是地狱般的生活，有可能流放西伯利亚，有可能一辈子坐牢。但是，他想到海因兹是那样爱着自己，一个人，一辈子，还图什么呢？有一个女人生生死死爱着你，还不够吗？还不值得吗？只是想起兰伯特，心里一阵恶心。

"你怎么了？"妻子问。

"我挺好的。"他把妻子搂进怀里。

妻子说，"我去过你们单位，他们说，把你派到非洲国家去了，我的天哪！非洲，那多远呀！我问他们你的电话，他们就是不告诉我。"妻子十分不满。

谢德林对外是外交部工作人员，一听她说去过外交部，马上叮嘱说，"以后你不要去单位，我们有纪律的，有什么事，我会给你打电话的，听清楚了没有？"他的口气十分严厉。

"那么凶干啥？"妻子哭了起来。

谢德林只好哄了半天，这才把妻子哄得高兴了。第二天，他见到了莫尔金。莫尔金跟他搪塞了两句，就把一个工作人员喊了进来，"谢德林，你跟他们去检查一下身体，检查完了我们再谈。"谢德林知道要进行测谎等一系列检查，十分严格。他什么也没有说，跟着工作人员走了。

检查的数据第二天才能出来。

三天过后，他才接到莫尔金的电话，让他来办公室。莫尔金先是十分亲热地握了握他的手，说了一大通祝贺的话，对下一步工作做了布置，并交代了注意事项，这才说，"我们得到了消息，你跟海因兹的关系有些过火，是的，我说过，做事一定要真，否则，我们弄不到情报，但是，我们的内心一定要冷，否则，我们控制不住自己的感情。这两者在分毫之间，进一步是地狱，退一步是天堂。"

"中校同志，我明白你的话。"

"明白就好。你记住，不要侥幸，你的一切行动都在我们的监控之下，不要以为没有人知道。基杰奥同志，你是在为我们伟大的祖国工作，你要与它荣辱与共，背叛祖国的人，永远都没有好下场。虽然工作有些苦，说话会违背自己的意愿，但你是在为一个目标工作，这个目标就是伟大的共产主义。有人说，从事我们这种工作是不道德的，它从本质上利用了妇女的感情，我不同意这种说话，如果我们是为私，那么，就是不道德的，而我们是在为一个国家工作，就不存在这样的

第四章 黑夜战争

147

问题，利益，国家利益是高于一切的。"莫尔金说了半天，中心意思就是一个，坚定不移地完成自己的任务。

"中校同志，我记住了。"他说。

"那好吧，休息几天，按原路返回波恩。"莫尔金拿出一份提纲，交到了他手里。"这是我们近期情报搜集大纲，画了红线的地方是有关西德方面和北大西洋公约组织方面的情报，你要重点搜集。你就坐在会议室看，看完了交给保密员同志，不要做任何文字记录。桌子上是给你的最新型的钢笔摄像机，还有我们设计的专用胶卷，我们把它做成了巧克力形状，你一并带回，情报还是按原先的约定，放在一号地点，我会派人去取的。好了，走之前我们再见一面。"莫尔金拍了拍他的肩，离开了会议室。

谢德林坐下来，仔细看着文件。

他的心越看越跳得厉害。这些文件，正是兰伯特临来时反复交代他要搜集的。是鬼使神差还是迫不得已，这个只有鬼知道，他不自觉地拿起了钢笔摄像机，快速地拍了下来。拍完后，浑身出了一身冷汗。谢德林看完文件，收拾好东西，把它交给守在门口的保密员，这才快速地离开了。

来到莫斯科大街上，他有些惶恐不安。

"我怎么了，真要跟兰伯特这样的人走到底吗？他简直就是一个流氓，一个光棍，用我提供的东西养肥了自己。我……我不能跟他走到底，我……我要摆脱他。但是，我到哪里去弄钱啊！没有钱，我什么都不是。就做这一次吧，拿到了钱，带着海因兹离开西德，去什么地方都可以，再也不做间谍。"他发誓说。

按照兰伯特的要求，他又找了些原先认识的朋友，收集一些对方有用的东西。那个时候，处于冷战阶段，欧洲对莫斯科很多东西是不了解的，在俄罗斯人看来一些不起眼的东西，包括政治形式，主要工厂的生产情况，甚至莫斯科市民副食品供应情况，都是间谍们搜集的目标。作为克格勃成员，对内部体制、官员情况等，都是十分熟悉的，这样，谢德林的莫斯科之行，收获颇丰。

离开莫斯科前，莫尔金见了他。

"我交代的事情都清楚了？"他问。

"中校同志，清楚了。……除了我以外，不知道沃尔夫局长有没有在西德政府内部派遣更多的人员。也许我问多了，这是我不应该问的。"他说出来又觉得欠妥，赶忙收回了话。

"是的，你问多了。"莫尔金冷冷的。

谢德林没有再问。他知道，再问就要引起对方的注意。莫尔金从事反间谍工作多年，嗅觉十分敏锐，一丝出格的情况，都要引起对方的注意。他知道克格勃工作遵循两条线作业，这两条线相互独立，他害怕的就是，另一条线盯着自己，如果是那样的话，将死无葬身之地。

几天后，谢德林到达波恩。

兰伯特拿着他带回来的情报，激动得手都在哆嗦。他知道，这些东西对他是多么重要。他拉着谢德林的手，十分亲热地说，"你这次立了大功了，我一定向上面报告，为你请功。"

谢德林没有他那么激动，冷冷地说，"我没有什么请求，我只希望你提供我离开西德的一切条件，我需要一笔钱，请你答应我的请求。"

兰伯特答应向上面报告。

"海因兹……"

谢德林搂着她，亲吻着她的面颊，诉说着这次去莫斯科的感受，说我为了你，已经什么都顾不得了。等我们拿到了钱，我们就离开波恩，去美国。我答应你，永远都和你在一起，再也不分离。海因兹忧虑的眼睛中充满了泪水，她说："亲爱的，我们走得了吗？我害怕他们要永远地利用我。"

"不，我不会再做了。"他断然地说。

谢德林的情报，为他获得了一大笔奖金。但是，一个意想不到的情况发生了，兰伯特泡上了一个女人，已经拖欠了一笔债，除此之外，还贪污了许多办案经费。就在他领到这笔奖金时，他的一个要好的同事告诉他，上面要对他分管的经费进行查账。他知道，如果上面知道了他这些乱七八糟的事情，等待他的是什么。

"我怎么办？就这样等死？"

他看着手中这一叠美元，眼睛放光。"难道我就不可以从这方面想

第四章　黑夜战争

149

想办法，谢德林出卖祖国，我何不把他再卖回去呢，这样的人早晚都是人渣。"决心一下，他很快就付诸行动。第三天，他就约见了苏联驻波恩的有关官员，把谢德林背叛祖国的经过和盘托出，还拿出了他出卖情报的复印件副本，苏联人不食言，看过东西后，当场就给他五千美元，并叮嘱说，此事就到此为止。

兰伯特拿着钱，乐呵呵的。

11

"没有不透风的墙。"

兰伯特拿到钱后的一个星期，反间谍机关就发现有些异常，经询问谢德林前后经过，才知道已经被他扣发了一大笔钱，再一查，他跟苏联官员见面的事就暴露了。很快，他被调离了，并且被判了十八个月徒刑，但是，谢德林却蒙在鼓里，什么也不知道。

"他已经没有用了。"

保卫局有关人员为了减少麻烦，召见谢德林，说兰伯特有其他安排，以后跟你联系另派人，并要他再次提出回莫斯科一趟。谢德林为难了，说我刚从莫斯科回来不久，不好再提出此事。保卫局官员说，"我们答应你跟海因兹离开西德的要求，只要你再去一次莫斯科，无论弄到什么东西，我们都提供你离开的一切条件，包括所有的证件和费用"。保卫局官员还说，"如果莫斯科方面拒绝，就不勉强。"话已经说到这里，谢德林不好不答应。

他没有想到，莫斯科方面马上答应了，还让他尽快动身。这一反常的情况，没有引起他的注意。也许，他的确被女色迷惑了，否则，一个职业间谍，不可能不知道，任何异常都可能葬送自己。

谢德林一到莫斯科就被捕了。

莫尔金没有再出面，有关部门出示了兰伯特提供的材料，他这才知道了事情的全部。很快，他被判了二十五年徒刑，流放到西伯利亚，一直到十年后，他利用苏联解体的机会，转了几个国家，才在加拿大定居，过着隐居的生活，这是后话。就是这样，谢德林通过海因兹，获取了西德政府一千多份绝密和机密文件，这些文件，对于苏联制定外交政策所起的作用不可低估。

莫尔金受到处分，委靡地坐在沃尔夫面前。

"怪我，没有听你的话，我……"

"什么也不用说，任何人都会有失误，间谍战争是黑夜战争，黑夜战争就可能有失误。韦尔霍内伊学校培养的人，总的来说是成功的，出现谢德林这样的败类，也是极个别的，他要为此付出代价。"沃尔夫再三安慰他，劝他想开些。

"我想重新启动计划，我……"

沃尔夫断然地摆了摆手，"莫尔金同志，谢德林的背叛，已经使西德政府进行了全面的清洗，目前，不宜启动计划。莫尔金想再说什么，他笑了，说我知道你要问什么，是的，我可以告诉你，在谢德林去西德后，我就预感到什么，我不是神仙，我当然不可能知道他会背叛，但是，双线或者三线工作方式，是做我们这一行必需的。就是他没有背叛，我们也应该这样做。当然，我知道，你也派了人盯着他，你不是中国故事《西游记》里那个孙猴子，不可能钻进他的肚子里去，预知他什么？下面的事让我来做吧，我是德国人，比你更了解我们民族的思维方式"。

"那好吧，这样最好。如果我再失败，恐怕也要跟谢德林到西伯利亚做伴了。局长同志，那我走了，回莫斯科了，祝你好运。"莫尔金握了握他的手，拒绝他送别，自己出门，返回了莫斯科。

沃尔夫向菲克尔下达了进攻指令。

他还不放心，又派了一名特别间谍去了波恩，随时监督菲克尔的行动，在必要的时候，采取第三个步骤，护送菲克尔出境，或者就地处决他。沃尔夫把最好的结果和最坏的结果都考虑到了。

菲克尔接到指令，开始向纵深发展。

某一天晚上，他送给赫克一台相机。

"亲爱的，这是我特地托人从苏联购买的相机，比西德的还好，它

对我们将十分有用，我送给你，这是我们爱情的见证。"菲克尔把东西交到她手里。

相机也就香烟盒大小，十分精致。

"呃，到挺好玩的。"她左看右瞧，看出了一点门道，"亲爱的，这不是普通的相机吧，怎么……怎么像间谍用的东西。难道……当然，你不是我想象中的那种人吧？"她脸色有些惨白。

"如果是呢？亲爱的。"菲克尔把她搂进怀里，吻着她的脸，"赫克，你知道吗？我是多么地爱你，为了你，我什么都不顾了。我不想对你隐瞒什么，我觉得，对亲爱的人不说实话，会遭到上帝的惩罚的。你猜对了，我的职业就是为祖国服务，我的祖国就是东德，共产主义将战胜资本主义，德国会统一，所以说，你也是为祖国服务。现在祖国需要你作出贡献，我想你不会拒绝的吧。"他的话说得婉转而动听。就是这样，赫克也浑身哆嗦，吓得目瞪口呆。

"你……你真是……"

"是的，我不骗你。"他抚摸着她，显出万分柔情。

在菲克尔怀中，赫克渐渐平静了，"亲爱的，我为你的自白感到高兴，我不管你是间谍还是别的什么，只要你爱我就够了。我愿为你做一切，哪怕把自己砸碎。你知道吗？这么多年来，只有你给我带来了快乐，我才感到自己是个女人，是个快活的女人。我不能想象没有你，我会是个什么样。你保证，在任何情况下，都不要抛弃我，都要爱我，永远地怜我疼我，把我当成你的宝贝，永远的宝贝，不要再爱别的女人，只要你答应我，我可以为你做一切，我说过了，包括把自己毁灭。"她在他怀里泣不成声。

菲克尔在这一刻，也被她感动。

他紧紧地搂着她，第一次流下了泪水。他比谁都清楚，她每走一步，都处在危险之中，而且，很有可能是毁灭性的。但是，想到任务、想到责任，他没有一丝犹豫不决，他知道，服从于祖国利益，是他的使命，也是最为崇高的。

"你放心，我永远爱你。"

在赫克被捕后，她曾说，"连我自己都不清楚，我为什么那么相信他。在他面前，我温顺得像个小羔羊，我连拒绝的想法都没有，只觉得这是为爱情，为了爱情，我什么都不在乎，只要他爱我，我可以做一切。"一个在爱情旋涡中迷失方向的女人，当然不知道自己在做什么。

源源不断的文件传了出来。

菲克尔是贪婪的，每一个间谍都是贪婪的，他们恨不得把你的油水彻底榨干。他先要她翻拍文件目录，然后依据目录再一次一次翻拍，一台小小的翻拍机，在赫克手里被摸得光滑，用了多少胶卷，连赫克自己都不清楚。反正，每天下班，就把翻拍机交给菲克尔，第二天，他又把装好了的翻拍机交给她，就这样，日复一日，年复一年。

赫克没有感到害怕，却感到甜蜜。

菲克尔不愧是色情间谍的优秀人才，他把女人的心思琢磨得十分透彻。每天她下班，他为她做好了饭，吃完饭，他放好了水，让她泡澡，给她擦背，为她揉脚，给她无微不至的爱抚，让她每时每刻都沉浸于爱的甜蜜之中。

"你对我真好。"

赫克总是对他这样说，"你让我享受到了一个人间天堂。有了你，我别无他求，对于一个女人来说，爱情就是她的天堂，我们可以一无所有，但我们不可以没有爱情。亲爱的，我知道，对于爱的人来说，地久天长是不可能的。只要我们曾经拥有，就够了，就知足了啊！"她总是这样对他说。

"是的，我们拥有就够了。"

在夜深人静的时候，菲克尔内心也有一丝内疚，但是，瞬间就过去了。也许，正是这一丝内疚，让他对她如此的爱恋。

12

一九八三年春，波恩。

这一天，赫克下班回来，看到菲克尔坐在那里，十分沮丧。她连忙放下手中的包，脱下衣服，询问道，"亲爱的，你怎么了？遇到了什么不高兴的事，让你这样。"

"……"

"说吧，对我你还有什么不好说的。"

菲克尔装做十分为难，又心急如焚的样子，长叹了一口气，"亲爱的，有件事，我本不想告诉你的，但是，总部催得太紧，我……我实在没有办法，你做得了就做，做不了就算了，我把你的安全视为第一，哪怕弄不到东西，也绝对不能让你出事。"

"说吧，我会尽力的。"她靠近他。

"最近，北大西洋公约组织要在西德举行一次军事演习，是针对苏联的，代号为'利剑行动'，检阅协调整个组织指挥系统，演习的指挥所在阿尔山谷一处地下室，那是整个行动的神经中枢，总统和总理都要去，你要想办法接近他们，记住处理危机所采取的方法和措施，包括某些细节也要注意，这对于我们十分有用。"菲克尔尽量把事情讲得不过于简单，又不太难，怕吓着她。

由于不用拍摄，她答应了。

"亲爱的，我在你这里住的时间太长了，我要离开一段时间，为了我的安全，也是为了你。我会随时与你联系的。"他抱着她的头，约好了下次接头的时间和地点，深情地吻别。

赫克知道，他这样做是对的。

但是，她已经离不开他了。望着他蓝色的眸子，她流下了深情的泪水，他吻着她咸咸的泪滴，也有些伤感。"亲爱的，我们很快就会见面的，为了将来，更为了我们永远的爱恋，分别只是暂时的。你记住，无论你在何时何地，都有一颗心，一颗虔诚的心，为你祝福，为你祈祷，我爱你，今生今世。"菲克尔怕自己控制不住感情，吻完后，毅然离开了公寓。

赫克站在窗户边，泪流满面。

一个月后，赫克送出了情报。

两个月后，菲克尔约了她见面。

这是一个十分凉爽的夜晚，波恩的街头刚下过雨，空气温润，华灯将夜色照得亮如白昼，到处是熙熙攘攘的人群，一切都显得正常，十分幽静，没有一丝异样的情况。菲克尔夹杂在人群之中，以一副十分悠闲的样子，在一条行人稀少的公路上闲逛。他十分兴奋，赫克的情报，受到了东德情报机关的高度赞扬，沃尔夫受到了最高当局的嘉奖。而菲克尔，不但受到了嘉奖，而且拿到了一笔奖金。无论他如何镇静，如何掩饰自己，仍然从他的面容上，看到了那种抑制不住的兴奋从汗毛处往外冒。

就在他要接近赫克公寓时，情况出现了。他发现有黑影在监督赫克的住所，他大吃一惊，所有的高兴在这一瞬间飞到了九霄云外。长年的间谍生涯，使他对任何细小的事情都保持着异常的警惕。他倒抽一口凉气，决定离开这里，不与她见面。

沃尔夫是精英，西德情报界也不是傻瓜。

自从海因兹事件后，情报界不得不反思自己，检查自己工作上的过错。他们开始对那些长年待在总统和总理以及高级涉密人员身边的独身女人进行调查，而赫克正好在这一范围之内。赫克的上司说，她是一个孤独的女人，生活中没有男人，而调查的结果却相反，菲克尔落入了调查人员的视线。

"她有男人，不，我不相信。"

赫克的上司否认调查人员的指责，说我跟赫克打交道多年，我是了解她的，她生活严谨，从不主动接触男人，而且，她对男人天生就有一种反感。她不可能跟什么男人同居，绝不可能。调查人员无论如何解释，她的上司就是不相信。

他们出示了菲克尔的相片。

"他……他是谁？"上司惊恐。

调查人员告诉他，这位叫菲克尔的东德人，自称是科隆大学学生，我们还没有做更深入的调查，但是，我们已经知道，他很少来上学，而且，花钱如流水，他跟赫克已经同居了。先生，不要忘记了海因兹的教训，她可不同于海因兹，她可以接触我们所有的秘密啊！调查人员没有说服她的上司，但是，已经引起了他的警惕。

就算菲克尔受过训练，也惊恐不安。

他马上利用秘密通道，向沃尔夫报告。

菲克尔冷静下来，仔细地分析每一个细节，觉得自己还没有完全暴露，否则，对方不可能这样，早就逮捕了赫克。纵然这样，他也觉得要尽快地离开波恩。他了解对手，一旦发现任何可疑之处，马上会置他于死地。

可是，赫克一无所知。

那天晚上，她没有等到自己亲爱的人，急得要死，几乎坐卧不安。她害怕菲克尔遇到什么不测，这是她最不愿意看到的。第二天，按照他告诉过她的地址，她找到了他的住处，发现已经人去楼空，回到住处，她六神无主，甚至上班时还经常走神。上司找到她，询问她的生活情况，问她认识不认识一个叫菲克尔的东德人，她搪塞了几句。上司的问话，使她更加恐慌。

"难道出事了？"

她这么想着，又否定了自己的想法。"不可能，凭着他的机智，就是间谍，也不可能被对方抓住，而且，他不可能什么都不说，就这样走了。"菲克尔的突然离去，让她苦不堪言。她既恨他不告诉自己，又惦记着他的安危，就这样惶惶不可终日。

已经到达瑞士的菲克尔，更是惦记着赫克的安危。这位色情间谍，在他的生命中，这样的事情虽然不新鲜，但是，赫克给予他的，是他从未经历过的，你要说他们把人的感情视若无物，倒也不是，只不过使命已经深入骨髓，他们比一般人更懂得使命的重要性，更懂得一个间谍的荣誉感和成就感。

瑞士站负责人来见他。

"菲克尔同志，我们已经把你的情况告诉了沃尔夫局长，他十分关心你和赫克，如有可能，要想尽办法把她接到东德来，我们正在做工作，你尽可以放心在这里住几天。"负责人安慰他。

"她会去科隆，会去步行者天国找我，你们要想办法跟她接上头，我一定要见她一次，我不想就此离开。而且，我推测，西德当局还没有拿到她背叛的证据，他们不敢轻易逮捕她，毕竟她是总统身边的人。"菲克尔推测着说。

他拿出赫克的相片。

"不用,我们认识她。"对方挥了挥手。

菲克尔愕然,他惊诧沃尔夫连他都不信任,早就派人监督了他。他没有再说什么,他知道,你问不出任何信息。他唯一要做的,就是听从柏林那架庞大的机器安排。他相信自己对祖国作出的贡献,他更相信沃尔夫,他是那样的信任他,甚至把他当成父亲那样的人。

"我走了,你留步。菲克尔同志,瑞士虽然是个中立国家,但是,你最好不要出去,美国中央情报局和波恩当局,在这里都派有间谍,我们一丝疏忽,都将葬送自己,这是局长反复叮嘱的。"来人反复交代。

"我明白了,你走吧。"

菲克尔不想找什么麻烦,他要急办的事,就是早点见到赫克。

13

一九八四年夏,哥本哈根。

赫克接到菲克尔托人带来的口信,急速地赶到了丹麦,想着要见到自己朝思暮想的人,心情非常激动。两天前,她真的来到了科隆,但没有找到菲克尔,就去了步行者天国,一切都如他推测的那样。一个年老的妇人突然闪到她背后,塞给她一张纸条,说菲克尔要见你,上面是地点和时间,又一闪,等到她再找那个妇人的时候,已经不见了。就这样,她来到了哥本哈根。

她轻轻地敲响了一扇门,心还怦怦直跳。

"菲克尔,我总算找到你了。"一看开门的人,正是她亲爱的人,她连想都没想,就扑进了他怀里,流下了激动的泪水。

菲克尔把她拉进了房间。

他抱着她,来到沙发上,就那样静静地吻着她,吻着她的面颊,

她的胸乳，抚摸着她的全身。他附在她耳边说，"亲爱的，我们一块洗个澡吧"。她像一个婴儿，任由他摆布。洗完澡，他亲手给她全身擦上护肤乳液，这才带着她进入极乐世界，使她陶醉于生命的快乐之中。

菲克尔轻轻地擦去她快乐的泪水。

"亲爱的，我今天是冒着生命危险来见你的，你知道，做我们这一行的，随时都有生命危险。我要告诉你，你处处要小心，千万要保护自己，你的工作取得了巨大成功，东德情报机关对你非常满意，看，这是对你的奖励。"说完，他打开身边一个皮箱，里面是一捆捆的马克。

赫克没有一丝激动。

"亲爱的，你知道，我这样做，什么也不为，既不为了钱，也不是为了你说的祖国，我只是为了你，知道吗？我说过，为了你，我可以把自己砸碎。我一切都不在乎，只在乎你对于我的爱。没有你，我无法生存下去。"她哭泣着，泣不成声。

菲克尔长长地叹了口气。

"我知道，我知道。"他抱紧她。

但是，他知道，他没有把赫克留下的权利，而且，她没有暴露，仍然有使用价值。沃尔夫不会随便放弃这样一条大鱼。菲克尔觉得自己实在对不起她，她是那么可爱，对自己是那么痴情，为东德情报机关获取的情报是那么多，质量是那么高，我们实在应该为她做点什么。他更知道，赫克返回波恩，很有可能永远都见不到，他有这种预感。他相信自己的预感。

"亲爱的，我不得不告诉你，我已经暴露了，不可能返回波恩。他们虽然有些怀疑你，但是，他们没有你任何证据，不可能对你如何，你还是回到总统身边去吧，我们的事业需要你，我们今天再见，并不是永别，我答应你，等一段时间，我一定把你接到东德来，此生永远在一起。"他抚摸着她的脸，吻着那咸咸的泪滴，耐心地劝解道。

"不，我要跟你在一起。"她不愿离开。

"亲爱的，你听我说，今天的离开，是为了明天的相聚。我跟你说过，我们相爱过，我们拥有的，不一定是世界上最好的爱情，但是，只要我们懂得去享受它，珍爱它，同样会带给你莫大的愉快和幸福，而且会变得更有意义。亲爱的，我跟你一样，那种对你的想念已经升华到疼痛，想到你就会疼痛，但是，我不愿这种疼痛消失。你记住，哪怕我死了，我也会在天堂爱你。"菲克尔的甜言蜜语，说得赫克泪水涟涟。

"你没有骗我，是真话？"

"千真万确。"他发誓。

赫克长长叹了口气，整理好衣服，起身往外走。走到门口，她又再次扑到他怀里，吻得他喘不过气来。赫克知道，也许这一别，就是诀别，她不可能再回到他的身边。菲克尔的眼泪潸然而下，那对蓝色的眸子里，充满着说不清楚的情绪。

赫克惆怅地回到了波恩。

在以后的日子里，他们断断续续地交往，她传递来的情报数量和质量，就没有原先的多，也没有原先的好。但是，仍然是东德情报机关重要的情报来源。沃尔夫没有准许菲克尔去西德，也不允许他们见面。菲克尔无奈，作为一名情报人员，只能服从命令。

意想不到的事情发生了。

14

一九八五年的夏天，一切都显得那么平常，没有一丝发生事情的异样。谁也没有想到，连菲克尔也没有听到半点消息，八月二十三日，东德突然宣布，西德联邦宪法保卫局官员汉斯在东德柏林要求政治避难。菲克尔在听到这一消息后，马上给沃尔夫打电话，问到底是怎么回事，沃尔夫告诉他，苏联克格勃成员尤尔琴科叛逃，汉斯已经暴露，只好这样安排。

"那赫克呢？局长同志，汉斯知道赫克为东德服务，而且，西德情报机关几次想逮捕赫克，都是他说了话，你为什么不事先通知赫克，

让她撤出波恩，你知道，你这样做，葬送了她啊！不，你杀了她。她是那么忠诚于我们的事业，忠诚于祖国，她为此献出了一切，我们就这样……局长同志，你的良心呢、你的道德呢，我一直把你当成父亲般看待，我没有想到你如此铁石心肠，你知道，你抛弃的不是她，而是抛弃了一个情报人员基本的职业道德。"菲克尔也不知道那里来的勇气，在电话里对上司暴吼。

他已经失去了理智。

"菲克尔，你听我说……"

"我不听。"他挂了电话。

菲克尔仰躺在沙发上，泪水长流。

汉斯离开波恩之前，通知了所有的东德间谍，唯独赫克没有通知，他比谁都清楚，赫克已经在保卫局监控之下，如果通知了她，有可能他也走不了。而沃尔夫根本来不及安排。

两天后，赫克被捕。

据后来有关文件显示，赫克窃取了西德政府绝密级文件一千八百多份，其中包括西德政府防御计划，国防部内部情报。文件涉及多种秘密。赫克被捕后，审问人员问她当间谍的原因，她说，为了钱，不是，出于政治动机，不，我做这一切，只有一个目的，就是和菲克尔在一起。

在菲克尔的努力下，东德情报机关多次对西德政府表露，愿意以任何一名间谍做交换，换回赫克，但是，被西德政府拒绝。不久，赫克被判了八年徒刑，过着冷风凄雨的牢狱生活。

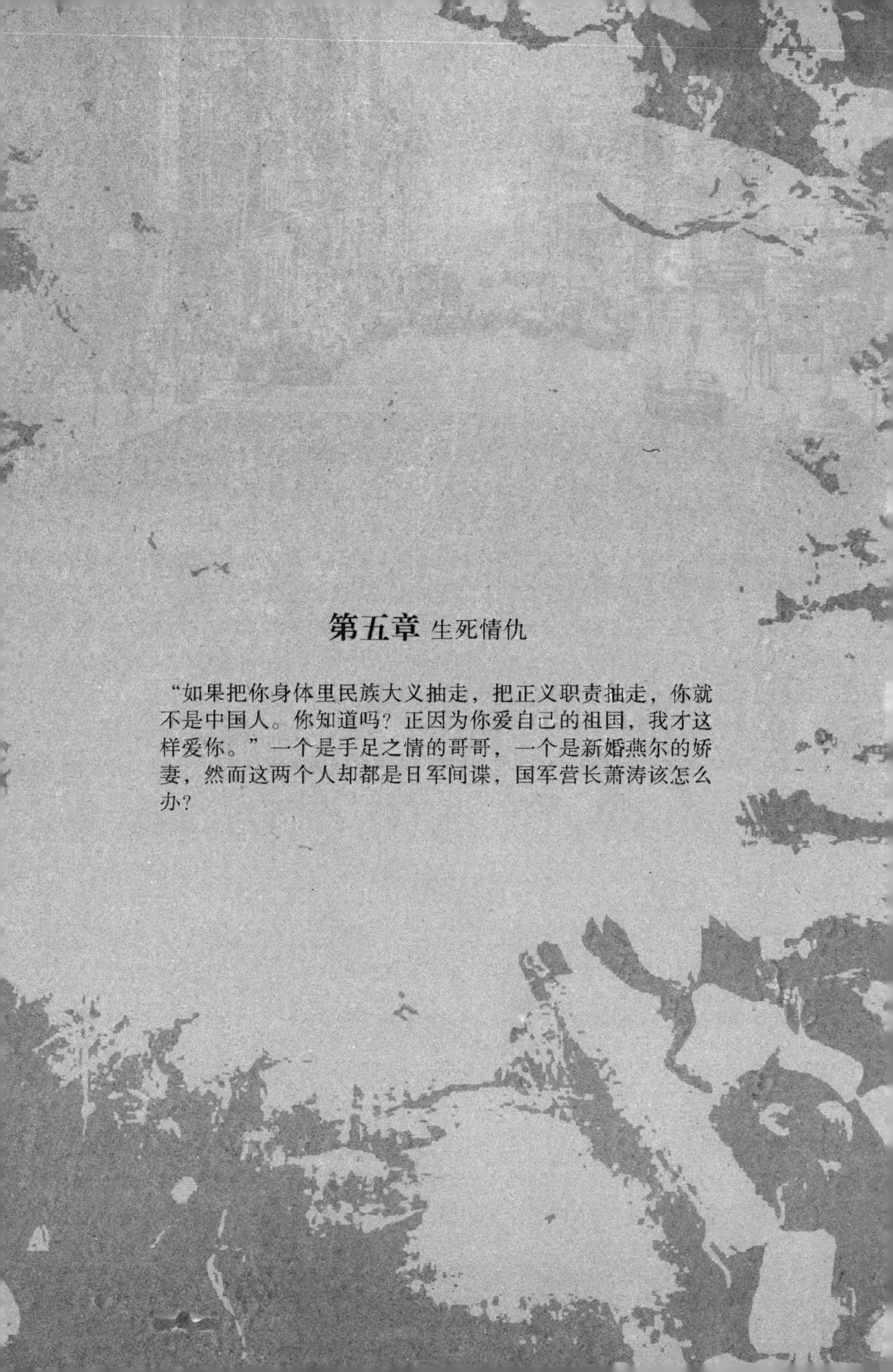

第五章 生死情仇

"如果把你身体里民族大义抽走,把正义职责抽走,你就不是中国人。你知道吗?正因为你爱自己的祖国,我才这样爱你。"一个是手足之情的哥哥,一个是新婚燕尔的娇妻,然而这两个人却都是日军间谍,国军营长萧涛该怎么办?

第五章

生死情仇

1

"如果把你身体里民族大义抽走,把正义职责抽走,你就不是中国人。你知道吗?正因为你爱自己的祖国,我才这样爱你。"一个是手足之情的哥哥,一个是新婚燕尔的娇妻,然而这两个人却都是日军间谍,国军营长萧涛该怎么办?

一九四三年十一月四日,常德。

这是一个十分晴朗的日子。灿烂的阳光照在湘西的土地上,像一只女人的手,抚摩得人们十分舒畅。虽然是晚秋,到处仍然是绿油油的植物、花草,给人以温馨的感觉。但是,一溜快速的马蹄声打破了这种平静,国军第五十七师,在师长余程万的带领下,踏上了常德的土地。这支国军的精锐,与它的师长余程万一样,在国军中都是响当当的角色。他们的军服左臂带有一个品字形的符号,印有"虎贲"二字。意思就是,虎奔入羊群一般,所向无敌。它隶属于国军五大主力之一的七十四军。

那是一个多灾多难的岁月。日本帝国主义像一只残暴的野兽,把我们美丽的山河撕成了碎片,他们所到之处,人畜不留活口,花草变成灰烬,连哭泣和号叫的声音都听不到,只有死一样的寂静。"三光"政策,使华夏大地遭受百年的凌辱。战争的绞杀机正降临常德的土地。

九月份，日本军部就正式下达了常德作战的命令，日本派遣军第十一司令官横山勇中将就在地图上，把"常德"两字画上了一个鲜明的红叉，他们要夺取洞庭粮仓，弥补日军补给线的困难。

国军装备差，但士气高昂。

五十七师所属一六九、一七零、一七一三个团在常德进行了详细的布防，研究日军可能从什么方向发动进攻。坐落在鸡鹅巷的常德商会张灯结彩，迎接国军进驻。县长戴九峰和商会会长姚吉阶正站在台阶上，叮嘱手下的人，一定要按要求把宴会准备好。他们不相信日军会进攻常德，但他们也欢迎国军进驻，以振士气。余程万骑着马，带着部下来了，他一见这样的排场，拒绝进门，说戴县长，这里马上就要打大仗了，你赶快疏散民众，以备战事，这比让我吃十顿饭都强啊！戴九峰一个劲地点头，说长官，你放心，本县长一定按照长官的话去做，坚决照办。说完又神秘兮兮地问了一句："余长官，小日本真的要打常德？"

"你不信，反正我信。"余程万想笑，但没有笑出来。"我也希望不打仗，但小日本不干呀！日寇入湘以后，十万大军烧杀掳夺，石门、澧县、津市、暖水街相继陷落，死尸遍地，惨不忍睹啊！大好的河山满目苍凉，作为军人，我心如刀绞啊！我是军人，为国战死，也就罢了，我不想看到更多的无辜百姓惨遭荼毒。"余程万话感染了在场的土豪乡绅，他们都点点头，表示一定会按照长官的话做。余程万无心再聊，骑着马检查防务去了。

站在戴九峰身边一位乡绅长叹了一口气，有些不高兴地说："唉！恶仗是不可避免的啊！好在我儿子的部队没有来，要不，我儿命休矣！"

戴九峰转过身，拍了拍对方的肩，揶揄地说："萧先生，你怕什么，你大儿子为日本人做事，老二是国军，老三是共产党，谁赢了谁输了对你们萧家来说，都没有关系，你说对吗？"

萧冰脸色陡变，指着戴九峰嚷道："你……你怎么知道得如此清楚。我大儿子是跟日本人做事，那是做买卖，不是当汉奸，我告诉你，我可是军属。"他气呼呼地转身想走。突然，一声清脆的声音从远处传来。

"爸爸……"

萧冰愣住了。老二萧涛穿着整齐的国军军服从马上下来了,后面马上也下来了一个穿着同样衣服的女人,英气逼人地站在他面前。"你……你怎么来了,你不是在军部吗?"萧冰说话的声音都哆嗦。

萧涛笑着说:"爸,常德有战事,我作为家乡的儿郎,当然要为保卫家乡作出一份贡献。爸,这是我妻子容梅儿,我们半年前认识的,战事频繁,也没有向您老汇报。梅儿,快喊爸。"梳着短发的容梅儿,跨前一步,朝萧冰喊了声爸,敬了个军礼,就站在一旁笑着。

"哎哟!"戴九峰没等萧冰反应过来,就走上前,握住萧涛的手,激动地说:"萧涛呀!你真是条汉子,不愧是喝洞庭水长大的男人。好,有勇气。萧先生呀!你还愣着做什么,有这样的儿子,难道不高兴吗?常德有救了,常德有救了啊!"戴九峰一边流着泪一边激动地挥着手。

萧冰一把拉住儿子的手,压低声音,恶狠狠地说:"回家,看我回家怎么收拾你。"他攥着儿子的手,拉回了家。

萧家是常德数一数二的富豪,不仅在常德有良田千亩,而且在长沙、武汉、上海都有买卖。他精于算计,让大儿子萧波留学日本,而后在长沙与日本人做买卖;让老儿萧涛参加国军,他知道没有枪杆子是吃不香的,特别是在那个战事频繁的年代;三儿子萧浪没有听他的安排,投奔了共产党,他也就睁一只眼闭一只眼了。

"你这个孽子啊!"一回到家,萧冰就气得真跺脚,指着萧涛的鼻子大骂:"人家躲也躲不及,你倒好,还跑到这里送死来了。你难道要让萧家断子绝孙吗?"

萧涛脖子一梗,理直气壮地说:"爸,你这话差矣,国家兴亡,匹夫有责,我作为一个军人,难道不应该为国家作贡献?常德是祖宗之地,我作为常德的男人,有责任保卫家乡。"

容梅儿也走上前,劝道,"爸爸,萧涛的选择没有错,我就是喜欢他这样的性格,所以……"

萧冰怒吼:"你闭嘴,我还没有承认你是我萧家的人,你多什么

嘴？我告诉你萧涛，如果你不滚回去，我跟你断绝父子关系。"

母亲走了过来，抱着萧涛痛哭。

"儿呀，你就听你爸爸的话吧，我就有你哥仨，老大不见踪影，你弟弟更是不知是死是活，万一你再有个三长两短，你让我怎么活呀！"她抱着萧涛，哭个不停。萧涛和容梅儿安慰了半天，这才把她哄住。

他们就在家住了下来。

2

下午，萧涛到师部报了到，他被分到师部当参谋，由于他是本地人，对这里的地形十分熟悉，就参与计划的制订。容梅儿分在师部急救所，负责救治伤员。晚上回到家，吃完晚饭，萧涛带着容梅儿到常德城里到处游逛。半年前，敌机轰炸澧水，他带着军长王耀武的命令赶往五十七师送信，巨大的爆炸把他掀翻在地，他刚爬起，又一枚炸弹落在他面前，就在这时，只见一个蓝色的身影扑在他身上，等他醒来的时候，只见一个姑娘满脸是血地站在他身边。

这就是容梅儿。

她穿着一身蓝色的学生装，柳眉明目，樱口皓齿，正为他包扎伤口。她告诉了他自己的名字，说自己是东北人，父母都被日寇杀害了，她不想读书，只想杀鬼子报仇。萧涛把她带到军部，向长官汇报了她的情况，那时候，正是用人之际，她马上被分配到了军部卫生队。这次常德会战，他请求来到最前线，她也跟着来了。她说，要死也要跟亲爱的人死在一起。

"梅儿，这就是我的家乡。我的童年就在这里度过的。"他一边走一边指指点点，"你不要看常德现在这个样子，它可是座千年古城啊！那个地方叫四眼井，是刘禹锡种桃的玄都观，屈原《九歌》中朝发枉渚的诗句，枉渚所在地就是东门外的德山。常德西面是河伏，北面是太阳山，东面是德山，我想日军很有可能从德山进攻。"萧涛站在夜色里，望着前面黑漆漆的天空说。

"你怎么知道，不是没有开会吗？"

他搂着容梅儿的腰往家里走，"这是我猜的。当然，要等明天的军事会议决定后才知道。梅儿，害怕死吗？"

容梅儿伏在他的胸前，温柔地说，"萧涛，我什么也不怕，只要你在。只是我……我们相处的时间太短太少，我也没有为你们萧家生个孩子，万一你……萧涛，国难当头，好男儿就应该战死沙场，可是……可是想到与你分离，我的心又碎了。你知道吗，我是多么地爱你，虽然我们认识时间不长，但我感到好像早就认识一样。"萧涛把她紧紧地搂进怀里，一声不吭，只长长地吻着她冰冷的唇。谁都知道，这场战争意味着什么。

开了一天的军事会议，萧涛累坏了。

"萧涛，来，洗洗脸，累坏了吧。"容梅儿把一盆热水端到他面前，柔情万分。

萧涛接过脸盆，擦了把脸，草草地吃完晚饭就躺下了。容梅儿也洗漱干净，温存地偎依在他身边，像一只听话的猫儿，显得十分温顺多情。萧涛长叹了一口气，忧虑地说，"全师只有八千人，军部调来了一个炮团，也只有几门火炮，这要跟日军血战，恐怕难胜啊"！

她问，"那怎么办呀！难道就让日军轻易占领常德？"

萧涛坐起，点燃了一根烟，咬着牙说，"决不，哪怕战斗到最后一个人，我们也要等到大部队来。就是没有援兵，我们就战斗到最后，与常德共存亡。梅儿，如果常德实在守不住，你就先走了吧，我不愿你青春的热血和我那未出世的孩子牺牲在这块土地上"。

"不，我跟你在一起。"她语气铿锵。

萧涛没有再说什么，只紧紧地搂住她，吻着她，好像生离死别那样。容梅儿的舌尖在若即若离时，忧虑地说，"日军横山勇可是有名的战将啊！还有那个岩永旺，你们防得住吗？"

萧涛不满她的话，直了直身子，不屑一顾地哼了一声，"那要看怎么防？常德城郊有德山，河伏山，远点还有沅江和洞庭湖三角地带，我们准备采取三种办法，日军若以主力由德山进攻，我们就坚守抵抗，

第五章 生死情仇

167

打消耗战，再以一部，从新民桥、下马湖从它侧后袭击，把他们压到洞庭湖三角地带，那个地方沟河纵横，不利于日军大部队运动。日军若……"萧涛滔滔不绝，把师部的作战计划讲得极为详细。

"啊！你们想得真周到。"她说。

"睡吧，睡吧。"萧涛拍了拍她的脸，"我要养好精神，准备跟小日本大干一场，不成功便成仁。"他实在有些累了，一会儿就睡着了。容梅儿看了看熟睡的萧涛，又低下头，吻了吻他那对炯炯有神的眼睛，就悄悄地穿衣起来了。一会儿，就消失在幽静漆黑的夜幕中。常德城人已经不多，百姓们跑的跑，逃的逃，留下的也就一些舍不得家产和誓与常德城共存亡的志士们。容梅儿穿着军装，骑着马，很快就穿过了幽静的街道，有节奏的马蹄声敲得石板路格外清脆。

3

五十七师召开动员大会，余程万在会上慷慨陈词。他说，"兄弟们，程万毕业于黄埔，忠党爱国，只知不成功便成仁，我愿以我的死换得常德城的生，如果我战死，你们活下来的人，请将我的尸骨葬于此处。"他的话语让下面的将士热血沸腾，高呼着与常德城共存亡。

深夜，守城的将士刚睡，枪声就响了。

炒豆子般的枪声在常德城四周骤响，还夹杂着迫击炮弹的轰鸣声。师指挥部人来人往，萧涛拿着各路的电报电话记录来回穿梭于长官之间，他报告说，"日军分三路来犯，一路由缸市犯黄土山，是日军一一六师团的先头部队，一路是由戴家大屋，直扑我河伏阵地，约有一千多人，还有一路由盘龙桥直犯陬市。"

余程万沉思地看着地图，自言自语地说，"日军很毒辣啊，是想截断我们与军部的联络。看样子，他们对我们的作战意图十分清楚。……常德城里，或者我们内部，不会有日军的奸细吧？"

"师座，我看不会……"

萧涛的话还未说完,一个参谋跑进来报告,说一一八团从德山跑了。日军已经占领了德山。余程万一听大怒,把手中的水杯摔在地上,怒吼:"混账,这个邓先锋,我非枪毙他不可。"

邓先锋的一一八团,是临时划给他指挥的,他为了保存实力,化整为零,向黄土店方向逃跑,使常德失去了德山这道天然的屏障。大家都知道,德山不仅是屏障,而且是五十七师的退路,没有了德山,就意味着整个师将被掐死,更为重要的是将影响士气。余程万没有办法,只好下令部下死死守住现有的阵地。

电话响个不停,战斗空前激烈。

站在一旁的师特务营营长袁强瞪大了眼睛,走到余程万身边,"师座,日军今天的进攻是有备而来。完全是朝我们的薄弱环节下手,而且知道六三师一八八团跟我们的关系,这才把主要兵力集中起来进攻德山。看样子,他们知道邓先锋这个人。我觉得你的忧虑是对的,很可能城里有日军的奸细。你看……"他试探着余程万的口气。

余程万看了一眼萧涛,想了片刻,断然说:"萧参谋,你是本地人,对这里的人情世故比我们了解得清楚。这样吧,为了常德战斗的顺利,你跟袁营长负责调查通敌的人,这是非常时期,抓住一个杀一个,决不宽恕。"

"是。"萧涛啪地一个立正,朝余程万敬了一个军礼,就和袁强离开了师部。

"萧参谋,夫人很漂亮哟。"

两人骑在马上,比萧涛年龄大的袁强笑着打哈哈,"不瞒你说,我已经三十五岁了,老婆在哈尔滨,还不知道是死是活。战斗如此激烈,今天都不知道明天的事。唉!我已经三年不知道女人是什么滋味了。你老弟有如此漂亮的夫人,就是明天战死了,也没有什么遗憾的啊!可惜,我没有这样的福分。"他满脸挂着对萧涛的羡慕。

萧涛笑了笑。

"袁营长,我们还是谈正事吧。你不要以为她是我老婆,她首先是军人,是为了保卫常德而来的。对了,你看我们应该如何……我想老百姓只能了解常德城的布防情况,具体的军事秘密只有我们内部知道。

老百姓正在疏散，进进出出的，也不好查呀！"萧涛有些为难地说。

　　袁强没有接他的话，而是看着满城残墙断壁，到处的烟雾蔽障，还有那大街小巷的工事、堡垒。旧的常德城里，大多数小巷都是石板铺地，全都被士兵们撬起来，做成了工事，准备着与日军展开巷战。

　　"萧参谋，你看看这满城的被烧毁的屋子，被烧死的父老兄妹，我恨不得把小日本鬼子活活吞噬了。你放心吧，我已经把兄弟们派出去了，进城出城的路口，都有我们的人，一旦发现可疑分子，就会送到营部来的。只是师部接触核心秘密的人，我不是很清楚，你是参谋，多留个心眼。好了，我先回营部，你等一会儿再来吧。"袁强说完就要骑马往另一小巷走，被萧涛喊住了。

　　"袁兄，到家里喝一杯茶如何？"

　　"这……"

　　萧涛马上做了个请的手势，"袁兄，我们认识不久，我看你是个厚道人。我这次来，就是为了保卫自己的家乡。为此，我可以不惜任何代价。我已经让家父捐了不少钱财粮油，国家兴亡，匹夫有责嘛！"

　　袁强知道萧家的情况，笑了笑，什么话也没说，跟着萧涛到了萧家。萧冰满脸笑容地进门迎接，姨太太们已经离开了常德，家里只有萧涛的父母，他们舍不得儿子的安危。正在喝着茶的时候，容梅儿从外面回来了，一副风尘仆仆的样子。

　　"梅儿，这是袁强营长。"

　　容梅儿伸出纤纤的手，媚媚地看了他一眼，"认识，特务营的袁营长，师长的大红人嘛。袁营长，就在家里吃了饭再走，我给你弄几个菜去"。

　　"不了，不了。"袁强马上摆了摆手，"我等一下还要跟萧参谋参加下午的会议呢，布置明天的战斗。唉！小鬼子进攻得太凶了。梅儿，谢谢你，有空我一定过来尝尝你的手艺。"

　　萧涛也朝她笑了笑，"梅儿，你先吃吧，注意些身子，我开完会再回来吃。"说完吻了吻她，把袁强妒忌死了，瞪着眼睛看着他。

　　两个人骑着马离开了萧家，刚走到师部门口，就见传令兵朝他们喊着，"袁营长、萧参谋，又有两个阵地失手了，师座正发着火呢，等着你们开会。"两个人连忙从马上滚了下来,匆匆地走进师指挥部。余程万脸色铁青,正对着地图交代明天的战斗。

派去支援黄土山阵地的部队又中了日军的埋伏,一百多名士兵命丧日军的枪炮之下。余程万一拳砸在桌子上,怒吼:"这里面有问题,一定有问题。昨天晚上七点钟开的军事会议,部队是凌晨两点出发的,那个时候,整个大地一片漆黑,什么也看不见,为什么日军一零九联队能提前埋伏在我们经过的路上,如果他们不预先得到消息,绝不可能。"他瞪着血红的眼睛,对着袁强和萧涛,想要听听他们的解释。

"这……师座,城里城外我们都封锁了,什么人也出不了城,难道……难道他们有电话机,向外传递情报?"袁强百思不得其解地说。

萧涛摇了摇头,"这绝不可能。据我所知,他们还没有这种情报手段,如果城里有他们的内应,情报肯定是人送出去的。师座,你放心,我们一定加强戒备,决不让这样的事情再次发生"。

余程万咬着牙,仰天长叹,"难道是天灭我不成?一百多个弟兄,就这样没了,他们都是跟着我出生入死的兄弟啊!"他抱着头,两滴浑浊的泪从血红的眼睛里流了出来。

"师座……"

袁强牙关也咬得老紧。这名跟随余程万转战南北、浴血奋战的老兵,知道他此时的心情。他什么话也不用说,他知道最好的办法就是在最短的时间里抓到那名内奸。他站在余程万面前,啪的一个立正,拉着萧涛转身走了,走进了弥漫着火药味的常德大街上。石板路上,到处躺着尸体,疲惫的士兵在修复被炸毁的工事,破衣憔悴的老百姓,瞪着绝望的眼睛,毫无目的地往外走。在余程万再三劝说下,戴九峰带着县政府行政人员三百余人,坐着船向孤峰岭、茅湾一带转移,尽量为常德这块土地保存最后一点星火。

"萧老弟,你向南,我向北,我们分工检查,我就不相信抓不到那名奸细。"袁强眼睛喷着火说。

"好的,就这样办。抓到了这名奸细,我非剥了他的皮不可。"萧涛也气坏了。两个人分了工,各带着几十名士兵在城里城外要塞处巡视着。

4

夜色降临了,城里城外枪炮声仍然此起彼伏,但比起白天来,还是小了许多,只是一些零散的声音。日军在进攻了一天后,也要补充弹药给养,这给交战的双方都带来了片刻的安宁。袁强不敢怠慢,他知道,这是城里奸细给城外日军送情报的最好时机。他带着人,在一些重要关卡走来走去,叮嘱那些疲惫的士兵,咬紧牙关。

"哟,这不是萧夫人吗?"

袁强突然看到容梅儿匆匆向外走去,就迎了上前,"是要出城呀!前线又有伤员?还是……"他看她要出城的样子,就笑着问。容梅儿告诉他,黄土山阵地还有几名伤员没有撤出来,我出去看看,看他们什么时候到。

"用不着你跑,我派个士兵去看看就行了。梅儿,我们到前面那个茶水店坐一会。说句笑话,见到你,我精神就来了。"袁强脸上有些尴尬的神色,他牵着马,并肩走着。

"好吧,袁营长。"她笑了笑。

袁强派了一个士兵到前面看去了,自己陪着容梅儿来到这家已经倒塌的茶水店。店老板是一个七十多岁的老人,他给两人端上了一杯苦涩的茶,容梅儿喝不惯,只礼貌地呷了一口,就安静地坐在那里看着他。袁强在女人面前,倒有些羞涩,烟一支接一支地抽着,心里在想,这是一个多么美丽的女人啊!

"想女人了吧。"她突然说。

袁强一怔,尴尬地笑了笑。

"你说对了,是想女人。战争太残酷。我们今天在这里坐着,我都不知道明天是不是还可以到这里来坐。我已经好几年没有见到我老婆了,也不知道她是死是活。神经太紧张了,是想放松一下。对不起,原谅我讲了实话。"

"明白，明白。"容梅儿宽容地点着头。

一个士兵喘着气朝茶水店跑来，还未进门就嚷道："营长，我们抓到了一个奸细，是……是日本人。"

袁强从座位上弹了起来，两眼放光，高兴地说："好，狗日的，总算让我逮住了，把他带过来。"容梅儿花容失色，双眼跳跃不停，刚想说什么，又把话咽了回去。有些不知所措的样子。

"你坐，没关系的。"他安慰道。

一会儿，几个士兵押着一个高个子男人走了进来。他穿着城里人穿的蓝色长衫，戴着礼帽，皮肤白净，文质彬彬，像个读书人。容梅儿一见到那个男人，脸色陡地白了，好在袁强注意力全在那个男人身上，没有注意到她的变化。他上上下下打量了眼前这个男人，问道："你是日本人，说吧，做什么来着？是不是和城里的内线勾结好了，说吧，只要你说出来，我们宽大处理。"

"我常德人，我回家的。"

"他不是常德人。"一个士兵嚷道："我们抓他时，他正跟一个长着胡子的日本人在一起，那个日本人想跑，被我们打死了。"说完士兵把从日本人身上搜出来的常德城的工事图，还有写着日文的几张信纸拿了出来，交到了袁强手里。

他一看，大怒，一把抓住对方衣领，冷冷地笑道："哼哼，不要以为会说几句中国话，就冒充中国人。这是什么？你还有什么可说的？"

男人跳了起来，"那个日本人我不认识，不知咋的走到了一起，我会说日本话，但我真的不是日本人，你要不相信，可以找个本地人问问。我姓萧，我叫萧波"。

"什么，你叫萧波，萧涛的亲哥哥？"袁强一听，瞪大了眼睛，刚想再说什么，手被容梅儿抓住了。

袁强刚想说什么，就被她拉到了门里，她仰着脸，瞪着媚媚的眼睛说："袁营长，就算我替萧涛求求你了，他可是萧涛的亲哥哥呀！你们都是兄弟，总不能……"

袁强感到女人的气息扑面而来，他的心肠一下子就软了。

"可他……肯定是有问题的。他跑到这炮火连绵的常德城里来做什

么？我要告诉师座，我……"他的话还没有说完，嘴巴就被她的小嘴堵上了。袁强感到天旋地转，脑袋里一片空白，仿佛世界的末日来到了。他猛虎一样地搂住她，双手胡乱地一通乱摸，嘴里嘟囔着说："我的美人儿，只要你答应我，我……我就……"

"我答应你，我什么都给你，行了吧，只要你放了他，我……"两个人抱成一团。

整理好衣装，两人走出门。

"好吧，萧波，看在你弟弟萧涛跟我是同事的分上，我放了你。"说完他指了指容梅儿。"你恐怕不认识吧？这是萧涛的夫人容梅儿，梅儿，带你哥哥回家吧。"

容梅儿刚想往外走，萧涛走了进来，他对袁强说："袁营长，不行，绝对不行。他虽然是我亲哥哥，但我知道他给日本人做事，这个时候跑到常德来，哼，不会有好事的。带走，把他交给师座。"

"你……梅儿，那我就没办法了。"

袁强对容梅儿做了个尴尬的手势，朝萧涛苦苦地笑了笑。萧波眼珠子都瞪出来了，"萧涛，我们可是亲兄弟呀！你难道要枪毙我不成？爸知道了会杀了你的。"

容梅儿也上前说，"萧涛，你们可是亲兄弟呀！就算他是奸细，也放他一马吧，何苦呢？"萧涛不顾他们劝阻，带着人把萧波押到了师部。师长到前线去了，只有副师长在指挥部值班，他听完萧涛的汇报，上上下下打量了萧波半天。

"他真是你亲哥哥？"

"是的，长官，他的确是我亲哥哥。很早就到日本留学，后来跟着日本人做生意，士兵们发现他跟一个日本人在一起嘀嘀咕咕，我估计，他肯定跟城里的内奸有关系，虽然他是我亲哥哥，但大敌当前，我也不能因私废公，我把他交给长官处理。"萧涛毕恭毕敬地说。

副师长欣慰地笑了笑。

"萧参谋，你做得非常对。没有内奸，我们那些兄弟不会死。好，好，袁强呢？"

袁强从后面走了过来，朗声说："长官，我在这里。"说完他附在副师长的耳边，低声说，"萧家是当地大户，我们是不是……杀了他没有任何意思，你说呢？"

副师长朝他嘿嘿地笑了，走到萧波面前，点燃了一根烟，面无表情地说："萧波，你弟弟大公无私，想不到外人倒替你求情。好吧，看在你弟弟的分上，你把城里的内线说出来，我就给你一条生路，怎么样？"

"我不知道，我什么也不知道。"

"好，你嘴硬，我让你硬到底。"副师长一挥手，师部警卫队长就走了上来，带人把他捆在了外屋的树上，脱光了上衣，挥起鞭子，不停地抽着，打得萧波背上脸上，到处是一条条的血痕。

容梅儿带着萧冰进了门，他一看到儿子打成这个样子，扑通一声跪在副师长面前，哆嗦着说："长官，看在我家老二的分上，你就饶他一命吧。我出钱出粮。现在正是用人之际，你不能杀他呀！"说完又转身诅咒着萧波，"你这个孽子啊！做什么不好，为什么非得跟日本人做事呢？他们杀我们的人，烧我们的屋，强奸我们的姐妹，你……你还有没有一点良心啊！"他痛心疾首。

"萧老，不是我不给你面子。常德城已经被日本人炸成这个样子，你也是中国人，对于汉奸，我想你应该知道如何对付。我告诉你吧，他和城里的内奸勾结，弄得我们死了好几百名兄弟，你让我如何向那些死去的亡灵交代。萧波，你不说，我也没有什么耐心了。那就送你上路吧。"副师长显然失去了耐心。

"别，别，别。"

萧冰拖着他的手，哭着说："让我劝劝那个孽子，你……你给我一点时间。"

"好吧，好吧。"副师长一挥手说，"给你一点面子，晚饭之前他要是不说，我们只好送他上路了。袁营长，交给你了，我警告你，出了差错，军法从事。"说完走进了指挥所。袁强和警卫队长把萧波押到了另外一个房子里，派人看守着。

萧冰走到萧涛面前，给了他一个大耳刮子。

"你这个浑蛋，亲兄弟你都做得出来，还不如你媳妇呢。不是她跑

第五章 生死情仇

175

到家告诉我，你哥哥他就……你竟然做得出来。"萧冰气得呼呼直喘气。

容梅儿走上前，拉住他的手，"爸爸，萧涛也是没办法，他责任在身啊！你看能不能说说，给点钱，把哥哥放了。"

袁强也走到容梅儿身边，笑着说，"我是看在萧老弟和梅儿的分上，当时我就想大事化小、小事化了。现在不行了，连长官都知道了，恐怕……不行。梅儿，我们到外面聊，让他父子好好劝劝你哥哥，如果他能说出那个跟他接头的人，我倒可以向长官说说，给他留一条命"。说完拉着容梅儿的手向外走去。

萧涛和父亲走进了房间。

"哥哥，也不是兄弟无情，你跟日本人做事，把祖宗的脸都丢干净了。你想想看，你是常德城里长大的，日本人把常德城都炸得不成样子了，你扪心自问，你还有没有半点良心？说吧，那个跟你接头的人是谁？只要你说出来了，我想我也会跟师座说说，留你一条命。"萧涛尽量把话说的明白。

父亲也劝道，"波儿，你弟弟的话也不是没有道理。你做什么事不好，怎么……可以做汉奸呢。听我一声劝，告诉他们，那个跟你接头的人到底是谁？你……你难道要为了一个不相识的人，把命都搭进去吗？"

"我不知道。"他仍然不肯回答。

萧涛哼了一声："你真的想做他们的烈士。"

萧波看了一眼萧涛，冷冷地笑了。萧涛问："你笑什么？""弟弟，我告诉你，你我都是一个像一只小虫一样的老百姓，是死是活，对这个国家都没有什么大的作用。你看看遍地的尸体，人是什么，连条狗都不如。我只想好好地活着，活得体面一些而已。我告诉你，我就是说出那个接头的人来，我也是死。常德城是保不住了啊！我们家这么多财产、田地，都能带走么？我们还不是要在这块土地上生活着。到那个时候，这里就是日本人的天下了，我们是打不过日本人的。为什么要跟日本这样死命地拼呢？听我话，你放了我，我们一块到日本人那里吃香的喝辣的，一样过得逍遥。"

"啪。"

萧涛再也听不下去了，挥手给了他一巴掌，"我真为你感到无地自容。我不知道萧家出了你这样一个败类。爸爸，你看他说的是什么话？他连条狗都不如，狗还知道看家护院，他却引狼入室，为虎作伥。好了，我也不劝你了，看在你是我哥哥的分上，我会给你收尸的。"萧涛气得蹲在地上，十分痛苦。

萧冰站在儿子面前，苦苦乞求，"你不看在我的面上，总要想想你妈妈吧？她十月怀胎，生下你，一把屎一把尿把你带大，不知道吃了多少苦啊！她要知道你不在了，让她怎么活呀？难道你真的是铁石心肠，难道日本人会养你一辈子？儿子啊！人活着做什么都可以，就是不能做汉奸，那样的话，会让别人掘了我们家祖坟的啊！"他们两个人仍然想劝他回头。

5

袁强和容梅儿也说得投机。

"梅儿，看样子萧波的确是当了汉奸，这样的人，死了活该。梅儿，我弄不懂，你救他干啥？又不是你亲哥哥，何必呢？"他劝道。

容梅儿倒在他怀里，一听他的话，转身吊在他脖子上，媚媚地说，"你可答应过我的，帮我把他救出来。可不要后悔啊！我的便宜也不是那么好占的。"

袁强苦苦地咧了咧嘴，"我那不是……如果他确是汉奸，我可不救他，小日本太可恨了，我是军人，决不。"

"你不要我了？"

她这样一问，袁强愣了一下，立刻堆满了笑。

"要，要啊！我一想起你，就浑身哆嗦。走吧，也不知道明天是死是活，我们找个地方乐一下。"说完也不管对方同意不同意，拉起她就走。常德城里十家九空，他们转身就进了一幢空房子，找了个地方，

急不可耐地做了起来。容梅儿为了救萧波,只好让他折腾。

"你说了的话可要算数啊!"她再次叮嘱。

袁强得到了满足,高兴地说:"算数,算数……梅儿,我越想越有些不对劲,你为什么那么用心救他呢?你告诉我,你认识他?还是……没有关系的。只要你说出来,我仍然救他,我心里总有些不解。"他一边往外走,一边问道。

"你……"她急了,"好吧,袁营长,我的确是认识他,但他是不是汉奸我不知道。萧涛不好说,只好让我出面了。就是这么回事。你帮不帮这个忙吧,你要是不帮,就怪不得我了。"说完她掏出手枪,瞬间变了一个人,嘿嘿地笑着瞄准了他。

袁强明白了怎么回事。

他看了她一眼,不屑一顾地笑了,点燃了一根烟,"梅儿,我看你就是那名内奸,萧波是跟你接头的,是吧?你在看见萧波的第一眼,我就发现你们不但认识,而且相当熟,我没有猜错吧。告诉我,前几次情报是你送出去的吧,让我们死了好几百个兄弟。放下枪吧,那个东西不是娘们玩的。只要你答应我不再干,我就免你一死,我实在有些舍不得你。"他连拿枪的准备都没有。

"你……做梦吧。"

袁强还是不解,"你为什么要帮日本人做事?"

"你……真不帮我?"

袁强摇了摇头,"我喜欢你是一回事,帮你又是另一回事。我是军人,永远都不会替小日本做事的。"他想走过去夺她的枪。容梅儿倒退一步,枪响了,他摇晃着站了一会儿,就倒下了。

6

八架日军飞机开始对常德城进行轰炸。

"嗡嗡"的声音像苍蝇一样在常德上空飞着,高射炮阵地"哄哄"

地射出了几发炮弹，肉眼都能看得到，炮弹离飞机还有一段距离。小日本知道国军的武器不行，根本不把那几发炮弹放在眼里，还故意地在国军的阵地上飞了几个来回，这才投下了数不清的炮弹。城南、城北、城西、城东，到处都是黑烟，火焰，枪炮声，轰炸声，人喊马叫声，男女哭喊声，乱成一团，对那些经历过战争的将士们来说，这样惨烈的场面都是少见的。

萧家父子劝不动萧波，又不见袁强回来，就让人守着，萧涛来到师部，报告了审问情况。他低着头说，"看来他的确是汉奸，他不肯说接头的人，我看只好按军法从事了。"

副师长点了点头，拍了拍他的肩膀，同情地说："萧参谋，你是好样的。这样吧，这件事我交给警卫队长办吧，你们是兄弟，总有些……是吧，你尽职了，师座回来了，我会向他报告的。"

"是，长官。"他一个立正。

副师长把警卫队长叫进了房间，交代了注意事项。战争年代，枪毙一个人是一件十分简单的事。队长答应了一声，就带着几个全副武装的士兵，押着萧波往城郊走去。容梅儿一看是这样，疯了一样拉住萧涛的手，哭着说："你，你这样……难道你不救你的亲哥哥吗？爸呢？"萧涛脸色刷白，委靡地坐在一块石头上，一言不发。容梅儿顾不得这么多了，马上朝萧波追去。

"萧波……"

已经被押到了城郊的萧波，站在一块草地上。警卫队长看见一个穿着国军衣服的女人追了过来，忙问是做什么的。边上的士兵说，他是萧波的弟媳妇，队长一挥手，让她过去说几句话，自己带人站在离萧波二十米远的地方，看着他们两个说话。

"萧波……"

她拉住他的手，欲哭无泪。

"你放心走吧，我会照顾好嫂子和孩子的。爹我也会照顾的。"

"梅子，希望你说话算数。不是为了孩子，我……唉！我无颜面对祖宗啊！你走吧，求你保全我弟弟，他是我们萧家的唯一啊！"萧波闭上了眼睛。

容梅儿颤抖着，一步三回头往回走，还没有等她走出十步，枪响了，萧波像一堵墙一样倒在那里。警卫队长也没有检查是否打死了，带着人走了。

容梅儿看了一眼萧波的尸体走了。

毕竟是父子，萧涛跟萧波毕竟是亲兄弟，他们雇了几个人来收尸体了。到处是枪炮声，他们就那样草草地挖了个坑，把萧波埋了。父亲不理二儿子，看着萧涛就生气，埋完大儿子的尸体就回城里去了，只有容梅儿站在萧涛面前，看着他肝肠寸断的样子，心里有些不忍。城郊到处是弹坑和被炮弹炸断的树木和田地，南方的雨水多，路上泥泞不堪，只有被炮弹翻过的油菜地，那金黄色的油菜花仍然是那样鲜艳，在灰暗的天空里，格外引人注目。常德本来是一块肥沃丰腴的土地，它的天空本来是格外妖娆，可日寇的铁蹄，残酷的战争把这一切都毁了。

"萧涛，原谅我的冒昧。"

站在他面前的容梅儿，低下头，一副做错了事的孩子模样。"我觉得他是你亲哥哥，就求了袁营长，我……我知道自己不应该这样做，应该跟你商量一下，我……"她看着自己的脚，使劲地踩着脚下的泥巴。

萧涛看了她一眼，猛地把她搂进了自己的怀里。

"梅儿，不怪你，你没有做错什么，我也没有做错什么。大敌当前，我们中国人决不能为小日本做事，帮助他们杀中国人，如果那样，我们就要遭天打雷轰，地下的祖宗得知，会骂我们是不孝子孙。只是他毕竟是我亲哥哥，我……我这心里有……有些不好受。我知道袁强是看在你的面上，我了解他那个人。梅儿，不怪你，真的不怪你。"萧涛吻着她的面颊，十分动情。

"回家吧，萧涛。"

容梅儿扶着委靡不振的萧涛往回走。刚走进城里，一个认识的士兵跑过来报告，"萧参谋，袁营长不知被什么人打死了，师座大怒，正到处找你呢，你还不赶快回去。"萧涛一听袁强死了，大惊，连忙推开她的手，接过士兵递过来的缰绳，跟她说了一声，"你忙去吧，我走了。"他骑上马，跟着士兵奔驰而去。一走进师部大门，正听着余程万对警卫队长发火，说奸细就在我们身边，否则，凭着我对袁强的了解，他绝不会死。

"师座。"萧涛怯生生地站在他面前。

余程万转过身，双眼马上温和了一些。

"萧参谋，我听说了你的事。你大义灭亲，做得好。袁强死在师部附近的一间民房里，是被手枪近距离打死的，我感到他肯定发现了什么，这样分析来看，那名奸细很有可能在我们周围。你要加强警戒。现在我任命你为特务营营长，负责全城的搜查和警戒工作。"说完朝外屋喊道："段天标，你过来。"一个长得五大三粗的汉子走了进来，笔挺地朝余程万敬了个礼。他介绍道，"他叫段天标，跟随我多年，对党国十分忠诚，他做你的副手，我再从警卫队给你抽一个加强排，这样，你们特务营也有一百多人了，好好把它整编一下，除了负责我刚才说的事以外，还负责师部警卫的外围工作，明白吗？"

"明白。"两人同时敬礼。

"好，很好。"余程万很满意，"去吧，把部队调配一下，下午五点钟，萧营长过来参加军事会议，我要把明天的战斗情况布置一下。"两个人离开师部，骑着马来到郊外，把没有牺牲的人重新进行了整编，把一百多人分成三个连，一部分负责守卫出城的路口，其余的在城里进行巡逻，另一部分作为机动。

"段营副，希望以后我们真诚合作，把师座交给我们的事做好。你主要负责路口进出的人盘查，发现可疑的人，马上带回营部，我重点负责在城里巡逻和师部的保卫，我要好好查查，一定要把杀害袁营长的凶手抓到。"萧涛对他说。

"是，萧营长，我听你的。我是个粗人，一切听你安排。"段天标响亮地回答着。

萧涛与他聊了起来。问他是哪里人，什么时候参加队伍的？段天标说，我是东北人，家乡被日本人占领了，父母也被他们杀害了，我就一路跑到了南方，碰上了余师长的队伍，我就一直跟着他。萧涛点了点头，说小日本不知杀害了我们多少中国人，大好的河山被他们弄

第五章 生死情仇

成这个样子，唉！这真是中华民族的耻辱啊！战争爆发前，我在一所语言学校读书，我的老师是一位留德的教授，他对我说，国家都这个样子，我们男人唯一要做的，就是拿起枪，把侵略者赶出去。我就参加了国军，我是要求来常德前线的，这是我的家乡，作为在这块土地上长大的男人，我有一份保卫家乡的责任啊！"

段天标默默地点了点头。

"萧营长，时间不早了，你还是赶回师部参加会议吧，看看师座有什么新的指示。这边的事你就放心好了，有我呢。"段天标看着天色不早了，劝他早点走。萧涛点了点头，又交代了一番，就带着通讯员走了。

余程万站在露天的院子里，对着那些刚从前线赶来的指挥官说，"岩永旺这个狗日的已经到了城郊的柳叶湖，明天长生桥一带肯定有场生死之战。我准备从预备队抽调一部分人支持那边的阵地，我们人在阵地在，誓与常德共存亡。兄弟们，有什么遗言就写下来，我派人送回后方去，只要我们活着，我们决不让小日本占领我们一寸土地。死，也要死在战场上，要像一个中国人那样死去。"余程万的声音在常德城上空回响。

7

常德北郊，柳叶湖。

日军第一一六师团长岩永旺中将，常德人恐怕永远也不会忘记这个名字。这个沾满了中国人民鲜血的刽子手，永远都把战争看成最大的乐事，谁也记不清楚死在他手里的中国人有多少。柳叶湖周围是富豪留下的大宅院，岩永旺就驻扎在这里。虽然是战争期间，他也不忘享受。他斜卧在雕花木床上，窗前的湖光山色，竹枝菊影让他想到了富士山，想到了东京的银座，想到了那些迷人的女人。部下搞来了腊肉熏鱼，他闻到了大声叫好，又让跟着他的汉奸们寻觅花姑娘，他要尽情品尝江南水乡的美味。晚上，汉奸们真的给他找来一个绝品的女人，据说是长沙城里醉花楼里的名妓，叫一枝花。

岩永旺一看到一枝花就醉了，对她赞叹不已。她长得高挑的个头，白净的皮肤，高耸的胸乳，一对媚眼左顾右盼，闪闪生辉。"花姑娘大大的好，大大的漂亮。"岩永旺翘起了大姆指。他让部下在房间里生着了炭火，把她轻轻地扶到铺了被单的椅子上，让她脱光衣服。一枝花以为他要跟自己睡觉，痛快地脱了个精光。望着眼前的美女，看着她那光洁的胴体，岩永旺浑身颤抖起来。

"你的，把大腿分开，翘起来。"

一枝花一愣，不知道这个日本鬼子要做什么。嚷道："你是猪呀！没有见过女人吗？要睡就睡，有什么好看的。"

岩永旺没有听懂她的话，仍然笑眯眯地说："你的，美美的，好的，好的花姑娘，金钱大大的有。"他伸过头去，仿佛要看清她下面长得什么样，一枝花被激怒了，收回双腿，朝他"呸"地吐了一口痰，吐得他倒退三步。

"猪啦，狗啦，连猪狗都不如啦。"她诅咒。捡起了衣服，连身子也不让他看。

"八格牙鲁！"岩永旺被激怒了，拔出了手枪，对着她号叫着，威胁要枪毙她。一枝花害怕了，一边扭动着腰枝，一边嗲嗲地说，"你嚷什么啦，你要睡就睡啦，我是人不是畜牲。好，你要看就看吧，那个地方又没有长画。"突然，她一转身，朝岩永旺撞了过去，一下子把他撞得倒在地上，快步奔向床前挂着的那把战刀，快速地拔了出来，往自己雪白的脖子上一抹，鲜血把床单溅满了。

"八格牙鲁！"岩永旺也惊得跌坐在地上。

部下跑进来，把他扶了起来。岩永旺摇了摇头，叮嘱下面的人把她埋了。一个参谋人员站在他面前，递上了明天的作战计划。他看了一眼，放到一边。"你的，想办法跟佐木梅子取得联系，看看余程万部有什么新的计划没有，再修改，你的明白。"参谋一个立正，答应了一声转身往外走，走到门口，又被岩永旺喊住了。"你的记住。她是我们帝国之花，任何时候都要保护好她，你的记住。"

"嗨。"部下答应一声,转身布置去了。岩永旺被一枝花弄得心情不好,点燃了一根烟,走到了湖边,看着不远处烟雾弥漫的常德城,听着零星的枪炮声,露出了微笑。

开完军事会议,萧涛回到了家。

母亲已经被他气得病倒在床上,父亲也坐在那里,像石雕一样。他怯生生地站在他们面前,低声说:"爸爸妈妈,我知道你们要说什么,我也不想解释。明天长生桥要有恶战,如果失守,日军很快就要进城了。"他把容梅儿拉到自己身边,交代说:"我是军人,梅子也是军人,我本想……现在哥哥不在了,弟弟又不知在什么地方,梅子怀了我的孩子,为了给萧家留后,实在不行,你们就带她走吧。"

萧冰一听梅子怀了孩子,双眼放光。哆嗦着说:"菩萨保佑,菩萨保佑啊!孩子,没有问题,我们马上准备,我一定带着梅子离开常德,我就是拼着这条老命不要,也要留住萧家的根。梅子,你就听话,这几天就在家待着。"母亲也从床上爬了起来,欣喜不已,还亲自下床,给容梅儿煮鸡蛋吃。

晚上,望着窗外的星光,容梅儿说:"萧涛,你真的要让我走吗?你真的不让我在你身边吗?我……我离不开你,我说过了,生生死死都要跟你在一起。"

萧涛吻着她的脸,抚摸着她无与伦比的身体,闻着她身上散发出来的淡淡的香味,陶醉了一般。"梅儿,就算我求你了,为我们萧家留一条根吧。留下一个抗日的英雄。我也离不开你。梅儿,自从我们认识后,你带给我的欢乐是我这辈子没有过的。你给我的生命注入了新的活力,比起那些战死的将士,我不知道要好几百倍。你也许不知道,那些死去的士兵,绝大多数都只有十几岁,大的也就二十几岁,他们一辈子也不知道女人是什么滋味,就这样走了。就说袁强吧,离开家都有好几年了,连女人的味道都没有闻过,他也是男人呀!而我,天天搂着老婆,我值了,就是死了也值了。"萧涛感慨万千。

"涛,来吧,好好享用我的身体,我是你的,我生是你的人,死是你萧家的鬼,到哪里我都会记住你的。难道明天的战斗真的有那么惨烈,长生桥真的守不住……"她一边搂住他一边问道。

萧涛断断续续把明天战斗部署讲了一遍,说我们准备派部队支持长生桥,我估计很难守得住啊!做完爱,他也累了,倒在她身上,一会儿就睡着了。容梅儿轻轻地把他的手从自己身体上移开,为他盖上被子。容梅儿穿好衣服,悄悄地出了门,走进了幽静的夜色里。

8

天刚蒙蒙亮,长生桥的战斗就打响了。

一波接一波的日军像浪一样向长生桥涌来,他们要打通进入常德的通道。固守在那里的是国军的一个营,说是一个营,总共也不到一百个人,不到一个小时,他们就打退了日军四次大的进攻,日军的尸体像稻草一样倒在水田里,小溪、池塘、水沟,除了尸体还是尸体,那艳红的血水在太阳的辉映下,显得格外惨烈。士兵们已经打红了眼,不吃不喝,一对血红的眼睛只死死地盯住前面的日军。踞守在长生桥前面熊家阵地的副营长李少轩,带着五六个兄弟,拼死抵抗,五十多个日军像潮水般涌了上来,他们把手榴弹扔出去后,也只炸死了十几个日军,但他们仍然嗷嗷叫着往上冲,李少轩端着刺刀,浑身就像一个血人一样,与一个日军拼上了刺刀。涌上来的日军被李少轩的英勇惊呆了,号叫一声一起把刺刀扎到了他身上,他在临死的那一刻,双手还死死掐住日军的脖子,与日军同归于尽。

久经沙场的岩永旺做梦也没有想到,国军有这样的战斗力。他们以班为单位,抱定了必死的决心,日军每攻下一个阵地,都要付出惨重的代价。他看着倒在水田里的日军尸体,想到那些远在他乡的父母,心中也有些怜悯。他命令部队暂时退下来,让炮兵把长生桥阵地炸烂,他要用小的代价,换来大的胜利。

在国军的指挥所,余程万也在暴吼:"接应长生桥的部队呢?怎么还没有到达阵地?到底是怎么回事?"一个参谋跑进来报告,说部队出城还没有走出几里地,就遭到日军小股部队的伏击,不是他们跑得快,

恐怕全完了。

"你说什么？"余程万瞪大了眼睛。不解地说："那个地方还是我们的防区，怎么会有日军的部队，难道他们知道我们的行动计划……"余程万感到脊梁骨冰凉，让参谋告诉萧涛，让他抓紧调查，一定要把那个内奸抓出来。

长生桥的国军得不到支援，仍然拼死抵抗，他们与日军展开了白刃战，一时间，血雨腥风，十分惨烈。岩永旺把预备队全部压上去了，国军两个营的兵力，除极个别退下来外，几乎全部战死沙场。国军长生桥防线被日军占领了，他们离常德城只有一步之遥。站在长生桥上，常德城里的青瓦炊烟一目了然。

岩永旺看着常德城，半天无语。

余程万根本没有想到退路，他要固守在这里，与常德城共存亡。所有的将士没有一个逃跑的，他们表现了中国人视死如归的气概。

长生桥的失守，深深地刺激了萧涛。

他的职责不允许他走上前线，与日军拼个你死我活，但是，师座的训斥，兄弟们的战死，萧波的汉奸行为，都使他感到十分内疚，觉得自己工作没有做好，对不起一个军人的起码的良心。段天标看出了萧涛的心思，劝道，"萧营长，长生桥的失守，与我们关系不大，就是支持的部队能上去，也挡不住小日本的进攻，他们人多，武器又好，失守是早晚的事，师座只是说说，你也不要太认真。"

"段营副，我不是说长生桥的事，我是说日本人是怎么知道我们的部队会走那条小路支援长生桥阵地，昨天召开的会议，也没有几个小时，参加会议的人员也是数得着的，绝不可能呀！我了解那些参加会议的人，他们在常德城没有一个亲戚，除了我……"一说到我，萧涛怔住了，是呀！除了自己是常德人之外，整个师也没有一个本地人呀，难道……一想到这里，他头皮发麻，陡地站了起来。

"萧营长，你怎么了？"

萧涛连忙问："段营副，昨天晚上你没有发现什么可疑的事吗？我是说，有没有人出城？"

段天标摇了摇头说，"老百姓都跑光了，就是留下来的老头老太太，也不敢天黑往街上走呀！除了我们部队的士兵，街上见不到一个人。"他还说，"黑灯瞎火的，这么大的城，谁能看住往外走的人呀！"萧涛一想也是，怎么可能看得住呢。

"不管怎样，我们还是要加强巡逻，如果确实有内奸，我想总会发现的。段营副，我们每个人带一个班，分开巡视。"他交代说。段天标点了点头，带着人，骑着马走了。萧涛骑在马上想，会是什么人跟日本人有联系呢？萧波会有可能跟谁联系呢？想到这里，他突然想到容梅儿在萧波的问题上的态度。难道是她……

"不，绝不可能。"

萧涛摇了摇头。容梅儿也是站在我的角度这样做的，她没有什么错。我跟萧波毕竟是亲兄弟，她作为我的老婆，乞求放了萧波，是再自然不过的事了。何况她肚子里还怀着我的孩子呢。怎么可能把她跟日本鬼子挂上钩呢？正在他思索之际，父母扶着已经换上了老百姓衣服的容梅儿走了过来。

"你们怎么回来了？"他问。

萧冰长叹了一口气，无奈地说："孩子呀！常德城四面都被小日本包围了，我们刚走出城，那子弹就呼啸着过来，吓得我跟你妈魂都丢了。我们还是先回家再想办法吧。涛儿，你也要注意点，日本人太强大了，千万不要拿鸡蛋往石头上碰啊！唉，我要当时跟戴县长他们走了多好，现在想走也走不了。"

容梅儿扶着萧冰，叮嘱说，"我跟爸爸妈妈先回家，你也注意些。长生桥已经失守了，日军很有可能要向水星楼进攻，我看他们攻进常德是早晚的事啊！萧涛，我们走了，你注意些。"容梅儿扶着两个老人，慢慢地往家走。

萧涛神情有些恍惚、悲伤。

一群缺胳膊少腿的士兵从战场上下来了。他们个个神情木然，面色苍白，看得出前线战斗的惨烈。一个满脸绷带的军官喊了他一声，他从马上下来，几乎不认识。"萧老弟，不认识我了，我是程麻子呀！"萧涛"啊"了一声，愣愣的。程麻子是他原来的同事，后来调到余程万师当连长，他来以后，就没有看见过他。

"程大哥，原来是你呀！怎么样，前线很吃紧吧。"他关心地问。程麻子叹了口气，问他有没有烟。

萧涛赶忙掏出烟，全塞进他手里。他点燃一根烟，仰天长叹。"日军这次进攻常德，动用了五个师团，仅靠我们五十七师，常德是保不住的啊！接应的部队也不知道怎么了，还上不来。我们的失败就在于我们不团结啊！拧不成一股绳，否则，五千年的华夏大地，怎么……怎么能容小日本如此猖獗。国之不幸。国之不幸啊！"他连连摇头走了，也没理萧涛。

"程大哥……"

程麻子好像没听见一样，一瘸一拐地走了。萧涛回到师部，只见人来人往，水星楼危急，余程万已经没有时间听他的汇报了，只交代他，抓到了奸细不用报告，就地正法。万一常德城失守，保卫师部往后撤退，如果失去了联系，那一百多个人就交给他了，由他指挥向军部靠拢。从师部出来，他突然看到一群穿着日军军服的士兵，一问，才知道他们准备迷惑日军，给对方来个措手不及。

水星楼是东南城墙上一个箭楼，如果日军占领了它，那么常德城就在日军的射程之内，根本无法抵抗。守方和攻方都明白这一点，所以，争夺水星楼的战斗异常惨烈。余程万一方面派人支援水星楼，另一方面派那些冒充日军的士兵在河边的退路上等着，这一招果然奏效。那些失去指挥官的士兵根本没有像日军先前估计的那样，会跑的跑，散的散，他们哪怕是一个人，也拼死地战斗着。大部队一来，日军抵抗不住了，哇哇叫着向后面的江边跑，想再次组织进攻，他们以为穿着日军军服的国军是自己人，一点防备都没有，被国军打了个正着，两百多人一下子躺在那里。

水星楼战斗以日军失败而告终。

战斗空隙，城里城外死一样寂静。

萧涛把一百多个弟兄召集在一起，传达了师座的命令。他特别交代，对那些小股进城的日军，发现一个杀一个。为了把牺牲降到最低程度，他把人员编成六人一组，两组一队，万一城被攻破，以游击的方式与敌人周旋。段天标说："萧营长，你放心，我们绝不会当俘虏的，杀一个够本，杀两个赚一个，你放心好了。"吃完晚饭，萧涛还是不放心，又带着人到城里巡视了一遍，看看没有什么动静，就对段天标说，我回家看看，没有什么事再来。城里的粮食已经不多了，段天标说，"弟兄们这几天都没有吃饱，如果你家里有吃的，就弄点来，要不，小日本进来了，也喂了狼。"萧涛答应了。

萧冰看见儿子回来了，十分高兴。

母亲把藏起来的腊肉也拿了出来，做了几个好菜看着他吃。容梅儿也坐在身边，看着风尘仆仆的他，双眼露出一种少有的爱怜。父亲说，"我已经联系好了，花钱雇了几个县里警卫队的人，明天一大早就从西边保护梅儿突围。我看了看，西边是河，比较隐蔽。梅儿也同意了。"萧涛点了点头，交代母亲把家里的鸡蛋全煮了，等一下他带走。

"看你累的，休息一会儿再走吧。"容梅儿劝道。

"是啊！是啊！今天晚上挺静的，看样子小日本今晚是不会进攻的。你好好休息一会儿吧。这可恶的日本人，不在家待着，跑到我们这里来做什么？"萧冰弄不懂小日本跑到常德为了什么。

"不行，我还得走。"萧涛摇摇头。

"……那也得等我把鸡蛋煮熟了再走吧。我再把腊肉都弄熟了，等下你带给弟兄们，唉！他们太辛苦了。"母亲念叨着。

萧涛同意了，吃完饭，容梅儿就陪着他进了自己的房间休息。萧涛的确是太累了，抱着她亲了一下，就倒在床上，"梅儿，我休息一会儿，你到时候叫我。"容梅儿也依偎在他身边躺下了，她攥着他的手，一会儿也睡着了。

夜空中的乌云在慢慢地散去，月亮好像被云捆住了一样，挣扎着从云雾中露出半张脸。一会儿刮起了风，吹得呜呜地响，风吹过来的，除了炸药的味道就是血腥味。谁也不知道明天是个什么样，谁也不知道明天自己还能不能看到天上的月亮。萧涛的父母双双跪在菩萨面前祈祷，但愿上天能保佑自己的儿子和那没有出世的孙子平安，哪怕把自己万贯家业献上也值得。中国人从来都是善良的，他们活着的唯一目的，仅仅就是平安。

第五章 生死情仇

9

夜色很深，很沉。

萧涛一觉醒来，也不知道是几点了。他翻身起床，这才发现自己的衣服已经被容梅儿脱得精光。他笑了笑，发觉躺在自己身边的容梅儿也赤裸地侧躺在那里，睡得十分香甜。萧涛亲切地拍了拍她的脸，点燃了灯，这才仔细地观察她的身子。她发丝乌黑，眼睛又大又亮，胸乳高耸而圆润，透出一种足以冲垮任何男人的性感。他低下头，吻着她的身体，感到在这死亡线上，上帝赐给了他这样好的一件礼物，他一生一世享用不尽。

"梅儿，我爱你。"

萧涛在心里念叨。为了你，我也要像个男人那样活着。如果走不出去，我们就死在一起，生生死死，永不分离。容梅儿身子动了一下，脸上泛起了笑容，好像在做着一个梦。突然，她说出了一句让他魂飞魄散的话："AH, ICH, LIEBE, DICH。"萧涛目瞪口呆，简直不敢相信自己的耳朵，自称是中国人的容梅儿，竟然说出了德语"我爱你。"懂得德语不多的萧涛，对这句话还是十分熟悉的。

"她是日本人……"

萧涛脑子一片空白，不知如何是好。他猛地搂住她，不停地亲着吻着，喊着 AH, ICH, LIEBE, DICH。容梅儿从梦中惊醒，被他的热情所燃烧，也不停地喊着 AH, ICH, LIEBE, DICH。AH, ICH, LIEBE, DICH。喊完以后，她也愣了，看着他那对迷惘的眼睛，呆呆的，不知所措。

"萧涛，已经这样了，我也不瞒你。我是日本人，叫佐木梅子，在德国留过学，是日本军部特意派到中国来的。是你哥安排我到你身边的，他也为日本人做事。萧涛，我钦佩你身上的民族气节，我很爱你，这是真话，如果不是我们都为着各自的民族，我真想跟你白头偕老啊。"佐木梅子显得十分悲伤。

"穿好衣服吧。"他冷冷地说。

她赤裸地扑到他身上："你真的要杀了我？"

"我别无选择。"

她长叹了一口气，麻利地穿上衣服，萧涛押着她往外走。刚走到门口，就看见了父母站在堂房中央，看着他们两个人。萧冰一看儿子手里的枪，惊呆了，疑惑地问："儿子，到底怎么回事？"

他转过头，叹着气说："爸爸，妈妈，原谅孩儿不孝，容梅儿是日本间谍，她的真名叫佐木梅子，她与萧波勾结，使我们牺牲了好几百个兄弟。我要军法从事，枪毙她。"

"什么，你要杀了她？"父母疯了一样地跑上来，抓住他的手，嚷道，"你这个不孝的子孙啊！你亲哥哥就死在你手里，现在你连自己老婆也要杀，我告诉你，我不管她是不是日本人，可她肚子里怀的却是萧家的骨肉，你要杀了她，就先杀了我们吧。"两个老人拦着儿子，站在她面前，生死不肯离开。

佐木梅子十分感动。

"爸爸妈妈，我谢谢你对我的关心。萧涛没有做错什么，他在履行一个军人，一个中国人的职责。我们都为着各自的国家而战，我死无遗憾，只是可惜了我肚子里的孩子啊！我和萧涛真挚地爱过，这就够了。人一辈子还图什么呢，有爱就够了。爸爸妈妈，让我走吧，下辈子我再做你们的儿媳，好好孝敬你们。"她的眼睛里，泪光闪闪。

"不，绝不。"

两个老人听了她一番话，肝肠寸断。扑通一声跪在萧涛面前。齐声说道，"就算我们二老求你了，放了她吧，看在她怀了我们萧家骨肉的分上。"

萧涛提着枪，扶起了父母，"你们不知道，由于她泄露了我们的军事秘密，我们牺牲了好几百个兄弟，我不杀她，天理难容啊！难道……难道别人的儿子就不是儿子吗？爸爸，妈妈，你以为我不难过吗？我告诉你们，我死的心都有了，我……我是那么地爱她，我这辈子不可能再爱别的女人，但我，我无法选择啊！"萧涛痛不欲生。

风闻

"不行，你不能杀她。梅儿，你快走。"

两个老人挡在面前，让佐木梅子快走。她看了一眼委靡不振的萧涛，似乎在等待着他的宽恕。萧涛也知道，他无法把她带走，否则，父母肯定要跟他拼命。他长叹一口气，对她说："好吧，梅子，我也是人，对你，我实在下不了手。就冲你肚子里的孩子，我给你一条活路，你马上走，我永远也不想看见你，如果让我再遇到你，我只能说一声对不起了。"她什么也没说，回到房间，收拾了几件衣服，拿着一个包，一会儿就消失在漆黑的夜色中。

10

萧涛拿着母亲煮好的鸡蛋，回到了部队。

段天标告诉他，日军已经在西、北、南、东四门做最后的准备，看来一场大战在所难免。他带着萧涛，来到南门，只见在漆黑的夜色中，漫山遍野都是鬼火一般的莹光，到处攒动着如潮的士兵。常德已经成为汪洋中的一座孤岛。两人都叹了口气，感到死亡越来越近了。他们把部队再一次作了分工，派了一些人支援最薄弱的东门。

天边刚露出一丝鱼肚白色，日军的进攻就开始了。代号"鲸"的日军四十师团调来了凶悍的户田支队，他们在四十多门大炮掩护下，六七千人向东门猛冲。萧涛不顾师座的交代，带着五十多人来到了东门，他双眼布满了血丝，攥着枪的手汗涔涔的。他把所有的愤怒，所有的仇恨都记在日本人身上。他要让日本人在常德这座古老的城市付出惨重的代价。他要让佐木梅子知道，中国人从来是不怕死的。为了国家的安危，他们可以付出一切。

战斗十分惨烈。

日军组织了一个三百多人的敢死队，号叫着往上冲。他们在猛烈的炮火掩护下，在炸开的缺口处涌了上来，守城的将士眼睛红了，一连串的手榴弹在日军中开花，但是，日军不但没有后退，反而踩着同伴的尸体，端着歪把子机枪，继续往上冲。两个山东的老兵抱着炸药包，号叫着，"萧营长，掩护我们，我们与小日本拼了。"他们不顾别人的劝阻，冲进了日军中，几声巨大爆炸声后，冲进城东门的三百多日军死了近一半。在人员装备落后的情况下，中国军人只能选择与日军同归于尽，战斗异常悲壮惨烈。

"这伙王八蛋。"

萧涛抱起一挺机枪，不顾个人安危，指挥手下的人，再次打退了日军的进攻。一个传令兵从城里跑了过来，高声喊着，"萧营长，师座让你回去，让你坚守自己的阵地，违令者军法从事。"

"我不走，我就守在这里，我要让小日本看看，只要我活着，他们休想走进常德城。"萧涛眼睛血红，根本听不进别人的劝阻。话还没有说完，几架日军飞机"嗡嗡"地飞了过来，巨大的爆炸声，机枪的呼啸声铺天盖地而来。一颗炮弹落在他身边，巨大的爆炸声把他掀倒在十米之外，他的脸上身上到处是血，他刚想喊什么，就昏死过去了。萧涛被部下强行抬了下来。

当他再次清醒过来的时候，发现段天标站在自己面前。"萧营长，师座对你不服命令的行为感到十分气愤，他说我们特务营是一把尖刀，要用在最关键的时候。他让我告诉你，我们是作为最后的预备队准备的，我已经让大家做好了准备，随时上阵地。"段天标提前冲锋枪，向他汇报说。

"好吧，段营副，就这么办。"

他让部下把他扶了起来，察看了自己身上的伤。还好，只有几处轻伤。他包扎好，与段天标一块来到部队，检查了部队准备情况，再次叮嘱大家要有必死的决心。他说到了国家需要我们的时候了。

11

晚上是异常的平静。

一天的进攻，双方都付出了惨重的代价，都需要调整，休息，补充兵员。余程万再次召集一些重要的军官，调整了兵力部署。经过几天的战斗，他带的八千名国军，已经剩下不多了，而援军迟迟不到。从黄埔一期毕业的余程万，在国军中也是老资格了，他知道援军是等不到的，只有自己救自己了。他告诉部下，作为军人，没有别的选择，只有报效国家了。

夜色沉闷，还刮着轻风。

晚秋的夜色里还是有些凉。萧涛不敢大意，骑着马，带着部下在常德城四处巡逻。营部安扎在城南的一座破庙里，那里也四处透风。转了一圈后，他回到营部，让部下捡了些干柴，在院子里烧了堆火。他坐在火堆旁，看着忽明忽暗的夜空，心里在想，容梅儿现在在哪里呢？难道她真的走了吗？还是仍然待在常德城里？萧涛情绪复杂，有一种难以言说的感情。他是爱她的，但他绝不能爱一个自己的敌人。在爱情和民族之间，他选择了民族。但他内心仍然是惶惶的，感叹命运总是这样捉弄他。

外面有乱轰轰的马蹄声。

"去看看，出了什么事。"

萧涛精神有些委靡，吸着烟，打发部下到外面看看。一会儿，部下跑了进来，说是抓到了一个日本间谍，段营副正在那里审问，他让我问你，是不是就地正法？萧涛一听，浑身激灵了一下，难道是她？他把烟头扔进了火里，跟着士兵来到了院外。外面也燃起了一堆火，一个披头散发的女人被捆在树上，段天标正站在边上审问着。他一看见萧涛过来了，马上站在一边，"萧营长，兄弟们巡视到城南头时，发现这个女人和一个男人正在那里嘀嘀咕咕，喊了一声，那个男人就跑，被我们打死了，我们把这个女人抓住了。我们从她身上搜出了常德城的布防图和兵力部署。"说完段天标把材料交到萧涛手里。

萧涛一看，千真万确。

他仔细一看，正是自己朝思暮想的容梅儿。她也认出了萧涛，吃惊的程度毫不亚于他。她似乎不想作任何申辩了。他看完了段天标递过来的材料，知道自己已经没有退路，任何人也救不了她。萧涛挥了挥手，让部下退了下去，自己走到了她的身边。

容梅儿朝他惨然一笑，露出无限的凄惨。小声说："萧涛，这就是战争。我跟你一样，没有选择。你知道吗，我是多么地爱你啊！你是唯一一个让我动心的男人。在你怀里，我享受到世界上从没有过的温馨，萧涛，这里的人除了你，没有谁知道我是日本人，你是这里的最高指挥官，我求你再饶我一次。我不是怕死，我是可怜我那望眼欲穿的父母和肚子里的孩子啊。"容梅儿脸色苍白，口气近乎绝望。

萧涛深知，在这么多部下面前，他没有理由再次不履行自己的职责。他朝她苦苦地笑了，想说什么，作了几次努力，终于什么也没说。这个时候，跟着萧涛的部下认出了容梅儿，他来到萧涛面前，悄悄地说："营长，这不是嫂子吗？她……她怎么做这样的事呢？你放心，我跟段营副说，放了她，又没有谁知道的。"说完他走到段天标面前，说了半天。

段天标把萧涛拉到了一边。

"萧营长，如果这个女人的确是你的老婆，我看算了。我听说你已经把自己哥哥枪毙了，再要这样，我都有些不忍。人心都是肉长的嘛，放她一马吧。说不准明天我们也报效国家了，让她戴罪立功吧，你说呢？"段天标动情地劝道。

那个部下也附和着说，"营长，我听说嫂子还怀了你的孩子，这更不能杀她呀！你下得了手，我都有些于心不忍啊！"

段天标一听说容梅儿怀了孕，更是坚决反对，"我们这些人都要断子绝孙，你好不容易有个种，不行，我们怎么能杀她呢？就这样，我把她放了。"段天标说着就要走。

"站住。"

萧涛声音不大，口气却异常严肃。他走到段天标和部下面前，拍了拍他的肩，异常痛苦地说："你们以为我不难过吗？我告诉你们，我死的心都有了。但是，我们的职责不允许我们这样做。你们知道吗？由于她的原因，我们几次行动计划都泄了密，好几百个弟兄死了，如果我放了她，我怎么对得起那些死去的灵魂。天标，我的好兄弟，哥哥谢谢你。我们没有选择，没有。这件事，我们没有退路。执行吧，

送她上路。"他蹲在地上，抱着头，痛不欲生。

两个人都为萧涛的大义感动。

他们一声不吭，默默地走向容梅儿。容梅儿知道已经无法挽回死亡的结局。她已经没有惊慌的神色，她对段天标说，"你叫萧涛过来吧，我想再见他最后一面。"段天标一挥手，带人站得远远的，他要留下这空隙，让他们作最后的话别。萧涛步履艰难，缓慢地走向她。

"萧涛，最后地吻吻我，求你。"

他愣了片刻，解开她的绳索，把她搂进了怀里，深情地吻着。四周一片静寂，连蛙声虫鸣鸟叫的声音也没有，站在十多米远的士兵也神情穆然，在火光的辉映下，看着这一对夫妻作最后的告别。容梅儿双手紧紧地箍住他的脖子，拼命地吻着。萧涛的脑子一片空白，像在地狱，又像在天堂。他抱住她，进入了一种忘我的境界，双手在她润滑的肌肤上穿行，在她高耸的胸乳上漫游，再次用手来读这本书，这本让他进入天堂又下了地狱的书。

"梅儿，不要怪我。"

"……不……不怪你，你已经给了我一次生命，我知道，你不可能给我第二次，我喜欢你的，爱你也就是如此。如果把你身体里民族大义抽走，把正义和职责抽走，你就不是中国男人。你知道吗，正因为你爱自己的祖国，我才这样爱你。我也一样，我为我的祖国而战。我虽然弄不懂这场战争的性质，但我不可能背叛我的神圣职责。我死无遗憾。"说完她从身上掏出一块玉佩交到他手里，说这是我父母给我的礼物，那上面刻有我父母的名字。如果你能活到战争结束，请交给我父母，谢谢他们的养育之恩。

"我会的，会的，梅儿。"他哽咽。

"好了，送我上路吧。萧涛，你保重，问爸爸妈妈好。"容梅儿挣脱他的拥抱，朝树林深处走去。萧涛双手掩面，朝段天标一挥手，他一点头，带着五个士兵跟在她后面。他转过身，看着心爱的女人在自己眼中一点点消失，似乎有千万只蚂蚁在慢慢地吞噬他的心，那种痛苦，是无法用语言形容的。

萧涛快要崩溃了。但是，军人的刚毅没有让他倒下。他知道士兵们正看着他,他咬着牙挺住了,脸上没有表现出任何异常的神色。一声清脆的枪声响了,这枪声,在战火纷飞的常德城夜空,没有任何异常。许久,段天标带人回来了,他告诉萧涛,已经把她埋在庙边的土坎上,我做了记号,打完这一仗你再处理吧。

"天标,谢谢你。"

段天标紧紧地握住他的手,恶狠狠地说,"你放心,我会让日本人双倍地偿还这笔血债的。萧涛,你做对了,我们一定与日本人战斗到底,那怕有一口气,也绝不投降。生是中国人,死是华夏鬼。"

12

一九九三年秋,常德、德山。

已经八十五岁高龄的萧涛从台湾来到常德,他在孙女萧蓉的搀扶下登上了德山。站在山顶,常德城尽收眼底。到处是高楼大厦,遍地树木葱郁,沟河纵横,流水潺潺。

"爷爷,这就是你战斗过的常德城吗?怎么没有一点战争的痕迹?"萧蓉好奇地问道。

萧涛仰着头,银色的发丝在微风中颤动。他望着远方,长长地叹了一口气。星流月转,风物已换,岁月已经遮掩了战争的痕迹,清新的空气中已经闻不到硝烟的味道。但是,在他的脑海里,五十年前的往事死死地刻在记忆里,生生死死,永远都不会忘记。

"孩子,我们下山吧。你叔叔还在山下等我们呢。"萧涛爱怜地拍了拍孙女的头,往山下走。

"爷爷,你……真的是你把大伯打死的吗?我听奶奶说,大伯是汉奸,你……"

萧蓉刚想问下去,被萧涛喝住了:"住嘴。"他不允许任何人问起这件事,他不允许任何人在家里提起常德这个地名。萧蓉一看爷爷的脸色,吓得不吱声了。来到山下,也已经八十高龄的萧浪正站在那里

等着他。

"哥……事情已经过去了五十年,你没有做错什么,梅子也没有做错什么,只是大哥他……人已经死了,就让他安息吧。原谅我,我找了多年,也没有找到佐木梅子的坟墓。"萧浪也有些感伤。

萧涛挥了挥手,"算了,那场战争死了那么多人,又有几个人让子孙们记住的。一切都过去了,我们都老了,但愿战争从此不再,但愿和平永远伴随着我们。"

他们来到城外那座庙前。

"文革"时,这座庙被扒了,后来又盖好了,原先埋葬佐木梅子的地方已经种满了松树。原先的痕迹已经找不到了。萧涛兄弟俩站在那里,默默无言。有谁能抚平老人心头的创伤?当人生的大幕缓缓地垂下的时候,他心中仍然回放的是几十年前的生死情仇。常德城平静了,毫无知觉,也许只有这里的山山水水能理解老人落寂凄楚的心境。"忘记过去,就意味着背叛。"这段生与死的历史我们是不能忘记的啊!

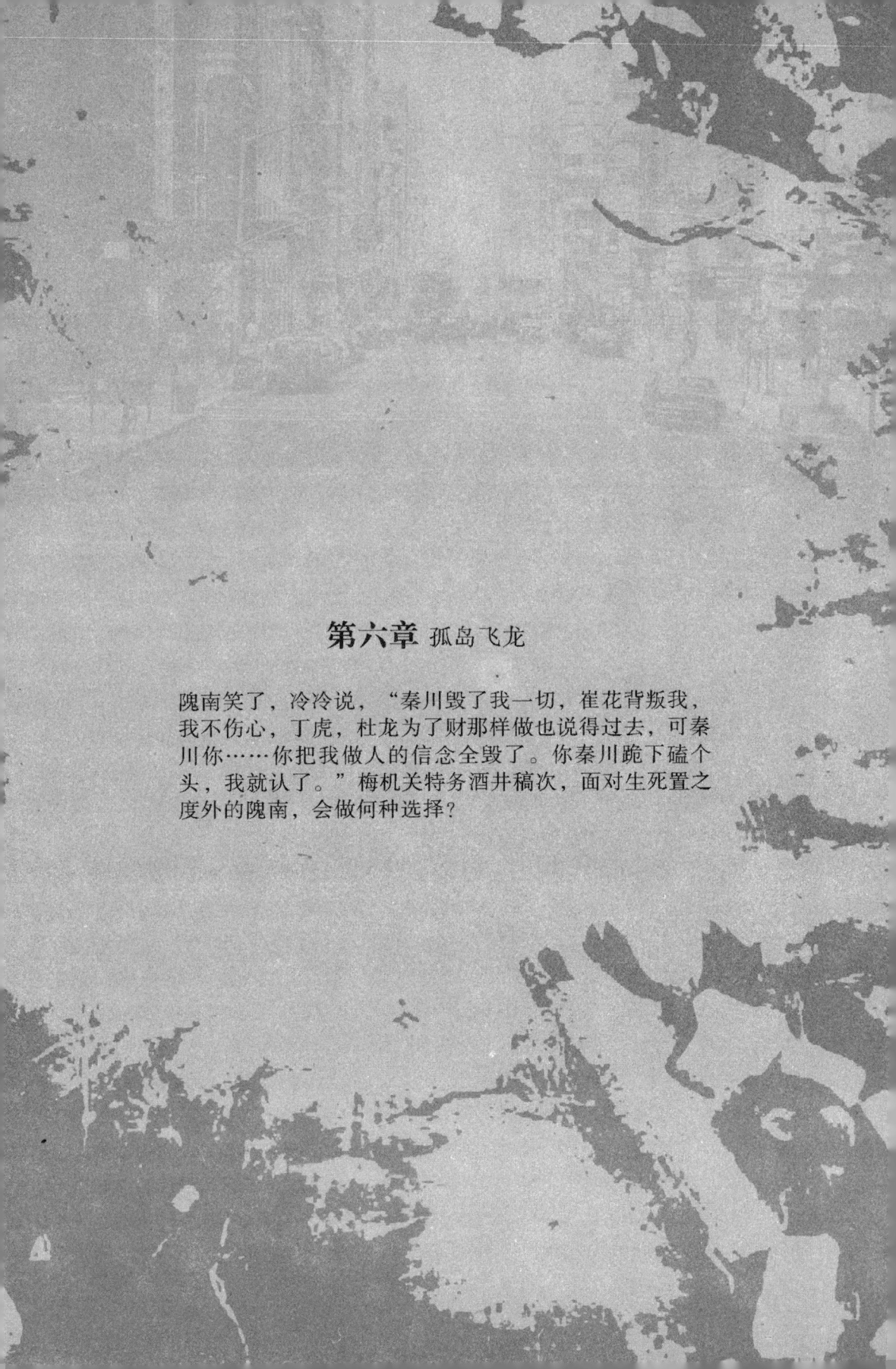

第六章 孤岛飞龙

隗南笑了，冷冷说，"秦川毁了我一切，崔花背叛我，我不伤心，丁虎，杜龙为了财那样做也说得过去，可秦川你……你把我做人的信念全毁了。你秦川跪下磕个头，我就认了。"梅机关特务酒井稿次，面对生死置之度外的隗南，会做何种选择？

第六章

孤岛飞龙

1

　　隗南笑了，冷冷说，"秦川毁了我一切，崔花背叛我，我不伤心，丁虎，杜龙为了财那样做也说得过去，可秦川你……你把我做人的信念全毁了。你秦川跪下磕个头，我就认了。"梅机关特务酒井稿次，面对生死置之度外的隗南，会做何种选择？

　　一九四四年，香港无名岛。
　　飞龙上岛的那天早晨天气格外阴森。
　　从海上席卷而来的风暴刚刚过去，又下起了连绵的细雨。那雨，看不见雨丝，片刻就湿透衣服，夹着从台湾海峡呼啸过来的风，凉透骨髓。岛上的树木笼罩在一片迷雾之中，空气中充满着霉烂气味，让人作呕。那座唯一的建筑，古堡似的监狱像个幽灵，在雾中若隐若现。监狱沉重的铁门旁的铁架子上吊着一个男人，十几个僵尸般的幽灵来回走动，烧红的铁棍在雨中冒着"丝丝"的声音。几十个监号的犯人表情木然，好像早已习惯了这一切。没有声音，只有人们木然地走动，没有咆哮，只有冷冷的阴笑。一个铁塔般的汉子坐在不远处屋檐下，冷冷地看着这一切。
　　棍棒的砸打声，皮鞭的呼啸声在监号中回响，那些不愿看这早晨"功课"的犯人不是被打得皮开肉绽就是倒在血泊之中，一具一具尸体

被装进麻袋抬了出去。十几条狼狗在撕咬着那些来不及搬走的尸体。它们吐着血红的舌头，瞪着绿幽幽的眼睛，仰天长嚎，仿佛要把这沉沉的天撕个粉碎。吃完早餐的士兵开始从厨房里面出来，他们打着饱嗝，瞪着暴戾的目光，在寻找发泄的猎物。当他们来到那个吊着的男人身旁时，发出了阴森森的狞笑，感到十分惬意。

"嘿，嘿，看你骨头有多硬。"

一个绰号叫野狼的刽子手冲架子上的人笑笑，又把一桶冷水泼到了他刚刚被烫伤的身上，那人顿时垂下了脑袋，就像死去了一样。那个铁塔般的汉子狠吼一声，骂道："野狼，你要把他弄死了，我找你算账。"

野狼连忙转过身，点头哈腰地说："监狱长，这……他死不了，这么结实的身子，够我们玩个把月的。反正送给养的船也上不来，狼狗正没有东西喂呢，正好，死了就喂狼狗。"

"你是想死吗？"监狱长中村宏一从座位上走了下来，高大的身躯就像一座山，"秦川是重犯，是军部要的犯人，你要把他弄死了，你也休想活。还不把他搬进去，换一个人来做'功课'。"

一个传令兵喘着气跑了过来。

"报……报告监狱长。"

中村宏一瞪了他一眼，骂道："你他妈的就不能说慢点。家里失火了？看你急的。"

"监狱长，'帝国号'已经登岸，龟田局长已经带人来了。"

中村宏一大怒，挥手给了他一个耳光，"你这个浑蛋，为什么不早说？快，迎接局座。"

还未等中村宏一走到铁门，一行穿着雨衣，荷枪实弹的士兵押送着两个三十来岁的壮汉和一个年轻的女子走了进来。走在前面的那个人脱掉雨衣，把它递给了边上一个年轻的女人，整了整笔挺的军服，也没有看中村宏一那张死灰色的脸，来到秦川身边，看了看他被打的伤痕，怒斥："你……你永远不用脑子做事！你以为中国人能被折磨屈服，如果是那样的话，我们就不会把他们送到这里来了。何况秦川不是共产党，只不过是一个不安分的捣乱分子罢了。我可告诉你，他死了，你也休想活。"边上的女人一听秦川的名字，走了过去，看了一眼，秀丽的眸子吐着火，刚想发作，又压住了，一声不吭地站在一旁。

捆着的年轻人和秦川相互看了一眼。

"局座，他……"

龟田挥了挥手，走进了办公室。

"局座，你喝茶。"

中村宏一亲自倒了一杯茶端到龟田面前，关心地说："这鬼天气，让人喘不过气来。喝茶，催催寒气。局座，什么样的犯人，还劳你亲自押过来。你说一声，我派人去接就得了。"

龟田长叹了一口气，什么也没说。站在他边上的女人轻手拂去他身上的雨滴，嘴一翘，喊着他的绰号，训斥道："屠夫，你躲在这'三十九号监狱'享清福，却不知道局座的日子是怎么过的。去年，土肥原将军亲自监督，动用'海星号'在海军护卫舰'樱花号'的护送下，才把从大陆弄到的一批文物运到了香港，你知道吗？这批文物大多数是中国唐朝的，比黄金还贵重。谁知，一上岛就被人抢了，军部能不恼火吗？"

"不……不是破了案吗？"

中村宏一结结巴巴地说，"我知道这件事。不是案子破了吗，局座跟我打了电话，军部还派人送了一块什么奖牌。难道……东西没找到？"

龟田点燃一支烟，又随手扔了一支给中村宏一，语气温和地说，"你是警察局的老人了，又是我们最好的监狱长，我只好把他们交给你，你要从他们口中套出文物的下落，比黄金还贵重的东西呀，而且，在这个世界上是唯一的，金钱都买不到啊！没有它，天皇会要我的脑袋，我会要你的脑袋，知道吗？"

中村宏一脸色刹白。

"梅小姐……"

梅子看着中村宏一乞求的神色，脸上肌肉绷得老紧。她站在龟田后面，秀丽的眸子露出凶狠的光，神情异常严肃地说："屠夫，这次可不是跟你闹着玩的。土肥原将军指名要把他们关在'三十九号监狱'，

说这里四面环水，休想跑掉，冈村司令官也特别叮嘱，千万不能出半点差错。你记住，那个高个子叫隗南，是劫匪的首犯，绰号'飞龙'。那个矮一点的叫丁虎，绰号'矮脚虎'，是飞龙的副手，后面那个女的叫'辣手'崔花，她的铁沙掌练到了六成的火候，你要小心些。局座说了，这次要智取，用刑不能伤着骨头，否则，像你折磨秦川那样，嘿嘿，恐怕你的脑袋就得先搬家。"

"一个月如何？"龟田转过身。

中村宏一心里没底，"局座，恐怕……"

"你不要跟我讨价还价。这一个月里，任何人不准回台北，不准玩女人，否则，军法从事。走，我们一块检查一下监狱的安全情况。"

中村宏一带着龟田走出了监狱。

外面的雨已经停了，天仍然雾蒙蒙的，厚厚的云层把它裹得没有一丝缝隙。海上什么也看不见，只有白茫茫的一片。涛声冲击着礁石，拍打着陡峭的岸壁，听得见声响，却看不见浪花，可见这峭壁有多高。高大的樟木、红桧、台湾杉在雨后青翠欲滴，低矮的小乔木布满了地面，到处是野花野草，一股泥土的清香迎面扑来，这监狱外倒有几分世外桃源的味道。

龟田走在碎石小路上。

"这空气比香港的好多了，比广州的也强。"龟田看着监狱外的围墙，还是有几分担心地说，"屠夫呀！虽然'三十九号监狱'是香港警察局，也是我们东亚最好的监狱，但也不能大意。我们失败的教训就是太轻敌了啊！我告诉你，这批文物最少也值两亿美元，这两亿美元的文物是天皇的命啊！何况他也是最爱中国文物的，你明白这个道理吗？"

"卑职明白。"

中村宏一走上前，递上一支烟，又赶忙点上火。拍着胸脯保证说，"局座，那个飞龙会不会交代我不敢保证，但只要进了'三十九号监狱'，还没有一个活着逃出去的。不要说这岛上遍地是毒蛇，就是逃出岛，也休想活着上岸，海里的食人鲨正饿得哇哇叫呢。"龟田没有接他的话，而是来到了岛上最高处，站在那里一言不发。

2

这座岛以"三十九号监狱"而得名,也叫"三十九号岛"。它离香港有两个多小时的路程,四面环海。这座监狱是英国人修建的,异常坚固,加上恶劣的自然条件,许多人都称之为"人间地狱"。又有一个杀人不眨眼的中村宏一,给这人间地狱又增添上了另一层恐怖气氛。

龟田想起上司的训话,禁不住浑身一阵颤栗。

"妈的,为什么让我碰上了这么一档子事呢?但愿天佑我,保证能成功。否则,上司是绝不会轻饶我的,这'三十九号岛'就是我的最后归宿。"他知道中国派遣军司令官是个什么样的角色,何况还有土肥原这个中国通。

"梅小姐,你还有什么交代的吗?"

龟田转过身,朝梅子笑了笑。她是土肥原派来的人,是在中国长大的,军部特工部的红人。从外表看,梅子跟中国人没有两样,她的中国话讲得地道,你根本分不出来。土肥原这次把她派过来,目的就是一个,找到那批文物。

梅子走到中村宏一面前。

她伸出手,拉了拉他的领子,露出甜蜜的笑容,"屠夫,我知道你在这里做事很苦,不要说别的,连女人都没有。我请示了土肥原将军,只要你把这件事办好了,你的要求都会得到满足。我会考虑你的处境。你记住,一定要想办法让对方开口,不要一味用硬方法,有的时候,软方法比硬方法更有效果。要想办法分化他们,只要他们中有一个人开了口,我们就胜利了,知道吗?"

"我的明白。"中村宏一"啪"的立正。

"要控制自己的欲望。一个不能控制自己欲望的男人,是办不成大事的。女人嘛,就像吃饭一样,吃过了,还不是忘记了。"梅子嘴角露出一丝不屑,抬起头,看着远处的大海,"局座,我没有其他的,我相

信，我们一定会取得胜利的。"

"好吧，那就这样。"龟田转身走了。

回到中村宏一办公室，龟田就审问的有关事情，向他再次作了交代，并把几个主要骨干叫到一起，进行了训话。几个人低着头，站在那里，看都不敢看龟田，只偷偷地看着梅子，这个在"三十九号监狱"难得一见的女人。梅子当然了解这些男人，她的脸上堆满了笑容，她要给这里的男人带来温暖，要给他们勇气。

外面的风还在刮，天气阴沉沉的。龟田看了看表，坐上军舰返回了香港。日军占领的香港，跟这天气一样，阴沉沉的让人难受。

隗南、丁虎和崔花分别关在单人牢号里。

崔花是到达"三十九号监狱"的第一位女犯人。她的到来，给这座阴森的监狱带来了一丝欢快的气氛。按照分工，她正好被分在野狼管理的号子里，乐得这个老光棍屁颠屁颠的，一边准备饭菜一边哼着小曲。

"小寡妇呀！闲得慌，看着月亮呀！想情郎。情郎来了呀！满口香，扭着屁股呀！就上床，就呀就上床，一干干到天发亮……"

"好，唱得好。"一声阴阳怪气的声音从后面飘来。野狼一看，是副监狱长麻生太郎。连忙转过身，皮笑肉不笑地说，"长官，你……你来看看呀？"

麻生太郎走上前，拍了拍野狼的肩，关心地说，"我知道你老兄很辛苦，今天特地来帮你送饭的。"未等他反应过来，他提起装好的饭走了。气得野狼咬着牙，在心里骂娘。

麻生太郎笑嘻嘻地跨进了监号。

"崔小姐，吃饭。"

麻生太郎脸上堆满了笑容，一边把饭菜摆好一边奉承地说："你看，这是我特地让他们做的红烧鸡块，这是米粉肉，我们都吃不上这些，是对你的特殊关照。"

二十七八岁的崔花长得高高大大，瓜子脸上没有妩媚，只有一股冷冷的杀气。她瞥了一眼麻生太郎，没有吭声，端起碗就吃起来。

"你叫什么名字，是个头儿？"崔花冷冷地问。

麻生太郎站在那里说了自己的名字和职务，说这里除了中村宏一就是我大，只要姑娘听我的，我保证你没有亏吃，你明白吗？

崔花仍然不紧不慢地吃着饭。

麻生太郎讨好地收拾好碗筷，又看了看四周，"晚上我过来，小姐只要不吱声就行了，其他一切我都会办妥的。"说完哼着曲子走了。

给丁虎送饭的是刽子手独眼竹下。这位酷爱武功的家伙放下饭盒就僵尸般站在那里，冷冷地说，"听说你号称'矮脚虎'，脚下的功夫好生了得，能接住我一招吗？"

丁虎眼都没瞄他，就那样往前走着。

竹下一招五虎拳中的开山手朝丁虎面门迎面劈来，丁虎脚未动，身子往后一倒，人呈丁字形，双手一推一扭，把拳化解，一掌把竹下打得倒退三步。竹下呆了，连忙一抱拳，"真不愧是'矮脚虎'，你这招'太极推手'有九成火候，佩服，佩服。"

丁虎也一抱拳，谦虚地说："见笑了，虎落平阳被犬欺，以后望你多关照。"

竹下把头伸到他跟前，悄悄地说，"听说你们抢了两亿多美元的文物，胆子够大的。我告诉你吧，中村宏一吃软不吃硬，你千万不要死扛，否则，我怕你老弟过不了他的鬼门关啊！可惜了你这一身武功。"说完他收拾好碗筷就走了。

"老弟是一条汉子。"

中村宏一特意炒了几个菜，把隗南请到了厨房边的雅座，斟上酒，奉承地说："我很敬重像你这样的人，为了大家的利益，什么也不说。就凭你这一点，我就得敬你一杯。来，我们喝。"

隗南一扬脖，一杯酒倒进了肚子。他夹起一块猪头肉，冷冷地说："你们不要白费心机了，我飞龙什么也不会说的。就是打死我，我也不会告诉你们藏东西的地方。"

中村宏一嘿嘿地笑了，"我们今天不谈这个，我看你还不到三十岁，又长得一表人才，就这样完了有些太可惜。我中村宏一虽然号称'屠夫'，也不是不讲人情的，你有什么未了之事需要办尽管说，例如，跟相好的、父母带个信什么的，我能做到。"

"你不怕笑面虎扒了你的皮？"

中村宏一鼻子哼了一声，"他算什么东西，在这座岛上我就是爷，什么人也管不着。"

隗南压低声音，附在他耳朵边，"我给你一百万美元的，你放我走，你敢吗？"

中村宏一哈哈大笑，"飞龙，我有什么不敢的。有钱就是娘，你拿来呀！拿来了我就放你走。你拿不来是吧，你要让我带你去香港，去台北拿，是吧？这样的当我是不会上的，因为，我上够了。"

隗南也笑了起来，又一杯酒倒进了肚子里，摇着头说："我们之间没有信任，我就是派人送来了美元，你们又拿什么保证我的安全？你们日本人是极不讲信誉的人。喝吧，今朝有酒今朝醉，管它明天如何呢，喝。"

隗南被人抬着回到了号子。

"妈的，这伙强盗，不用刑他们怎么会说。"中村宏一在房间里来回走着，"我要让他们尝尝'三十九号'的滋味，我要让他们知道我中村宏一就是一个屠夫，就是一个专杀肥猪肥羊的人。"

野狼幽灵般悄悄地走了进来，站在那里像个木桩。中村宏一瞪了他一眼，骂道，"干啥哭丧着脸，死了娘呀！过来，陪我喝一杯。"

野狼赶忙走了过来，恭敬地给他斟满酒，两人连干三杯，酒壮了野狼胆，他欲言又止，"大……大哥，我……"

"你他妈的有话就说，不要像个娘们似的。"中村宏一啃着鸡腿，骂道。

"大哥，猴子看上了那个女人，把她带到了自己房间，可能已经睡上了。"

"你说什么？"中村宏一大怒，"这个王八蛋，比我的胆子还大，真有他的，竟敢抢我嘴里的食，你叫几个弟兄来，我倒要看看这只猴子到底有多大能耐。"野狼高兴得一跳三丈高，一会就喊来了几个铁哥们，拿着长短枪，随着中村宏一往麻生太郎房间走去。

中村宏一一脚踹开了门。

映入他眼前的一幕令他高兴得哈哈大笑，笑得气都喘不过来。瘦猴样的麻生太郎被剥得精光，倒吊在房间里，嘴里塞着毛巾，眼珠子都快瞪出来了。崔花却坐在那里，没事一样。野狼他们也笑了，站在那里看着麻生太郎的窝囊样。

"你们还愣着干什么，还不把副监狱长放下来。"中村宏一喝道。他走到崔花面前，赔礼道，"对不起，都是卑职管教不严，惹小姐生气了，来人呀！送崔小姐回去。"一个牢头走了过来，护送着崔花走了。

"麻生老弟，你受惊了。"

中村宏一故意关心地说："怎么样，三个星期没吃肉，吃得还爽吗？也是，养的肯定没有野的好，就是不要搭上这条命啊，那样，就得不偿失呀！"

穿好衣服的麻生太郎坐在那里直叹气，"这个娘们，我还真对付不了，比他妈的海里的鲨鱼还厉害。监狱长，你把她交给我吧，我就不相信从她嘴里套不出文物的下落"。

"好吧。"

中村宏一拍拍他的肩，"我们分头审问，一定要想办法，硬的要用，软的更要用，特别是他们这样的人，软的效果会更好。你老弟是这方面的专家，我想你一定会有办法的。"麻生太郎咬着牙，心里又恨又怒又怜，琢磨着如何把这朵带刺的玫瑰弄到手。

麻生太郎来到"三十九号监狱"后，基本上是每星期回香港一次，找女人玩，这次要审问飞龙他们，不让上岛，可把他气坏了，见到了崔花，他仿佛见到了太阳，一定要把她弄到手，他不相信，来到这里的女人，能逃出他的手。

3

做完早晨的"功课"，审问开始了。

他们组织了两个组，隗南由中村宏一和野狼审问，丁虎和崔花就交给了麻生太郎和竹下。中村宏一笑嘻嘻地坐在那里，歪戴着帽子，

跷着二郎腿，一边吃着花生米一边呷着酒，干瘦的野狼一边倒着酒一边吆喝着五六个腰粗膀圆的刽子手捣鼓那些刑具。这些从大陆撤下来的刽子手，已经好久没有开过荤了，一听说有"鲜货"，眼睛兴奋得冒着绿光，卖力地干着活。

中村宏一满脸横肉，走到隗南面前。

"飞龙，是你乖乖地说呢，还是尝尝美国佬和国民党渣滓洞这些高级玩艺的滋味？"戴着手铐脚镣的隗南衣服被剥得精光，只穿着一条裤头，他的胸肌在灯光下一鼓一鼓地颤动着，拳头上的青筋像个蛤蟆一样忽高忽低地跳着，昂着头，一副誓死如归的神态。

"屠夫，我说了，你们休想从我嘴里知道文物的下落。有什么绝活你们就使吧，我飞龙不会求饶的。"

"好，好。"中村宏一挥了挥手，"你小子有种，先让他尝尝'夏种秋收'的滋味吧。"

两个刽子手拧住隗南的胳膊，把他拖到一个十字架前，头朝前，背朝后，捆在那上面。鞭子不断地像雨点般落下来，四个人轮流地换着，打一下问一下。血迸溅出来了，数不清的血痕像小河一样在他背上流淌着，一种惊惶和痛苦的抽搐散布在他脸上，每一根筋络都在承受着前未所有的耐力。但他没有一声叹息，紧紧咬住牙关，就像一头被屠宰的公牛。

中村宏一托起他的下巴。

"怎么样，滋味好受吗？飞龙，何苦呢，你要那么多文物干什么，你难道不知道那是天皇喜欢的东西？我们也是没有办法，你要不说，我就得死，知道吗？"

隗南抬起头，一口唾沫吐在他脸上，骂道，"你这条狗，我就是说了，也是死，你以为我不知道你们日本人是什么样的货色，我告诉你吧，休想得到那批文物，那是中国人的。"

野狼挥手一巴掌抽在隗南的脸上，"你这个浑蛋，竟敢污辱我们监狱长，找死啦。"

中村宏一用手抹了一下脸，竟然没有发脾气，笑笑说，"好，有种，我要是不折磨得你哭爹喊娘，你就是我爹。"

他坐在一边，冷冷地笑着。野狼走到他身边，伏在他耳朵边上，说着什么，他得意地点着头，还拍了拍他的肩，表示赞同。

两个刽子手拿着一瓶酒精走了过来。

他们狞笑着从头往下倒。被皮鞭抽裂的皮肤被酒精一刺激，比刀割还难受。只见隗南眼睛冒着火，肌肉鼓了起来，被链子和脚镣铐住的手和脚流出了鲜红的血。他大声地咒骂，"屠夫，你这个浑蛋，我操你娘，我操你老婆，你不得好死，你他妈的早晚要喂鲨鱼。"喊着喊着就昏死过去了。

"怎么办？"野狼瞪着眼问。

中村宏一摇了摇头，懊丧地说，"看来局座说得对，对付这样的人，只能来点软的办法，来硬的你打死他也不会说的。把他送到号子里去吧，我会有办法的。嘿嘿，还没有我对付不了的人。"

中村宏一从审讯室回来，就看见麻生太郎笔挺地站在那里，他一见到中村宏一，马上堆满了笑容，"监狱长，他们都招了，说东西是飞龙一个人藏起来的，说好了等风声过了再分，没等他们问，就被抓住了，所以，他们也不知道文物的下落。"

"你这不是屁话吗。"

中村宏一瞪了他一眼："等于没问。他们一块抢的东西，能不知道放在哪里？是不是他们在耍心眼，还是你对那个娘们……"

"别误会，监狱长。"麻生太郎喊起冤来："我是想女人，但这个事跟天皇的大事比起来就不值一提了。女人有的是，我不会抓了令箭当杆旗的。"

"这就好。你老弟千万不要怜香惜玉，我看那个崔花也是个母夜叉，这样的女人，味同嚼蜡，没意思透了。"中村宏一哼了一声，叮嘱麻生太郎注意他们底下的活动。

下午放风，隗南被人扶着到外面晒太阳。

丁虎和崔花跑了过去，一人抓住他一只手，问长问短。崔花带着哭腔说，"大哥，一天没见，竟然被他们折磨成这个样子，要不……你就说了吧。那个屠夫，是有名的魔王，我怕……"

隗南摇了摇头，硬挺着笑了笑。

"三十几个弟兄为了这次买卖丢了命,他们的家小以后还要管,我要说了,拿什么安排他们后半辈子的生活?何况这些东西是我们中国人的,给了日本鬼子,我们如何向国人交代?"

丁虎靠上前,悄悄地说,"大哥,要不你把放东西的地点告诉我,我先杀出去,再带人来救你,你看……"

"能跑出去吗?这个地方就是地狱,我们是跑不出去的。除非……"隗南眼睛转动,看了看大家。

崔花连忙走上前,"除非什么?"

隗南摇了摇头,什么也不肯说。

"你说吧,大哥。"

崔花跺着脚说,"只要大哥能脱险,你要我做什么我都答应。"隗南看了看左右,咬着她耳朵说了半天,又对丁虎交代了一番。

话还没有说完,一声冷冷的声音从远处飘来,"瞎子点灯白费蜡!白费蜡啊!"

丁虎回头,冷冷地问:"先生是哪路的神仙,大路朝天,各走一边,你是不是有点太多管闲事了。"

那人走到隗南身边一抱拳,朗声说:"在下秦川,在九龙混饭吃,独来独往,不想两月前失手,被发到了这人间地狱。若在下没有猜错的话,阁下一定是人称'飞龙'的隗南吧。这两位想必就是你的左右胳膊'辣手崔花'和'矮脚虎'了。"

三人大惊。

"你怎么知道?"崔花抓住他的手。

隗南喝住,"不得对秦先生无礼。"

"嘀嘀咕咕说什么。不准聚众议论,快走开,否则,军法从事。"牢卒们的叱喝声从头顶传来。隗南刚想问什么,一听叱喝声,赶紧走开了。

丁虎悄悄靠近,隗南告诫道:"盯住秦川,这小子看样子不是个善主。"

还未等隗南把话说完,一个虎背熊腰,满脸胡须的家伙走到了隗南面前,几十个如狼似虎的人跟在后面。他一把抓住隗南的胸口,恶狠狠地说，"你就是飞龙，进了号子也不知道来拜访一下爷们，知道我是谁吗？在这'三十九号'，老子就是阎王。"

丁虎一拳砸了过去，就像砸在铁板上一样，蹬蹬地倒退几步。"你……你练了铁布衫。"

崔花不知深浅，一掌就朝他面门奔去，对方一转身，用头顶接住了她这一掌，硌得她手发痛。她面容失色，哆嗦着说，"你练过铜头？"对方仰天哈哈大笑。边上的人马上说，"你不知道他是谁吧，他就是少林俗家弟子铁罗汉，人称'打不死'。"

隗南马上一抱拳，"对不起，我们有眼不识泰山，还望你老人家多多原谅。"

"好说，好说。"

铁罗汉一掌拍在隗南的肩头，"看你的样子，一定是被屠夫折磨的，等你好了，我们过过招，听说你的五虎拳很有特色。对了，听说你抢了两亿美元的文物，他们想分分，洒家对这些不感兴趣。"

铁罗汉后面的人涌过来了，围住隗南问个不停。隗南知道可以跟中村宏一死扛，但对这些人可不敢玩邪的，否则，死都不知道怎么死的。他硬撑着笑笑说，"你们放心，只要我飞龙出了'三十九号'，大家都有一份。"

几个疯子样的人围住了崔花，他们流着口水，眼睛里透着绿光，就像一群狼。还未等她反应过来，他们一拥而上，把她抬了起来，隗南、丁虎刚要上前，被铁罗汉拦住了，他双手合掌，"阿弥陀佛，只要你告诉了我文物藏在什么地方，她什么事也没有，否则，只好超度她到极乐世界去了。"

隗南愣了，他做梦也没有想到事情会这样。一时头晕，仿佛什么也看不见了，丁虎、秦川同时跑了过来，扶住他，把他抬进了号子。

崔花还是被麻生太郎救了回来。

"谢谢你，大哥。"一声大哥，叫得麻生太郎灵魂出窍。他连忙笑着跑过来，拍着她的肩说："好妹妹，只要你把我当哥，这里就是天堂，你会过得很逍遥的。看到了吧，那伙人，好几年都没有闻过女人味了，我要晚去了半步，恐怕你就被他们吃了，我这可不是吓唬你。"

崔花虽然是学武出身，但看到那些人异样的目光，心里还是心有余悸，"大哥，你要我依你也行，但你要答应我几个条件，否则，我就是死也不会依你的。"麻生太郎满脸春风，没想到他这一招还挺灵，让这个妞儿变得嗲样了。

"好说，只要不是叫哥去杀人放火，我什么都会答应你的，好吗？我的亲妹妹。"他看着她，心花怒放。

"帮我离开这个鬼地方。"崔花直直地说。

麻生太郎颤抖，"你这不是要我命吗？"

"那就算了。"崔花故意撅着嘴，"我就知道你们男人没有一个是玩真的。怎么要你命呀？你帮我们离开这个岛，我们给你一百万美元的文物，还不够你用一辈子？"

"这……这的确是一笔好买卖，只是屠夫……还有龟田那只笑面虎，都是他娘的不好对付的。你让我想想，想个万全之策。不过，你总得给我点甜头先尝尝吧。"麻生太郎一副馋相。

崔花住在单人号子，很安全。崔花也知道，不让这只猫解解馋，你休想让他帮你办事，"好吧，你要骗了我，我会有你好受的。"她宽衣解带，躺在床上。麻生太郎眼睛忽地一下子亮了，惊诧地喊叫了一声就扑了过去，一过去就急不可耐，恨不得一口把崔花吞进肚里。"我太兴奋了，我太兴奋了。"麻生太郎从她身上滚了下来，又爬了上去。"你让我做什么都行，杀人就杀人吧，反正就是那么一回事。我的宝贝，你放心，我有办法把你们弄出去的。不过，你可不要骗我啊，到时候一百万美元的文物……"

时间过得像蚂蚁爬路，贼慢。

4

一九四四年的春天，是一个多灾多难的日子，日军在中国的南方集结，准备在桂林发起新的战役，世界反法西斯战斗也到了关键时刻，但是，在这个孤岛上，他们什么都不知道，一个个都如鱼得水，过得逍遥滋润。

中村宏一躲在这一亩三分地上，也活得很快活。

"野狼，你他妈的还有没有别的什么点子，把飞龙的话套出来。"中村宏一躺在床上，啃着鸡腿，懒懒地问。

野狼一副不高兴的样子。

中村宏一知道他想什么，笑着说："九龙万花楼的娘们你还没有玩够？上次不是我去救你，你他妈的早见阎王了，浑身还没有两斤肉，竟敢霸王硬上弓，同时干两个，真有你的。过几天局座就给我们送两个妞来，到时候先让你尝尝鲜，怎么样，大哥够意思吧。"

"谢谢大哥。"野狼骨头都酥了。

中村宏一叹了口气："早上被你弄死的那三个人呢？都埋了吗？你欠债太多，早晚会被那些冤鬼勾走魂的。"

野狼阴阴地笑了，"我怕个鸟，我连活鬼都不怕，还怕死鬼。大哥，我这就去收拾。"

"免了。"中村宏一挥挥手："这鬼天气，看样子马上要下雨了，你陪我喝酒，我交代了猴子和竹下，让他们弄去吧。"

还没到下午五点，天就黑得好像要塌下来一样。不一会儿，又飘起了牛毛似的细雨，把监狱浓浓地罩在雾样的雨中。三具死尸躺在那里，就像三根木头。竹下发着牢骚，拿着麻袋，带着几个人走了过来。"这个不是人操的野狼，自己弄死的，还要我来给他收拾。"几个人刚把尸体装进麻袋，就听见麻生太郎喊着，"竹下，我想过了，干啥我们帮他弄呀！扔在那里，等下让野狼拉走。过来，我们喝酒去。"竹下高兴得直跳。

几个人把尸体扔在号子边，走了。

竹下和他手下几个人喝得酩酊大醉。麻生太郎不声不响，把那三具尸体装上板车，悄悄地推向监狱外。刚走到门口，正好碰上野狼歪歪斜斜地走了过来，他一看麻生太郎卖力地推着车子，不解地说："副监狱长，怎么让你干这体力活，竹下呢？得了，我帮你推去埋了吧，你回去歇着。"

第八章 孤岛飞龙

215

麻生太郎连忙摆手，"不敢劳你大驾，你是监狱长的红人，我不敢用啊！"他连停都没停，急匆匆推着板车出了监狱的铁门。

从监狱一出来，麻生太郎就走得飞快，一会儿就到了海边。他解开麻袋，隗南、丁虎、崔花一个个从里面出来了。

"崔小姐，我的怎么样，够义气吧。你答应了的事不会是画饼充饥、过河拆桥吧。"麻生太郎站在那里，急不可耐地问。

隗南走上前，拍了拍他的肩，发誓说，"你放心，我们绝不是那种不讲信义的人。你跟我们走，到时候肯定给你一百万美元的文物。"

丁虎也走上前，"我们哥俩在黑道混了这些年，还没有做过没屁股眼的事，那样，我们还是人吗？"

崔花这才靠近他，"你听见了吗，我这两个哥哥都说了，不会是骗你的。"

"那……我们怎么走？"麻生太郎看着黑黝黝的大海，有些发憷地说："我可没有本事把那艘小炮艇偷出来，那是海军的，没有屠夫手令，谁也动不了。"崔花嘿嘿地笑了，说这就不用你操心了，我们会有办法的。她带着他们，朝岛的南边走去。

路上，崔花问："大哥，东西真的埋在石门？那里离九龙还蛮远的。"

丁虎笑着说："还是大哥有心眼，离九龙远才保险呢，否则，龟田这只老狐狸嗅到一点腥就会跟踪而来。"

隗南笑了，"还是虎弟有见识，我把东西埋在石门龟山养殖场七号鱼塘下面，反正已经这样了，大家知道了也好，否则，我万一有个三长两短，那东西成了千古之谜不说，那些死去的兄弟也得不到一点报酬，我会死不瞑目的啊！"他没理跟在后面的麻生太郎，仍然说着当初为什么一个人去藏东西。"你们不要误会，我是怕人多知道了不好，并不是不相信你们。好了，我们兄弟能逃过此劫，崔花和麻生监狱长功劳第一，到时候我一定论功行赏。崔花，来的船真是你的朋友？"

"大哥，你不相信我？"

隗南连忙摆手，"你这是什么话，我不相信你相信谁？你和丁虎是我手足，没有你我飞龙再有本事也是独木难支。"几个人来到指定地点，等了两个多小时，才见一艘木帆船悄然地靠上了岛，从船上走下一个三十多岁的壮汉，握着隗南的手，久久不放。

5

船顺风顺水，扬起了帆，离开了"三十九号岛"。

船上有十几个精壮汉子，站在那里一言不发。跟在隗南后面的老大却满脸堆笑，"飞龙兄弟，久闻你的大名，今天能得相见，真是三生有幸。崔花是我师妹，她与我约好了今日来'三十九号岛'，无论接得到接不到，想不到她真有办法，硬把你们从人间地狱弄出来了。来，我准备了点酒菜，我们一块儿喝两杯。"

丁虎连忙挡在他面前，笑着说，"还是免了吧，到了九龙我们再喝不迟。"

"怎么，你看不起我这个船老大，连一杯酒都不肯赏脸。怕我做了手脚？"

隗南一摆手，"盛情难却，老大要害我也用不着在酒里做手脚。走吧，我们喝两杯去。"

丁虎无奈，只好跟着隗南走进了前舱。崔花和麻生太郎也跟着过来了。酒过三巡，麻生太郎就和丁虎划起了拳。老大喊了个兄弟过来陪隗南，没有半个时辰，几个人都喝得东倒西歪，一边喊着唱着，一边大口地啃着猪爪。醉眼蒙眬的隗南看了看边上，却没有看见老大和崔花。正在他有些疑惑时，几个拿枪的壮汉把他们围上了。

"你这是干什么？"隗南看着从舱外走进了老大和崔花，不解地问："崔花，这到底是怎么回事？"

崔花面无表情，靠着老大的肩膀说："对不起，大哥，我们出生入死，你连藏东西的地方都不告诉我，可见你对我没有兄妹情分，你有今天的下场也是你自找的。告诉你吧，这是我亲哥哥崔浩。"

崔浩一抱拳："对不起了，飞龙，做我们这一行的就是这样。怪只

怪你把藏东西的地点说出来了，否则，你还能活几天。"

丁虎暴吼："辣手崔花，你他妈的也太狠毒了，大哥对你不薄，你竟然做出这等不仁不义的事来。看你还怎么在江湖上混？"

崔花仰天怪笑，让人毛骨悚然："谁知道你们死在我手里。我会隆重地给你们下葬，我会遍请各路的英雄豪杰，我会在你墓前哭得死去活来，我会有一个忠义的名声，你信不信？"

"唉，最毒莫过妇人心。丁虎，怪我瞎了眼。"隗南也唉声叹气。

麻生太郎傻了，瞪着眼说，"崔小姐，这事跟我没有关系。你放了我吧，我什么也不要。"

"押下去，一个也别想活着。"

崔浩一挥手，几个人上前把他们三人捆了，扔进了后舱。船飞快地向石门驶去。崔浩站在船头，看着漆黑的大海，没有一丝高兴地样子。

"哥，你怎么了，为什么不高兴？"崔花问着。

崔浩叹了口气，忧虑地说，"看飞龙的神情，他告诉你藏东西的地点有点玄，莫非他耍我们……嘿嘿，如果是那样的话，我们还不能杀他，我要叫他尝尝魔鬼崔浩的厉害。"

辣手崔花脸陡地通红，一掌击在船桨上，把碗口粗的桨把打得粉碎，"嘿，那就怪不得我了，只好骨头缝里榨油，耳朵眼里挖肉了。哥，你放心，只要有飞龙在，我就不信他不讲真话。"

隆隆的机器声从海面传来。

"不好，我们被他们发现了。"崔浩看着越来越近的灯光大惊。

崔花安慰说，"不会吧，可能是海岸巡逻艇，你去盯着那几个人，我来对付他们。"

崔浩刚走，从船的后面又出现了隆隆的机器声，分明是包围而来。难道中村宏一发现了我们？崔花看着后面的灯光，分明是岛上过来的快艇，除了中村宏一他们，不可能有别的什么人。

她从马仔手里拿过一支冲锋枪。

"弟兄们，准备战斗。听我的指挥，等他们靠近了再开枪。"崔浩从船舱里走了出来，一看这情形，也只好命令手下准备战斗。

"崔花，要不先把那几个人做掉算了，以除后患。"

"别，留着他们还可以做个人质。输赢还没有定论，怕什么？"崔浩点点头，降下了帆，船就那样飘在那里，十几个人伏在那里，只等快艇靠近。

后舱几个人都瞪大了眼睛。

"没错，是海岸巡逻艇和岛上的小炮艇。这下我完了，我他妈的完了，屠夫会活剥了我的皮。飞龙，想不到你的人竟然是这样的，比我们这些刽子手还无耻。"麻生太郎一个劲地埋怨隗南。

隗南想到崔花的背叛，觉得实在是无地自容，一句话也说不出来。丁虎也被崔花气坏了，发着牢骚说，"假如我能逃出去，我非活剥了这娘们的皮不可。大哥，你当时不说出藏宝的地点就好了，弄得……"隗南冷冷地笑了，什么也没说。

"飞龙，我们不能这样束手就擒，否则，他们一看不行会杀了我们的。"麻生太郎低下头，拼命地啃着他手上的绳索。不一会儿，捆着的手就松开了，麻生又连忙把他们俩的绳索解开，这才悄悄地向前舱走去。他们干掉了两个马仔，抢到了两支冲锋枪，一步一步向前靠近了……

两艘炮艇把船围在当中。

"把枪放下，想活的就把枪放下。猴子，你好大胆，竟敢用掉包计把重犯放了，你这是死罪，知道吗，死罪。看在我们同事的分上，我免你一死，否则，不要怪我不客气。"中村宏一粗声粗气的声音从艇上传来。

崔花咬着牙："哥，说话的就是监狱长屠夫，一个杀人不眨眼的魔鬼，我们如果被他抓回去了，只有死路一条。弟兄们，给我打。"

崔花话刚落，雨点般的子弹乒乒乓乓砸向炮艇，当时就有几个士兵哎呀一声就从艇上掉了下来。中村宏一被激怒了，一挥手，机关枪、冲锋枪的子弹排山倒海般倾了过来。崔花兄妹只注意了前面的炮艇，根本就没有注意后院起了火。

天已经亮了，海上一切都看得很清楚。

隗南、丁虎、麻生太郎三支冲锋枪，就像三条毒蛇，片刻间就把

第六章 孤岛飞龙

船上的人击毙了。丁虎也一枪把崔浩干掉了,当他要干掉崔花时,被隗南用手掀起了枪管,子弹炸响般飞上天空,"丁虎,饶她一条命吧,她总和我们兄妹一场。"崔花愣愣的,扔下枪,委靡地坐在那里一动不动。

"屠夫,不要开枪,我是飞龙。"

隗南朝炮艇喊道:"你他妈的要打死了我,休想得到那批文物。"

枪声果然"咔嚓"一声停了下来,中村宏一歪戴着帽子,走到了甲板上,厉声说:"飞龙,你很识时务,放下武器,跟我回'三十九号'吧,就算什么也没有发生。"

隗南哈哈大笑,"屠夫,放我一条路,否则,我就让你喂鲨鱼。"

丁虎也大笑,"你还不知道我大哥的枪法吧,亮一枪给他看看。"话未说完,隗南说了声,打你帽子,一个点射就把中村宏一的帽子掀了起来,吓得他哇哇地大叫。

"怎么样,还要试试吗?"

中村宏一哈哈大笑:"好,你有种,你走吧。不过,你敢回头看看吗?我量你也不敢回头,否则,我也可以一枪把你击毙。"

隗南没有理对方。他还在与中村宏一讨价还价。他只想早点离开这里,回到香港。但是,他做梦也没有想到,他上当了。

"嘿嘿,只要你敢回头,我就同意。"

中村宏一又说着刚才的话,隗南不知道对方什么意思,下意识地回头一看,只见麻生太郎一枪托朝他们脑袋砸了过来,两个人顿时昏了过去。

"猴子,你立功了。"中村宏一高兴得直跳。

野狼、竹下和十几个如狼似虎的士兵冲上了船,把他们三个人捆得结结实实的,"好,你立功了。"中村宏一拍着麻生太郎的肩膀。"怎么样,把藏文物的地点弄清楚了没有。"麻生太郎咧着嘴,把事情经过讲了一遍。乐得中村宏一跳了起来。"我一定向天皇请功,你这苦肉计竟然把飞龙骗了。"

崔花瞪着眼,恶狠狠地说:"你……你竟然骗我。"

麻生太郎阴阴地笑了,"我们彼此彼此吧,你不也骗了我吗?扯平了，我们谁也不欠谁的。你放心，我不会让你死的，等我玩够了，我就把你交给那些刽子手，他们会很好地'侍候'你的，你等着吧。"

中村宏一伸出手想摸一把她的脸，被她疯一样差点咬住了，气得他大骂，"猴子，这个娘们就赏给你吧，玩够了就给野狼他们，唉！这些爷们，好久没有闻到过骚味了，就像发情的公牛，恨不得把床板弄出个窟窿。"

6

炮艇拖着船，返回了"三十九号"。

龟田接到中村宏一的电话，高兴得直跳。

"好，老弟，告诉麻生太郎，我一定向土肥原将军报告，一定重重奖赏你。"

梅子走了过来，请示说，"准备的'货'还送过去吗？局座，原谅我说句不该说的话，我看中村宏一的信息未必准。"

龟田摸着下巴，若有所思地说："你的行程不变，明天去'三十九号'，如果这个消息准，那'货'算慰劳他们，如果不准，那'货'就当药用，反正计划不变。人已经派出去了，怎么样明天上午也会有结果。但愿这消息是准的啊！"

隗南他们又被扔进了监狱。

这次他们没有关在单间里，而是和那些犯人关在一起。一进来，铁罗汉就走了过来，嘿嘿地笑了，"怎么样，上了猴子的当吧。我告诉你吧，这小子鬼点子多着呢，一肚子坏水。"其他人也围过来，七嘴八舌地说，文物到底藏在什么地方啊？难道连你手下的人也不知道吗？只有秦川坐在那里，一言不发。

丁虎偷偷地说："南哥，崔花这个骚货，我恨不得扯烂她，竟然骗起我们来了。这下完了，三十多个弟兄的血换回了一场梦。"

隗南坐在那里，脸上没有一丝表情，好像麻木了一般。任丁虎如

何说，都没有反应。

最高兴的要数麻生太郎。

接受上次的教训，他笑眯眯地劝着崔花洗了澡，又在竹下的帮助下把她铐在床上。用四把手铐把手脚铐在床的四角，人呈大字状躺在那里，任凭她用何种恶毒的语言咒骂自己也不理，只淫淫地笑着说，"我的娘子，没有办法，我实在对付不了你，只好委屈你了。"崔花骂累了，口干了，知道求饶也没有用，只好咬着牙，一声不吭。麻生太郎好像一个解剖专家，细细地观察着她身体的每一个部分，叫着、喊着、骂着，仿佛要在她身上发泄一辈子的不满。他玩够了，玩累了，这才把她交给了竹下。竹下像条野狼，叼住了就不松口，恨不得一头钻到里面去。排着队的刽子手好像过年，笑着、嚷着、乐着，一个个像结婚般地进来，满意而去，一个下午的时间，崔花下面已经失去了知觉，一股臭不可闻的气味在房间弥漫。

"三十九号岛"过了最"快乐"的一夜。

中村宏一也喝得烂醉，躺到第二天上午九点多才醒。刚吃完早饭，野狼就跑来报告，说崔花已经不行了，被他们折磨得快死了。

"这伙公牛，好像从未见到过女人一样。"中村宏一哈哈大笑，"我早料到了，没有什么东西能经得起这群狼干的，不要说是个人，就是头牲畜，不死也得脱层皮。死了算了，反正已经知道了藏文物的地点，就是不知道，不是还有两个人吗，怕什么。"

话刚说完，龟田的电话就打来了。他破口大骂，说石门龟山养殖场七号鱼塘下面狗屁东西都没有，肯定是飞龙说了假话。他有些懊丧地说："屠夫，我已经派梅子送'货'过去了，你们一定要想尽办法。多动脑子，千万不要再中他们的计了。梅子到后，一切听她的，不要乱来，否则，我饶不了你，土肥原将军可不会放过你的，明白吗？"

中村宏一一听自己上当了，恨不得把飞龙的皮撕烂。他低声下气地说："局座，卑职明白。他的嘴就是钢牙做的，我也要撬开他。"

"胡说八道。"龟田怒道："做事要用脑子、手段，得要手段，钢刀子没有人怕的，特别是飞龙这样的人，要用软刀子，知道吗？上次那个方法就很好，好了，我已和梅子通过电话，她会有办法的。"龟田说完就挂了电话。

中村宏一气得哇哇叫，把麻生太郎、竹下、野狼等大小头目都喊来了，说了龟田的训斥，命令麻生太郎马上提审隗南。麻生太郎先是一愣，继而露出了阴阴的笑，"这个飞龙，还真的留了一手，他妈的够绝的了。监狱长放心，交给我吧，我会让飞龙知道马王爷是几只眼的。"

隗南被他们折磨得奄奄一息。

"飞龙，你醒醒，你醒醒。"秦川和丁虎几个人使劲地摇晃着他。他睁开眼睛，朝大家笑了笑，"你们放心，他们不敢打死我的。没有我，他们到哪里去找那批文物。"

丁虎瞪大眼睛，"难道你上次说的话是假的？"

隗南这才笑了笑，"你说呢，丁虎，我有那么傻？说实话，我倒不是防着崔花，我是防着猴子，谁知道这两个人没有一个是真的。"

话刚说完，牢房外传来了竹下的声音，"丁虎，轮着你了，快出来。"

丁虎站了起来，挺了挺胸，"南哥，你放心，他们打死我也不会说的。"说完迈着大步走出了牢房。

麻生太郎阴阴地笑着，一言不发。

"猴子，你他妈的有话就说，有屁就放。我知道你一笑准没有好事。"被绑在铁架子上的丁虎破口大骂。

麻生太郎点燃了一支烟，笑着说，"你呀你，真是聪明一世糊涂一时，你和飞龙共患难，他连你都不相信，藏文物的地点都不告诉你，不是这次有机会与你一块共事，我还真不敢相信。怎么样，与我们合作，你不但可以留得一条性命，还可以得到一辈子也用不完的金钱，难道你们抢劫不是为了钱吗？"

"你休想。"丁虎冷冷地笑着说，"你休想我与你们穿一条裤子，我丁虎做事讲义气，我不会出卖自己的兄弟的。"

"错，完全的错。"麻生太郎摇着头："你把他当做兄弟，他把你当做兄弟了吗？不要说你们这样的关系，就是亲兄弟又如何？到了关键时刻还不是各顾各吗？不要这样认死理，人活一辈子为了什么？还不

是金钱女人，还不是对酒当歌，何苦要这样跟自己过不去呢？"

丁虎把头扭到了一边。

"好，你好好想想吧。"麻生太郎一挥手，其他人都出去了，"我给你看一件东西，看清了，你也许就想清楚了。"

麻生太郎喊了一声，两个牢卒架着全身赤裸的崔花进来了，扔在地上。丁虎一看，惊呆得双眼欲裂。只见结实的她已经面目全非，头发散乱，身上青紫，两个乳房上布满了鲜红的牙印，右乳甚至被咬掉了。她的下身散发着阵阵恶臭，除了能看清那一团杂乱的毛发外，什么也看不清了。她仰天躺在那里，眼睛闭着，除了鼻孔有喘息外，没有任何声音。

"你……你们简直是牲畜。连牲畜都不如。它们都知道怜爱自己的同类，你们竟然……猴子，我丁虎如果有出去的那一天，我一定要剥了你的皮，抽了你的筋。"丁虎被这惨不忍睹的场面震撼了，咬着牙把麻生太郎骂了个狗血淋头。

"骂得好。"麻生太郎拍手称快，"晓得我猴子的手段吧。对付女人我有办法，对付男人我更有办法，我会让你生不如死的，好好想想吧。"他很得意地走了，把他们俩丢弃在审问室里。

"崔花，崔花。"

丁虎不停地喊道。许久许久，崔花才睁开了眼睛，转过了身来，费劲地用手支撑着自己的身体，这才坐了起来。她看着丁虎，默默无言，只有大滴的清泪从眼眶中滚出，从脸颊一直流到胸乳。

"崔花，我弄不懂，你为什么要那样做呢？我们三个血里来，火里去，大哥对你还是不错的，你……你为什么要那样？"

崔花长叹了一口气。苦苦地笑了，"丁虎，我是活不成了，你看我这个样子，我还能活吗？不是我对不起大哥，是他对不起我们。想想我们跟他一块儿杀人放火，连东西藏在哪里都不知道，你难道不感到可怜吗？我劝你不要跟他一条路走到黑，你记住，他到死都不会跟你说真话的。丁虎，我们兄妹一场，我知道你对我好，但我恨我自己啊，竟然没……连身子都没让你沾。如果你还有哪么一丁点情分，我九龙乡下还有个侄子，就拜托你了。让我下辈子做牛做马伺候你。"

"崔花，你别乱来，想开些，想……"

他的话还没有说完，崔花陡地从地上站了起来，猛地向墙上撞去，顿时就死了。丁虎呆了，浑身颤抖，站在那里，不知如何是好。

地下血花如虹。

他委靡地跌坐在地下，望着漆黑的屋子发呆。他们和隗南在一起做黑道的营生多年，当他们得知这批文物从大陆运过来后，都觉得必须抢下来。他们不知这些文物值多少钱，只知道是中国人的东西，不能让日本鬼子运到东京去。但是，当他们知道这批文物的价值后，三个人就发生了分歧，崔花主张卖了换钱用，丁虎也觉得换成黄金最值，只有隗南不同意，说要交给中国政府。

7

梅子的炮艇傍晚到了岛。

"梅小姐，见到了你真高兴。"中村宏一毕恭毕敬地站在一旁。梅子身穿笔挺的军装，迈着规矩的军人步伐，噔噔地走在碎石小路上。"接到局座电话了。哼哼，我就知道飞龙不是好对付的人物。他不会轻易相信一个人，何况麻生太郎在身边。屠夫，看看本小姐的手段，你就知道对付人不是一件简单的事。派人去把'货'带到岛上来，我警告你，任何人不许动她，否则，军法从事。"

"知道，知道。卑职明白。"中村宏一点头哈腰，朝后面一挥手。野狼跑了过来，问什么货？中村宏一大怒，挥手给了他一巴掌。压低声音说："你他妈的不是人操的。平时的机灵劲都到哪里去了？什么货？就是女人，知道吗，女人。快去，你要敢动她一下，我把你那玩艺剁了。"野狼带着人，屁颠屁颠地跑上了艇。

麻生太郎悄悄地对着梅子耳朵说着什么。

"好，你做得好。"梅子拍着他的肩，"世上没有征服不了的人，男人女人都一样。你把他带到我办公室来，你们都走开。"中村宏一和麻

生太郎怯生生地退到了一边，看着她走进办公室。

"猴子，到底怎么回事？"中村宏一不解地问。

麻生太郎嘿嘿地笑了，"对不起，梅小姐不让我说，只让我把丁虎给带来。"

"你这个王八蛋，我还没有死呢，你就抱住了笑面虎的大腿。你是不是看上了那个婊子，我告诉你，她可不是什么省油的灯。"中村宏一恼怒道。麻生太郎没理他，一会儿就把丁虎押送过来了，送进了梅子的办公室。

带来的两个女人一个叫如意，一个叫如玉。她们不是孪生姐妹，只不过按醉花楼的序号取的名。如意长得眉目清秀，小巧玲珑，柳叶眉，细蚕眼，笑起来脸上有两个酒窝；如玉长得人高马大，瓜子型脸上充满着一股冷冷的杀气，倒有股冷艳，更让人怜爱。

两人分别住在布置好的房间里。

"如意小姐，快来吃饭吧。"

野狼乐得眼睛眯成一条缝，提着装满饭菜的篮子走了进来。如意一看是这样一个骨瘦如柴的家伙，嘴一撇，一晃三摇地走了过来，嗲嗲地说："哼！就让本小姐来侍候你这样一个瘦猴呀！看你身上也没有三两肉，就不怕掉进里面出不来？"

野狼闻着她身上的香水味，鼻子一抽一抽地颤动，讨好地说，"如意小姐，我没有那个福呀！看你水样的身子，我这……就痒痒的难受。"野狼看了看四周，压低声音说，"只要你跟我好，我保证你在这里享清福。否则，嘿嘿，我是这里具体管事的，也没有你好果子吃。"

如意一听，马上换了一种笑容，用手绢一挥，"看你说的，你这大哥，我是那样不懂事的吗？要不，你就上来吧，做完了我再吃饭。"如意走到床前，脱掉了衣服。野狼脑子"腾"地一下，仿佛灵魂升上了天，看了看四周，也顾不得梅子的警告，扑了过去。

竹下提着篮子走进如玉的房间，还没来得及说话，就见她冷冷地说，"把东西放在那里，你要敢过来，我一头撞死。"

竹下哆嗦着说："姑奶奶，你千万不要想不开，我竹下就是有八个脑袋，也不敢沾你身子，你是给飞龙准备的。知道飞龙吗？就是那个抢劫犯，只要你套出了他藏文物的地点，你这辈子就有享不尽的荣华富贵。"

如玉用手一招，换了一张面孔，"哥哥，你知道飞龙在这里还好吗？"

竹下淫淫地笑了，"你要让我亲一下，我就告诉你。"如玉闭上眼睛，把半边脸朝他亮了出来。竹下流着哈喇子，猛地在她脸上嘬了一下，这才把飞龙来监狱后的事告诉了她。

隗南被送到了审问室。

"飞龙，考虑得怎么样，时间可不多了。"梅子叼着烟，左右坐着中村宏一和麻生太郎。"我请示了上峰，只要你把文物交出来，我们给你死去的兄弟发放抚恤金，你嘛，想在政府做事我们可以安排，如果不愿干，我们也给你一笔钱，让你做买卖。怎么样，土肥原将军已经对你网开一面了。"隗南笑了笑，"如你所说当然好，但谁又晓得你们会不会杀鸡取卵，这样的事你们日本人做得太多了。"

"这你放心好了。"

梅子拧灭烟蒂，笑着说："为了表示我们的友好，从今天起，改善你的生活条件，你可以住单间。我们要让你享受到做人的一切权利，让你真正地感受到活着是多么好。来人，把隗南先生送到一号房间。"竹下跑了过来，领着隗南走了。

"这……这样行吗？"

中村宏一心里没底，哆嗦着问："万一让他再次跑了，我们如何向局座交代。"

梅子笑了，看了看麻生太郎一眼，"安排好了吗？"

麻生太郎得意地笑了，"梅小姐，你让我佩服得五体投地，没问题，绝对没问题，征服飞龙这样的人，最好的武器就是女人，没有哪个英雄能过美人关的。"中村宏一听着两个人打哑谜地说话，也哈哈大笑，谁也不明白他笑什么。

隗南一进如玉的房间就呆了。

"林雁，怎么是你？"林雁一头扑进隗南的怀里，眼泪潸然而下，诉说了他走后的种种遭遇，说了如何假扮如玉混进岛的。"这太危险

了。"隗南抱住她的头。"你怎么能如此糊涂，这是什么地方，这是地狱，知道吗？地狱。林雁，连崔花这样的人都背叛了我，我的心冷了，如果能离开这里，我将退出江湖，与你一块回老家去。好，既然这样，我们就将计就计，设法离开这鬼地方。"

"昨晚睡得还好吗？"

第二天早上吃早饭，梅子笑嘻嘻地走到了隗南的身边。

"很好，如玉是个漂亮的姑娘。梅小姐，我接受你的条件，但你必须在三天内把她送回九龙，我要了。我这辈子从未喜欢过女人，她让我心动。等她安全了，我们再谈如何？"

"好。"梅子拍掌叫好，"飞龙先生不愧是做大事的人，痛快，痛快。明天上午我就把如玉送回去。这样最好不过的了。你好，我好，大家都好，不要学崔花那个样子。"隗南脸上毫无表情，说我要回号子里去一趟，和丁虎商量一下。梅子转身叮嘱边上的麻生太郎，让他安排一下。

"丁虎，林雁来了。"

隗南回到号子，悄悄地对他说："我答应了梅子的要求，准备把藏文物的地点告诉她，以换回她们对我们死去的兄弟的安抚，当然，要拿到了钱再说。"

丁虎跳了起来，"大哥，千万不要这样做，她们是信不得的呀！一旦她们知道了藏文物的地点，你我都没命。杀人灭口的事多着呢。"

"没有办法，我只有走这步棋。"隗南忧虑地说："这座监狱，牢固得像个铁桶，没有外援，我们休想从这里逃出去，我让林雁回去，让她带弟兄们来救我。"

丁虎叹了口气，"大哥，难道你连我都信不过吗？为什么不告诉我藏文物的地点？崔花背叛你，当然有她的错，但大哥你是不是做得也太过分了些。我们跟着你出生入死，难道……"

隗南半天无语。

秦川笑着走过来了，"你们兄弟在商量什么呀？想从这里逃跑？我告诉你吧，你们想走，没有我的帮助是不可能的。来之前，我就弄到了这座监狱和这个岛的地图。在'三十九号'，再没有一个人比我更熟悉这一切的。"

隗南和丁虎双眼碰了一下，丁虎马上笑着说，"秦大哥，你是聪明人，我们都是一根藤上的瓜，难道你不想离开这个鬼地方？"

秦川叹了口气，"我可以带着你们逃出监狱，但我没有办法弄到小炮艇，没有炮艇，我们还是不能离开这个岛。"

隗南贴近他耳边，笑着说，"你只要保证我们走出监狱，其他的事由我负责，如何？"秦川怔了一下，认真地看了隗南几秒钟，悄悄地说出了他的计划。

8

梅子很守信用，第二天就把如玉送走了。

"你……你太让人失望。"中村宏一气得脸都变了色，哆嗦着说："你竟然相信一个婊子，就是她说的话是真，我们也不能相信，而且，局座答应了把她奖赏给我们弟兄的，你竟然让她回去？梅子，不要以为有后台，就可以为所欲为，我告诉你，我中村宏一不是好欺负的。"

梅子怒目而视，"屠夫，你把话说明白点，局座让我来负责这起案子，并不是让我来负责'三十九号'的。这里出了事，你依然逃脱不了责任。我不管，我什么也不管，让你们管去好了。"

中村宏一把帽子朝地下一摔，扭头走了。

"梅小姐，你不要跟他一般见识。"

麻生太郎笑着走到梅子身边，宽慰地说，"他一个蠢猪，你跟他生什么气，除了会杀人玩女人就不会别的。我们的失败，就是因为中村宏一这样的人太多了。唉，真是国家的悲哀啊！梅小姐，你晚上可要注意点，要不，我给你派两名卫兵来。屠夫两个星期没玩女人，我怕他做出不要脸的事来。"

梅子鼻子哼了一声，从腰中拔出手枪，把子弹推上膛，"我就怕他不来，来了才好呢。麻生，按计划行事，出了事由我向局座负责。"

麻生太郎点点头,"明白,我明白。"

隗南接到林雁从香港打来的电话。

"怎么样,梅子说话是算数的,你不会……让我失望吧。"梅子眼睛燎着隗南,阴阳怪气地说。

隗南鼻子哼了一声,"梅小姐,我飞龙说话句句是钉,哪有收回的道理。你容我两天时间。后天是惊蛰,晚八点之前我答复你。"

第二天晚上天就阴沉下来了,没有风,却下起了绵绵的细雨。凌晨时,秦川捂着肚子号叫起来,隗南、丁虎也跟着嚷道,"要死人了,要死人了,秦川不行了。"

牢卒骂道,"号,号他妈什么,死了更好,省得我们一天到晚侍候你们。"

中村宏一被吵声惊醒了,一听是秦川病了,上前就给了牢卒一个耳光,骂道,"你他妈的知道他是什么人吗,他死了,你也休想活,把他抬到医务室去。"牢卒恨不得给秦川一个耳光,想叫同伙一块去抬,那个牢卒晚上刚从如意房间里出来,折腾得差不多骨头都散架了,任凭他如何号叫,就是不动。牢卒骂骂咧咧走了,命令隗南、丁虎抬着秦川朝医务室走去。

夜,黑得伸手不见五指,门口游动的哨兵也打着哈欠。被中村宏一从睡梦中叫起来的医生也迷迷糊糊。野狼也起来了,他看着中村宏一无精打彩的样子,悄悄地说,"大哥,那个梅小姐真他妈的俏,我一看到她,我的老二就流水,我看她睡着了,你还不……"野狼做了个下流动作。

中村宏一被他逗笑了,用手摸着下巴,舌头舔了舔嘴唇,淫淫地说,"妈的,是块好地,就怕……"

野狼咬着他耳朵说,"怕个鸟,黑灯瞎火的,她知道是谁?做完了你就走,她要嚷起来,我们给她找个替死鬼不就得了。我给你在外面照应着。"

中村宏一的心被逗了起来。

"好吧,你小子要耍了我,有你好看的。"中村宏一看了看左右,这才小心翼翼地朝梅子房间走去。

秦川被抬进了医务室，一个医生，一个牢卒站在身边。秦川刚躺下，医生就骂道："号什么，是不是得了盲肠炎，如果是，你小子死定了，我做不了那样的手术，哼哼，死了也好，省得活受罪。"

当他手刚伸向秦川时，秦川嘿嘿地笑了，两根手指猛地卡住医生的咽喉，恶狠狠地说："不要说话，否则，我让你见阎王。"牢卒傻了，刚想举起枪，隗南、丁虎同时扭住他的胳膊，他一下子就瘫在地上。

"快，你们俩去抢大门，我去打开牢房。"秦川一掌把医生打昏在地上，从牢卒身上取下钥匙，转身向外走。隗南拿起牢卒的枪，丁虎也摘下医生的手枪，都准备往外冲时，野狼怕不放心，走过来了。丁虎二话没说，朝野狼就是一枪，野狼没打中，整个监狱却炸了窝。

"怎么回事？"

中村宏一把梅子剥得精光，正和她在床上战斗，一听到枪声，浑身冷叮一下，一脚让梅子踢到了下身，滚到了床下哇哇大叫。

"屠夫，你狗胆真大，竟敢上老娘的床。我告诉你，你死定了。"说完从枕头底下摸出手枪，光着身子冲出了门。中村宏一清醒过来，知道发生了什么事，套上裤头，猛地冲出了门，从办公室拿出冲锋枪，号叫着朝人多的地方冲去。

隗南、丁虎打死了守门的卫兵，秦川也打开了牢房，两百多名犯人像没头的苍蝇，在监狱里面横冲直撞。梅子慌乱中穿上了衣服，直朝大铁门跑去。被枪声惊醒的如意，吓得哇地一声哭了起来，久未闻过女人哭声的犯人，顺着声音涌了过去。这么多年连女人都没见过的犯人，好像发现了黄金，一个个如痴如狂，可怜如意娇艳的身子，就这样被他们折磨死了。

"隗南，我们快走，晚了就完了。"

秦川拉起隗南的手，就往外冲，跟着过来的有铁罗汉等十几个人，刚冲出铁门，就听见"轰"的一声，巨大的铁栅栏就从高高的围墙上掉了下来，没冲出去的人都被关在里面。片刻工夫，守卫监狱的士兵都起来了，没冲出去的人又被赶进了牢房。黑暗中梅子看不见中村宏一的脸色，只听到他粗声地喘气。她厉声说："屠夫，赶快组织人员追，他们走不出这个岛的，其他的事我等下再跟你算账。"

第六章　孤岛飞龙

中村宏一明白自己的处境,听完梅子的话,号道:"你们还愣着干什么,给我追呀!"说完带人跑出了监狱。

"梅小姐……"麻生太郎悄悄地走到她身边。

"你跟着,见机行事,明白吗?"

麻生太郎点了点头,"你放心,梅小姐,我知道该怎么做。"说完带着竹下也走进了茫茫的夜色。

隗南他们跑进岛就不知东南西北了。

"这鬼天气,连我都分不清方向了。"隗南摸着自己湿淋淋的头发说:"应该是两三点钟吧,天亮前我们如果不离开'三十九号岛',我们就死定了。"

铁罗汉喘着粗气,瓮声瓮气地说,"死在这里也比死在号子里强,我铁罗汉拼着这条命,出得去更好,出不去也认了。"其他人也附和着说,出来了就不回去,走得了走不了都是命。

枪声一声紧一声传来。

"快走吧,屠夫追过来了。"

隗南又带着人,朝与林雁约好的地点走去。谁也想不到,一束荧光弹突然在他们头顶上空炸响了,铁罗汉他们还没有反应过来,一阵"咚、咚"的枪声就把他们几个撂倒了。秦川在第二颗荧光弹还没有升上天空时,拉起隗南、丁虎就跑。他们一口气跑了两三里地,这才躲在一块岩石后面喘着粗气。

"这个屠夫,鬼点子还挺多的。"

秦川叹着气说:"这样瞎转不是个办法。我们就猫在这里,等天亮了再说。"

隗南看了看天色,对丁虎说:"林雁也该到了。"他们听从了秦川的劝告,就那样躲在岩石后面,等着天亮。

中村宏一带着人在岛上转了半天,除击毙铁罗汉他们几个人外,连隗南、秦川的踪影也看不见,急得他一个劲地骂娘。"野狼,你这个王八羔子,不是你劝我去啃梅子那块骚肉,会出这么大乱子,是不是你和他们串通好了这样干的。"野狼叫苦连天,知道他要找替死鬼,就一个劲央求麻生太郎。麻生太郎板着脸,心里却乐开了花。"屠夫,跟我斗，你还差那么一截子。"他拍着野狼的肩，只要你听我的，一切都没有问题。麻生太郎用手段又收留了一只狗。

9

天终于露出了鱼肚白色。

一艘小型炮艇终于在雾色茫茫中露出了轮廓，太阳旗还隐隐绰绰能看得见。"来了，林雁他们终于来了。"隗南高声欢呼。秦川看着那艘炮艇，疑惑地说，"这不是日军的炮艇吗，你们没有搞错吧？"

丁虎笑了，"秦哥，看你紧张的样子，不打着日军的旗号，能过得来吗？没错，是我们的人。"隗南也不跟秦川打招呼，就向海边悄悄地走去。

中村宏一也看到了这艘炮艇，高兴地笑了。

"老弟，梅子这个骚娘们还真有办法，竟然让海军来帮忙，面子够大的了。他们能跑到哪里去？海上一封锁，困都把他们困死在这岛上。"

麻生太郎瞪着一双多疑的眼睛说，"我总觉得可疑，大清早的，他们这么快就来了，就是梅子打电话，也不可能呀？野狼，你赶快回去，调我们的炮艇过来。"

"你太紧张了，老弟。"中村宏一笑着说，"飞龙他们能有这样的炮艇？见鬼去吧。"野狼没理中村宏一的话，转身走了。

"弟兄们辛苦了。"

中村宏一一边挥舞着手，一边带着人朝炮艇走去。麻生太郎悄悄地拉了一下竹下的衣角，给他使了个眼色，两人就停下来了，躲在一棵大树下，端着冲锋枪观望着。炮艇终于靠近了悬崖边，从艇上走下来几个穿着日军衣服的士兵，端着枪朝中村宏一走来。中村宏一骂骂咧咧，刚想上前问清楚是怎么回事，对方的枪便响了，一阵号叫，他山样的身体就倒在那里，跟着他的士兵还不知道是怎么回事，反应慢

的倒在地上，反应快的抱头鼠窜，气得麻生太郎躲在树后直跺脚。

林雁从艇上跑了下来。

隗南也看到了林雁，高呼着喊了一声，带着秦川他们也冲过去了。"这个婊子。"麻生太郎骂道，端起了冲锋枪，对着林雁一个点射，她正张开手臂迎接隗南，就那样栽倒在他跟前。边上的人刚反应过来，竹下的冲锋枪也号叫开了，几个没有准备的人就栽倒了。隗南抱起林雁，冲上了艇，丁虎捡起枪，边打边往后退。

"开船，他们的炮艇马上就来了。"秦川高声喊着。

炮艇轰隆隆离开了悬崖边。

"完了，完了，让他们跑了。"

竹下喘着粗气，"监狱长，屠夫要听你的话，也不至于丢了这条命。就是飞龙……我们如何向梅子那个娘们，还有笑面虎交代呀！搞得不好我们也会成为替罪羊的。"

麻生太郎嘿嘿地笑了，"你操什么心，有我还有什么玩不转的。"他收起枪，走到中村宏一尸体边踢了两脚。"屠夫，死了也好，一了百了，省得那么多女人遭罪。"

竹下也朝他下身踩了一脚，"你娘的老二要争气，也不至于在这鬼地方待这么长时间，活该。"

"三十九号"的炮艇隆隆地过来了。

"轰隆、轰隆"的炮声把隗南那只炮艇四周掀起了冲天的水柱。前舱也被炮弹炸掉了一角。但两只炮艇的马力都差不多，无论如何也追不上。"三十九号"的炮艇眼看它走远了，放了几炮，就返回了"三十九号岛"。海上又归于平静，躲在云层后的太阳露出了笑脸，片刻工夫，蓝湛湛的海水，暖洋洋的太阳，一切都回归美好。

"我们总算跑出来了。"丁虎说。

"是啊！离开这个鬼地方真不容易，我们可能是唯一跑出岛的，这地方，真不是人待的。"秦川说。

林雁躺在隗南的怀里哆嗦着。

"林雁，林雁。"隗南不停地呼唤着。

林雁微睁开眼睛，露出了苍白的笑容。柔软的手伸过来，抚摸着他的脸。"隗……隗南，大家跟着你不易，把东西分些给大家吧。这些流散的兄弟是我好不容易招集来的，这艘炮艇也是他们帮我去弄的，没有大家，你独木难支啊！"

"知道，知道。"隗南泪流满面，哭泣着说，"林雁，我听你的，我听你的还不行吗，你不要走了，你不要这样抛弃我走了。"

"我……我也不……不愿啊！但上……上帝要我，我没……没办法啊！隗南，我……"林雁就这样在他怀里咽气了。

"南哥，艇快不行了。"

一个叫杜龙的小头目跑来报告，"前舱进满了水，后舱恐怕也支撑不了多长时间。我们还是换汽艇走吧。"

丁虎也说，事不宜迟，我们快走吧，反正就是七八个人，也坐得下。隗南叹了口气，忧虑地说，"这一带鲨鱼多，我怕万一遇上了，这样的汽艇恐怕抵挡不住啊！好吧，也只有拿命碰了。"

汽艇很小，七个人加上林雁的尸体，就塞得满满的。看着隗南那僵硬的脸，谁也不敢劝他放弃林雁。汽艇嘟嘟地朝着香港方向前进。一望无际的海水蓝得深邃，透明得让人毛骨悚然。隗南看着杜龙说，"我怎么记不起你呀！丁虎，你想起来了吗，杜龙他原来在哪个堂口。"

丁虎笑着说，"你忘记了，是义字堂的，我们被抓的前一天收的，你当然记不清了，林雁晓得。"

杜龙脸上堆满了笑容，"我是林姐的部下，她就怕我们内部出了什么不测，让我隐藏下来的。"

隗南叹了口气，"还是林雁有心计啊！可惜，她就这样走了。"

"鲨鱼，鲨鱼。"

一个马仔惊慌失措地喊道。隗南朝他喊的方向看去，只见蓝色的海水里，一股水柱喷上了天空，水中出现了一个小槽，深黑色的鲨鱼背都露了出来。艇上的空气一下子紧张起来了。丁虎眼珠子溜转，央求着对隗南说，"林雁已死，为了活着的人，你就积点德吧，否则，鲨鱼没吃到食物会疯的，我们这些人恐怕都完了。"

隗南霍地站了起来，一把揪住丁虎的胸口，厉声说："丁虎，你说什么，让我把林雁喂鲨鱼，你休想。就是我死了，也不能让她这样惨

不忍睹。"

丁虎眼珠子也红了，掏出枪，恶狠狠地说："你他妈的还是不是大哥，我告诉你，做我们这一行，义是第一，你既然不把我们当兄弟，也就怪不得我们不客气了。杜龙，动手。"

"不要吵了，不要吵了。"

秦川劝道："隗南，带着林雁的尸体，一来我们走不动，二来实在危险。而且，文物藏在什么地方也只有你一个人知道，万一你有一个什么三长两短，怕不太好吧。我是外人，你不用告诉我，跟丁虎、杜龙他们说说，要不你们冒这么大危险何苦呢？林雁临死前的话你难道没听明白呀！"

隗南松了手，叹了口气，看着艇上的人一个个虎视眈眈看着他，知道众怒难平，委靡地瘫在那里。丁虎、杜龙马上把林雁的尸体扔了下去，片刻工夫，蓝色的海水就变成了红色。

鲨鱼还紧追不舍，而且越来越近。

丁虎拔出枪，冷不防把坐在艇后面的马仔一枪撂倒了，他马上栽到了水里，一会儿也被鲨鱼吃了。杜龙手下两个马仔马上端起冲锋枪，站了起来，冷冷地看着丁虎，一言不发。

"杜龙，没有办法，只有这样，否则，我们都完了。"

杜龙眼里喷着火，看了一眼隗南，嘿嘿地说，"南哥，你是老大，你说怎么办吧。我的兄弟不能这样白白地死了。否则，我这个做哥的还是人吗？"

空气凝死了一样。

汽艇仍然嘟嘟地往前走着。

鲨鱼也在后面跟着。

"我该死，我该死。"丁虎扑通一声跪在杜龙向前，抱着他的腿说："杜龙兄弟，你就饶了我这条狗命吧。我这也是为了大家呀！这样好吗，我那份文物不要了，给这位死去的兄弟做安家费。"

"安家费？"杜龙哼了一声，"东西还不知道在哪里呢。"

"饶了他吧，杜龙。"隗南摇着头说，"他跟了我多年，也不容易。我保证从他那份文物中扣除一部分给这位死去的兄弟。就我们六个人，秦川也是我的兄弟,我什么也不瞒你们,文物藏在乌来山千佛洞里,只要我们几个人团结一致把那批文物卖了,就有下辈子也享不尽的荣华富贵。"几个人这才放下枪,一声不吭坐下了。汽艇终于靠了岸。几个欢呼雀跃。从死亡中走过来的人们,才知道幸福是如此珍贵。

10

他们一行六人,住进了天山旅馆。

"不是我不相信大家,为了平安,我们谁也不许出门,由秦川负责买饭回来。"几次折腾,隗南对谁也不相信了,觉得秦川是局外之人,肯定跟龟田他们没有联系。所以,一切外面联络之事都由秦川负责。在天山旅馆住了一晚,他们准备从坐火车到头城,然后从那里去乌来山。买好车票,丁虎有些坐不住了,他求饶般说,"大哥,到了九龙,总得让我回家看看吧,老婆是死是活我们暂且不说,总得让我去看看老娘吧,万一我有个三长两短,让我死不瞑目啊!"

"不是哥哥不相信你。"隗南叹着气说,"实在是这个世道太让人摸不透。丁虎兄弟,我要不让你去,是我无情无义,孝是当先,你没错。但丑话我要说在前头,看完老娘你就回来,什么与此有关的事你也不要说。我让杜龙跟你一块去,就两个小时,你一来我们就走。"

"这样最好了。"丁虎叹了口气:"省得别人又说我丁虎通风报信的。杜龙,那就麻烦你了,我们走。"杜龙看了隗南一眼,得到肯定后才跟他出了门。

"隗南,你不应该把藏宝的地点说出来。"丁虎一走,秦川忧虑地说:"而且说得那样详细。我弄不清楚,丁虎作为副手,怎么就不知道,难道是你一个人搬去的吗?"

隗南叹了口气,"抢到东西后,我就带着七八个人去了乌来山,回来的时候中了埋伏,就是我一个人侥幸逃生,那时候丁虎他们还在九龙。我也弄不清楚,是什么人在路上盯上了我们呢。唉!好好的兄弟,

能共患难，却不能共富贵啊！崔花的死，让我感到心疼。"

"你也不要太难过了。"

秦川劝道："在金钱面前，没有几个人能保持内心平静的。不要说你们这种结拜的兄弟，亲兄弟又如何？一样打得头破血流。隗南，我是一个外人，你这样相信我，就不怕……"秦川笑着道。

隗南笑了，反问道，"你说呢？"

秦川摇着头，"我虽然对金钱不感兴趣，但我可以肯定，文物没有放在千佛洞。"

隗南哈哈大笑，"我隗南是那样不讲信用的人吗？笑话，我瞒别人也不能瞒我兄弟呀！你把我隗南看成是什么人？我在黑道上混了多年，我懂得规矩。你放心，秦川，少不了你一份。"

秦川笑笑不语。

丁虎提前回来了，满面春风的样子。几个人收拾行李就上了火车。他们包了一个包厢，几个人就那样挤在那里。上火车后，隗南上厕所时悄悄地问杜龙丁虎回家的情况，杜龙说："他真的哪里也没去，我一直跟在他身边，连跟他娘说话我也在身边。就是跟他老婆在房间里说话我没听见，我也不好意思问。大哥，我们是不是做得太过分了。丁虎跟我们出生入死，总比那个秦川强吧。"隗南咬着牙，一句话没说。

火车一过双溪，就上来了大批军人，警察也从车厢两边检查。马仔阿三从厕所回来，大惊失色，哆嗦着说："南哥，我看有些不对头，不会是冲着我们来的吧？"

杜龙臭骂道，"看你这个熊样，有什么怕的，我们脑门上又没有写字。南哥，我去看看。"杜龙出去转了一圈，回来后脸色都白了。"南哥，我看肯定是冲我们来的。快想办法吧，晚了就完了。"

"沉着，沉着。"丁虎喊道。

他拔出手枪，冷笑一声，"有什么可怕的，不行就冲出去。"隗南、杜龙他们也从包里拿出冲锋枪，做好了冲出去的准备。一出车厢，就和警察交上了火，噼里啪啦的声音顿时传遍了整个车厢，女人的喊叫声，男人的愤怒声，老人的咒骂声掺杂在枪声中。到处是乱轰轰的，遍地是鬼哭狼嚎，让每根神经都处于高度紧张状态。一个个警察和士兵倒在他们的枪下，流着血的旅客疯一样地在车厢里号叫。他们冲过了两节车厢，正准备想办法打开门，跳下火车时，麻生太郎笑嘻嘻地出现了，旁边站满了荷枪实弹的士兵。

"飞龙，别来无恙。"他一抱拳，朝他走来。

"你站住。"隗南喝道："你敢再多走一步，就不要怪我不客气了。"边上的旅客"轰"地走开了，一节空的车厢里，中间是他们六个人，两边是端着冲锋枪的士兵，空气凝固了一样。

麻生太郎不慌不忙，点燃了一根烟，笑着说，"飞龙，你逃不出我的手掌心的，我麻生太郎不是中村宏一，我是猴子，知道吗？还没有比我鬼的人。如果这是地狱，我就是阎王；如果这是天堂，我就是玉皇大帝。"

"不见得吧。"隗南端着冲锋枪，冷冷地笑道："我死你也活不成。只要我手指一动，你想会是怎么样？"

麻生太郎仰天哈哈大笑。

"飞龙啊！你真是可悲又可怜，你难道没听说过狡兔三窟的道理，你有本事就朝我开枪。"说完朝他走了过来。他根本没有把对手放在眼里，就那样毫无顾虑走了过来。

隗南被逼得一步一步往后退。

"你……你真不想活了？"隗南实在看不惯他如此嚣张，"好，我们同归于尽吧。"说完扣响了扳机。怪事出现了，冲锋枪没有响，丁虎黑黑的枪口倒对准了隗南的头。

"南哥，对不起了，枪里的子弹我卸下来了。大家放下枪吧，为了南哥的命。"

"你……"隗南眼珠子都要瞪出来，"想不到我飞龙一世英名，竟然死在自己的兄弟手里。好，你有种，我看你怎么跟那些死去的兄弟交代。"秦川一见这样，赶忙让杜龙他们放下了枪，竹下、野狼窜了过来，把他们一个个铐住了。

丁虎冷冷一笑。

"怪不得我，南哥，怪只怪你对我太不放心了。为什么崔花背叛你，为什么我不愿跟你走，难道就没有你的责任吗？你太看重自己，

第六章 孤岛飞龙

你太不把兄弟当人看。"

"跟他胡说什么呀！"麻生太郎拍着丁虎的肩，"反正我们也知道藏东西的地点。把他押走，我们去百花楼喝酒去。"麻生太郎拉着丁虎走了。

隗南被临时押在屋里。

"唉！怪我没听你的劝告啊！"隗南悔断肝肠，"我要听了你的话，不说出藏文物的地点，也许丁虎不会背叛我。"

杜龙摇着头，"南哥，我看得出，丁虎跟他们早有联系，我倒觉得早总比晚好，只是可惜了那批文物啊！落到这伙王八蛋手里。"

隗南笑了，"你放心好了，千佛洞九曲十八弯，下面是暗河，通着大海，走一天都走不到头，他们再有本事，我相信也不可能找得到。嘿嘿，这个世界上只有我隗南知道它放在那里，怎么能拿得到。"

"我说你不会那么傻吧？"

秦川笑了，"你怎么能随随便便把这样重大秘密告诉别人呢。隗南，你什么也不要说，省得又出现丁虎这样的事。我是外人，我只求能过平安的日子。我心爱的人还在台北等我呢。"

杜龙也点点头，"南哥，秦川说得对，我们跟你一场，如果能逃过此劫，你分点钱给我们就行了，能过日子就够了。你看，为了救你，跟着我的兄弟就剩下阿三和大肚了，我总不能让他们白跟一场吧。"

隗南动情了，攥紧杜龙的手，"兄弟，如果真能逃过此劫，我不会做那不仁不义的事，有福同享，我飞龙要是不履行诺言，让我车裂而死。"

11

丁虎搂着女人，浑身溢满笑容。

"怎么样，这样的日子比你担惊受怕的日子强多了吧。"麻生太郎淫笑着说："这种逍遥的日子多滋润。醇酒美人，有什么比这两种东西更让人惬意的了。人啦,一辈子奋斗不就是为了这两样东西么?我看天堂也未必有我们这里好。"话刚说完,竹下跑进来,附在他耳边悄悄地说了几句话,麻生太郎脸色陡变,"对不起,我先走一步,让野狼在这里陪着你。"说完就跟着竹下急匆匆走了。

"龟田来了,为什么这么快?"

车上,麻生太郎忧虑地说:"难道我又有什么办得不对吗?这只笑面虎,我可要当心些。"

竹下眨着眼说:"我看梅子阴着脸,最坏就是这个骚娘们了。局座还不是让这个狐狸精给迷住了,我告诉你说吧,这女人要坏起来,比男人还狠毒,你看武则天,连亲儿子都敢杀。"竹下的话说得麻生太郎浑身哆嗦起来,不知是祸是福。

刚跨进门,就看见龟田板着脸坐在那里,梅子叼着烟,一副幸灾乐祸的样子。麻生太郎走上前,双腿一个立正。"报告局座,飞龙他们都让我抓住了,藏东西的地方是千佛洞。"

龟田冷笑两声,站起来挥手给了他一记耳光。骂道:"你难道跟屠夫一样吗,不用脑子做事。我让你做围困状,不要抓住他们,让他们跑了,这样,我们就可以顺藤摸瓜,最终找到那些文物。你难道不知道,那些东西,都是中国的国宝。这下好了,千佛洞,你知道那个洞有多大吗?是藏在水里还是埋在土里,丁虎知道吗?我们就是找他妈的一年,也不一定找得到。现在离土肥原将军规定的时间可不多了。"

麻生太郎愣了,呆呆的不知所措。

"局座,我……我实在不知道千佛洞是那样。丁虎恐怕也不知道。那……那怎么办呀!"

梅子站了起来,笑容可掬地说,"不必惊慌,从现在起,你听我的就是了。局座,你休息吧,其他的事我来安排。走吧,带我去见见他们。"麻生太郎带着梅子来到了监狱。她坐在审问室,让竹下把隗南带了进来。

"飞龙,我们又见面了。"

梅子阴阴地笑着,"没有人能逃过老娘的手。我看你是条汉子,给你最后一个机会,文物藏在千佛洞什么地方?如果你能跟我们合作,

我说到做到，金钱、美酒、女人，你一切都有了。我们还可以默认你在九龙这一带的势力范围，这个条件够意思吧。"

隗南鼻子哼了两声，"我谢谢你，我是个不识好歹的人，你不要白费心思了。"

梅子暴号，"你骨头硬，你讲义气，你想成为顶天立地的男子汉，我今天就成全你。晚上就送你上路。竹下，把他押回去。把那个秦川给我提来。"梅子一个个审问、一个个诱导，都没有结果。气得她大骂，"我让你们不得好死，我让你们知道天堂是什么滋味。"

丁虎和野狼回来了。

"好极了，好极了。"梅子拍着手，"有丁虎在，我们还要飞龙做什么。丁虎，你知道文物藏在千佛洞什么地方吗？"

这一问，把丁虎也问傻了，哆嗦着说："梅小姐，我……我不知道。我没去过那里。"梅子做了个无可奈何的手势，说我问过飞龙了，他也不说，我只好送他上天堂了。"野狼，你负责行刑，就在监狱外面搭好架子，晚上八点送他上路。竹下，你做一顿好的饭菜，带好酒，和丁虎一块送过去。不要让他们做一帮饿死鬼，找我们麻烦。丁虎，你和他们兄弟一场，总得去说几句好话吧。"

"我……我就不去了。"

梅子眼珠子上翻，恶狠狠地说："不行，你必须去。而且你们俩都必须进号子陪他们喝上一杯，不要让他们说我们不懂规矩。好了，下去吧。"野狼、竹下、丁虎怯生生地下去了。

"这个娘们，比狼还厉害。"

丁虎骂道："我不去，我去说什么呀！"

竹下乞求说，"我说老弟，就算帮哥哥我的忙，反正要死的人了，就让他骂个够。我做了十几年刽子手，不知道把多少人送进了地狱，有什么可怕的。你要不去，那个娘们不剥了我的皮才怪呢！"

野狼站在边上笑了，"剥你皮的时候我亲自侍候你老人家，让你痛快些，怎么说我们也共事一场吧。"

竹下恼了，"放你娘的狗屁，我们还不知道谁剥谁的皮呢。"

竹下做了一锅红烧肉，又酱了一锅牛肉，弄得香气扑鼻。

"真香，看样子你这个人心肠还是挺好的嘛，还给他们吃这么好的东西。"丁虎调侃说。

竹下瞪了他一眼，"老弟，这是规矩。什么样的犯人死前都得吃这个。人活一辈子，都要死了，何必为难人家呢？你没听说，印弟安人的规矩更大，没结婚的人还要找个处女让人家做回男人呢。安慰死人的灵魂吧。"

丁虎拿过一个大木桶，把肉装上，又把几瓶烧酒装在另一个桶里，苦笑着说："想不到我丁虎竟然为他们送行。不知道我有没有这样的福气，让别人侍候我上路。"

两人来到了号子。

"飞龙，来吃最后一顿饭吧。明年今天就是你的忌日。你还有什么话要说，或者给家人有什么要捎的，都说出来，我保证给你办到，这是我们的规矩。"竹下面无表情地说。

丁虎叹着气，看着隗南、杜龙死一样的脸色，颤抖地说："南哥、杜龙，不要怪我，我也是没有办法。你们走后，我一定多给你们烧些纸，你们就放心上路吧。"

竹下掏出钥匙，打开了牢门，"我可告诉你们，不要有想跑的念头，野狼他们在外面设了好几道岗呢。我们头儿仁义，让我们陪你们喝一杯。"竹下把碗摆好，倒上酒，又把肉倒在了大盆里，这才端起了酒。

"飞龙、秦川，你们都是条汉子，我敬你们一杯。"竹下倒挺仗义，仰脖把一碗酒倒进了肚子。

丁虎也端起了碗，"南哥，我敬你一杯，先喝为敬。"隗南坐在那里没动。秦川赶忙给杜龙、何三、大肚他们使眼色。几个人连忙上前，左劝一碗，右劝一碗，不到几分钟的工夫，两个人就瘫在地上不能动了。

"隗南，现在不跑，还等什么？"

几个人惊醒，赶忙抢过竹下身上的钥匙，打开了手铐脚镣，又把竹下、丁虎两人捆住，这才冲出号子。守牢门的士兵抱着枪在那里打盹，秦川、隗南装着送饭的样子，把帽子压得很低，一走近，挥手就

是一掌，士兵还没有发现是怎么回事，就倒下了。刚走出院子，正好碰上野狼从外面走进来，边上还有麻生太郎。

"你……飞龙。来人呀，飞龙他们跑了。"野狼惊慌失措地喊道。秦川操起送饭的木桶就砸了过去，吓得麻生太郎野狼他们趴在地上不敢动，以为是手榴弹。

"快跑。"秦川喊道。几个人翻过院墙，就消失在茫茫的夜色中。子弹划过漆黑的夜空，汽车的轰鸣声跟在后面，显然是他们追过来了。隗南几个人不敢耽搁，一口气跑了几十里地，这才喘口气。秦川告诉他们，不能休息，我们还没有离开危险地带。几个人又拼命地跑，也不知道跑了多久，才坐下休息。

休息了一会儿，几个人又踉跄着往前走。

12

他们就这样走走歇歇，天亮时终于到达了头城。秦川、隗南实在累得不行了，就找了一家农户，几个人倒在草堆里，再也不动了。头城是一个小集镇，离乌来山还有一百多里地，坐汽车两个多小时也就到了。隗南躺在草堆里，拉住秦川的手，感慨地说，"我的兄弟一个个都离我而去，倒是你这个外人待我如兄弟。秦川，到了千佛洞，取到了文物，我们就把它卖了，钱留一些给死去的兄弟们做抚恤金，我们几个人二一添作五，每人一份。人生在世啊，什么最重要，金钱算什么，狗屁，唯有真情啊！"隗南说着说着泪水溢满了眼眶。

休息了两天，他们继续朝乌来山出发。

路上，他们搭到了一辆便车，很快就到了。乌来山是由几十座八百多米的山峰组成，群山连绵不断，山上树木葱郁，山下不远就是礁溪温泉，它离乌来镇还有一段距离。几个人在温泉洗了个澡，就来到乌来镇，坐下来吃了一顿正式的饭，就准备上山了。

"南哥，我们总算平安到达了。"

杜龙感慨地说："可惜，林雁没有看到这一切，要是她在就好了。真是个好女人啊，对你一片痴情。"

隗南听完杜龙的话，什么也没说，双眼湿润了。秦川埋怨道，"你看，弄得隗南心里怪难受的，你说这么多做什么？"

阿三、大肚也埋怨他，"高兴的日子就不要提那样让人难过的话。生死由命，富贵在天，她命薄，你想留她也留不住的啊！"

"隗南，离千佛洞还有多远？"

隗南喘了口气，"不远了，走个把小时就到了。我们总算看到了曙光。大家加把劲，争取晚上赶回乌来镇。山上可没地方住啊！"大家走得更快了，巴不得马上就能看到那些文物，感受到那种发财的滋味。

秦川看看表，得意地笑了，"兄弟们，快走呀！我们马上就要发财了啊！娘的，这辈子总算盼到了这一天。"

千佛洞在半山腰，是一个自然形成的石灰岩山洞，洞里有千奇百怪的像佛像的石头而著名。洞口有十多米宽二十多米高，进得洞来，便是状如蛛网的小洞，有的能过汽车，有的只能容一个人通过，再往里面走一个多小时，便是一个大厅，有两个篮球场那么大。厅的边上便是一条暗河，暗河水发出蓝幽幽的光，人未走近，便感到有一种逼人的、冰透骨髓的阴森。河水顺着山洞往前流着，谁都不清楚这条河有多长，据说从地下流到了一百多里外的海里，这种说法虽然有些夸张，但二十多里长还是有的。

几个人未进洞就倒退了几步。

"这风为什么如此杀人，跟刀子似的。"杜龙愣了一下，停住了脚步。

阿三、大肚也胆怯地说，"是不是山神怪罪我们，文物是古人的东西，是镇山之宝，我们拿不得啊！"

"你们胡说什么？"隗南哈哈大笑，"什么镇山之宝，又不是山神的，是我放在这里的。走，难道到手的财富我们就这样不要了。"他笑着走在了前面，杜龙他们跟着，秦川走在最后面。

一行人战战兢兢往前走。

七拐八弯，走走停停，停停走走。他们终于来到了大厅。隗南喘

了口气，对着大厅边阴森森的河说，"文物就在那堵峭壁里面，只有过了这条河才能取得东西，你知道我们当时是怎么放进去的吗，是我特地带了一条橡皮舟才把东西搬进去的。"

秦川问，"怎么看不出那边有个洞？这河有十多米宽，上了岸也只有一米宽的立脚的地方，看来搬过来是个问题。"

隗南笑了，"把那块石头一搬开，洞就出现了，里面可容一个人转身"。

"阿三，你过去。"

杜龙眼睛盯着他，阴森森地说："明白吗，你水性最好，你过去。"

阿三从杜龙眼里读懂了什么，点点头，就脱衣下水。片段工夫，阿三就游了过去，上了岸，按照隗南的指点，搬开了那块岩石，一个一米见宽的洞就露了出来，阿三刚走两步，就鬼哭狼嚎起来，那声音让人毛骨悚然。一条巨大的眼镜蛇咬着阿三的脖子，尾巴卷在他身上，阿三浑身抽筋，倒在河里，与蛇搏斗着。

"怎么办，怎么办？"

大肚哆嗦着说。杜龙二话没说，端起冲锋枪，一阵号叫，蛇和阿三都被打得稀烂。几个人你看我，我看你，面无人色，大肚更是目瞪口呆。杜龙冷笑一下。

"大肚，轮到你了，拿到了文物，阿三那份给你。我杜龙说到做到。"

大肚扑通一声跪在地上。

"饶了我吧，我不要，我什么也不要，你让我回家吧。我求求你们了。"

杜龙脸色陡变，也不看隗南，用枪指着他说，"你只有两条路，要么游过河去，要么去死。"

"我……我……杜龙，你杀了我吧，我实在不敢。我……"还未等他把我字喊出来，杜龙一脚把他踹到了河里，十米宽的河，大肚扑通了几下就到了。

他心有余悸地爬上岸，惊恐万丈地往前走。片刻工夫，欢呼声从洞里传了出来，"杜龙，东西都在这里，有二十箱文物，这下我们发了。"大肚拖出一个箱子，站在岩石边高兴地说。杜龙听到大肚的话，嘿嘿地笑了，调转枪口，对准隗南和秦川。

"对不起，我必须杀了你们。"

隗南大惊。

"你……杜龙，你竟然敢杀我。想不到你救我是为了文物。"

杜龙哈哈大笑，"人为财死，鸟为食亡。你难道不明白这个道理吗？成者王候败者寇，我不跟你废话了，这就送你上路。"说着端起了枪。枪响了，倒下去的不是隗南，也不是秦川，却是杜龙。大肚慌了，刚想拿起枪，也栽进了河里。隗南大惊，操起了冲锋枪，警惕地看着四周。

"飞龙，别来无恙。"

梅子笑着从一块岩石边走了出来，一个个荷枪实弹的士兵站在她周围，龟田绷着脸，跟在她后面。瞬间，火把照得山洞亮如白昼。"飞龙，我说过了，你永远也斗不过我的。认输吧，胜败乃兵家常事，你依然是条好汉。只要你跟着我，我保证你这辈子有享不尽的荣华富贵。"

"呸。"

隗南大怒。

"你这个骚娘们，我下地狱也不会让你得到安宁。嘿嘿，你想得太好了，我就是输了，也要让你上天堂。你不要忘了，我手里还有枪。"隗南冷冷地笑着。

梅子仰天哈哈大笑，笑得眼泪都出来了，"你这个人啊！死都不知道怎么死的。秦川，让他见识一下你的枪法。"隗南还未反应过来，手就麻了一下，冲锋枪掉在地上。

"你……你是他们一伙的。"

隗南这次真的心胆俱裂，"难道你这一切都是在演戏。秦川，我原以为你是条汉子，原来你比他们还无耻、还卑鄙。"隗南这次心彻底冷到了底。委靡地倒退几步。

秦川笑了，手一挥，几个人窜上前，把隗南铐住了，"对不起，飞龙，使命在身，我不得不这样做。告诉你吧，我是梅机关的酒井镐次。土肥原将军为了破这起文物抢劫案，在你没有进入'三十九号'时就

第八章 孤岛飞龙

把我放进来了,而且中村宏一、麻生太郎不知道。"

龟田指挥着人员把箱子从河边搬了过来,又让他们抬着往洞外走。隗南走在前在,抬着黄金的人员跟在后面,梅子和酒井说说笑笑走在最后。

走到离洞口十米远时,隗南猛地推倒边上的人,怒吼:"秦川,嘿嘿,你要我死,你也逃不掉,我让你跟我一块同归于尽。"后边的人都呆了,不知发生了什么事。

秦川反应快,马上喊道:"隗南,别乱来,有什么事好商量。"

隗南踢掉边上一块大石头,脚下马上露出了一个碗口大的铁盖子,他把脚放在上面。号道:"你们开枪吧,我倒下时,你们也完了。我告诉你们,这是我设计的连环地雷,我一踩,整个洞就全塌了,你们谁也出不去。"

"别,你别乱来。"

龟田惊慌失措地说:"飞龙,你有什么条件就提出来,千万别做蠢事。人活着多好呀!难道不比死了强。"

隗南笑了,冷冷道,"秦川毁了我的一切。知道吗,一切。我把他当做兄弟一样看待,他却这样。崔花背叛我,我不伤心,我对她本来就有些不放心,丁虎更是如此,杜龙跟我本来就没有什么,为了财他那样做也说得过去。唯有秦川你……你把我做人的信念全毁了,难道这个世界上就没有一个好人?大家要活着也可以,你秦川跪下来给我磕个头,我就认了,怎么样,这个条件不苛刻吧。"

"酒井,为了兄弟们,你就……"

龟田走到酒井面前,肯求着说。酒井冷笑一声,"你太狂妄了,隗南,我上跪天、下跪地,跪父母、跪师长,我怎么会跪在你面前呢?做梦吧。隗南,认输吧,只要你承认今天的失败,你仍然是条好汉。我就不相信你不怕死。我就不相信你隗南真有如此聪明,竟然设下了这连环地雷阵。"

酒井一步一步走向隗南。

"你别逼我。"

"是你逼我。"

"你……你真的不想活？"

酒井冷冷地说："如果让我像狗那样活着，我情愿站着死。人活着为了什么？还不是活个脸面，活个心情。你让我下跪，我还能在这些人面前做人吗？所以，不是我逼你，是你逼我。"

隗南叹了口气："看来你也是条汉子。这样也好，省得我到阴间没个伴。"他抬起了脚。眼疾手快，酒井一梭子弹飞了过去，把隗南的腿打得鲜血直流。隗南扑通一声倒在那里，咬着牙说，"我又错了，把你看成一条汉子，你……"他使出全身的力气，双手朝铁盖子砸去……

第六章 孤岛飞龙

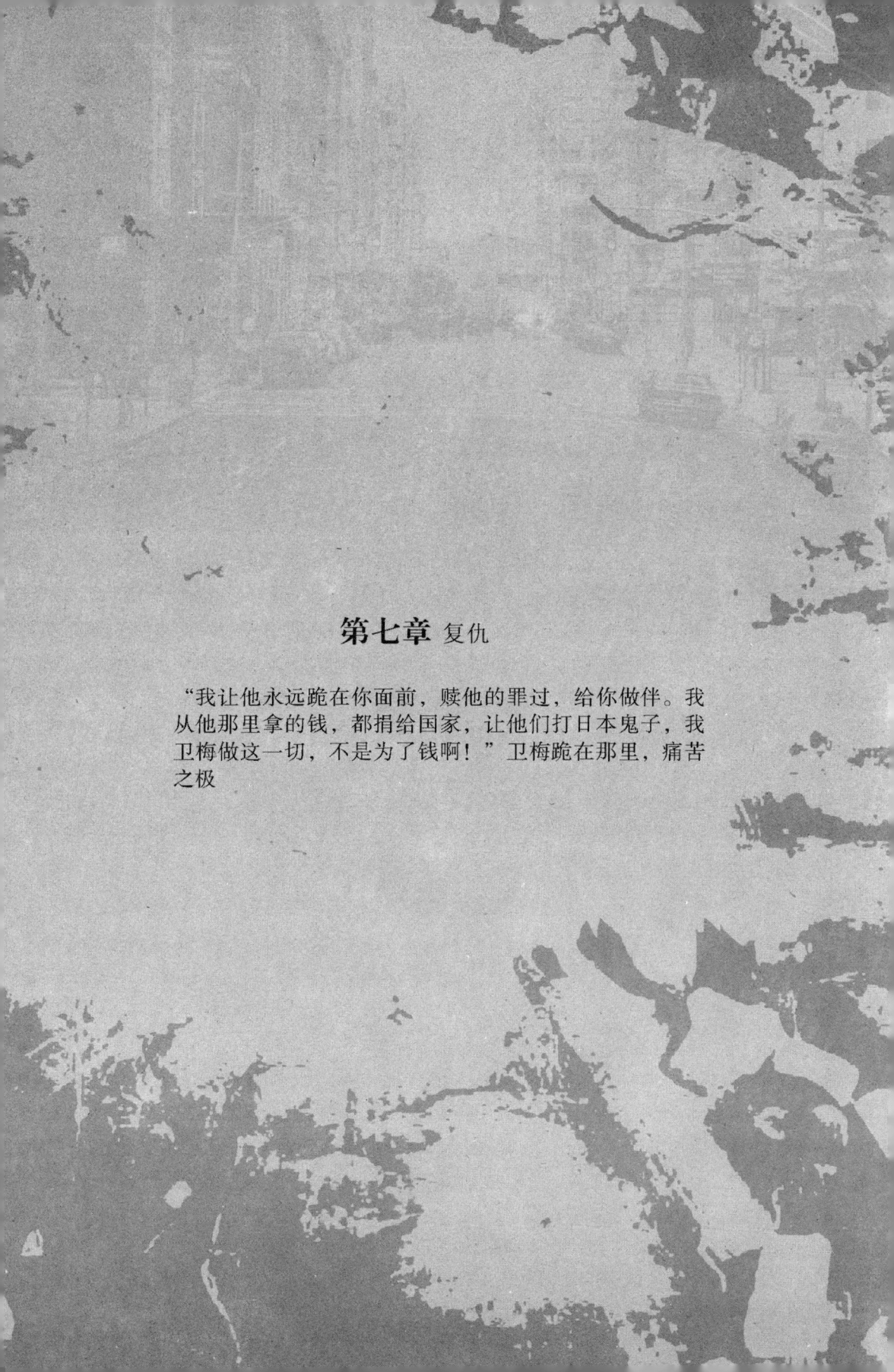

第七章 复仇

"我让他永远跪在你面前，赎他的罪过，给你做伴。我从他那里拿的钱，都捐给国家，让他们打日本鬼子，我卫梅做这一切，不是为了钱啊！"卫梅跪在那里，痛苦之极。

第七章

复仇

1

"我让他永远跪在你面前，赎他的罪过，给你做伴。我从他那里拿的钱，都捐给国家，让他们打日本鬼子，我卫梅做这一切，不是为了钱啊！"卫梅跪在那里，痛苦之极。

一九三八年，上海。

工藤一郎开着汽车驶上了公路。

他哼着小曲，吹着口哨，就像一只飞出了鸟笼的小鸟，浑身充满着快乐。三十五岁的工藤一郎，五年前来到上海，名义上是个牙医，实际上他是特高课特工。在上海，他偶遇富翁铃木重树的独生女儿铃木花子，开始踏上幸福的道路。这个任性的女人，不顾父亲的劝阻，硬是嫁给了工藤一郎。她被这个男人英俊的外表所迷惑，迷惑得不能自拔。铃木重树没有办法，只好把上海的业务抛给了铃木花子经营，两人在上海过着甜蜜的生活。生了孩子以后，公司的业务就由工藤一郎一个人经营，虽然铃木花子还兼任董事长，但公司的业务由工藤一郎说了算。这样一来，工藤不但有一个好的掩护身份，而且有充足的活动经费，得到了土肥原将军的表彰。

铃木花子带着孩子，逍遥自在。

"晚上一定要赶回来。"早晨临出门时。铃木花子给工藤一郎整理

领带，斜斜地看了他一眼，略带嗲媚地说："我们结婚到现在，没有分开过一天，你晓得吗？"

工藤一郎吻了吻她的脸，笑着说："知道，知道，我的太太，我一定赶回来。家里有你这样一位漂亮的太太，我舍得吗？你说是吗？"

铃木花子故意撅了撅嘴，温柔地瞪了他一眼："嘴越来越甜了。哼！男人没有一个好东西。哪个不是吃着碗里的，看着盘里的。我告诉你，工藤一郎，如果你……嘿，我铃木花子可不是个善主。"工藤一郎当时心里就"咯噔"一下。他明白她绝不是讲着玩的。但他仍然满脸笑容，搂着她，甜蜜地吻着告别。

漂亮的老婆好，但也烦人。

工藤一郎虽然不怕老婆，但怕她纠缠。他做的事，都不能让对方知道，这是纪律。这次他得到了一个消息，要带人到市郊抓一个人，当然是共产党了。汽车风一样地在高速上疾驶，窗外阳光是那样明媚，一丝空气从车窗中透进，他感到是如此新鲜。唉！工藤一郎长叹一口气，第一次感到找了一个有钱的女人做太太值得。

车刚到酒店前停稳，工藤一郎就看到接他的人站在那里。他从车上下来，一个年轻人就伸出了手，和蔼地说："藤清大哥，房间已经帮你订好了，203号房。你先休息一下，十点后我来请你。我们李总说，好好放松一下，买卖的事好说。我们毕竟是老关系嘛，什么事不好商量呀！"工藤一郎点了点头，走进了房间。他有点累，洗了个澡，换了套衣服，就仰躺在沙发上休息。工藤一郎有个中国名字，叫藤清，认识他的人都不知道他是日本人，当然老婆除外。一会儿，那个年轻人又来了，他陪着工藤一郎来到饭店会议室，梅机关的李志豪朝他伸出了手。

"藤兄，在我的记忆里，这是你结婚以来第一次单独外出吧？嘿嘿，感觉一定挺爽。"比他大几岁的李志豪皮笑肉不笑地说着。李志豪是特高课特工酒井镐次，中国名字叫李志豪。

工藤一郎摇了摇头，感慨道："你们以为娶了一个富翁家的千金是件好事。你们不知道，什么东西也没有比自由更宝贵的啊！不说了，我们预订的那批货没有问题吧，军统现在闹得很凶，我们还是不能大意的。"

李志豪马上说，"藤兄，你就等着好消息吧，有'七十六号'帮助，我们还有什么事办不成？完事了我让属下带你放松放松，你太累了啊！"他一挥手，手下人就走了。工藤一郎没有想到如此得顺，高兴地点了点头。两个小时后，报告来了，说那批"货"全部抓到了，都是上海的赤色分子，只有一个叫冀北方的大学教授跑了，工藤一郎认识那个冀北方。说他跑不了，我早晚都会抓到他。

一个漂亮的女孩子走了过来。

"藤老板，这是阿慧，我让她陪你。晚上我们好好吃顿饭。"阿慧马上甜甜地喊了一声藤哥，就挽着他的手走了。坐上李志豪特意为他准备的车，拥着漂亮的阿慧，工藤一郎心里甜到底。他们来到一家室内游泳池，阿慧穿着一件红色的三点式泳装，像只美丽的海豚，在蓝色的碧波池里划出一条条优美的弧线。那红色，又像一只火狐，散发出性欲飓风，仿佛要把他吞噬。她的长发如张开的网，人一动，珍珠般的水珠洒满一池。那湿漉漉的布衫裹住的乳峰，高耸而丰满，充满着活力，闪耀着迷人的光泽。"娘的，美丽的女人真是一首诗。"他心里骂了一句，朝她游去。

游完泳，两人来到房间。

"藤老板，喜欢我吗？"洗完澡，穿着薄薄睡衣的阿慧懒懒地倒在他怀里。"我听李老板说你像只珍贵的动物，被主人养了起来，虽然衣食不愁，却没有自由，是吗？我可怜的人儿。男人哪能总看一处风景呢。我叫你哥吧，我一见到你，就感到你太可怜了啊！来吧，放松放松。"她的唇就在他身上耕耘开了。工藤一郎感到自己掉到了炉火中，身不由己地扑了过去。

晚饭十分丰富。但工藤一郎没有什么胃口。只应付着。觥筹交错，此时工藤一郎才知道阿慧的厉害。她坐在他旁边，八面玲珑，一会儿说初次见面嘛得喝一杯，一会儿又说，你是我大哥，得喝一双。李志豪敬酒，她又在桌下做小动作，纤纤的玉手在工藤一郎掌中来回滚动，好像是做了许久的情人一样。弄得他喝又不是，不喝又不是，半个小时不到，工藤一郎已有七分醉了。

第七章 复仇

"差不多了吧？"工藤一郎想溜。

李志豪眼珠一转："老兄，这是哪到哪，好戏还没开场呢。不要拘束，这又不是在家里，你放开些。人生光阴短暂，该享受就享受，要不这辈子都他娘的白活了。"

阿慧也撒娇地撅起嘴，藕荷似的手臂搭在他肩上，一声声藤哥长藤哥短的。吃完饭，李志豪拍着他的肩说："走，陪大哥去歌厅潇洒一回。"

外面刚下过雨，空气仍然闷热。大世界歌舞厅霓虹灯在夜色中更显得刺眼。黑色的汽车在歌舞厅门口一停，几团白色烟雾就滚过来了。柔柔的大哥长大哥短的声音让人浑身酥麻。包厢光线很暗，淡红色的两盏灯也好像病了一样，似亮非亮。只有半裸的美女一个个亮丽滚过，卖弄着风骚。跟着的人都不见了，连阿慧也不见了，工藤一郎问他们都到哪去了？李志豪笑而不答。两个白俄姑娘进来了。她们穿着浅黄色丝质旗袍，旗袍叉开得很高，一动，那飘动闪烁的白光很是撩人。姑娘身材颀长，皮肤白净娇嫩，两只丰乳高高耸起，一对湛蓝明亮的大眼睛含情脉脉又炯炯有神，加上那金色的披肩秀发和那修长美腿在旗袍下飘动，的确有些超凡脱俗，与众不同，多看两眼都让人心醉。

玩得差不多了，工藤一郎说我要回家，太晚了不合适。李志豪说好吧，阿慧也要回去，她跟你的车一块走，你放心，一个小时就到。他看了工藤一郎一眼，笑容可掬地附在他耳边说，"注意些，千万不要把你日本人的身份告诉别人，否则，你会有麻烦的。"工藤一郎点了点头。

"送藤老板。"李志豪一挥手。

工藤一郎汽车已经停在外面。李志豪问他能不能开车，他拍着胸脯说，"什么话，这点酒算得了什么。走，阿慧，坐藤哥的车会很舒服的。"阿慧朝送她的人招了招手，就钻进了汽车。汽车离开歌厅，驶上了公路。

突然，他看见了冀北方。

工藤一郎脑子有些飘飘然，加上一路上与阿慧调情，情绪波动。一看到冀北方，他兴奋起来了，又不能告诉阿慧，只好开着车，朝对方撞了过去，一下子把冀北方和他的儿子撞死在马路上。工藤一郎下车仔细地看了看，确定是冀北方后，高兴得露出了冷冷的笑容，"看你跑，看你跑得出老子的手心吗？走，阿慧，不用害怕，一切都跟你没有关系。"他拉起她的手走了。

阿慧说："藤哥，我看那死去的人不像军统的人，如果是上海的老百姓，就太那个了。听说你们跟'七十六号'有联系，李士群可是个杀人魔鬼。藤哥，如果撞死的是他们的人，那就麻烦了啊！"

"李士群，哈哈哈，有什么了不起的，有你藤哥，你什么都不用害怕，死几个人算得了什么，上海天天死人。宝贝，只要你听哥的，什么也不用害怕。"他抚摸着她的脸，把她送到了家。

铃木花子正在家门口等他。

"花子，你怎么站在家门口？快回家。你不知道吗？上海太乱，到处是枪声，弄得不好，就会伤着人。"工藤一郎扶着她的肩，往楼上走。走到门口，管家的张妈接过工藤一郎的衣服，告诉他，洗澡水已经放好了，他一挥手，两人就走上了楼。

"你告诉我，你到底是什么人？"

铃木花子站在客厅里，脸上冷冷的。

工藤一郎故意发呆，站在那里不知所措。

铃木花子告诉他，父亲派人调查了，你跟上海特高课有联系，父亲还说，你的朋友李志豪也是日本人，真名叫酒井镐次，父亲知道你是做什么的。工藤一郎想说什么，她挥了挥手制止了，继续说，父亲没有别的意思，现在上海是我们的天下，我又是你的人，希望你帮帮他的忙，他有一家纺织厂，被军统的人盯着，你想想办法。

工藤一郎笑了，"是的，花子，我是为天皇服务的，这没有什么，我们在上海做生意，没有军部的人帮助，我们什么也做不成，我也是没有办法。花子，为了我们的安全，没有人知道我是日本人，我叫藤清，中国人，知道吗？你放心，我会想办法帮你的。"

"你永远爱我，真的？"她笑着说。

"我不骗你，我喜欢你，你是我生命的唯一，知道吗？唯一。"他抱着她，走进了卧室。

第七章 复仇

2

　　二十多岁的卫梅长得十分漂亮迷人。

　　虽然在电影圈里混了多年，每年接的片子也不少，但都是配角，一次主角也没有演过。卫梅很满足，她信奉一句话，女人长得好不如嫁得好，所以，她二十岁时就把自己嫁出去了。老公冀北方，是一位留学英国的博士，在上海一所大学教书，有一个五岁的儿子，小日子过得幸福又甜美。今天早上，她刚与冀北方通过电话。她甜甜地说，"老公，实在对不起，你刚从欧洲回来，本想在上海好好陪陪你的，想不到剧组为了抢时间，把我们都拉到了南方，你耐心等等，最多一个月，我就能回上海，我想你，真的好想你。"

　　冀北方在电话里朗声笑了，"老婆啊！只要你想我就够了。我也想你，你放心，我会控制自己的欲望的。"

　　他的话，说得卫梅咯咯地笑了，"你就坏吧，看我回上海不'整'死你。"两个人煲起电话粥，打了一个多小时。

　　卫梅跟冀北方认识很偶然。

　　那次到一个乡村拍戏，她的脚扭了一下，一瘸一拐的。她拒绝了同伴的帮助，找了一个棍子，就那样从饭店里往外走着。他到那里办事，主动地上前帮助她。她没有拒绝，两个人就这样认识了。接下来是淡淡的交往，就像在树林幽深处散步，那树微微颤动，那花一瓣一瓣飘落，那无声无息中滑落的感情像看不见的雨丝，降落在她心灵。他说有的美，是要等到时间静止了才会感受到的；有的美，是要用世俗的泪水把眼睛冲洗干净了才能看得清的；我遇见了你，就像聆听天外的月光和大海的回声，我只有用生命来承受啊！她被他优美的词句所感染，觉得这正是她寻觅的男人。

　　每当想起他，卫梅就觉得四周暗香浮动，他若隐若现的形象，温柔体贴的爱抚以及他轻声慢语的情话，让她醉入微醺，感受到生命的快乐，沉浸在爱的缠绵中。排演了一天的戏，卫梅感到十分疲惫，她拒绝了同事们的邀请，回到饭店，洗了洗就睡了。也不知道过了多久，反正外面已经是万籁无声，一片静寂。卫梅正做着一个甜蜜的梦，梦见了冀北方正搂着她，亲吻着她的唇，她浸沉在幸福时光之中。

突然，急促的电话铃声把她惊醒。

她睡意蒙眬，看了看床头的表，凌晨两点。

"谁这么没有心眼，这个时候打电话。"她嘟囔了一句，穿着睡衣坐在床沿，拿过了电话，还没有问，一声嘶哑的哭泣吓得她愣住了。

"嫂子，是我，南方呀！我……我哥他……他……"卫梅知道电话是冀北方的弟弟冀南方打来的。

一听他结结巴巴的声音，她仿佛感到大祸临头，一下子跌坐在地下，颤抖地问："你……你说什么？你哥他……他到底怎么了？快说呀！"卫梅的声音都带着哭腔。

"……呜……呜……"冀南方已经泣不成声，在电话里哭了起来。

卫梅怒吼："快说，他到底怎么了？"

"嫂子，你要镇静，我哥他……他被汽车撞死了啊！还有虎子，都没了。嫂子，嫂子。"卫梅已经听不见冀南方的声音，她软软地倒在床边上，人已经昏迷过去了。导演接到冀南方的电话，带着人撞开了房门，把卫梅送到了医院。

卫梅再次清醒已经是第二天早上八点多。导演一直守在她身边。他看着她醒过来了，沉重地说："卫梅，南方已经给我打过电话了，天有不测风云，人有旦夕祸福，你一定要坚强地面对现实。死去的人不可能再生，一定要为活着的人想。"

卫梅欲哭无泪，双眼空洞洞的。她望着导演，自言自语地说："我……我还有活着的价值吗？丈夫孩子都没有了，那是我的生命所在啊！"

导演再次劝道："卫梅，想开些，你还不到三十岁。还可以寻求未来。好吗？我知道说什么你也听不进的，南方今天上午就从上海飞来，你跟着他坐下午的航班走，演戏的事再说吧。"五十多岁的导演拍了拍她的头，离开了房间。

第七章 复仇

中午时冀南方到了。

他告诉卫梅事情的经过。昨天晚上吃完晚饭,哥哥带孩子到外面散步,大概九点钟左右,一辆汽车突然窜上了马路,当场就把他们两个人撞倒了。虎子当场就没有了气,哥哥送到医院时也不行了。我调查过了,司机是一个叫藤清的人,我正想找他算账,但是,我朋友又说,此人叫工藤一郎,是日本特高课的特务,他是故意撞死哥哥的,因为,上次抓他没有抓住。

"嫂子,我知道你跟我哥十分恩爱,虎子又是那样讨人喜欢,不要说你,我一知道这件事后,死的心都有。唉!碰上了这样的事,就得坚强地面对啊!走吧,到了上海我们再说。"卫梅脸色死灰死灰的,人已经瘫痪了。她在冀南方的搀扶下登上了到上海的飞机。

卫梅回到上海就病倒了。

她的父母从老家赶来,好朋好友也到医院看望。但是,任何的安慰都无法弥补她心灵的创伤。她整日以泪洗面,人整个恍恍惚惚的。冀南方几次想去找工藤一郎拼命,不是卫梅拉住,结果如何,谁都不知道。在那个年月,日本鬼子撞死人,是没有地方说理的。

他还是找到工藤一郎的公司。

"你撞死了我哥哥,必须负法律责任。"

工藤一郎鼻子哼了一声,摊着手说:"你叫什么名字,冀南方,我记不得我撞死过人,你有证据吗?如果没有,就给我滚得远远的,否则,我让警察把你抓起来。"冀南方还要说什么,警察走了进来,把他轰走了。

他还要再闹,一个年龄大点的警察说:"我说老弟,你不看看上海现在是什么人的世界?日本人的世界,知道吗?我告诉你,工藤一郎是特高课的人,你要弄得他生气了,你死都不知道怎么死的。还不快走,否则,想找你哥哥去?"

冀南方无法,只好向卫梅说了实话。

"嫂子,我们没有办法。你知道日本人占领了上海,没有我们说道理的地方。唉!算我们倒霉,此事就到此为止吧,否则,我们还会吃亏的。"他再三劝着。

卫梅点了点头。

处理完冀北方的后事，卫梅准备回南方老家。

"南方，谢谢你对我的关照。我现在一切都没有了，一切都没有了啊！我要离开上海这个让我伤心的地方，再也不回来。我再也不会演戏了，我的心经不住这样的折磨啊！南方，清明时节，一定代我到你哥哥坟前烧炷香。我如果这次不去拍戏，也许他不会出事。我为什么要去呢？难道这都是命吗？"卫梅极度委靡，人整个垮了。冀南方咬着嘴唇，泪水溢满了眼眶。他也接受不了这个事实。父母刚刚过世，哥哥又走了，他感到天塌下来了。

"嫂子，我知道我们都会在这个世界上消失，像小鸟不再吟唱，像鱼儿不再游戈碧潭。我也知道爱人是一个奢侈的词，也许一生只有一次，也许没有。只有我知道你跟我哥的爱有多深，他是多么地疼你、怜你、喜欢你，他已经化成风、化成雨活在你的生命里。但是，我们仍然要坚强地面对未来。你还不到三十岁，我……我只希望你以后的日子活得快乐啊！"冀南方忍着痛苦说道。

"南方，你放心吧。"卫梅握着他的手。"我会照顾好自己的，你放心，我永远都是你们冀家的人，是冀家的儿媳妇。你也要保重，不要太劳累了，钱是赚不完的。人奋斗一辈子又得到了什么，除了爱我们一无所有啊！"她握着冀南方的手，问清楚了工藤一郎的情况，就跟着父母上了火车。

父母把卫梅带到了乡下。两个小妹妹知道姐夫出了事，把她安排到自己房间住了下来，陪着她聊天，到山上散心。沐浴着乡村美丽的自然风光，卫梅的心情似乎好了些，脸上终于有了笑容。但是，每当夜幕降临，卫梅的心又飞向了遥远的苍穹，想到与冀北方在一起的恩恩爱爱，心如刀绞一样疼痛。她经常问自己，难道我不应该为他做点什么吗？难道就让那个杀我丈夫和儿子的刽子手工藤一郎逍遥法外吗？

第七章 复仇

3

卫梅雇了一个杀手来上海。

他把工藤一郎的地址和相片给了对方,再次叮嘱:"你记住,他叫工藤一郎,是日本人,他还有一个中国名字,叫藤清,他虽然做着买卖,但他实际上是日本特高课的人,你一定要谨慎。"

杀手是一个东北汉子。

"大姐,你放心,日本鬼子把我的家乡都占领了,我连家都回不了,不要说你给钱雇我,就是没有钱,我也愿意。你放心,我一定叫那个鬼子上天堂,给大哥报仇。"他拍着胸脯答应了。

可卫梅不放心,偷偷地跟到了上海。

她在工藤一郎家不远的地方租了一间房子住着,等着那个汉子的消息。一九三八年的上海,腥风血雨,日本人、汪伪汉奸、青帮,各种势力错综复杂。工藤一郎有公司做掩护,又有特高课的背景,这样一来,他的公司买卖做得越来越大,铃木花子的父亲也和汪伪政府勾结,做着买卖,可是,铃木花子这个女人,依然像一根绳,把工藤一郎捆得死死的。

卫梅没有等到她要的结果。

在一个风雨飘飘的日子,那个东北汉子,在工藤一郎门口举起枪,枪一响,倒下去的不是工藤一郎,而是那个东北汉子,汪伪特务机关已经派人保护工藤一郎。

工藤一郎受了此次惊吓,再也不随便出入,而是更加谨慎,不要说杀他,就是走近他的身边都很难。卫梅再次从上海返回了南方,她在等待机会,她发誓,一定要杀了工藤一郎,给自己丈夫一个交代。冀南方赶到了她娘家,劝卫梅放手,说让共产党收拾他们,卫梅拒绝了。

工藤一郎与铃木花子的矛盾再一次升级。

"工藤一郎，事情已经处理完了，你现在告诉我，你跟那个叫阿慧的婊子到底是怎么回事？你说吧，只要你老实说，我不怪你。"铃木花子看样子心平气和。

工藤一郎心里有些怯意，毕竟，他花在阿慧身上的钱不少，虽然公司不在乎这点钱，但也不是一个小数目。铃木花子的父亲劝她不要跟工藤一郎过不去，说现在上海是特高课的天下，公司很多事还要靠着他。铃木花子说，我不管这些，他是我的丈夫，我就要管。父亲万般无奈，气得走了，走时警告说，"你会为自己的无知埋单的，到那个时候，我也救不了你。"

"花子，我……我是爱你的，真的爱你。阿慧那次跟着我的车外出，完全是偶然。我跟她没有任何关系，人家在关键时刻救了你老公，我们还是要感谢她的。我发誓，绝不会跟她有任何关系，我永远都是你的。"工藤一郎拍着胸脯说。

铃木花子说，"既然这样，那好吧，我暂时免去你总经理的职务，三个月后，我看你的表现再考虑。"说完她召集公司人员，宣布了她的决定。这样一来，使工藤一郎陷入了窘境。手里没有钱了，要钱就得向铃木花子要去。就在这个时候，阿慧又从外地赶到了上海。

"藤哥，我是爱你的。"

在饭店房间里，阿慧抱着工藤一郎痛哭流泪。"那次你去公司我有些做戏，但我这次是认真的。我们都年轻，为什么要受这样的气呢？我也不给李志豪打工了，我们一块去日本，我就不相信能饿死。只要你爱我，吃苦受累我认了。藤哥，这些年我还有些积蓄，我们走吧。"工藤一郎本来也就是跟阿慧做戏，一听她的话，他的心真的动了，觉得跟铃木花子在一起，就是做皇帝也没有意思。于是，他留下一封信，说是要到外地散散心，就跟阿慧离开了上海。

他其实是在执行一项特殊任务。

两个人来到南方，租了一套房子，对外称夫妻。开始的一个月生活，两个人格外疯狂，也不找工作，除了上街买菜以外，几乎日夜缠绵在一起。工藤一郎外表长得俊朗，又是学中文出身，每天躲在房间里写他的情诗。阿慧在外漂泊多年，当过歌手，懂得点音乐。于是，

一个填词，一个谱曲，两个人一唱一和，充满着无比的甜蜜和温情。工藤一郎来时心里还有些惶惶的，感到不踏实，现在一看到动人的阿慧，他觉得这一切都是值得的。

两个月后，工藤一郎开始感到没有钱就寸步难行的窘迫感觉。一个学中文的，找工作难，工资高了雇主不干，工资低了他又觉得委屈。阿慧带来的钱越来越少了，她也不愿重走原来的"路"，这个花惯了男人钱的女人，感到用自己的钱养活这样一个"活宝"不值得。她心里有些黯然，但又为自己的行为开脱。"他还是爱我的，不然的话不会每晚对我那么温柔，我相信这样的日子很快就会过去，我们一定会白头偕老的。"她总是这样自我安慰。一天，工藤一郎觉得闷得慌，一个人到外面喝酒，深夜才醉醺醺地回来，阿慧刚唠叨两句，他就挥手一记耳光，打得她倒在地上，头还撞出了血。这一下，工藤一郎酒也吓醒了。

"阿慧。"

他猛地跑上前，一把抱住她，失声痛哭，"我怎么了，我为什么如此浑蛋呢？阿慧，我的好阿慧，是我该死，我该死啊！"他吻着她的脸，痛哭失声。

阿慧原谅了他，搂着他的头说，"藤哥，人世沧桑，生活有时候会陷入绝境，但这并不算完，死而后生、失而复得的事情太多了。只要你爱我，我这一辈子都是你的，再苦再累我也心甘情愿。你也许不知道，你一离开我，我就会想你，一想你就会疼，但我不愿意这种疼从身体上消失啊！"两个人搂在一起，又和好了。

又过了几天，工藤一郎又跑到外面喝酒去了，回来时又是大醉。阿慧刚说一句，两个人就吵了起来。他骂她晚上像冰棍，没有原来的温柔，还质问她跟多少男人上过床。阿慧伤心不已，给了他一巴掌，伏在床上，哭得天昏地暗。但是，工藤一郎已经没有耐心哄她了，叼着烟，冷冷说："我真是吃饱了饭撑的，干吗要跟你到南方来，放着吃香喝辣的日子不过，来这鬼地方受罪，还要天天哄着一个哭哭啼啼的女人。"

"你……"

工藤一郎这番话，让阿慧真的伤心了。这天晚上，阿慧夜难成寐，她真的失望极了。这难道就是我苦苦追求的爱情吗？这难道就是我替他受过的男人吗？李志豪做事虽然残酷，但也比他强呀！为什么在金钱和现实面前，爱情如此不堪一击呢？她彻底心灰意冷了。而远在上海的铃木花子，已经算准了工藤一郎的命脉。她通过关系，查到了两人的住址，也了解到他们的状况，带着保镖来到了南方。

4

看到工藤一郎一出门，她的手下就来到了她家。

"是阿慧小姐吗？马路对面的咖啡厅里，有一位女士要见你。"阿慧收拾了一下，随着那个男人来到了咖啡厅。她看到了这位预感着要出来的女人。铃木花子穿着得体，举止高雅，十分艳丽。她端坐在那里，但眼睛里却有一种鄙视别人的神色。她没有吭声，阿慧就知道她是谁了。阿慧挺了挺身子，心里面静了许多，她要听听这位富婆说些什么。

"非常冒昧。"

铃木花子开门见山，"我想你应该知道我是谁了。我知道上次车祸是藤清闯下的，你替了他，我应该谢谢你。但你也应该知道，没有你坐在车里，我想他不可能出车祸。不说了，过去了就让它过去。花了多少钱我也认了。"她停了一会会，脸上有些尴尬的神色。"本来嘛，我有钱，也能找到男人，何况他也不是一个优秀的男人，我们为这样一个男人讨价还价有些庸俗。没有办法，因为，是你把他迷住了，我只有求你了。"

"说吧，我听着呢。"阿慧面无表情。

"小姐通情达理。"铃木花子点燃了一根烟，白色的烟圈在两人头顶上盘旋，弥漫在房间里。"没有别的，我只想让他回到我身边来。说句不雅的话，这些年来，我已经被他服侍惯了，别的男人我不适应。

我选择这个时候找你谈，我想你们也许厌倦了这种不稳定的生活，是否可以换一种活法呢，我猜测他肯定有些后悔，我是了解他的。只是他好面子，不好提出来罢了。只要你主动提出来，我不会亏待你的。"说完，把几捆厚厚的票子从包里拿出来，放在阿慧面前。

阿慧的心在滴血。她硬挺着笑了笑，站了起来。"你放心，你的藤清一定会回到你的身边，我马上离开他，一分钟也不耽搁。"她没有看桌上的钱，转身噔噔地走了。

回到住处，她给工藤一郎打了个电话，冷冷地说，"我走了，你也该回家了，再见。"她没有再听他在电话里不停地呼喊，毅然挂了电话，打车离开了住处。

工藤一郎从外面回来，这才知道阿慧已经走了。他坐在沙发上，抱着头，不知如何是好。保姆走了进来，"先生，太太让我来接你回家"。工藤一郎也没有问她的情况，收拾好东西就跟着往外走。铃木花子已经坐飞机回了上海，他们没有买到当天到上海的机票，只好再住一晚。晚上，保姆带他到商店里买了套高档西服，把他全身穿的用的都扔了，从头到脚全武装了一遍，使他像变了个人一样。保姆又掏出钱，塞到他手里，叮嘱说，"太太说了，男人哪能没有钱呢？先生，太太对你真好，以后不准再耍小孩子脾气了，好好过日子多好。"保姆是一个二十多岁的农村孩子，平时也没有看出她有那点机灵劲，今天一听她操着铃木花子的口吻，倒把工藤一郎逗笑了。他像个做错了事的孩子，乖巧地点了点头，按照她的要求，把自己全身都打扮好了。

这次南方之行，表面上是工藤一郎跟老婆闹了点小矛盾，而实际上，他利用这次南方之行，搜集了许多情报，为日本进攻南方做准备。上海宪兵队特高课为了更为长远的利益，把汪伪的人马伪装成他公司的人员跟在他后面，不允许他再以日本人身份出面，依然是中国人藤清。还要他跟铃木花子搞好关系，说铃木重树对大日本帝国十分有用，这样，回到上海的工藤一郎好了许多，成天待在家里，对铃木花子也十分体贴。

"花子，我已经忘记了自己是日本人了。"

有时候吃完饭，工藤一郎坐在那里，喝着清香的茶，笑逐颜开地

"工藤一郎，事情已经处理完了，你现在告诉我，你跟那个叫阿慧的婊子到底是怎么回事？你说吧，只要你老实说，我不怪你。"铃木花子看样子心平气和。

工藤一郎心里有些怯意，毕竟，他花在阿慧身上的钱不少，虽然公司不在乎这点钱，但也不是一个小数目。铃木花子的父亲劝她不要跟工藤一郎过不去，说现在上海是特高课的天下，公司很多事还要靠着他。铃木花子说，我不管这些，他是我的丈夫，我就要管。父亲万般无奈，气得走了，走时警告说，"你会为自己的无知埋单的，到那个时候，我也救不了你。"

"花子，我……我是爱你的，真的爱你。阿慧那次跟着我的车外出，完全是偶然。我跟她没有任何关系，人家在关键时刻救了你老公，我们还是要感谢她的。我发誓，绝不会跟她有任何关系，我永远都是你的。"工藤一郎拍着胸脯说。

铃木花子说，"既然这样，那好吧，我暂时免去你总经理的职务，三个月后，我看你的表现再考虑。"说完她召集公司人员，宣布了她的决定。这样一来，使工藤一郎陷入了窘境。手里没有钱了，要钱就得向铃木花子要去。就在这个时候，阿慧又从外地赶到了上海。

"藤哥，我是爱你的。"

在饭店房间里，阿慧抱着工藤一郎痛哭流泪。"那次你去公司我有些做戏，但我这次是认真的。我们都年轻，为什么要受这样的气呢？我也不给李志豪打工了，我们一块去日本，我就不相信能饿死。只要你爱我，吃苦受累我认了。藤哥，这些年我还有些积蓄，我们走吧。"工藤一郎本来也就是跟阿慧做戏，一听她的话，他的心真的动了，觉得跟铃木花子在一起，就是做皇帝也没有意思。于是，他留下一封信，说是要到外地散散心，就跟阿慧离开了上海。

他其实是在执行一项特殊任务。

两个人来到南方，租了一套房子，对外称夫妻。开始的一个月生活，两个人格外疯狂，也不找工作，除了上街买菜以外，几乎日夜缠绵在一起。工藤一郎外表长得俊朗，又是学中文出身，每天躲在房间里写他的情诗。阿慧在外漂泊多年，当过歌手，懂得点音乐。于是，

第七章 复仇

263

一个填词，一个谱曲，两个人一唱一和，充满着无比的甜蜜和温情。工藤一郎来时心里还有些惶惶的，感到不踏实，现在一看到动人的阿慧，他觉得这一切都是值得的。

两个月后，工藤一郎开始感到没有钱就寸步难行的窘迫感觉。一个学中文的，找工作难，工资高了雇主不干，工资低了他又觉得委屈。阿慧带来的钱越来越少了，她也不愿重走原来的"路"，这个花惯了男人钱的女人，感到用自己的钱养活这样一个"活宝"不值得。她心里有些黯然，但又为自己的行为开脱。"他还是爱我的，不然的话不会每晚对我那么温柔，我相信这样的日子很快就会过去，我们一定会白头偕老的。"她总是这样自我安慰。一天，工藤一郎觉得闷得慌，一个人到外面喝酒，深夜才醉醺醺地回来，阿慧刚唠叨两句，他就挥手一记耳光，打得她倒在地上，头还撞出了血。这一下，工藤一郎酒也吓醒了。

"阿慧。"

他猛地跑上前，一把抱住她，失声痛哭，"我怎么了，我为什么如此浑蛋呢？阿慧，我的好阿慧，是我该死，我该死啊！"他吻着她的脸，痛哭失声。

阿慧原谅了他，搂着他的头说，"藤哥，人世沧桑，生活有时候会陷入绝境，但这并不算完，死而后生、失而复得的事情太多了。只要你爱我，我这一辈子都是你的，再苦再累我也心甘情愿。你也许不知道，你一离开我，我就会想你，一想你就会疼，但我不愿意这种疼从身体上消失啊！"两个人搂在一起，又和好了。

又过了几天，工藤一郎又跑到外面喝酒去了，回来时又是大醉。阿慧刚说一句，两个人就吵了起来。他骂她晚上像冰棍，没有原来的温柔，还质问她跟多少男人上过床。阿慧伤心不已，给了他一巴掌，伏在床上，哭得天昏地暗。但是，工藤一郎已经没有耐心哄她了，叼着烟，冷冷说："我真是吃饱了饭撑的，干吗要跟你到南方来，放着吃香喝辣的日子不过，来这鬼地方受罪，还要天天哄着一个哭哭啼啼的女人。"

"你……"

工藤一郎这番话，让阿慧真的伤心了。这天晚上，阿慧夜难成寐，她真的失望极了。这难道就是我苦苦追求的爱情吗？这难道就是我替他受过的男人吗？李志豪做事虽然残酷，但也比他强呀！为什么在金钱和现实面前，爱情如此不堪一击呢？她彻底心灰意冷了。而远在上海的铃木花子，已经算准了工藤一郎的命脉。她通过关系，查到了两人的住址，也了解到他们的状况，带着保镖来到了南方。

4

看到工藤一郎一出门，她的手下就来到了她家。

"是阿慧小姐吗？马路对面的咖啡厅里，有一位女士要见你。"阿慧收拾了一下，随着那个男人来到了咖啡厅。她看到了这位预感着要出来的女人。铃木花子穿着得体，举止高雅，十分艳丽。她端坐在那里，但眼睛里却有一种鄙视别人的神色。她没有吭声，阿慧就知道她是谁了。阿慧挺了挺身子，心里面静了许多，她要听听这位富婆说些什么。

"非常冒昧。"

铃木花子开门见山，"我想你应该知道我是谁了。我知道上次车祸是藤清闯下的，你替了他，我应该谢谢你。但你也应该知道，没有你坐在车里，我想他不可能出车祸。不说了，过去了就让它过去。花了多少钱我也认了。"她停了一会会，脸上有些尴尬的神色。"本来嘛，我有钱，也能找到男人，何况他也不是一个优秀的男人，我们为这样一个男人讨价还价有些庸俗。没有办法，因为，是你把他迷住了，我只有求你了。"

"说吧，我听着呢。"阿慧面无表情。

"小姐通情达理。"铃木花子点燃了一根烟，白色的烟圈在两人头顶上盘旋，弥漫在房间里。"没有别的，我只想让他回到我身边来。说句不雅的话，这些年来，我已经被他服侍惯了，别的男人我不适应。

我选择这个时候找你谈，我想你们也许厌倦了这种不稳定的生活，是否可以换一种活法呢，我猜测他肯定有些后悔，我是了解他的。只是他好面子，不好提出来罢了。只要你主动提出来，我不会亏待你的。"说完，把几捆厚厚的票子从包里拿出来，放在阿慧面前。

阿慧的心在滴血。她硬挺着笑了笑，站了起来。"你放心，你的藤清一定会回到你的身边，我马上离开他，一分钟也不耽搁。"她没有看桌上的钱，转身噔噔地走了。

回到住处，她给工藤一郎打了个电话，冷冷地说，"我走了，你也该回家了，再见。"她没有再听他在电话里不停地呼喊，毅然挂了电话，打车离开了住处。

工藤一郎从外面回来，这才知道阿慧已经走了。他坐在沙发上，抱着头，不知如何是好。保姆走了进来，"先生，太太让我来接你回家"。工藤一郎也没有问她的情况，收拾好东西就跟着往外走。铃木花子已经坐飞机回了上海，他们没有买到当天到上海的机票，只好再住一晚。晚上，保姆带他到商店里买了套高档西服，把他全身穿的用的都扔了，从头到脚全武装了一遍，使他像变了个人一样。保姆又掏出钱，塞到他手里，叮嘱说，"太太说了，男人哪能没有钱呢？先生，太太对你真好，以后不准再耍小孩子脾气了，好好过日子多好。"保姆是一个二十多岁的农村孩子，平时也没有看出她有那点机灵劲，今天一听她操着铃木花子的口吻，倒把工藤一郎逗笑了。他像个做错了事的孩子，乖巧地点了点头，按照她的要求，把自己全身都打扮好了。

这次南方之行，表面上是工藤一郎跟老婆闹了点小矛盾，而实际上，他利用这次南方之行，搜集了许多情报，为日本进攻南方做准备。上海宪兵队特高课为了更为长远的利益，把汪伪的人马伪装成他公司的人员跟在他后面，不允许他再以日本人身份出面，依然是中国人藤清。还要他跟铃木花子搞好关系，说铃木重树对大日本帝国十分有用，这样，回到上海的工藤一郎好了许多，成天待在家里，对铃木花子也十分体贴。

"花子，我已经忘记了自己是日本人了。"

有时候吃完饭，工藤一郎坐在那里，喝着清香的茶，笑逐颜开地说："你说人也怪，我就喜欢让你管着，没有你管着，我还有些不适应。你说那个阿慧吧，比起你来差多了，我弄不清楚，我为什么会看上她呢？比什么？肉你还比她多二两呢？"他的脸上，露出那种好色的笑容。

铃木花子绷着脸，心里却像吃了蜜。

"我告诉你吧，你永远都是藤清，不要想着自己是日本人，你是中国公司的经理，如果别人知道你是日本人，你随时会有危险，我告诉你，别人也不知道我是日本人，你知道为了什么吗？因为，我爱你，我对你一心一意，我不想早早死去。"铃木花子走到他身边，抚摸着他的头发。

"还有中国人来杀我吗？"他问。

"只要是日本人，中国人都会杀。你难道不清楚吗？我们杀了多少中国人。藤清，听我一声劝，不要跟特高课来真的，糊弄他们得了，我们要在上海开公司，跟他们对着干，对我们没有好处，走得太近，到时候倒霉的是我们自己。我们是买卖人，而不是军人啊！"铃木花子劝着。

工藤一郎有些不高兴了。

"行了，我知道了，这样的话不要多说，你知道，我是做什么的。我现在想不做也不行啊！"工藤一郎不想让对方不高兴。他把铃木花子打发走了，就出了门，来到了特高课，接受了新的任务，他要把抗日分子全部消灭掉。

5

回到上海，工藤一郎又当上了总经理。

这次风波以后，他对铃木花子格外体贴温柔。每天晚上总是尽心尽力地做着"功课"，让她十分满意。俗话说，富贵思淫欲，这话一点都不假。刚刚三十多岁的铃木花子，永远是那样不得满足。工藤一郎

年龄也不太大，但是，他的身体已经被对方"淘"空了，只好靠药来维持。他没有埋怨，好像也习惯了这样的生活，感到很满意。不久，保姆的父亲病了，她离开上海，回老家去了。保姆一走，没有人带独生儿子小宝，去幼儿园却成了问题。五岁的小宝，是最淘气的时候。

"要不，再请个保姆吧。"

一天早上，吃完晚饭的工藤一郎对铃木花子说："公司里工作太忙，我也不可能天天到幼儿园接他，有时候实在想不起来，我怕忘记了。万一出了什么事，那可是不得了的大事，我们可就这样一个宝贝啊！"

铃木花子也讨厌晚上小宝缠着她睡。她听完工藤一郎的话，点点头，为难地说："一郎，我知道应该请个人了。我倒不是怕花钱，你没在家时，我已经请过好几个保姆了，孩子都不喜欢，有什么办法。你放心，我想想办法吧。你忙你的，孩子的事你就不要管了，交给我吧，反正我也不上班。"

"那好吧，我走了。"工藤一郎拿起包走了。

工藤一郎一走，铃木花子就对小宝说："小宝，我们今天哪里都不去，就在家玩好吗？"

"不好。"小宝撅着嘴说："妈妈，我要到外面踢球去，将来我长大了，一定当球星，赚好多好多的钱给妈妈，你说好吗？"

铃木花子一抱搂住他，心疼地说："好孩子，你真是妈妈的好孩子。只要你有这个心就好，妈妈不缺钱，只希望你有出息。好吧，等下我带你到外面公园踢球去。"

铃木花子住处不远是一个体育公园，有各类球场。收拾好碗筷，她就带着孩子出来了，在草地上玩了一圈，她有些累了，就坐在一边，远远地看着他。一会儿，球滚到了坐在一旁的一个姑娘脚下，那个姑娘放下书，就和小宝玩了起来，两个人玩得欢天喜地。小宝咯咯的笑声弥漫在蓝天绿荫丛中。

"这个姑娘，挺投小宝缘的。"

铃木花子望着那个漂亮的姑娘，突然想到，要是她来做小宝的保姆，那多好啊！"这不可能。"她又否定了自己的想法，觉得对方肯定是个大学生，不可能做保姆。玩了一会儿，她看见那个姑娘跟小宝坐在草地上有说有笑，就走了过去。小宝喊了声妈妈，姑娘就笑着说："是你的孩子吧，长得真好。特乖特听话。"

"看你夸的他。还听话呢，像匹野马，管都管不住啊！这是跟你投缘了，否则，谁也管不了他。"铃木花子抚摸着孩子的头说。

"妈妈，我要这位阿姨回家。妈妈，我要她嘛。"小宝拉住妈妈的手，一个劲地磨缠。铃木花子拍了拍小宝的头，就与姑娘聊开了。姑娘告诉她，自己叫蓝蔻，家在南方，是一名刚毕业的大学生，正在复习考研究生。

"孩子挺喜欢你的，愿意到我家来吗？"铃木花子试探着说："也就一两个月的时间，保姆父亲病了，回老家去了，等她回来了你就走。工资……我是不会亏待你的。如果你愿意来，就说个数。"

蓝蔻迟疑了一会儿，笑着说："大姐，看你说的。我也喜欢这个孩子。我正好有一段时间空闲。钱嘛……我当然也缺。这样吧，你随意吧，怎么样？"铃木花子是不在乎钱的，马上答应了。

下午，蓝蔻就来到了铃木花子的家。

果然不同凡响，蓝蔻不但照顾孩子有一套，而且精通烧菜做饭，还会按摩、插花、煲汤，把铃木花子高兴坏了。晚上，她烧了几道南方的赣菜，井冈山烟笋烧肉、赣味烧鲶肉等，煨了一罐鸡汤，还没有吃，香味就在房间里飘散开了。

铃木花子尝了尝，高兴得跳了起来。

"蓝蔻，你烧的菜真好吃。我从来也没有吃过如此好吃的菜啊！"她十分兴奋。刚刚回到家的工藤一郎，看到家里多了一个女人，忙问她是谁。

铃木花子连忙介绍说，"这是我请的保姆，叫蓝蔻，一个大学生。蓝蔻，这是我丈夫工藤清。藤清，小蓝可是大学生啊！你尝尝，这菜的味道真好吃。"

工藤一郎坐下来吃饭，也觉得今天的菜十分好吃。

蓝蔻偷偷地看了一眼工藤一郎。

晚上，两个人躺在床上。铃木花子温柔地依偎在工藤一郎身边，

小声问："一郎，你觉得这个保姆怎么样？"

工藤一郎看了她一眼，"你喜欢就好，我没有什么意见。"说完又看了她一眼，悻悻地说："你不是害怕我搞女人吗，为什么找一个这样靓丽的女人，我看你还是把她换了吧，换一个笨头笨脑的来，省得你操心"。

"看你说的。"她推了他一把，鼻子哼了一声说："我喜欢有文化的女人。她跟我谈得来。在我鼻子底下，你能怎么样？退一万步说，就是你喜欢她，也比在外面招蜂引蝶好。"

"好，你说好就好。"他伸出手，把她搂进怀里，拍着她，"睡吧，睡吧，我也累了。我的老婆多会体贴人啊！"

接下来几天的日子风平浪静。

工藤一郎也跟蓝蔻熟了，两个人谈得十分投机。蓝蔻早上送孩子，完了准备中午晚上的饭，十分勤快。铃木花子中午洗完澡，就享受着蓝蔻的按摩，十分惬意。这个风骚的女人，把自己脱得精光，躺在床上，要她从上到下按摩个遍。蓝蔻不但不反感，还卖力地吻着她的身体，把铃木花子高兴得像掉进了蜜罐里，觉得能找到这样知己简直就是自己的福分。

她搂着蓝蔻说，"只要你让姐姐满意，我绝不会亏待你。"

蓝蔻说，"姐姐看你说的，你的身体多美呀！我哪能不喜欢呢？只要你喜欢，我什么事都可以做。"两个人搂成一团。

6

这天公司宴请客户，工藤一郎回来晚了，回到家已经是晚上十点多了。铃木花子和小宝都睡了，蓝蔻也睡下了。工藤一郎扔下包，就往楼上走。他们住的是独幢的别墅，大家都住在楼上，蓝蔻就住在他们夫妻路过的楼梯口。疲惫之极的工藤一郎路过蓝蔻门口，突然发现门没有关严，露出一丝缝隙。好奇心之极的他马上走了过去，往里面偷偷地一瞥，就呆住了。

只见蓝蔻半裸着身子，使劲地揉搓着自己的胸部，脸上十分痛苦的样子。她还用被单缠在自己身上，像一条受伤的蛇，在床上来回翻动。工藤一郎当然知道是为了什么，当时脑子就嗡的一声，好像大脑被猛击了一下似的。他迅速离开，走进了自己的房间。铃木花子正躺在床上看一部生活片，一看工藤一郎走进来一言不发，眼睛里冒着饥饿的光，有一股燥热的火焰，疑惑地问："你怎么了，一郎？"

工藤一郎一声不吭，脱掉衣服就掀开了被子，狠命地把她压到了身下。没有语言，没有声音，唯有狼一样的狠劲。铃木花子还从未经历过他这样的动作，这样的"残酷"，像一只被火烧烤着的动物，发出了快乐的欢呼。

风平浪静后，铃木花子温柔地偎依在他怀里，动情地说："一郎，我就喜欢你这样。你有一种味道、一种气氛附在我身上，这种味道和气氛使我快乐、使我健康。我见过那个阿慧了，也就是那个样子，我比她也不差。一郎，好好待我吧，我会给你幸福的。"她仍然陶醉在刚才的兴奋中。

"蓝蔻到底是个什么样的女人？"

工藤一郎思索仍在飞跃，突然问了起来。铃木花子眨着眼，看了看他，"你看上她了。她当然是一个好姑娘，你只要不在外面寻花问柳，你会得到一切的。"她把他的思想看透了。

"没什么，没什么，随便问问。"工藤一郎搪塞道："睡吧，我也累了。"他伸出手，把她搂进了怀里，一会儿，他就睡着了。

铃木花子起床，披上睡衣，来到蓝蔻卧室外面。门仍然没有关，暖色的灯光下，半裸的她侧睡在床上，铃木花子偷偷地笑了，知道今晚工藤一郎为什么如此。这个女人，了解工藤一郎就像了解自己。

工藤一郎开始跟蓝蔻套近乎。

"蓝蔻，你炒的菜真好吃，有空教教我吧。"星期天，工藤一郎主动地下厨房，帮助蓝蔻做家务。

蓝蔻总是拒绝，"先生，太太有交代，不允许你帮我干活。我拿了你的钱，这些活就是我应该做的。对了，上午太太要到大世界做美容，

第七章 复仇

你陪着她去吧。"

"她讨厌我陪着她,说我总是坐不住,老催她,让她不得安心。"工藤一郎自嘲说。

铃木花子收拾好了,迈着碎碎的步子走了过来。

"你在家带儿子,我做完美容就回来。不要出去啊!下午陪我去游泳。"她交代完了,就坐车出了门。工藤一郎让小宝在自家院子门前的草丛中玩,又走进了厨房。

"蓝蔻,毕业后到我们公司来吧。有你施展才华的用武之地。凭着你的聪明才智,一定会大有发展的。"工藤一郎看着忙碌的她,站在一边说着。

蓝蔻咯咯地笑了,抛着媚眼问,"听太太说,你跟一个女人私奔了很长一段时间,是真的吗?我不相信,在这个年代会有这样的事。何况太太也……也长得不错嘛,什么样的女人会勾住你?"

蓝蔻的话,触动了他心中的那处伤痛。他点燃了一根烟,就把跟阿慧认识、相爱的经过讲了一遍,特别讲了出车祸后阿慧替他受过的事。叹着气说:"蓝蔻,你说,这样的女人我……我能抛弃吗?我无能,什么事也办不成,我……我对不起她啊!"他把头埋进了胳膊里,十分痛苦的样子。

蓝蔻笑了笑,什么也没有说。

"你为什么不说话?"工藤一郎抬起头。

"你……"

蓝蔻脸色陡然变了,话刚想说出口,又换了张脸,堆满了笑容,"是啊,那个阿慧是一个不错的女人。为你承担了风险。但你想过吗,那个被你撞死的男人,还有那个孩子。他们的母亲心里会是怎样?你杀了他们,使一个家庭破裂。先生,你是不是故意杀死了那个叫冀北方的。我听别人说你是日本人,如果是日本人,我可以理解,日本人杀人如麻,不怕多一个啊!"蓝蔻停下了手里的活,站在那里问道。她的眼睛的光冷冷的,仿佛要把他吃了一样。

工藤一郎怔住了,瞪着眼说:"蓝蔻,你怎么了?好像这件事跟你有关似的。"他一副无所谓的样子,鼻子哼了一声说:"我告诉你,那次完全是个事故，不是我故意撞死他的。何况我是中国人，我跟对方没有仇。"

"好了，不说这些不愉快的话了，反正跟你没有关系。蓝蔻，我是真心的，如果你愿意，毕业后就来我们公司，你会得到你想不到的东西。现在上海很乱，找一个工作很难啊！"工藤一郎站在一边，故意点燃了一支烟。

"你做得了主？"蓝蔻感到有些话也说得不妥，故意轻松地说："我晓得太太是公司的董事长，一切都要听太太的，你说是吗？"

工藤一郎好像感到一把刀子扎在自己心上一样。他冷冷地笑了，什么话也没说。蓝蔻收拾完晚上吃的菜，擦干了手上的水，走到他身边，故意说："先生，我知道你的日子也过得不舒心，我虽然没来几天，但我看出来了，先生是个男人，却……也许我说多了。我理解先生，但我的工资是太太给的，我就得听太太的，你说对吗？何况像先生这样的男人，往往是吃着碗里的，看着盘里的。我没有说错吧？"

工藤一郎听完，猛地搂住她。

"蓝蔻，当我第一眼看见你，我就觉得是上帝派给我的。蓝蔻，我爱你，真的，我要说了假话，天打五雷轰。"他发着毒誓。

蓝蔻挣扎着从他怀里出来，轻轻地推开他，"先生，你要自重啊！外面好女人有的是，你何必摘我这朵带刺的玫瑰呢？会扎坏你手的。"她浅浅地笑着做事去了。工藤一郎悻悻地离开了厨房。

工藤一郎在蓝蔻那里碰了个软钉子，心又浮了起来。经常借口公司忙不回家，回家也很晚，洗漱完毕倒头就睡，碰都不碰铃木花子。铃木花子又不好说什么，让手下的人调查，都说他没有跟任何女人来往，这让铃木花子无从下手。她心里明白，工藤一郎心里想的是什么，他是喜欢上蓝蔻了，蓝蔻也一句半句地向她表明了这个意思。为了拴住丈夫的心，铃木花子跟蓝蔻进行了一次很长的谈话。在她耐心的工作下，蓝蔻收了她给的钱，答应了她的请求。

几天后，正是工藤一郎的生日。铃木花子在爱心咖啡屋雅座为他订制了生日蛋糕，点上了蜡烛，带着孩子等着他到来。工藤一郎走进房间，才知道今天是自己的生日。他没有一丝高兴的劲头，嘟囔说：

第七章 复仇

"何必花这钱呢?我都这样大了,还过什么生日。"

"亲爱的,这可是我的一片心意呀!我们夫妻结婚多年,难道我有什么对不起你的地方吗?我希望你高兴,只要你高兴,我什么都不在乎,真的。"她端起了酒杯。

工藤一郎尴尬地笑了笑,也端起了酒杯,"谢谢你,花子,我很好,真的很好。"他碰了碰杯子,一仰头,把酒倒进了肚子。

"你高兴就行。"她说。

工藤一郎头一歪:"我有什么不高兴的。有吃有穿,有用不完的钱,有漂亮的老婆,有可爱的儿子,我有什么不高兴的。你说是吧?"

铃木花子透过他苍白无力的话,知道他是在控制自己的情绪,脸上也有些不悦,幽幽地说:"一郎,我是爱你的。我也不想说更多的。你要累了就先回家吧,我为你准备了一件生日礼物,在蓝蔻房间里,她在那里等着你。我想你会喜欢这件礼物的。我跟小宝坐一会儿再走。"

工藤一郎好像听到了圣旨,浑身感到轻松了许多,"好吧,我是有些累了,我先走了。你跟小宝坐一会儿也回家吧,不要太晚了。"说完就离开了咖啡屋。

工藤一郎回到家,还是兴趣索然,提不起任何精神。他脱掉衣服,扔在楼下的沙发上,抽了一根烟,这才想起了礼物一事。好奇心油然而起,起身就往蓝蔻房间里走去。推开房门,他怔住了。只见在暖色的灯光下,蓝蔻全身赤裸,站在那里,像一尊女神。

"来吧,先生,我就是太太送给你的礼物。"她走到他身边,把他拉进了房间。工藤一郎只觉得一个炸雷在耳边响过,像是在做梦,根本不相信这样的事情会发生。他使劲地眨了眨眼睛,这才清楚地看见蓝蔻瞳孔中透出的期待,那充满青春气息的女人体香。她平静地解开他的纽扣,仿佛在做着一件与自己无关的事情。工藤一郎的身子在抖动,心里涌出说不清楚的颤栗,一种从未体验过而又盼望多年的热流倏地传遍全身,从身体每一个毛孔中涌出。这是一种全新的体验,是一种从天空坠入大海的感觉。蓝蔻在他潮水般的欲望中轻声地"呀"了一声,而这一声,把工藤一郎心旌摇荡到了极点,他有死亡一般的感觉。

"谢谢你，蓝蔻。"

这是平静后工藤一郎说的第一句话，"是你给予了我新生。我永远也不会忘记你带给我的快乐。你的行为要比你的美丽更加丰饶、醇厚，经得起刻薄的挑剔，没有一丝淫荡的本质，显得那样自然，充满着人的本性。"

蓝蔻穿好衣服，仍然流露出羞涩的样子。她好像变了一个人样说，"你走吧，我跟太太有协议。我只不过是太太送给你的一件礼物，你永远都是太太的。先生，希望你忘了我，明白吗？"

这让工藤一郎当头一棒，他结结巴巴地说："这……这算他妈的怎么回事？我今晚不走了，就在这里睡了。"

"听话。"她拍了拍他的脸，又轻轻地吻了一下，附在他耳边说："听话，只要你听我的话，我们会有一个美好的未来。记住，今晚一定要让太太高兴，否则，你休想再沾我的身子……"

工藤一郎乖乖地穿好衣服。蓝蔻又把事先准备好的一粒药丸让他服下，这才让他走了。果不其然，铃木花子早就到了，正在床上等着他。一见他进来，马上笑着说，"我的礼物如何，不错吧？"

工藤一郎听从蓝蔻的叮嘱，扔掉衣服，像一条狼，狠命地扑了过去。他的思维已经停止了思索，脑子里只有一句话，"我们会有一个美好的未来。"

7

铃木花子弄巧成拙，比原先更加烦躁。

工藤一郎名正言顺地出入蓝蔻的房间，无所顾虑。就好像大太太给老爷寻了房二姨太一样。铃木花子找到蓝蔻，"你不会拒绝他呀！把他踢出去。你看现在弄得他都不理我了"。她一副愁容。

蓝蔻说，"太太，我拒绝了，他不走呀！我又没有他力气大，也推

不动他呀！唉！你这条计策错了啊。"铃木花子再要说，她就答应，过后又一样，说急了，蓝蔻就不理她，弄得铃木花子成了这套房子多余的人。这一下，让她真的急了。

"你到底想怎么样？"

铃木花子跟工藤一郎摊牌了，"我只是让你尝尝鲜的，你倒好，咬住了就不松口。一郎，你拍着胸脯说说，我这个做老婆的对你怎么样。你到外面问问，有我这样对你好的吗？你在外面玩女人，我不追究，你喜欢保姆，我送给你。你难道还不够吗？不要把人逼急了，兔子急了还咬人呢。"她脸色十分难看。

工藤一郎毕竟是工藤一郎，马上换了一张脸，"老婆，你说到哪里去了，我保证，从此再也不到她房间里去，你放心了吧。我只伺候你，行了吗？"他摸准了她的弱点，几句甜蜜的话就说得她喜笑颜开。

铃木花子永远也忘记不了跟工藤一郎认识的时候，还没有几天，就偷吃了禁果。她永远记得那次是在她办公室里，工藤一郎像头豹子一样揉她咬她，把她的衣服也撕破了，还问她疼不疼，她说越疼越好。撕心裂肺般的疼痛伴着撕心裂肺般的快活。女人总是忘记不了给她带来快乐的男人，哪怕这个男人是浑蛋也罢。

但是，铃木花子再一次地失望了。

他们俩仍然快乐地生活，那笑声刺得她心疼。而且，铃木花子似乎看见了一种结果，那就是，如果她突然从这个世界消失，那么，她的财产就名正言顺地落入工藤一郎手中，这是她最不愿看到的结果。铃木花子决定辞退蓝蔻。她把她叫到自己的房间，把三个月的工资放在桌子上，面无表情地说，"我不想说什么，我多给你一个月的工资，你走吧，读你的书去吧，我给你的钱也够你读研究生的费用了。"

蓝蔻接过钱，放进自己的口袋里，说了声谢谢，当天就走了。晚上，工藤一郎回到家，知道了事情经过，什么话也没说，除了叹息还是叹息。

"你心疼了是吧？"

"不，你错了，我很踏实。"

"真的。"她以为自己在做梦还是听错了。

工藤一郎把她搂进怀里，拍着她的脸说："花子，原谅我前一段时间的荒唐，不要怪我。我知道，在这个世界上会有一千个女人喜欢我，但只有你爱我。我不会离开你的。"

铃木花子跟工藤一郎结婚多年，这是她听到的最为动听的话语。她的脸色开始泛红，像一株倦怠的郁金香，在雨露的滋润下，开始露出东方绸缎般的红色，在灯光下显出异常的美丽。她仿佛感到工藤一郎已经变成一条美丽的蛇，在笛声中摇曳起舞，缠得她喘不过气来。她不知道他在自己耳边说了什么，反正，他提的要求她全部答应了。

从此，铃木花子放松了对工藤一郎的监控。

工藤一郎更加自由。谁也不知道他的心，这时候的工藤一郎，已经下定了决心离开铃木花子。他在不停地寻找蓝蔻，只要寻找到了她，他就可以启动自己的计划。上海太大了，茫茫人海，到哪里去寻找她呢。学校，没有这个人。手机，打不通，一切的办法都用遍了。就在这个时候，李志豪出现了。

"老弟，大半年没见你了，还好吗？"

工藤一郎来到特高课参加一个会议，碰上了李志豪。"我知道那次冀北方的事把你害了，也把我害了啊！你老弟太不讲情义，把我的女人拐走了。阿慧那个婊子，从我的公司卷走了二十万，不是看在你老弟的面子上，我早就派人把她做了。唉！这女人真是不可信。"李志豪握住他的手，无限感慨。

工藤一郎冷笑一声，拍了拍他的肩，笑着说："你还能亏了。上次你抓的那几个共党，收了一批西药，赚了多少。我是昏了头，才会跟你的阿慧外出。"两个人开心地笑了。

"告诉你一件事。"李志豪把他拉到一边，小声地说："我听到了一个消息。冀南方要找你算账，你知道吗？"

工藤一郎大吃一惊，瞪着眼问："你是从什么渠道听到的消息。我已经抓过他一次了，下次抓到了他，我一定杀了他，八格……"他咬着牙。

李志豪咧了咧嘴，冷笑一声说，"我说句你不爱听的话，我知道你不缺钱花，但是，中国人防不胜防啊！我没有别的意思，我们朋友一

第七章 复仇

场，我是提醒你啊！不要再寻花问柳了，上海处处是陷阱啊！"

"谢谢你了。"

"不用，不用。"李志豪摆了摆手，"防人之心不可无。你还是防着点吧。"

"我怎么防？"工藤一郎瞪大了眼睛。李志豪看看左右无人，迅速从身上拿出一把手枪塞到了他手里。

"我知道你怕中国人怀疑你是日本人，从不带枪，你怕什么，还是带着方便。好了，就这样，我走了。"李志豪怪怪地笑了笑，就走了。工藤一郎心里一想，有把枪也好，省得天天担惊受怕。反正，我又不杀人。他自我安慰着。

就在他往自己的汽车走去的时候，他突然看到了蓝蔻。穿着得体的西服套裙，迈着不紧不慢的步子朝一辆汽车走去。他想喊，话到嘴边又停住了。他马上钻进车里，悄悄地跟在她的车背后。汽车拐了几个弯，来到城边上的一幢别墅里。蓝蔻停好车，走了进去。工藤一郎也停好车，悄悄地跟了过去。别墅很大，工藤一郎一进去就没有看见她的踪影。空旷的房间里墙角处，放着一台摄影机，张着镜头。他没有太在意，注意力全放在寻找蓝蔻上。就在他惶恐不安的情绪中，他的肩被人轻轻地拍了一下。

"蓝蔻，我找得你好苦啊！"

工藤一郎看见已经换了衣服的她，双眼潮湿了。

"先生，我也想你。"她一句话没说完，就倒在他怀中。两个人搂抱在一起，像两头兽，相互厮咬着。从沙发到地板，从茶几到楼梯。到处都有他们的痕迹。那台摄影机开始工作，镜头在不断地转动。他们回到了楼上的卧室，工藤一郎吻着她的脸，眼泪潸然而下，泣不成声地说："蓝蔻，求求你，不要离开我，给我一个未来，好吗？"

"你有未来吗？藤清，你离开铃木花子将一无所有。"

"不。"他捧着她的脸，咬着牙说："你放心，我已经设计好了，想办法把公司的一千万转到香港我朋友公司，有了这笔钱，我们什么都有了。"

"那当然好。不过……你有把握吗？铃木花子可不是一般的女人。

对了，她为什么每天吃药，她有什么病？"她突然问起这样一个问题来。

工藤一郎皱起了眉，不耐烦地说："你也许不知道，她天生就有心脏病，一天不吃药就得完蛋。我也不知道我这辈子这样倒霉，找了这样一个药罐子。"

"好吧，我听你的。"蓝蔻点了点头，同意了他的安排。她交代说，此事千万不要告诉别人，免得弄巧成拙。"对了，你也要注意安全，我怕铃木花子买通私人侦探害你。"工藤一郎一听到这里，马上把李志豪的话告诉了她，拿出他给的手枪，得意地说，"她想害我，门都没有，我可不是好欺负的。"蓝蔻脸色露出了一种蔷薇般兴奋的光芒。这种光在她眸子里转眼即逝。她把手枪从他手里拿了过来，立刻感到金属那种特有的冰冷，那种毫无感情的物件中一种特殊的情绪弥漫全身。

"拿好，先生，永远放在身上。"

工藤一郎笑了，吻了吻她的脸，"我会保护好自己的。对了，我要回去了，省得他们找我。你也回市里吗？"蓝蔻告诉他，这是朋友的房子，我明天回市里。她告诉了他住址和家里的电话号码。

回到公司，工藤一郎开始实施计划。他被蓝蔻迷昏了头，甚至连特高课的事都不再过问。他觉得，弄到了一笔钱，和蓝蔻过天长地久的日子，那才是他的未来啊！

他把公司会计喊到自己办公室，拿出了一份香港公司的账号，交代说，过几天我就要到香港签一份合同，你先往这个账号上打一千万过去，就以预付款的形式。会计拿到那张纸愣住了，半天才说："总经理，是不是跟董事长商量一下，这……这也不是个小数目啊！"

工藤一郎怒了，瞪着眼说："你的职责就是执行，跟不跟董事长说是我的事。你就晓得我没有跟她讲吗？我们天天睡一张床，什么话不讲。去办吧，有什么事由我负责。"

"那好吧。"会计拿着那张纸，走了。工藤一郎鼻子哼了一声，他就是不满铃木花子的这种作风，总是不放心自己，他永远都在她的阴影下生活。

会计回到财务部，还是有些拿不准，她知道工藤一郎与铃木花子

第七章 复仇

不和，但是，人家毕竟是夫妻，说深了说浅了都不好。但是，铃木花子对她有交代，重要的事情一定要向她汇报。想到这里，会计还是拿起了电话，向铃木花子说了此事。

"多少钱，你说清楚，是一千万吗，公司在香港有什么业务？"铃木花子疑惑地问。

"董事长，这个我不清楚。总经理给了我一个账号，说是让我汇钱，别的他没有讲，他好像说跟你商量过的，我想这也不是一笔小数目，所以这才……"会计有些吞吞吐吐，毕竟，怕哪句话说重了说轻了都不好。

"你做得很好。"铃木花子夸奖说："你没有做错什么，以后就这样，你觉得不对劲的，就打电话。这笔钱暂时不要汇过去，等我的电话。"

"好的，我听董事长的。"会计挂了电话。

铃木花子接完电话，心里七上八下，总感到工藤一郎与蓝蔻的关系还没断似的。她咬着牙说，"等他回家再问问，看他又要搞什么鬼，哼！我铃木花子可不是好欺负的"。

下午四点半钟，就在她要出门接孩子的时候，邮差送了一个大包裹，她接过来一看，里面是一个盒子。就撕开一看，是一叠相片，刚看了一眼，就晕倒在沙发上。

这是工藤一郎与蓝蔻在她楼下的房子里做爱的相片。从沙发到地上，从楼梯到茶几，两个赤裸的身子翻江倒海，气得铃木花子心脏急速地跳动，感到十分难受。她使劲地控制自己，从衣服口袋里拿出药，吃了下去，这才感到好受些。她看了看表，接孩子的时间快到了，她只好匆忙地开着汽车走了。小宝一上车，看见妈妈脸色苍白，忙问："妈妈，你怎么了？病了吗？小宝太小，要不，小宝开车你坐就好。"

铃木花子拍了拍儿子的小脑袋，"儿子，没事的，妈妈死不了，妈妈为了你也得活着。走吧。"她开着车，一会儿就上了主路。一个女人在远处看着这辆汽车。

她回到家，心情平静些的时候，电话却响了。

"哪个？"铃木花子冷冷地问。

"太太，我给你的礼物你收到了吧？怎么样，你丈夫永远都是我的一只狗。我告诉你，你是喂不乖他的，你会失去一切。"

铃木花子怒发冲冠，怒吼："蓝蔻，你这个骚货，你到底要做什么？我没有什么地方对不起你的。让你跟我丈夫上床，我是付了钱的。你曾经答应过我，离开他，为什么不履行自己的诺言？你也是一个女人，为什么要这样拆散我的家庭？"

蓝蔻得意的笑声从话筒中传来。

"问得多好啊！我的太太。拆散你的家庭。你难道不扪心自问，你喜欢工藤一郎，他喜欢你吗？你以为有钱就什么都可以买到，包括爱，包括生命，是吗？工藤一郎跟阿慧爱得死去活来，你用钱把那个可怜的灵魂拆散开了。你丈夫造孽，杀死了多少中国人。你是不是认为，在这个世界上，一切都是你的，因为你有钱，是吧？嘿，嘿……"对方的话，透出钻进骨髓的冰冷。

铃木花子心一颤，感到有一把刀就对着她的背，那冷透骨髓的寒气正透进全身。她浑身哆嗦起来，连舌头也伸不直了。"你到底是谁……你为什么对我们的事知道得如此清楚……你……你到底要做什么……"

"我什么也不想做，我只是要让你知道，工藤一郎是我的，你能得到他的人，但永远都得不到他的心。哼，告诉你吧，我的太太，你每晚让工藤一郎搂着睡觉，你知道他搂着你想什么吗？他恨不得一下子掐断你的喉咙……哈哈哈……"蓝蔻挂断了电话。

铃木花子只觉得天旋地转，眼前一片漆黑，连小宝的喊叫也听不进了，昏倒在沙发上。一个小时后，工藤一郎赶到医院，看着仍然昏迷的铃木花子，不知所措。

医院告诉他，命是保住了，结果如何只能看天意了。铃木重树从南方赶到上海，看都没看工藤一郎一眼，拿到了病历后，马上命令手下赶到东京，请来了日本最有名的专家，用专用直升机把铃木花子送到东京治疗。

"工藤一郎，如果我发现你跟外面的女人有牵连而使花子遭受如此伤害，你死定了。上次你跟那个什么叫阿慧婊子的事我就想做了你，

第七章 复仇

281

不是花子劝我，你今天早变成了骨灰了。"铃木重树怒气冲冲，恨不得给他一个耳光，出出这口恶气。

工藤一郎刚想辩解几句，铃木重树扬长而去。他想追上前讲清楚，被他的保镖挡住了。铃木花子受伤，工藤一郎倒不感觉有什么伤心难过的，但是，小宝出门被汽车撞死了，没了，使他非常痛苦。他把孩子安葬后回到空荡荡的别墅，一切都冷清清的，就在他十分无聊时，他发现了那些相片。他有些愤怒，开着车，就找蓝蔻来了。

蓝蔻一开门，看见他憔悴的样子，大吃一惊，赶忙把他拉了进来，搂住他的头，心疼地说："先生，到底出了什么事了？几天不见，人怎么变成这个样子了？告诉我。"

"铃木花子病了，虎子也死了，她父亲把她送到东京治疗去了。蓝蔻，你为什么把这样的东西寄给她。你……你知道她有心脏病，她哪里受得了这样的刺激啊！"工藤一郎把那盘带子扔给她，萎靡地坐在沙发上，双眼无神。

蓝蔻看了相片，就愣了。

"天呐！这……这是谁把我们做爱的过程拍了照？太可怕了，太可怕了？先生，你难道认为是我做的，是我寄给了铃木花子……这……难道这是什么好事吗？我会把这样的东西让别人知道。我想起来了，先生，铃木花子派人到处打听我的下落，肯定是私人侦探干的。你上次跟阿慧的地址不也是私人侦探打听到的吗？我怎么会干这样的傻事呢？"蓝蔻再三解释。

工藤一郎点了点头，也觉得蓝蔻没有什么理由做这样的事。私人侦探，有可能。铃木花子就爱做这样的事。他相信了她的解释。

"这个娘们，她死了活该。"他咬着牙。

蓝蔻温柔地抚摸着他沧桑的脸，那硬而粗的胡须，心疼地说："先生，事情已经这样了，你还是离开我吧，我怕铃木重树不会放过你的。我知道，他是日本有名的富翁，恐怕……"

工藤一郎一把搂住她，坚定地说："不。蓝蔻，我这辈子除了你，不会再爱别的女人，我可以发誓。"

"真的？"

"真的。你要不相信，我可以写出来。"工藤一郎吻着她，对天盟誓说。蓝蔻真的拿出一张纸，笑着说，"如果你真的爱我，就按我说的写出来。工藤一郎答应了。"

蓝蔻一字一句地说："如果我背叛了你，我将以死谢罪。就这两句就够了。签上自己的名字。"工藤一郎一一照做了。

"行了吧。你这个人呀！你放心，现在铃木花子不在了，我正好可以把那笔钱转到香港去。我知道，等她的事一有结果，她父亲就要回头来收拾我了。我可不是傻瓜。"工藤一郎吻着她的脸，笑了。

8

就在这个时候，阿慧出现了。

当他赶到饭店，走进房间，看见是阿慧时，人整个痴痴地呆住了。阿慧穿着一袭明黄色的连衣裙，站在窗前。窗外的夕阳从窗户中透进，使她更加娇丽和鲜艳。她虽然有些憔悴，但他仍然感到她是那样的优雅，她的一颦一笑还是那样的温柔。

"藤哥，你曾经告诉过我，康德说过一句这样的话，在这个世界上，有两件事情最让我感动，一个是我们头顶灿烂的星空，另一个则是我们内心的道德准则。我无法原谅你的背叛，我是那样深情地爱着你。但是，你把我的灵魂和肉体撕裂了。我又无法说服我自己，所以，我在你最困难的时候来了。藤哥，你还发什么呆，来吧，来抱抱我啊！"阿慧的声音幽远缥缈，融进了那金色的夕阳中。

工藤一郎走上前，紧紧地搂住她。

两个人倒在床上，一阵风雨过后，他向她诉说离别的经过，诉说铃木花子对他的监视，唯独没有说蓝蔻。阿慧也没有多问他什么，只贪婪地紧紧和他贴在一起，好像要把失去的时间补回来。两人在一起折腾了半夜，工藤一郎仿佛把一切都忘记了，夫人孩子都不存在了，他脑子里只有阿慧，只有阿慧的味道像鬼魂一样附在他身上，让他挥

之不去。早晨起来，工藤一郎说我要回公司去，还有一些业务要处理。阿慧说，"你中午过来吧，我下午就回香港。"工藤一郎答应了。

工藤一郎回到公司，又要动用那一千万。

"不行。"会计面无表情，冷冷地说："董事长的父亲临走前曾经交代过，超过一百万的资金流动必须经过他批准。先生，原谅我。"

"你……难道我不是公司的总经理？难道我不是法人？你不要以为有铃木重树撑腰你就……我告诉你，她父亲已经把这个公司交给铃木花子。如果她有一个三长两短，我就是合法的继承人。好吧，我不跟你争，等几天就会有结果的。你先转一百万过去。"会计没有解释，也没有吭声，转身走了。

"铃木重树……"

工藤一郎咬得牙根咯咯响。他知道他是不会轻易把财产交给他的。铃木花子如果有个三长两短，恐怕……他不敢想结果是什么。铃木重树从一个摆小摊的摊商起家，能在十几年里积蓄如此财产，也不是一个等闲之辈。他叹了口气，把公司一些业务的事处理完毕，吃完中午饭，就赶到了饭店，他要在阿慧离开上海前，给她一些钱，所以，他签了一张五十万的现金支票带在身上。他觉得，自己欠阿慧的太多。来到饭店，推开房门，他怔住了，阿慧已经不在了，李志豪正坐在那里，悠闲地抽着烟。

"你……"

李志豪弹了弹烟灰，得意地笑了笑。

"藤兄，想不到吧。坐，坐，先抽根烟，我们慢慢谈。"

工藤一郎瞪圆了眼睛，有些愤怒说："李志豪，有话就说，有屁就放。……阿慧是不是你让她来的。我没有猜错的话，你又要耍什么阴谋诡计了。说吧，我工藤一郎还顶得住。"

李志豪皮笑肉不笑地站了起来，把一叠相片扔在床上，不紧不慢地说："藤兄，我知道铃木重树是个什么样的人物，如果他知道了在这个时候你还和别的女人鬼混，恐怕……不说了。而且，我做通了阿慧的思想工作，她可以告你强奸罪，告不倒你，也可以把你的名声弄臭了。我也不是非要把人逼得跳河不可，你欠阿慧的太多，我也只不过为我的女人讨个公道罢了。"

"你……"

工藤一郎这才明白阿慧怎么会突然来找他。想到这里，他恨不得给自己一个耳光，普天下的女人，恐怕只有蓝蔻爱他。他点燃了一根烟，稳住了自己的情绪，骂道："李志豪，我工藤一郎对你不薄，那几笔买卖，你最少赚了几百万，你难道还不够吗？人心不足蛇吞象，你就不怕吃得了到时候吐不出来。不要以为就你干得出来，我也一样可以花钱买你的命。"

"当然可以。"李志豪冷冷地笑了，"你不是杀了冀北方父子吗，没有那笔奖金，你早就坐冷板凳了。在这个世界上，钱是唯一可以胜任的东西。唯有它不会背叛你。好了，我也不跟你啰唆，你出五十万吧，我们一切了结。我保证不会再找你的麻烦。怎么样，这点钱，还不够你从手指缝里掉下来呢。"

工藤一郎知道李志豪是个什么样的人物，知道他说到做到，知道他认定的事一定会做。他恨阿慧，自己对她那么好，她竟然……这女人真是信不得啊！

"李志豪，你赢了。"

工藤一郎掏出那张支票，放在床上，摔手而去。李志豪拿起支票，用手指弹了弹，放进西服口袋。他走下楼，朝大厅里的咖啡厅走去，一个漂亮的女人正坐在那里。女人一看他来了，又看了看他递过来的相片，嘴角露出一丝不易察觉的微笑，把桌上一个包推到他面前。"李总，我们的合同到此结束。怎么样，我让你一下子赚到了五十万，还有我的十万，这样的买卖还值吗？"

"值，真他妈的太值了。请问小姐，你贵姓，你为什么这样做？"李志豪变了一个人一样，瞪圆了眼睛。

"不要问为什么。世界上很多事是说不清楚的。我只告诉你，我要他死，而且要他全身的骨头一寸一寸地断，我要他承受世界上最痛苦的死亡。顺便说一句，你不要再插手过问这件事，也不要把我的情况透露给他，否则，我……嘿，嘿。我了解过你李志豪在上海的情况，不要看我是个女流之辈，我做得出来的。"

第七章 复仇

285

"明白了,小姐。"

"那你走吧,数你的钱去吧。"

李志豪朝小姐笑了,拿起桌上的包,高兴地走了。看着李志豪的背影,女人埋单起身,离开了饭店,消失在熙熙攘攘的人流中。工藤一郎回到公司,越想越觉得阿慧的可恶,一口气憋在心里实在难受。就在这时,铃木重树打来了电话,叫他马上到东京来一趟。他不敢怠慢,马上订了下午的机票。他给蓝蔻打了一个电话,说了事情经过。他说,"亲爱的,你放心,我已经从账上转了一百万走了。按你说的,先转给了你在香港的账号,你打电话查查,看看到了没有。等我从东京回来,我会分期分批把钱转过去的。"

蓝蔻叮嘱说,"到了东京,你嘴乖些,你放心,铃木重树暂时不会对你如何的。"工藤一郎答应了。

工藤一郎于下午五时到达东京机场。

接他的汽车已经在机场出口处等着。他直接来到了医院,看到铃木花子眼睛明亮,他疯一样地跑上前,流着泪呼喊:"花子,是我呀!我看你来了,你……你怎么不认识我了。你说呀!我是一郎呀!"他伏在她身上,不停地呼喊着她的名字。

9

铃木重树十分痛苦。

他把工藤一郎拉到一边,痛苦地说,"经过专家的抢救,她的命是保住了,但她已经丧失了记忆,什么也不知道了。我只有这样一个女儿,她是我的全部。我叫你来,就是要告诉你,如果你还愿意跟我女儿在一起,几年以后,我会把公司的全部财产转到你的名下。我铃木重树说话算数。如果你不愿意,我也不勉强你,你现在就可以走了"。

"不,爸爸。你怎么说这样的话呢。我虽然做过对不起花子的事,但那都是过去。从今天起,我会好好待她的,永远和她在一起。你放心,只要她还有一口气,她就是我的妻子。"工藤一郎流泪满面。

"好吧,有你的话,我就放心了。你回上海去吧,花子在东京再住一段时间,等她再好点,我会送她回上海的。"铃木重树点了点头,转身走了。

工藤一郎在东京住了一晚,第二天回到上海。他按照蓝蔻设计的蓝图在秘密运作。他佩服蓝蔻,觉得她不但是一个美丽的女人,而且是一个聪明的女人,有这样的女人,就会有一个美好的未来。

工藤一郎开始与蓝蔻住在一起。

蓝蔻也像一个家庭主妇一样,照顾他的起居生活,两个人的日子快乐而浪漫。工藤一郎已经从账面上转走了两百万到蓝蔻的账号上。因为会计的原因,他不好一次转走太多的钱,而且频率不能太快,否则,会引起会计的注意。如果会计万一打电话给铃木重树,计划就会落空。蓝蔻曾让工藤一郎收买会计,但没有成功。她只好耐心地等着。等着计划成功了,再离开上海。

"蓝蔻,我带你吃一顿杭州菜吧。"

这天下班,工藤一郎没有让她做饭,说是要带她到外面吃。蓝蔻笑了,双手吊在他脖子上,吻着他的脸说:"亲爱的,跟你在一起,吃什么菜都香。"

工藤一郎亲了亲她漂亮的脸庞,满脸堆起了笑容,"你现在是越来越会说话了。好,我就喜欢女人这样。走吧。那个地方很有浪漫情调的。"

两个人有说有笑,走下了楼。汽车一会儿就到了一个十分幽静的地方。蓝蔻一进来,就眼睛一亮,大厅池塘错落,荷花簇拥,小桥流水,琴声轻弹,围绕着小桥流水是包厢,坐在包厢里,可以欣赏天井中的景致,真是绝妙极了。

"亲爱的,躲在一隅,远离风尘,我真想过这样的日子啊。"蓝蔻感慨万分。工藤一郎以为触动了她心头的情愫,以为她想跟自己过种菊南山下、幽幽见牛羊的日子。这何尝不是他希望的。他点了点头,扶着她的肩,坐到了雅座的椅子上,也颇有感触。

"是啊!蓝蔻,我们一切的奋斗,难道不是为了这一天的到来吗?

但是，战争太残酷了，我们都没有办法。战争结束了，我们就去香港，过我们的日子。"他点了几样菜，把酒斟得满满的，举起了杯子。"为了我们这一天早点到来，亲爱的，我们干了这一杯。"两个人亲密地碰杯，一饮而尽。

"亲爱的，记得被你撞死的那个男人妻子的名字吗？"蓝蔻突然问。

工藤一郎皱起了眉，摇了摇头说："亲爱的，你为什么突然问这样一个问题。已经过去了许久了，我记不起来了。……那个男人好像叫冀北方吧，他有个弟弟，我打过交道，叫冀南方。对了，我听冀南方说，他嫂子是个演员，叫什么……噢，我记起来了，叫卫梅。我没见过，大概长得不错吧。不要谈这件事了。当演员的，有几个是干净的，喜新厌旧是她们的本性。她仍然可以找一个年轻的男人。在这个世界上，没有钱买不到的。"

"包括我，是吗？"

工藤一郎一怔，连忙摆了摆手。

"蓝蔻，你怎么这样想。我是爱你的，你不能与那个叫卫梅的女人相提并论。你永远都是我心中的玫瑰，永远。"

"如果有一个比我出色的女人爱你呢？假如你碰上了一个比我更出色的女人呢？我与阿慧相比，我是新她是旧，新的女人出现，我又是旧货了。你难道可以否认喜新厌旧是你们男人的本质吗？你不要在意，我只是随便说说而已。"

工藤一郎说不出来了。他只好笑了笑，"蓝蔻，你今天怎么了，嘴巴如此厉害，我说不过你。吃菜，吃菜。你看这道龙井虾仁多好吃。不油不腻，清新爽口，这煨坛东坡肉，香味浓厚，色泽红亮，肥而不腻……吃吧，难得我们在一起，就不要说那些不高兴的事了。"他扯开了话题。

回到住处，两个人洗完澡，工藤一郎就把她搂进怀里。"亲爱的，我永远爱你，此生此世，永不分离。"

蓝蔻没有言语，只依偎在他怀里，听他的诉说。一会儿，工藤一郎就进入了梦乡。蓝蔻悄悄地起来，看着他的面容，自言自语地问自己，"难道我爱上他了，真的爱上他了？不，绝不。"她咬着牙，心里断然说，"我不能，永远不能。"暖暖的灯，幽幽的影，放在房间一角的玉兰在灯影下哈出一种气息，那种淡若无形的香像雾，在房间里与空气一块流动，整个把他包裹在里面。她仿佛觉得床上躺着的男人换成另一个人的形象，这个形象死死地印在她大脑里。那些爱的往事都沉淀成心香一瓣，化成云淡风轻，落寂在她暗香幽幽，心潮起伏的心上。

她来到浴室，对着镜子看着自己。

"这是我吗？"她抚摸着自己的面庞，感到皮肤已经有些粗糙。记得三年前的一天，她和丈夫到拉萨，高原的气候使她的皮肤变成了古铜色，丈夫在浴室里轻轻地给她擦着防晒霜，那份细腻、那份专注，让她感动。从浴室出来，他坐在沙发上，一坐就坐到了晚上十二点以后。工藤一郎已经睡熟，她没有看他，心绪早已飞到了遥远的过去。那些缠绵的梦呓在她脑海里挥之不去。她也不明白这么长的时间是怎么度过来的。上海，这座美丽的城市仍然灯火辉煌，窗外，黑暗中是星光般的灯火，她随手拿起手帕，那上面还有丈夫特有的味道，想到这里，只觉得有滴冰凉的东西从光滑的面庞悄然滑下，是酸、是疼，还是甜的泪珠，她已经分不清了。

一年前他们去爬山，那是一个春天的时候，天下着雨，她说我们去淋雨吧，那多浪漫，他说好呀！不要说去淋雨，就是去火山，只要你高兴，我也毫不犹豫。两人跑到雨中，从山脚爬到山顶，像两个疯子，弄得爬山的人都瞪着眼。回到家的时候，两人全身都湿透了，泡在温暖的水中，她第一次哭了，说你对我真好。想到这里，她好像觉得有什么东西咬住了她的咽喉……回忆的甜蜜比什么都残忍。

"不要再做让日本鬼子讨厌的事了，我怕你遭到他们的毒手，我不能没有你啊！"有一天，她偎依在丈夫怀里劝他不要再到外面去跑，跟着那些学生高喊反日口号。

丈夫温柔地抚摸着她的发丝。

"国破尚如此，我何惜此头。你记住，我们男人的血是为国家而流的。我虽然不是共产党，但是，我是中国人，这就够了。我应该为自己的家做些事，就是为此而献出我的生命，也是值得的。"他神情十分

第七章 复仇

严肃。她为丈夫的庄严而起敬，而又为他而担心，果然，他死了，是为这个国家而死的，虽然不是在战场上。

蓝蔻第一次点燃一根烟。

袅袅升起的烟雾在房间里疯跑，在她美丽的手指间燃烧，将她美丽的面庞弥漫，思绪也像疯长的草，向外蔓延，不，不是草，是缠绵的葛藤，把她的心紧紧地捆在一起，她想挣脱，越挣越紧，好像要窒息一样。蓦地，透过漆黑的夜空，影影绰绰，她好像听到了浴室的水声，听到了那熟悉的脚步，她仿佛感到了那双粗糙的大手走过面颊，走过胸乳，走过腹肌，走到了他称为家的那个地方。他说那是男人的天堂，是男人的甘泉，那里荡漾着爱的涟漪，那里流淌着千年的故事，万年的历史……

啊！她一惊，才知道这一切都是梦。

她揉了揉眼睛，站了起来，打开了窗户，深情地吸了一口清冽的空气，感到精神好多了。她来到浴室，打开了水龙头，片刻，热腾腾的蒸汽就把她淹没了。从浴室出来，她不再眩晕，在这个熙熙攘攘的人群里我不能没有他，我的心已经被他的温暖所覆盖，我的背已经离不开他的胸膛，我要让他的灵魂得到安息，我要让毁灭了他的人上天堂，下地狱……

工藤一郎醒来的时候，蓝蔻已经不在了。茶几上留了一张纸条。她说我有点事要出去一趟。计划完成了就给我打电话，我们再实施下一步。他笑了笑，没有太在意，洗漱完毕就上班了。会计已经了解到铃木花子的状况，对工藤一郎的态度好多了。她笑着说："总经理，我知道你要做什么，我看上海的公司倒闭是早晚的事，董事长已经那个样子了，哪个人都得为自己后路着想，如果你……"

"说吧，只要我能办到。"工藤一郎冷冷的。

"除了不动产，账面上也就一千多万，我不管你做什么，只要你给我这个数。"她举起了五个手指，"我就一切依你，怎么样？"

"你不报告铃木重树？"

她笑了笑，摇了摇头，爽朗地说："谁跟钱有仇呀！你放心，不是我的我一分钱也不要。有了这笔钱，我就离开公司，哪里黄土不埋人呀！"

"好，成交了。你办去吧。"工藤一郎同意了对方的提议。半个月后，一千两百万的巨款打进了蓝蔻在香港的账号。五十万现金进了会计的口袋。

"蓝蔻，是我，事情已经办妥了，你回来吧，看看我们下一步如何走。"工藤一郎给蓝蔻打电话。

蓝蔻兴奋地在电话里说，"亲爱的，你真是个男人，事情办得真痛快。你放心，我马上回来。我爱你，永远爱你。"

10

三天后，蓝蔻回到了上海。

会计已经做了本假账，账面上看不出任何纰漏。那一千多万巨款被整在几年的亏损中抹平了。工藤一郎十分满意，觉得这件事如果没有会计的帮助，会有大的麻烦。会计为了逃避责任，主动提出辞职，工藤一郎批准了，又招聘了一个新的会计。他给铃木重树打电话，主动提出辞职。铃木重树大怒，把他臭骂了一顿，马上从东京派了一个集团公司的副总来接替工藤一郎。新来的副总一下子弄不清公司的财务状况，但公司账面已经没有钱了。铃木重树听到这个消息，给工藤一郎打来电话，警告说，"如果是你贪污了公司的钱，我就是追到天涯海角，也会要了你的命。我铃木重树不是好惹的。"

工藤一郎有些紧张。

"怕什么，你不是有把枪吗？经常带着，说不准什么时候铃木重树就会派人来杀你的。好了，这样吧，我记得你不是还有个妹妹吗？你把房子过到她的名下，把家里的东西变卖了，我们就去香港。安定好了，你就去东京，正式提出离婚。你放心，我有朋友，我会让他们派人保护你的。记住，任何时候都不要说你我的关系，以免再惹麻烦。"蓝蔻再三叮嘱。

"你放心,我还没有傻到那个地步。"工藤一郎点了点头,就离开了她的住处。几天后,他把上海的一些事务全部处理完毕,房产也过到了妹妹的名下。上海特高课安排他秘密去香港,为下一步日军进攻香港做准备,当然,这些事他是不会告诉蓝蔻的。他要做出跟她逃跑的样子给世人看。

"我们什么时候走?"他问。

"我订了大后天到香港的机票。亲爱的,明天你陪我们到郊区去一趟,我有一个叔叔住在那里。他待我很好,走前我想见他一面,放下点钱。"蓝蔻说。

工藤一郎满口答应了,"没问题,要多少钱,多了我可拿不出,全转到你账目上去了。"

蓝蔻摇摇头,"不用你的钱,你陪我去就足够了。对了,用你那辆车,我那辆车已经卖了。枪也带上,以防万一。"工藤一郎答应了。

第二天,两个人开着车上了路。

五月的天气,格外清爽,窗外涌进一股清新空气,使人感到特别惬意。汽车很快就到了郊区,又往山上走着。工藤一郎不解,"你叔叔住在什么地方?难道住在山里吗?"

蓝蔻说,"一会儿就到了。"

汽车走了一会儿,她说我想开车,让我开一会儿吧。工藤一郎答应了,就把汽车停在路边。蓝蔻笑着拿出一副墨镜,说你戴上它,就什么也看不见了,我要让你猜猜,看车拐了几个弯,往回走的时候你记得记不得。工藤一郎也笑了,说没问题,我的记忆还是蛮好的。他戴上了蓝蔻给他的墨镜,真的认真地听着窗外的声音。

汽车沿着弯曲的小路上山,左拐右拐,走了好一会儿才停下来了。汽车一停,工藤一郎要摘下眼睛,她说你等等。我扶着你下车,"我要让你看一个你从未看见的美丽地方,你会喜欢它的,肯定愿意在这里住一辈子。"工藤一郎笑着说,难道是桃花源吗?种菊南山下,幽幽见牛羊,那是一种多么好的境界啊!他在蓝蔻的扶持下,登上了台阶,走了好一阵子,这才停下来。

她伸出手,从他身上拿走了枪。

"你摘了墨镜吧,看看这是什么地方。"蓝蔻说。

工藤一郎摘下墨镜,又揉了揉眼睛,这才看清楚这是一个小山坡,到处是翠柏。他再仔细一看,大吃一惊,浑身哆嗦着说:"蓝蔻,你疯了,这里不是陵园吗?你带我到这里来做什么?难道你叔叔已经死了?"

"工藤一郎,你回过头,看看那墓碑上的名字,你就清楚了。"她的口吻显得异常冷静和从容。工藤一郎回过身一看,大吃一惊,只见墓碑上几个苍劲的楷书在阳光下十分醒目。

"夫君冀北方、爱儿冀翔之墓。"

工藤一郎只觉得天旋地转,好像不认识蓝蔻一样,指着她,结结巴巴地说:"你……你……你难道是卫梅……?"

"你说对了,工藤一郎。我就是卫梅。这几个月来,我忍辱负重,我强作欢笑,我让你在我身子上寻欢作乐,就是为了今天。你毁灭了我的一切,我活着已经没有任何意义。你知道我丈夫是多么地爱我,你知道我儿子是多么的可爱。他们是我的生命所在,生命,懂吗?我们本来有一个美满的家,一个幸福的家,而这一切都让你给毁了。你还我的夫君,还我的儿子。"卫梅披头散发,歇斯底里地号叫着。她的手枪在金色的阳光下,散发出蓝幽幽的光亮。

"你……你听我解释……"

工藤一郎终于知道自己造的孽要付出代价。知道这个女人会孤注一掷。"卫梅,我承认,是我的错,是我毁灭了你的家庭。但是,你应该知道,这是战争,冀北方是共产党,而我是特高课的人,我有责任杀了他。难道……不说了,我……"

"你住嘴。"卫梅美丽的眸子都要跳出来,"你们这些日本鬼子,你们这些强盗,你们心里根本就没有生命这个概念,你们以为为了天皇,就能杀人,你们不知道自己给别人家庭带来的毁灭。你杀了冀北方,得到了奖金,而我却失去了一切,你根本就没有赎罪的心态。你看到自己的老婆那个样子,还有心思跟别的女人做爱。工藤一郎,你根本就不是人,你连猪狗都不如……你难道不应该死吗"?她的枪口仍然对着他。

第七章 复仇

"我明白了,你到我们家做保姆,你跟我做爱,你把我们做爱的相片寄给铃木花子,这一切都是为了毁灭我。你让我把钱寄给你在香港的账号,就是让我一无所有。我没有猜错的话,阿慧和李志豪的出现,也是你安排的,你就是要我完全倒进你怀里,完全相信你。你一步一步毁灭我,毁灭我的家。你太毒了啊,比蛇蝎还毒的心。"工藤一郎在这一刻终于明白过来了。

"你猜对了,一切都是我精心安排的。"

工藤一郎仰天长叹。

他知道面对的是什么,"卫梅,我的家庭已经被你毁灭了,儿子死了,老婆跟死了差不多。一千多万也进了你的腰包,你就放我一条生路吧,我再也不问红尘,一心向佛,来赎我的罪过。好吗?"他眼泪出来了。

卫梅摇了摇头,冷冷地说:"你又错了。如果你是条汉子,如果你选择死,也许我会怜悯你,但是,你求我,还流了眼泪。这样的男人,是最让人看不起的。说吧,有什么最后的话要我带给你家人,我一定带到。"

"你……没商量?"

"没商量。"

工藤一郎缓慢地转过身。

卫梅的枪也慢慢地抬起。就在这一刹那,工藤一郎像条恶狼,猛地转过身来,向她扑了过去。就在他扑过来的那一瞬间,卫梅的枪也响了,子弹从他胸部钻了进去。他摇摇欲坠地走了两步,倒在冀北方的墓碑前。卫梅也像一座石碑,轰然倒下。

她跪在墓碑前,痛哭流泪。

"北方,儿呀!我终于给你们报了仇。你们可以瞑目了啊!我让他永远跪在你们的面前,赎他的罪过,给你们做伴。我已经买下墓地,不久的将来,我一定来陪伴你。你们放心,我从他那里拿的钱,一分也不会要,都捐给国家,让他们去打日本鬼子。我卫梅做这一切绝不是为了钱啊!只有上天知道,没有你们的日子我怎么过啊!我活着,跟僵尸一样。"卫梅跪在那里,哭天喊地,痛苦之极。

她擦干净枪上的指纹，把工藤一郎的尸体拖到墓边，把枪放在他身上。把他生前给她写的那张纸拿了出来。"如果我背叛了你，我将以死谢罪。"她把他亲笔写的誓言放进了他口袋里，然后转身而去。她没有动那辆汽车，而是走下山的。她回过头来再次看了看山上的一切，觉得满山的花草都是那么好看，胸中那口气终于长长地出来了，仿佛眼前一片光明。

　　"我终于报了仇，他死在我手里。"她平静而坦然地说。

2006 年 9 月 16 日完成
2006 年 11 月 20 日修改
2007 年 1 月 19 日再修改
2010 年 8 月 20 日改定

第七章　复仇